MICHAEL T. ANDERLE

NEUE HORIZONTE

DAS KURTHERIANISCHE GAMBIT 08

BLEIB INFORMIERT

Willkommen auf einer spannenden Reise mit LMBPN® International! Melde dich für unseren Newsletter an, um Zugang zu exklusiven Updates und kostenlosen Inhalten zu erhalten. Als unser geschätzter Abonnent wirst du ein reichhaltiges Erlebnis voller Überraschungen genießen. Tauche ein in neue Welten, einzigartige Einblicke und spannende Geschichten, die auf dich warten. Melde dich jetzt an, werde Teil des Abenteuers LMBPN® International und sei ein Teil der Geschichte!
https://lmbpn.com/de/newsletter/

IMPRESSUM

Dieses Buch ist ein Werk der Fiktion. Alle in diesem Roman dargestellten Charaktere, Organisationen und Ereignisse sind entweder Produkte der Fantasie des Autors oder werden fiktiv verwendet. Manchmal beides.

Copyright der englischen Fassung: © 2017 LMBPN® Publishing
Copyright der deutschen Fassung: © 2019 LMBPN® International
Titelbild von Andrew Dobell CreativeEdgeStudios.co.uk
Titelbild Copyright © LMBPN® International

Deutsche Übersetzung, Lektorat und Satz durch:
4media Verlag GmbH, https://4media.de, translation@4media.de

LMBPN® International unterstützt das Recht zur freien Rede und den Wert des Copyrights. Der Zweck des Copyrights ist es Autoren und Künstlern zu ermutigen die kreativen Werke zu produzieren, die unsere Kultur bereichern.

Die Verteilung von diesem Buch ohne Erlaubnis ist ein Diebstahl der intellektuellen Rechte des Autors. Wenn Du die Einwilligung suchst, um Material von diesem Buch zu verwenden (außer zu Prüfungszwecken), dann kontaktiere bitte international@lmbpn.com
Vielen Dank für Deine Unterstützung der Rechte der Autoren.

LMBPN® International
PMB 201, 2540 South Maryland Pkwy
Las Vegas, NV 89109
Vereinigte Staaten von Amerika

Version 1.02 (basierend auf der englischen Version 2.04), Juli 2023
Deutsche Erstveröffentlichung als e-Book: Februar 2019
Deutsche Erstveröffentlichung als Paperback: Februar 2019

ISBN der Paperback-Version:
978-1-64202-121-9

DE19-0001-00008

Das Kurtherianische Gambit (und was darin geschieht / Personen / Situationen / Welten) sind Copyright © 2017-2023 by Michael T. Anderle.

WIDMUNG

Gewidmet den Betalesern und meinem Lektor von ›Neue Horizonte‹ – dieses Buch wäre ohne Euch nicht so gut wie es ist, außerdem wäre es wohl erst weit später veröffentlicht worden.

PRODUKTIONSTEAM

Übersetzerin
Elena Martínez Cabañas

Lektorat
Jens Schulze
Anna Hunger

Koordinator
Jürgen Möders

Beta Team
Heike Fahl
Nele Hölscher
Jessica Köhler
Christina Leitner
Sascha Müllers
Volker Tesche
Thorsten Wiegand

PROLOG

QBS Princess Alexandria, auf interstellarer Reise (in ferner Zukunft)

Die Z'tereth-Videoreporterin legte ihr Tablet auf den Tisch und tippte auf das Aufnahmesymbol. Sie überprüfte ihre Frisur und vergewisserte sich, dass die metallisch glänzenden stahlgrauen Wände ihres kleinen Zimmers einen guten Hintergrund abgaben, gegen den sich ihr Gesicht mit dem blauen Haar vorteilhaft abhob.

Sie wollte nichts dem Zufall überlassen.

Alles, was sie in Verbindung mit diesem Interview herausbrachte, würde in allen Systemen innerhalb der Reichweite ihrer Nachrichtengruppe veröffentlicht werden. Zusätzlich würden die Aufnahmen zur Veröffentlichung an den Orten, an denen sie nicht über eigene Büros verfügten, lizenziert werden.

Sie lächelte einige Sekunden lang, um bei der Kameraeinstellung zu helfen. Dann begann sie mit ihrer Einleitung: »Hallo, ich heiße Franath D'Tzaa. Ich befinde mich zur Zeit an Bord der QBS Princess Alexandria, welches nicht nur ein Kampfschiff der Nacht-Flotte ist, sondern augenblicklich auch das Flaggschiff. An Bord hält sich ebenfalls Kaiserin Bethany Anne auf, die soeben mit ihrem Team vom Planeten Merrek zurückgekehrt ist.

Merrek ist der Planet, auf dem sie und ihre Leute die Ressourcen und Krieger des Clans Phraim-'Eh ausgelöscht haben, nachdem diese ein Video verbreitet hatten, das zeigte, wie eine Gruppe der Leath die Guardians der Kaiserin entehrt haben.

Soweit ich weiß, hat sie nun ein Edikt verabschiedet, nach welchem nun jeder Kampf mit diesem Clan ›bis aufs Messer‹ zu führen ist. Dem ganzen Volk der Kaiserin ist befohlen worden, in Eigeninitiative den Kampf gegen jeden aufzunehmen, der zu diesem Clan gehört oder sie werden sich andernfalls vor der Kaiserin persönlich zu verantworten haben.

Früher an diesem Abend hatte ich die Gelegenheit, mit der Kaiserin zusammenzusitzen und sie zu interviewen. Während ich eben meine Notizen zusammensuche, würde ich ihnen gerne einen Einblick in die wohl geheimnisvollste Frau in unserem Universum geben. Eine Frau, die nur sehr selten in der Öffentlichkeit gesehen wird.

Es wird allgemein vermutet – und das hat sie mir auch vorhin bestätigt – dass sie vor Jahrhunderten auf dem Planeten ›Erde‹ geboren wurde. Dies war zu einer Zeit, bevor ihr Planet über wirklich raumtüchtige Schiffe verfügte.

Die meisten Menschen leben kaum länger als 175 Standardzyklen. Ich stellte ihr daher die Frage: ›Was ist Ihnen durch den Kopf gegangen, als Ihnen bewusst wurde, dass Sie über die Fähigkeit verfügen, soviele Zyklen über die normale Lebensspanne Ihres Volkes hinaus zu leben?‹

Sie beantwortete die Frage in ihrem Quartier an Bord der Princess Alexandria: ›Auf meinem Planeten gab es zu dieser Zeit eine Redensart, die lautete ›das Ende rückt näher‹, aber was passiert, wenn das Ende sich soweit in der Zukunft befindet, dass man sich nicht einmal vorstellen kann, wie das Leben sein wird? Das war mein Hauptgedanke, damals im einundzwanzigsten Jahrhundert der Zeitrechnung meines Volkes.‹

Ich verfolgte das Thema weiter und hakte nach: ›Was denken Sie jetzt?‹

Die immer noch so jung aussehende Frau tippte nachdenklich mit einem Finger gegen ihre Lippen. Sie starrte verloren in die Ferne, entweder in die Tiefen des Weltalls oder der Vergangenheit, wandte sich mir dann zu und antwortete: ›Wann wird es enden?‹«

KAPITEL 1

TQB-Stützpunkt, Colorado, USA

Bethany Anne?
Ja TOM?
Ich glaube, ADAM und ich sollten etwas gestehen.

Bethany Anne hielt in ihrem Workout inne und schnappte sich ein kleines Handtuch, um sich den Schweiß abzuwischen. Sie war vor wenigen Stunden zusammen mit John wieder auf dem Hauptstützpunkt eingetroffen und hatte eine dringende Notwendigkeit verspürt sich ihren innigen Wunsch abzuarbeiten nach Dallas zurückzukehren, um die drei Wichser aufzuspüren, die Johns Cousine angegriffen hatten und diese hochkant in das Ätherische zu werfen.

Okay, schieß los.

Erinnerst du dich, als du vor ein paar Wochen mit Michael zusammen warst und schamlos mit ihm geliebäugelt hast?

Bethany Anne dachte an den Tag zurück, an dem sie mit Gabrielle und Ashur nach Argentinien gereist war und dabei in einer Verabredung mit Michael gelandet war, um David zu töten.

Sie beschloss TOMs Kommentar über ihr Flirten zu ignorieren.

Ja, warum?

Erinnerst du dich auch an unser Gespräch über den Kontakt mit den Chinesen?
Jaaaa... ähhh... Nö! Nein, absolut nicht.
Sie saß auf dem Boden. Vor einigen Jahren war dieser ungefähr vierzig Quadratmeter große Raum im Berg ausgebaut worden und wurde jetzt von ihr und ihrem Team als Trainingsraum genutzt. John war sicherlich gerade seiner Cousine Cheryl Lynn und ihren Kindern, Tina und Todd, dabei behilflich eine Unterkunft auf dem Stützpunkt zu organisieren. Das restliche Team befand sich... ehrlich gesagt, hatte sie keine Ahnung. Sie konnte natürlich eben ADAM fragen, um es herauszufinden, aber es war ja nicht so, als ob sie ihre Leute gerade jetzt bräuchte. Außerdem saß Ashur hechelnd neben ihr auf dem Boden.

Sie war also nicht unbedingt gerade ohne Schutz.

Es hatte einige Mühe gekostet, aber letztendlich musste sogar Gabrielle zugeben, dass Bethany Anne über genügend Zeit verfügen würde, um durch das Ätherische zu flüchten, sollte tatsächlich jemand dazu in der Lage sein, bei einem Angriff so tief in den Berg vorzustoßen. Das bedeutete, sie brauchte keinen Schatten, solange sie sich drinnen aufhielt.

Als ob sie so etwas jemals tun würde, aber wenn es Gabrielle glücklich machte das zu glauben, dann sei's drum. Was auch immer nötig war, um den Captain der Queens Own glücklich zu machen.

Sie sollte sie ›Captain der Bitches‹ nennen, mal sehen was Gabrielle dazu wohl sagen würde. Nein, das war zu einfach. Sie brauchte einen Begriff mit stärkerem Effekt.

Nun, wir haben dir erzählt, dass wir an unserer Kommunikation mit den Chinesen arbeiten und du hast gesagt...

Richtig! Jetzt erinnere ich mich. Ich hab geglaubt, du würdest mit meinen Emotionen herumspielen und ich hab dir gesagt nicht den dritten Weltkrieg anzuzetteln. Augenblick mal... Ihr habt doch wohl keinen Krieg angefangen, oder?

Ähhh... Nein?

Warum vernehme ich in dieser letzten Antwort ein leichtes Zögern?

Weil ich sicher bin, dass wir keinen Krieg angefangen haben, nur nicht so sicher, ob wir auch potenziell einen gestoppt haben.

ADAM!

>>JA?<<

Warum spricht TOM in euer beider Namen?

Oh, Scheiße.

TOM, sei ruhig.

>>WEIL ER GESAGT HAT, ES WÄRE BESSER, WENN NUR EINER VON UNS REDET. DAS WÜRDE DIE MÖGLICHKEITEN FÜR MISSVERSTÄNDNISSE REDUZIEREN.<<

Missverständnisse worüber?

Darf ich es erklären?

ZUM TEUFEL, NEIN!

>>ÜBER DIE GESCHICHTE.<<

Welche Geschichte?

>>DASS WIR NICHT DEN DRITTEN WELTKRIEG BEGONNEN HABEN.<<

Entspricht diese Antwort der Wahrheit?

JA!

TOM, verdammt noch mal, halt die Klappe!

>> ICH WÜRDE SAGEN: MIT AN SICHERHEIT GRENZENDER WAHRSCHEINLICHKEIT.<<

Wie nahe an Sicherheit grenzend?
»98.7%«

Bethany Anne streckte sich rücklings auf der Matte aus, verschränkte ihre Arme über die Augen und äußerte sich laut. »Darf ich das so verstehen, dass das aus dem Außerirdischen und der KI bestehende Team von TOM und ADAM losgezogen ist und einen Zwischenfall mit den Chinesen angezettelt hat, der den dritten Weltkrieg verursacht haben könnte?« Ihre Stimme klang ruhig, fast monoton.

Oh Scheiße... nochmals.

»Ich begreife das Problem nicht. Die Wahrscheinlichkeit eines Kriegsausbruches war unwesentlich.«

Bethany Anne nahm mit Mühe davon Abstand gegen eine der Wände zu treten. Sie würde sich den Fuß brechen, bevor sie auch nur die leiseste Spur im harten Felsgestein hinterlassen konnte.

»ADAM, hast du die Nachteile dieser 1,3%igen Wahrscheinlichkeit überprüft?«

»Meinst du, ob ich die möglichen negativen Auswirkungen für den Fall berechnet habe, dass die 1.3% eintreffen sollten?«

»Ja.«

»Nein.«

»Mach das doch mal bei Gelegenheit. Je mehr Leben negativ beeinflusst werden können, desto eine geringere Wahrscheinlichkeit solltest du zulassen, bevor du irgendetwas umsetzt. Melde dich bei mir, sobald du die Ergebnisse dieser Berechnungen hast.«

»Mach ich.«

Okay. Ich weiß, dass ihr nicht losgezogen seid um die Welt möglicherweise in Flammen aufgehen zu lassen. Die gleiche Welt im übrigen, für die ich mir den Arsch abarbeite, um sie zu retten!

Es würde meine ursprüngliche Mission ziemlich vermasseln.

Bethany Anne schnaubte. *Ganz zu schweigen davon, dir dabei gleichzeitig deinen eigenen kostbaren, außerirdischen Hintern zu verbrennen.*

Ja, das auch.

Also, was habt ihr in Wirklichkeit gemacht?

Nun, ADAM hat entdeckt, dass China nach besten Kräften versucht hat, die Computer von einigen deiner Firmen zu hacken. Von da aus war er in der Lage alles zurückzuverfolgen und ihre zwischengeschalteten ›Notaus‹-Computer zu übernehmen, die ferngesteuert abgeschaltet werden können. Das hat ihre Bemühungen massiv beeinträchtigt. Zum Schluss war er in der Lage, in die ursprünglichen Systeme einzudringen und dort eine Nachricht zu hinterlassen. Er hat ihnen mitgeteilt, sie sollten mit ihren Vorbereitungen für einen Cyberkrieg aufhören.

Bethany Anne dachte eine Minute darüber nach. *Du meinst, sie haben die Grundlagen dafür geschaffen, um einen vollständig lähmenden Angriff gegen amerikanische Computer zu starten? Und sie haben insbesondere einige von Michaels Unternehmen im Visier?*

Nun, es sind jetzt deine.

Ich bezweifle, dass es für sie eine Rolle spielt. Sie müssen hinter irgendetwas her sein. ADAM, hast du eine Aufstellung der angegriffenen Unternehmen?

»Ja.«

Setz‹ dich bitte mit Lance in Verbindung und lass ihn wissen, welche Firmen unter Beschuss gelegen haben, damit wir sehen, ob es irgendeinen Zusammenhang zwischen ihnen gibt.

»Gibt es.«

Entschuldige, hab‹ eine Sekunde lang vergessen, mit wem ich rede. Was sind die Gemeinsamkeiten?

»Technologie, Forschung & Entwicklung und Finanzwesen.«

Gut, Technologie und F&E macht für China Sinn, aber Finanzwesen? Das scheint doch eher persönlich oder zumindest nicht staatlich ausgerichtet zu sein.

Vielleicht ist das eine nur halbstaatliche Operation? Oder jemand benutzt staatliche Ressourcen, um ein Ziel zu erreichen?

So wie ich China kenne, sollte man dort besser sehr hoch in der politischen Hackordnung stehen, um so ein Ding zu drehen. Wenn du da militärische Ressourcen verwendest, um persönliche Ziele zu erreichen und nicht unter Schutz stehst, dann ist das ein verdammt guter Weg, um dein Leben zu verlieren.

»Ich kann jetzt diese Statistiken liefern, wenn du möchtest.«

Nicht jetzt, aber danke für die Nachfrage. Wir müssen herausfinden, was für Forschungen in diesen Firmen laufen und über wie viel Geld sie verfügen.

Woran denkst du?

Ich denke, jemand zieht es in Betracht, genau das Gleiche zu tun, was ich gerade mache. Michaels angehäuftes Vermögen und die Macht seiner Konzerne zu benutzen, um selber eigene Wege zu gehen. Wenn sie sich sein Geld schnappen, können sie es benutzen, um die Projekte von F&E zu bauen. ADAM, stell‹ bitte sicher, dass die Computer aller Unternehmen stärker gegen Eindringlinge gesichert sind und sieh‹ zu, ob du sämtliche vorhandene Spy- und Virusware aufstöbern kannst. Sage mir Bescheid, was du herausfindest.

»In einigen Fällen werde ich durch den Schutz deiner Sicherheitsfirma brechen müssen.«

Häh?

Er spricht von den Dienstleistungen der Firma, die ursprünglich Nathan gehört hat.

Oh. Vergiss das mal für einen Moment. Schaffst du es da durchzubrechen, ohne dass die Sicherheitsleute deine Anwesenheit entdecken?

»Auf den aktuellen Daten basierend, besteht eine höhere Erfolgsquote als fünfundsechzig Prozent. Eine genauere Berechnung erfordert mehr an Nachforschungen, als ich bis jetzt vorgenommen habe. Jedesmal, wenn ich auf eine Firma mit der Guardian-Installation gestossen bin, habe ich längere Bemühungen, um diesen Schutz zu umgehen, unterlassen.«

Sei vorsichtig, aber sieh zu, ob du hindurch kommst. Such dir ein Unternehmen, das die Guardian Installation hat, aber im Augenblick kein Ziel von den Chinesen ist. Lass die Finger von militärischen oder F&E Unternehmen. Nur Gott weiß, was passieren würde, wenn du einen Pfad durch deren Sicherheitsvorkehrungen hinterlässt, den irgendjemand finden könnte.

>>Es wird keinen Pfad geben, den irgendjemand finden könnte.<<
Ach wirklich? Wie hoch liegt die Wahrscheinlichkeit, dass du das perfekt hinbekommst, erreicht sie 100%?
Es gab eine kurze Pause.
>>Nein.<<
Dann schließe ich hiermit mein Plädoyer.

Ermittlungsgruppe terroristischer Aktivitäten, Washington, D.C. USA

Barbara ›Barb‹ Nickers betrat das Büro ihres Chefs. Vor seinem Schreibtisch befanden sich zwei Stühle, aber Barb würde sich nur in einen davon setzen. Der andere, das wusste sie, war reichlich unbequem.

Das wusste sie, weil er aus ihrem Büro stammte. Ihr Chef, der unter den Kollegen nur den Spitznamen ›Der Pate‹ trug, wartete immer noch auf einen Ersatz für den Stuhl, den sie vor wenigen Monaten übernommen hatte. Er war etwas sauer, dass seine Anforderung im bürokratischen Roulette ständig verloren ging. Die Bürowetten standen auf drei zu eins, dass er aufgeben und selber einen Stuhl kaufen würde, bevor der Ersatz es bis in sein Büro schaffte. Barb wartete nur darauf, dass die Quote auf fünf zu eins stieg, bevor sie den Antrag des Paten auf dem richtigen Schreibtisch landen lassen würde.

Sie würde einen Mordsgewinn machen, wenn Vito nur noch eine oder zwei Wochen durchhalten würde.

Sie ließ sich im bequemen Stuhl nieder. »Du hast geläutet?«

Vito schaute von dem Memo in seiner Hand auf, dessen Bedeutung er immer noch zu enträtseln versuchte. Er hielt inne und sammelte seine Gedanken. »Ja. Ich habe einen Antrag bekommen, in dem du persönlich aufgefordert wirst, einige Ermittlungen zu vertiefen, die du vor wenigen Monaten durchgeführt hast.«

Barb fragte: »Irgendeine besondere Zeitspanne?«

Der Pate reichte Barb die ausgedruckte Seite über den Schreibtisch. Sie nahm es und begann zu lesen, während er fortfuhr. »Ja, es steht in Verbindung mit deinem Bericht, der Colonel Nickelson und seine hier in der Stadt durch Schüsse verursachte Knieverletzung enthielt.«

Sie las den Antrag nochmals durch. »Hier steht, ich soll alle meine laufenden Ermittlungen fallenlassen! Wer hat diese Entscheidung getroffen?«

Vito verzog das Gesicht, als ob er in eine Zitrone gebissen hätte. »Ich weiß es nicht. Das ist unter dem Codewort ›Sicherheitsstufe‹ hereingekommen, daher ist es mir untersagt, zu tief nachzuforschen. Mir gefällt das überhaupt nicht. Deine Bemühungen, den beiden Zellen in Los Angeles auf den Fersen zu bleiben, sind sehr wichtig. Dazu kommt, dass Yasef der einzig andere Analytiker ist, den ich einsetzen könnte und er ist im Moment gerade selber mit seinen eigenen Nachforschungen beschäftigt. Wenn ich dich hiermit beauftrage, bedeutet das, dass ich zusätzliche Kräfte heranziehen muss und dafür reicht unser Etat nicht aus.«

Vito wartete ab und wünschte, er hätte eine andere Alternative. Barb sah von dem Papier auf. »Du willst, dass ich dies hier in Überstunden erledige?«

Er zuckte die Schultern. »Im Moment sehe ich keine andere Lösung. Ich kann keinem anderen deine Ermittlungen zu den LA Zellen anvertrauen. Dieser neue Scheiß kann eine Sackgasse sein oder auf irgendwelchen politischen Gründen beruhen. Ich weiß nicht, wieso sie die Info wollen oder warum sie uns ausgewählt haben, sie zu besorgen. Wenn du während deiner Arbeitszeit nicht daran arbeitest, geht's uns an den Kragen, falls wir überprüft werden. Das, was du während deiner Freizeit machst, außerhalb der Arbeitszeit, kann uns hingegen nicht zur Last gelegt werden.«

Sie verzog das Gesicht. »Ich werde ein Budget für ›Zombie Coffee and Donuts‹ und Pizza-Lieferungen brauchen.«

Vito neigte fragend leicht den Kopf zur Seite und kniff die Augen zusammen. »Keinen besseren Stuhl?«

Barb stand auf. »Noch nicht. Falls es bei einem der Projekte länger als ein oder zwei Wochen dauert, dann werden wir nachverhandeln, Mr. Roberts.«

Vito nickte. Wenn er einen dreihundert Dollar Stuhl und Essen kaufen musste, um dreißig bis sechzig Überstunden zu kriegen, dann war das kein Thema.

Zu dem Preis war es ein Schnäppchen.

Sie winkte ihm zum Abschied zu, verließ sein Büro und ging zu ihrem eigenen zurück.

QBS Polarus, Mittelmeer

Frank sah vom Konferenztisch in dem Hauptbesprechungsraum des Schiffes auf. Er konnte Schritte hören, es war allerdings nur ein sehr großer weißer deutscher Schäferhund, der um die Ecke kam.

Ashur sah sich aufmerksam um, als ob er den ganzen Raum überprüfen würde, bevor er sich hinter den Stuhl am Kopfende des Tisches hinlegte.

Einen Augenblick später trat Eric ein und überprüfte in der gleichen Weise den Raum. Es amüsierte Frank die beiden ›Queens Own‹, Eric und Ashur, dabei zu beobachten, wie sie genau die Person beschützten, die es am wenigsten brauchte. Nun, jedenfalls zumindest hier auf diesem Schiff. Einige mochten Franks Meinung bestreiten, dass Ashur als einer der Queens Own anzusehen war, aber jeder, der den Hund wirklich beobachtete, schloss sich schließlich seiner Auffassung an.

Falls es Bethany Anne bewusst sein sollte, wie Ashur sie behandelte, so ließ sie es sich jedenfalls nicht anmerken.

Ein neuer Vampir folgte ihr in das Besprechungszimmer. Frank erhob sich, als Bethany Anne zu ihm kam und ihn umarmte. Er erwiderte die Umarmung und lächelte sie an. »Du bist so wunderschön wie immer, Bethany Anne.«

Sie zwinkerte ihm schelmisch zu. »Ich nehme an, du probierst in Erwartung zukünftiger Eroberungen deine Flirtkünste an mir aus, Frank.« Dann wies sie auf den Mann, der ihm unbekannt war. »Frank, das ist Barnabas.«

Frank streckte seine Hand aus. »Ich freu‹ mich dich kennenzulernen. Ich bin schon seit Jahrzehnten neugierig auf dich.«

Barnabas sah zwar verblüfft aus, schüttelte aber seine Hand. Barnabas warf einen fragenden Blick zu Bethany Anne und sie lächelte nur leicht.

Barnabas behielt Franks Hand in seinem Griff und schätzte sein freundliches Lächeln ab. Dann lehnte er sich vor und schnüffelte diskret. »Du riechst nicht wie ein Vampir oder Wechselbalg. Aber du bist seit Jahrzehnten an mir interessiert?«

Frank nickte zustimmend mit freudestrahlendem Gesicht. »Ja, zumindest sechs.«

Barnabas neigte nachdenklich seinen Kopf zur Seite. »Für mich siehst du nicht älter als Mitte Dreißig aus. Haben die Menschen etwa einen Weg entdeckt ihren eigenen Alterungsprozess zu verlangsamen?«

Frank schüttelte den Kopf. »Nein, aber die Kurtherianer schon und ich hab‹ eine Infusion von ihrem Besten erhalten.« Er wies mit dem Kopf leicht in Bethany Annes Richtung.

Barnabas wandte sich ihr zu. »Dein Blut hat das bei ihm bewirkt?«

Sie nickte kurz und drehte sich, um am Kopfende des Tisches Platz zu nehmen. Barnabas Fragen strapazierten ihre Geduld.

Barnabas atmete tief durch. Er war sowohl von Stephen als auch Gabrielle eindringlich gewarnt worden, dass Bethany Anne ungeduldig sein konnte. Dass sie absolut keine Toleranz für Herumgetrödel hatte, wenn irgendetwas zu erledigen war.

Barnabas war von Natur aus wissbegierig und die Jahrhunderte hatten ihm im Allgemeinen die Möglichkeiten verschafft, seine Neugier zu befriedigen. Üblicherweise zeigte jeder, mit Ausnahme von Michael und seinen Brüdern, so viel Geduld mit ihm wie nötig.

Er war es nicht gewohnt, mit jemandem umzugehen, der Informationen besaß, die er wollte und über keine Druckmittel zu verfügen, um diese Informationen zu erhalten. Das war... ärgerlich.

Frank folgte Bethany Annes Beispiel und setzte sich

wieder. Barnabas blieb eine Sekunde stehen, bevor er ebenfalls einen Stuhl wählte.

Bethany Anne verlor keine Zeit und begann umgehend: »Okay Barnabas, wir haben in den Vereinigten Staaten erhärten können, dass du feststellen kannst, dass es außer mir zwei andere gibt, die sich im Ätherischen bewegen. Frank ist unser führender Experte für alles Wissen im Zusammenhang mit der Unbekannten Welt. Er hat die Angewohnheit entwickelt, seine eigene Neugier zu befriedigen, ihr beide solltet hervorragend miteinander auskommen.«

Barnabas wandte sein Gesicht wieder Frank zu. »Wahrhaftig?«

Frank nickte. »Glaub bloß nicht, dass du dieses Schiff wieder verlassen kannst, ohne dass ich dich mit Fragen bombardiere.«

Barnabas Blick zuckte kurz in Bethany Annes Richtung, bevor er fragend seine rechte Augenbraue hob.

Frank nickte leicht. »Vielleicht können wir uns gegenseitig aufklären.«

Barnabas lächelte. »Das würde mir gefallen.« Er wandte sich wieder an Bethany Anne. »Und was soll Frank mit meiner Hilfe herausfinden?«

»Ich möchte, dass ihr beiden mit TOM zusammenarbeitet –«

Barnabas unterbrach: »Der Außerirdische?« Dabei erstrahlte sein Gesicht, wenn überhaupt möglich, noch mehr als das eines Kindes an Weihnachten. Bethany Anne fragte sich insgeheim, ob er nicht aufgrund seines Alters vielleicht an einer leichten Geistesstörung litt. Falls dem so war, würde sie sich ernsthaft schuldig fühlen, für die ganzen Beschimpfungen, die sie im Stillen abgelassen hatte.

»Ja, der Außerirdische, TOM.« Sie wandte sich an Frank. »Wir benötigen einen Weg um jeden, der das Ätherische betritt oder verlässt, aufzuspüren und zu lokalisieren. Barnabas schafft das von der anderen Seite der Welt.«

»Ich kann sie nicht lokalisieren, nur die allgemeine Richtung und Entfernung feststellen, es sei denn sie befinden sich in der Nähe.«

Frank hakte sofort nach: »Wie nah?«

Barnabas schürzte überlegend die Lippen. »Vielleicht zehn Wegstunden.«

Frank murmelte: »Also, um die fünfzig Kilometer.«

Barnabas stimmte zu. »Ja, fünfzig Kilometer. Je weiter weg es ist, desto unsicherer bin ich hinsichtlich der Distanz. Aufgrund der Stärke ihrer Wellen im Ätherischen habe ich lange Zeit geglaubt, Bethany Annes Reisen würden viel näher stattfinden. Ich hatte noch nie etwas so Starkes gespürt, daher habe ich angenommen, sie würde sich in der Nähe aufhalten. Ich habe eine ganze Menge Zeit verloren, bevor ich meinen Irrtum begriffen habe.«

Frank sah wieder Bethany Anne an. »Du glaubst, dass die Wellen messbar sein müssen, weil er sie spüren kann? Und wenn sie messbar sind, dann kann man sie verfolgen.«

Bethany Anne griff zu Ashur herunter und streichelte ihn hinter den Ohren. »Nicht nur verfolgen, sondern triangulieren.«

Franks Grinsen wuchs weiter in die Breite. »Du willst Satelliten, richtig?«

Sie zuckte die Schultern. »Von mir aus auch schokoladeüberzogene Kirschen in Schachteln mit Elektronik, falls das funktioniert. Aber, du weißt schon... wenn Satelliten die richtige Lösung sind... ?«

Frank rieb sich erwartungsvoll die Hände. Er war gerade darüber informiert worden, dass er eine neue, nie zuvor entwickelte Methode der Datenerfassung zu entwickeln hatte. »Zur Triangulation denke ich schon.« Er fragte Barnabas weiter aus. »Abgesehen von Bethany Anne, hast du irgendeine Idee wo die anderen Wellen auftreten?«

»Asien und vielleicht Australien?«

Bethany Anne zog ihre Hand von Ashur weg, der aufstand und zur Tür lief.

»Ihr Jungs versteht was ich brauche?« Beide Männer nickten. »Dann danke ich euch, dass ihr euch dieser Herausforderung stellt. Barnabas, danke für deine Zeit und Unterstützung.«

»Frank?«

Er blickte zu ihr herüber. »Ja?«

Sie lächelte. »Ich will sie in einem Monat haben.«

Das Lächeln verschwand aus Franks Gesicht, aber das Glitzern in seinen Augen blieb. »Okay.«

Sie erhob sich und folgte Ashur. »Dann überlasse ich es euch beiden!«

Schon tief in ihr Gespräch verstrickt, winkten ihr die beiden Männer nur abwesend zu.

KAPITEL 2

QBS Polarus, Mittelmeer

Barnabas trank einen kleinen Schluck Wein und setzte das Glas dann auf dem kleinen Beistelltisch ab. Frank und er hatten beide übereingestimmt, nach draußen zu gehen und sich auf den Liegestühlen auszustrecken. Ihre Diskussion würde wesentlich angenehmer sein, wenn sie die laue Abendluft und Geräusche genießen konnten.

»Ich muss zugeben«, sagte Barnabas, »mir war nicht bewusst, dass die Regierung der Vereinigten Staaten nach diesen ganzen Jahrzehnten immer noch Leute hat, die gegen die Verstoßenen aktiv sind.«

Frank schwenkte den Wein in seinem Glas und trank auch einen Schluck. »Nun, das hatten sie, aber jetzt nicht mehr. Als Bethany Anne mich angeworben hat, ist meine Stellung eigentlich verschwunden.«

»Also gibt es keinen in der Regierung, dem die Unbekannte Welt bekannt ist?«

Frank überlegte. »Das kann ich nicht garantieren. Es gibt einen Haufen von geheimen Sonderkommandos, die mir über die Jahre hinweg geholfen haben. Ich nehme an, einige Mitglieder dieser Einheiten verfügen über ein gutes Gedächtnis und Akten in denen Hinweise und Anregungen stehen. Außerdem werden sich diejenigen, denen Michaels Gruppe während der ganzen Zeit geholfen hat und denen nicht die Erinnerungen gelöscht wurden, natürlich auch daran erinnern, was geschehen ist.« Er dachte einen Augenblick nach. »Nicht, dass es ihnen etwas helfen würde, keiner wird ihre Geschichten glauben, außer die Leute, die selber so etwas mitgemacht haben.«

»Aber du fürchtest deine Regierung?«

Frank überdachte seine Antwort etwas länger. »Ich habe keine Angst vor den Leuten, ich fürchte ihre bürokratischen Angewohnheiten. Sie neigen dazu, sich das zu schnappen, was sie nicht verstehen und es zur Untersuchung in ein dunkles Loch zu stecken. Was in dieses Loch fällt...« Er blinzelte in sein Glas und leerte den letzten Rest, bevor er fortfuhr. »...kommt nicht wieder raus.«

Barnabas nickte zustimmend. »Das scheint die allgemeine Reaktion zu sein, wenn Gruppen von Menschen zusammenkommen. Es ist fast so was wie eine Herdenreaktion, glaube ich.« Barnabas griff hinüber, um die Weinflasche aus dem Kühler zu ziehen. »Noch etwas?« Frank hielt ihm sein Glas hin. Barnabas schenkte es halb voll und füllte danach auch sein eigenes Glas. »Also, was machst du jetzt, nachdem du nicht mehr versuchst, Verstoßene aufzuspüren? Soweit ich Gabrielle verstanden habe, stellen sie in Amerika kein Problem mehr dar?«

Frank schnaubte abfällig. »Falls sie eins sein sollten, ist mir davon nichts bekannt. Ich lasse natürlich weiterhin alle meine Tracking-Programme laufen, für den Fall, dass etwas passiert. Falls allerdings etwas vorfallen sollte, sind sie jetzt so in der Unterzahl, dass es nicht mal mehr Spaß macht.«

Barnabas lehnte sich auf der Liege zurück und genoss die Gelegenheit einfach mal nur zu plaudern. »Wegen Bethany Anne?«

»Nein«, antwortete Frank. »Sie dürfte es wahrscheinlich nicht einmal mehr nötig haben sich selbst damit zu befassen. Sie könnte ihre Guardians schicken«, er sah zu Barnabas hinüber, »du weißt über ihre Guardians Bescheid?«

Barnabas nickte. »Soweit ich verstehe, hat sie eine Gruppe aus Menschen und Wechselbälgern, die ihre eigene paramilitärische Einheit bilden?«

Frank blickte wieder zu den Sternen hoch. »Mehr als das, aber fast richtig. Der Anführer der Guardians ist Pete, Peter Silvers. Er kann in die Pricoliciform wechseln. Sie haben auch ein Aufgebot von Marines. Beide Gruppen zusammen haben es geschafft die Latte für ›organisierter Aufruhr und zielgenaue tödliche Wirkung‹ um einiges höher zu legen. Soweit ich weiß, arbeiten sie daran, neue Teams von Guardians aufzubauen. Aber ich nehme an, Bethany Anne könnte jeden Nosferatu-Ausbruch einfach abdecken, indem sie einen oder zwei ihrer Eigenen oder auch Own schickt.«

»Ihrer eigenen was?«

»Die Bitches.« Frank lächelte. Er genoss es, vage zu bleiben und es war amüsant, Barnabas zu frustrieren.

»Oh, du meinst ihre Leibwache?«

Verdammt, er wusste schon über sie Bescheid. »Ja. John, Eric, Darryl und Scott. Gabrielle ist die Anführerin der Einheit.«

»Wieso nennst du sie ihre eigenen?«, fragte Barnabas.

»Das musst du großschreiben, ihre Eigenen oder Own. Wenn du das machst, wird klar, dass es sich um einen Titel handelt. Er erscheint mir einfach politisch korrekter zu sein als ›ihre Bitches‹.«

Barnabas grübelte darüber nach. »Ich hätte eigentlich angenommen, sie würden verärgerter darüber sein, Bitches genannt zu werden.«

Frank schüttelte den Kopf. »Nein, überhaupt nicht. Das reicht ein paar Jahre zurück, als ich Bethany Anne um Hilfe gebeten hatte. Nun ja, um die Wahrheit zu sagen, ich hätte sie auch um ihre Hilfe angefleht. Ich hatte bei Anschlägen von Nosferatu in ganz Amerika zig Leute verloren. Ich hatte alle meine Nacht-Kontakte und deren Unterstützung verloren. Ohne Carl, der zu dieser Zeit Michaels Verbindungsmann war, wollte keiner von Michaels Familie auch nur den kleinen Finger heben, um zu helfen. Bis sie ins Bild kam. Sie schloss sich einem Einsatz in Florida an und seitdem sind wir auf einem wilden Ritt. Zwischen den vier Männern, von denen ich gesprochen habe und ihr bildete sich während eines höllischen Kampfes in den Everglades in Florida eine Bindung und seitdem sind sie unzertrennlich. Sie halten ihr den Rücken frei und sie den ihren. Später kam Gabrielle an Bord und übernahm aufgrund ihrer während der Jahrhunderte erworbenen Fähigkeiten und Erfahrung die Führungsposition. Sie nannten sich die ›Queen Bitch Guards‹ und entwarfen sogar ein Abzeichen.« Frank drehte sich um und sah zu dem Vampir auf der anderen Seite des kleinen runden Tisches hinüber. »Hast du schon eins gesehen?«

»Totenkopf mit Vampirzähnen, langem Haar und roten Augen?«

Frank nickte. »Genau das. Vertrau‹ mir, keiner, der weiß, was das Abzeichen bedeutet, würde sich je mit einem von ihnen anlegen.«

»Sie scheinen es nicht viel zu tragen.«

»Nein, nur zu besonderen Gelegenheiten. Wenn man es sehen kann, dann geht es auf eine Mission.«

Beide Männer tranken einen Schluck ihres Weines und genossen die Stille für einen Moment. »Also arbeitest du jetzt an besonderen Projekten?«, fragte Barnabas.

»Wie ich sagte, ich halte immer noch meine Ohren für Vorfälle rund um die Welt offen. Aber jetzt behalte ich auch alles Geplauder im Auge, was bedeuten könnte, dass jemand hinter uns her ist. Das schließt auch jeden und alle der Familienangehörigen von den Mitgliedern in Bethany Annes Teams ein.«

Barnabas runzelte die Stirn. »Sie hat dich aufgefordert, auf die Familienangehörigen ihrer Leute aufzupassen?«

»Nein«, antwortete Frank.

»Wieso tust du es dann?«

»Weil ich nicht die richtige Person für ihr Team wäre, wenn sie mich extra dazu auffordern müsste. Ich kenne meinen Boss und sie sorgt sich erheblich mehr um ihre Leute, als sie es sich anmerken lässt. Du willst sie ganz bestimmt nicht verärgern und du willst hundertprozentig nicht jemanden bedrohen, den sie liebt.«

»Wieso ist das so?«

Frank wandte sich Barnabas zu, um zu sehen, ob er wirklich dermaßen ahnungslos war oder es sich nur um eine einfache Bemerkung handelte, um ihr Gespräch fortzuführen. Barnabas drehte sich um, als er bemerkte, dass ihn Frank anstarrte.

»Was?«, hakte Barnabas nach.

»Ich bezweifle stark, dass du unaufmerksam warst, aber ich werde fürs erste Mal davon ausgehen, dass es so war und dir die Frage beantworten. Gib nur nicht vor, du wüsstest die Antwort nicht schon. Bethany Anne hat einen ziemlich stark ausgeprägten Sinn für Recht und Unrecht. Ihr Sinn für Fairness kann ziemlich in die Schieflage geraten, wenn sie meint, dass jemand diejenigen bedroht, die hilflos sind oder die nur Bauern in einem Spiel sind. Sie war fuchsteufelswild, als man sie aus einem Team für ungeklärte Fälle herausgenommen hat, weil sie es so empfand, als ob die Toten dann keine Gerechtigkeit kriegen würden. Wenn sie denken würde, jemand bedroht ihre *eigenen Leute*?«

Frank drehte sich wieder um und blickte über das unter dem Nachthimmel glitzernde Wasser. »Dann werden wir vielleicht Zeugen dessen sein, was passiert, wenn Justitia eine Furie von der Leine lässt.«

Barnabas nippte seinen Wein, ihm waren die Geschichten über die Furien sehr gut bekannt. Und er konnte sich sehr gut vorstellen, was eine mythologische Furie in der heutigen Gesellschaft anrichten könnte.

Die Gewässer würden sich mit Blut rot verfärben, so wie es in den Schlachten vergangener Jahrhunderte geschehen war, dachte er, während er seinen Wein genoss.

TQB-Stützpunkt, Colorado, USA

Jeffrey Diamantz fand es nach seiner Zeit als Geschäftsführer in Las Vegas immer noch etwas unwirklich, dass er hier unter einem Berg arbeitete. Er war auf seinem Weg zu dem, was sein Team ›den Hexenkessel‹ nannte. Es handelte sich um eine kleine Aula mit vier Ebenen. Für Besprechungen stand ein langer Tisch mit in der

Tischplatte eingelassenen Monitoren bereit. Alle Bildschirme waren mit berührungsempfindlichen Oberflächen ausgestattet und ergänzten den riesigen HD Bildschirm an der gegenüberliegenden vorderen Wand.

Im Grunde genommen war dies die fortgeschrittenste Version einer für den Weltraum eingerichteten Kommandozentrale, die man sich nur wünschen konnte.

Auf jeder Seite des Hauptgangs gab es drei von oben nach unten angeordnete Arbeitsbereiche. Die oberste Ebene war für Nachschub, Getränke und Essen. Fast als ob jemand Zeiten erwartete, in denen niemand den Saal für längere Zeit verlassen würde.

Der Leiter der Informatik, Tom Billings, hatte noch nicht alle der achtzehn Computerpositionen verkabelt. Das würde an diesem Nachmittag erledigt werden.

Trotzdem war der Tisch bereits funktionstüchtig und erlaubte ihnen einige der Daten zu sichten, die von ihren Satelliten übertragen wurden. Er hatte ebenfalls zusätzliche Kanäle auf denen man den Input von den Apparaten sehen konnte, die sie in der Erdumlaufbahn und auf dem Mond platziert hatten.

Wie den Mond-Droiden Eins.

Jeffrey setzte seine Kaffeetasse auf dem Tisch ab und öffnete seine Akten um die neuesten Informationen durchzugehen.

Er zog den Bericht über den Mond-Droiden Eins heraus und ging durch, was er in den letzten zwölf Stunden gemacht hatte. Der Apparat war eigentlich nur ein mit vierundzwanzig Volt betriebener großer Sandbuggy, an dem überall Geräte angebaut worden waren. Mit ihrem ersten Cargo Container hochgebracht und unter Benutzung einer der Energieeinheiten vom Team BMW, ließen sie ihn über die ganze dunkle Seite des Mondes fahren. Nicht, dass es dort wirklich dunkel wäre, aber es handelte sich halt um die von der Erde abgewandte Seite.

Glücklicherweise war das Team in der Lage gewesen, die Erfassungseinheiten zu finden und zu überbrücken, die die USA auf dem Mond und auf der zum Weltall ausgerichteten Seite hatte.

Es wussten nicht viele Leute, dass einige der älteren Raketen mit nuklearen Sprengköpfen dazu entworfen waren, ins Weltall abgefeuert zu werden. Und da man nicht treffen kann wovon man nichts weiß, hatte die USA gleichzeitig Spionagesatelliten eingerichtet.

Machte es irgendwie schwierig einen Mondstützpunkt zu bauen, wenn man sich dabei direkt unter dem wachsamen Auge von Onkel Sam befand.

Der Sandbuggy hatte seinen Weg um ein paar größerer Krater herum gesucht und dabei Proben genommen. Jeffrey schaute verblüfft zu den Bildern der Oberfläche auf, die ihr eigener Satellit geschossen hatte und dann wieder auf den Bericht. Weiter unten las er, dass Bobcat den Sandbuggy eine Stunde lang selbst gesteuert hatte.

Schön, das erklärte natürlich eindeutig die Kreise in Donutform, die Jeffrey auf der Mondoberfläche sehen konnte.

Er musste Bobcat unbedingt sagen, er solle sich mal ein paar Stunden Zeit nehmen, um mit Shelly zu fliegen, damit er etwas Dampf ablassen konnte.

Jeffrey hörte, wie sich weitere Leute näherten und dann erklang Williams schallendes Lachen. Das Team BMW war im Anmarsch.

Und richtig, eine Sekunde später kamen die Drei

auch schon herein, Marcus laut protestierend. »Das ist nicht was ich gesagt habe!«

Bobcat entgegnete: »Scheißdreck! Du hast gesagt, wenn ich in der Mondschwerkraft von ein Sechstel G einen Donut hinbekomme, würdest du Gabrielle um eine Verabredung bitten!«

Jeffrey legte mit einem Seufzen seine Berichte ab. Während er einige der wohl besten Informationen über die Mondoberfläche, die der Menschheit bekannt waren, in den Händen hielt, musste er zuhören, was die stützpunkteigene Version von einer Reality Fernsehshow für heute ausgeheckt hatte.

Die drei Männer verteilten sich um den Tisch und setzten sich an ihre üblichen Plätze. William saß zu Jeffreys Linken, Bobcat am anderen Ende des Tisches und Marcus an seiner rechten Seite.

Marcus grummelte. »Ich habe von einem echten Donut gesprochen! Du weißt schon, mit Hefeteig? Nicht einfach Spuren auf dem Regolith des Mondes.«

Bobcats schüttelte heftig seinen Kopf. »Na komm schon, Doc. Du weißt es doch besser. Wenn du keine spezifischen Angaben machst, muss ich meine eigene Definition auswählen. Und meine Definition war ein mit Rädern im Dreck gemachter Donut!«

»Regolith«, schnappte Marcus.

»Was auch immer. Also, wie schwierig ist es schon, Gabrielle um eine Verabredung zu bitten? Komm schon, Mann, zeig ein wenig Rückgrat. Ist ja nicht so, als ob sie in ihrem Leben nicht schon tausenden Männern einen Korb gegeben hätte. Alles, was das bedeuten würde, ist... ist...« Bobcat wandte sich an William. »Jetzt hilf mir mal weiter.«

William lächelte. »Zum Teufel, ich doch nicht. Ich

werde sicherlich nicht zugeben, dass mir bewusst sein mag oder auch nicht, dass Gabrielle vielleicht älter als zwei Jahrhunderte ist. Wenn eine Frau schon verärgert reagiert, falls man bemerkt, dass sie die Vierzig erreicht hat, dann werde ich verdammt noch mal ganz bestimmt nicht sagen, sie ist älter als Vierhundert. Daher, nie - im Leben nicht! Du bist auf dich allein gestellt.«

Bobcat erwiderte: »Fick dich ins Knie, mein rückgratloser Freund und das meine ich im nettest möglichen Sinn.«

William nickte. »Entschuldigung angenommen.«

Bobcat richtete sich wieder an Marcus. »Was ich meine ist, ich bin sicher, sie hat gelernt, dabei nicht das hohle und delikate männliche Ego in der Luft zu zerreißen. Also, wo liegt dein Problem?«

Marcus blickte seine beiden Teamkollegen an und brachte quietschend heraus: »Was ist, wenn sie ›Ja‹ sagt?«

Bobcat schlug mit der Hand auf den Tisch, dass es nur so schepperte. Mit der gleichen Hand zeigte er auf Marcus. »Perfekt! Dann wirst du... du...« Er sah wieder zu William. »Scheiße, was würdest du zu einer Frau sagen, die im wahrsten Sinne des Wortes schon tausende Verabredungen hinter sich hat?«

William grinste und verschloss seinen Mund pantomimisch mit einem Reißverschluss.

Bobcat warf ihm einen Blick voller Abscheu zu und wandte sich wieder Marcus zu. »Ich nehme an, sie ist noch nie mit einem Raketenwissenschaftler ausgegangen. Zum Teufel, euch Jungs gibt es doch erst seit wann? Den 1940er Jahren?«

Marcus begann über das nachzudenken, was Bobcat

sagte, als Jeffrey unterbrach: »Meine Herren, so unterhaltend das auch ist, wir müssen jetzt mit unserer Besprechung weitermachen.« Er zog ihren Projektordner hervor und meinte dann laut: »Nur eine Fußnote um eure Diskussion zu beenden... Jungs?«

Sie schauten alle von ihren eigenen Papieren auf.

Er sah sie an und lächelte. »Erinnert euch daran, dass sie in Europa gelebt hat und sehr gut mit den ursprünglichen Raketenwissenschaftlern aus Deutschland ausgegangen sein kann. Stellt euch mal vor, wenn sie einen Abend mit Wernher von Braun verbracht hat?«

Anstatt damit bei Marcus mehr Besorgnis auszulösen, sah dieser plötzlich nachdenklich aus.

Jeffrey zuckte mit den Schultern, manchmal konnte er nicht auf Anhieb die Motivation von anderen herausfinden.

•••

Robert McCarty betrat Hangar Eins und sah, dass er vorübergehend in vier verschiedene Arbeitsbereiche unterteilt worden war, die von einem Sicherheitsbereich umgeben waren. Er hob fragend eine Augenbraue als er Kevin bemerkte, der mit verschränkten Armen drüben an der Seite stand. Robert ging auf ihn zu, während er die ganzen restlichen Aktivitäten beobachtete.

»Was haben diese Tische und der ganze Rest zu bedeuten, Kevin?«

Kevin McCoullagh sah Robert an, eines der ältesten Mitglieder des Ingenieurkorps auf dem Stützpunkt und antwortete: »Da die Hauptgebäude jetzt fertig sind und wir die permanenten Positionen vergeben, führt die

Firma eine Sicherheitsprüfung bei jedem durch, der an Bord gekommen ist und bleiben möchte.«

Robert stand neben Kevin und sah einige Minuten schweigend zu. »Ich sehe, sie gehen in die zwei Büros, aber es sieht nicht danach aus, als ob sie sich dort mehr als ein paar Minuten aufhalten würden.« Er drehte sich zu Kevin um. »Haben die irgend so eine Art von Lügendetektor?«

Kevin schaute weiterhin in den Hangarbereich und log wie gedruckt. »Weiß nicht. Soweit ich das verstehe, ist das etwas von der neuen Technologie von einem der Unternehmen, die der General kontrolliert. Daher schätze ich, er hat es mitgebracht.«

»Du musstest das nicht durchmachen, als du eingestellt wurdest?«, fragte Robert neugierig.

»In gewisser Weise war mein Vorstellungsgespräch erheblich länger und gründlicher. Mir ist es untersagt, irgendetwas über meine Erfahrung zu sagen, aber ich bin mir ziemlich sicher, sie haben die ganze Wahrheit, die sie haben wollten, aus mir herausbekommen.«

Robert sah wieder zu den Büros hinüber. »Was passiert, wenn jemand den Test nicht besteht?«

»Mit vier Monaten Gehalt entlassen. Oder er bekommt die Option für ein anderes Unternehmen zu arbeiten, falls eine Arbeitsstelle vorhanden ist, für die er qualifiziert ist. In diesem Fall werden die ganzen Umzugskosten für den Angestellten und seine Familie übernommen. Bis jetzt habe ich von sechs Leuten gehört, die diese Möglichkeit wahrgenommen haben, ohne auch nur erst durch den Sicherheitscheck zu gehen.«

Robert fragte: »Hatten sie Angst den Test zu machen?«

Kevin lachte. »Nein! Sie waren einfach nur das kalte

Wetter leid und haben herausgefunden, dass die Firma einige Außenstellen in Südkalifornien und Florida hat.«

»Das klingt gut, meine Knochen fangen mittlerweile schon an zu schmerzen, wenn ich nur an einige der Winter DENKE, die wir hier haben.«

Kevin grunzte: »Nun, wenn du in ein wärmeres Klima möchtest, werde ich dich nicht zurückhalten. Aber du musst mir dabei helfen, einen oder, wenn möglich, zwei qualifizierte Kandidaten als Ersatz zu finden.«

Robert beobachtete die Leute, wie sie die Büros betraten. »Du hast gesagt, die Firma trägt die Umzugskosten?«

»Ja, für dich und einen Haushalt, der mit dir umzieht. Obwohl ich annehme, in deinem Fall gibt es ziemlich weitreichende Möglichkeiten.«

»Ach ja?«

»Ja, sie bauen auch in anderen Gegenden, sogar in Europa.«

»Kein Scheiß?«, erkundigte sich Robert.

»Nein«, erwiderte Kevin.

Robert schien nachzudenken. »Ich bin in Kürze zurück. Ich muss Tricia anrufen. Sie nervt mich schon die ganze Zeit in die Nähe vom Meer zu ziehen und wenn ich ihr nichts über diese Umzugsoption erzähle und sie es herausfindet...« Robert beendete den Satz nicht.

Kevin nickte verständnisvoll, als Robert in Richtung der Tür nach draußen losging und sein Handy herauszog.

Kevin hoffte, Roberts Frau würde die Umzugsoption wählen. Es würde wirklich ätzend sein, den Burschen entlassen zu müssen, weil er sich für die Weitergabe von

Stützpunktgeheimnissen hatte bestechen lassen.

Oder ihn gleich zu begraben, abhängig davon an wen er sie verkauft hatte. Kevin wusste, dass Michael sich hinter der zweiten Tür befand. Und er vertrieb sich einfach nur die Zeit mit den meisten dieser einfachen Gedankenüberprüfungen und wartete ab, ob Robert wirklich versuchen wollte, sich als Maulwurf in der Organisation einzunisten.

Etwas, was Kevin McCoullagh auf keinen Fall zulassen würde. Tom Billings hatte auf drei Computern Beweise gefunden. Auf diesen war Software installiert worden, die in drei Wochen damit beginnen sollte, Informationen nach draussen zu senden. Tom hatte die Software deaktiviert sowie die Firewalls verstärkt und damit effektiv das Senden von Informationen ohne Autorisation von den jetzt neu eingerichteten besonderen Datenübertragungsregeln unterbunden.

Das sollte ausreichend sein, bis ADAM die verfeinerte Version von sich selber, genannt AGILITY, online bringen konnte, die auf der enormen Anzahl von Servern laufen würde, welche Tom in den letzten drei Wochen installiert und hochgefahren hatte.

Was wirklich sehr gut war. Denn als Kevin zuerst erfahren hatte, dass Robert der Schuldige war, der diese ganze Schnüffel-Software eingerichtet hatte, wollte er ihn zunächst als blutiges Wrack hinterlassen. Es hatte ihn alle Kraft gekostet, sich so zu verhalten, als ob ihm nichts von Roberts Hinterhältigkeit bekannt sein würde. Zu wissen, dass sie nur noch wenige Tage vor der Aktivierung von AGILITY standen, hatte seine Hand zurückgehalten.

So gerade eben.

KAPITEL 3

TQB-Stützpunkt, Colorado, USA

Hallo Boss.«

Bethany Anne sah nach links, als sie den Gang hinunterging. »Hey Kevin, wie ist die Sicherheitsüberprüfung gelaufen?«

Kevin McCoullagh gesellte sich zu Bethany Anne, die auf ihrem Weg zu Lances Büro war. »Gut genug. Fast alle der Störenfriede sind gegangen, ohne uns Probleme zu verursachen. Kann allerdings nicht behaupten, dass ich allzu glücklich bin, Robert ohne ein Andenken von mir gehen zu lassen.«

Bethany Anne zog eine Augenbraue hoch. »Meine Güte, da ist aber heute jemand in einer ziemlich blutdürstigen Stimmung, nicht wahr?«

Kevin zuckte resignierend die Schultern. »Ich bin stinksauer, dass er sich so leicht verkauft hat. Ich muss mich fragen, ob er das auch getan hätte, wenn er noch in Uniform wäre. Wie dem auch sei, ich habe nichts gesagt.«

»Gut. Das Team hat den Plan, die von ihm installierte Software zu überwachen, um zu sehen, auf was genau sie es abgesehen haben und dann falsche Informationen einzuspeisen.« Sie kamen an Lances Büro an, wo Bethany Anne ein paar Mal leicht anklopfte und dann die Tür öffnete.

»Bethany Anne!« Patricia lächelte sie von ihrem Platz hinter ihrem Schreibtisch aus an und stand auf. Lance und Patricia hatten nach einigem Hin und Her entschieden, dass sie ein großes Büro mit zwei sich gegenüberstehenden Schreibtischen an beiden Seiten des Zimmers haben wollten. Wenn man einen Spiegel in der Zimmermitte aufstellen würde, ergäbe es das gleiche Bild. Mit der Ausnahme, dass der Spiegel nicht Lances gelegentlich grimmiges Gesicht auf der anderen Seite zeigen würde.

»Hey, Patricia.« Bethany Anne ließ sich von der Frau umarmen. Sie sah jetzt nicht viel älter als Bethany Anne aus. Das klärte auch direkt die Frage, ob sie diese mit ›Mom‹ anreden sollte, da sie doch eher nach ihrer Schwester aussah.

Bethany Anne drehte sich um und deutete auf Lances leeren Stuhl. »Ist Dad in der Nähe?«

Patricia nahm wieder Platz. »Ja. Er ist losgezogen, um ein paar Mars aufzutreiben. Er wird Mitte des Nachmittags immer reizbar, wenn er nicht genug Schlaf gehabt hat. Ich habe herausgefunden, dass Zucker und Schokolade ihn aufmuntern.«

Kevin sah zu Lances Schreibtisch und fragte: »Keine Sorgen wegen seiner Gesundheit?« Er drehte sich zu den beiden jung aussehenden Frauen um, die ihn groß anstarrten. »Oh, mein Fehler, ich hab' nicht nachgedacht. Ihr kennt keine Kaloriensorgen.«

Eine Stimme erklang hinter ihnen. »Hey, Kevin! Hey, Baby!« Bethany Anne drehte sich um und umarmte ihren Vater, Kevin bekam einen grüßenden Schlag auf den Rücken. »Bereit über den Stützpunkt zu reden?«

Kevin schloss die Tür. »Jawohl.«

Patricia griff sich ihren Laptop und Kevin drehte einen von Patricias Stühlen herum, sodass alle Lance gegenübersaßen.

Lance sagte: »Wir können etwas später über die drei F&E-Gruppen der Firma sprechen.« Dann fragte er Kevin: »Was haben wir von Michael erfahren?«

Kevin antwortete: »Wir haben bereits welche von der Rüstungsindustrie auf der Matte stehen, die versuchen in unsere Geschäfte hineinzusehen. Anscheinend lässt der Umstand, dass du der große Boss bei TQB Industries bist und hier auf deinem alten Stützpunkt lebst, jeden annehmen, du hättest hier ein großes Rüstungsding laufen. Das war zumindest der ›Kernpunkt‹ bei drei Leuten, die Michael gelesen hat. Wir haben noch keinen von ihnen gefeuert, da wir auf zusätzliches Personal warten, um ihre Aufgabengebiete abzudecken, bevor wir sie gehen lassen.«

Bethany Anne fragte: »Welche Art von Personal brauchst du?«

Kevin erwiderte: »Sicherheit, Ingenieurwesen, Wartung und Einsätze. So ziemlich alles.«

Patricia unterbrach: »Ist es sehr schwierig hier in den Staaten Leute zu finden, die aus der militärischen Ecke kommen und sicher sind?«

»Nein, wir haben schon bei der Auswahl der Besatzung für die Schiffe bewiesen, dass das möglich ist«, antwortete Bethany Anne. »Aber wir müssen daran denken, mehr Länder in unseren Mix einzubinden. Ich will nicht, dass es immer nur eine ›rein amerikanische‹-Antwort auf alles gibt.«

»Wie sieht das mit Überprüfungen von denen aus? Soweit ich von Frank weiß, hat er das für dich übernommen, als du deine Schiffe bemannt hast«, sagte Lance nachdenklich, als er eine Zigarre auswickelte und zwischen die Zähne steckte.

Bethany Anne rümpfte ihre Nase. »Ihh! Diese Dinger riechen nicht mehr gut, nicht so wie in meiner Jugend.« Sie wand sich im Versuch sich bequemer hinzusetzen in ihrem Stuhl hin und her. »Dad, bist du über das, was ich über mehr Amerikaner gesagt habe, sauer?«

»Liebes«, sagte Patricia, »dein Vater weiß sehr gut, dass wir nicht so einseitig amerikanisch bleiben können, aber lass ihn das auf seine eigene Weise ausarbeiten.«

Kevin versteckte sein Lächeln hinter der Hand und unterdrückte es aber rasch als Lances Blick auf ihn fiel.

»Mit Frank, Dan und ADAM bin ich mir ziemlich sicher, dass wir das gleiche erreichen können, was wir im Fall der Polarus und Ad Aeternitatem geschafft haben. Außerdem haben wir für den letzten Schliff immer noch Michael.«

»Apropos Michael«, unterbrach Kevin, »Er sagt, dass die Pods definitiv eine feine Lösung sind, aber er bevorzugt eine mehr persönlichere Erfahrung und fordert eine Stewardess für seinen nächsten Flug an.« Diesmal versuchte Kevin sein Lächeln nicht zu verstecken, als Bethany Anne errötete.

»Dem werde ich ›Stewardess‹ geben...«

»Ich denke, genau das ist seine Idee, Süße«, sagte Patricia.

Bethany Anne wandte sich ihr entgeistert zu. »Auch du?«

»Ich auch was? Ich weise nur auf das Offensichtliche hin. Ich bin nicht sicher was vorgefallen ist, dass du so wütend auf ihn bist.«

Bethany Anne verschränkte stur ihre Arme. »Nichts. Ist. Geschehen.«

Patricia blickte zu Lance hinüber, der seine Tochter beobachtete und im Minutentakt nickte. »Ich verstehe. Nun, wenn du eine vernünftige Beziehung mit einem derart mächtigen Unterstützer führen willst, dann musst du da runterfliegen und eine Diskussion über dieses ›Nichts‹ führen.«

Sie starrte ihren Vater an, der genauso fest zurückstarrte. Zum Schluss blickte sie zu Boden. »Ich ziehe das in Erwägung.«

»Nein, du wirst dorthin gehen und es tun«, sagte Lance nachdrücklich. Bethany Annes Kopf flog wütend hoch, aber Lance fuhr fort: »Du kannst auf keinen Fall ein so großes potenzielles Missverständnis zwischen dir und Michael stehen lassen. Wenn das unaufgelöst bleibt, kann es einem Feind die Möglichkeit bieten, es gegen dich zu benutzen. Das ist schlechte Führerschaft, nur weil du mit ihm - über weiß Gott was – gestritten hast, meine junge Dame.«

Sie nickte einmal abrupt, um ihn wissen zu lassen, dass sie die Nachricht verstanden hatte.

Lance wandte sich an Kevin. »Welche Bedenken hast du hinsichtlich der Sicherheit?«

Kevin blätterte eine Seite um. »Wir verteilen eine große Menge an elektronischen Überwachungsgeräten und Sensoren über das ganze Gelände. Das Problem besteht sowohl in der Größe des Stützpunktes, als auch, wie leicht kleine Drohnen auf das Gelände kommen können.«

Bethany Anne fragte: »Reden wir hier über Quadrocopter oder was?«

Kevin blätterte noch mal weiter. »Solche, außerdem winzige Apparate in Insektenform, Wanzen auf Gegenständen, die hereingebracht werden, auf die Fenster im F&E Bereich gerichtete Lasergeräte mit großer Reichweite, dazu der normale Personenverkehr, Datenübertragungen und noch viele weitere Sachen.«

Bethany Anne nahm ihre Lieblingshaltung zum Nachdenken ein. Sie stützte ihren Fuß auf, lehnte ihren Ellenbogen auf das Knie und ihr Kinn in der Hand.

Kevin blickte zu Lance hinüber, der mit den Schultern zuckte. Aus den Augenwinkeln sah Kevin, wie Patricia einen Finger hob.

»Wir brauchen Vampire.«

Patricia verschluckte sich, hustete und lachte dann kurz auf. Kevin machte Anstalten ihr auf den Rücken zu klopfen, aber sie bemerkte es und sagte: »Schon gut! Es ist nichts weiter. Ich habe einfach nicht damit gerechnet, sie sagen zu hören, wir bräuchten noch mehr Vampire!«

Bethany Anne grinste nur und Kevin bemerkte, dass Lance abwesend erschien, daher hakte er nach: »Woran denkst du?«

Sie zuckte die Schultern. »Wenn wir genügend für eine Nachtmannschaft zusammen bekommen, so sollten sie mit Leichtigkeit mit jeglichem nächtlichen Eindringling fertig werden. Ich bezweifle, dass viele ihren Geruchssinn täuschen können und wenn wir zwei in einem Pod haben, könnten sie sehr schnell überall auf dem Stützpunkt auftauchen. Und falls ihnen etwas zustößt, dann haben sie die beste Chance es zu überleben.«

»Im Gegensatz zu Wechselbälgern«, betonte Lance.

»Richtig.« Sie stand auf und lief ein paar Schritte

nach links, drehte sich dann um. »Aber die Wahrheit ist, dass sowohl Vampire als auch Wechselbälger einfach nur zwei Seiten derselben Technologie sind. Ich kann das Problem mit der Sonne beheben, aber jeder Vampir, den wir anwerben, müsste erst seine Vertrauenswürdigkeit beweisen, bevor ich ihnen diese Lösung anbiete.«

»Wieso vertraust du Vampiren nicht?«, fragte Kevin. Lance wandte sich ihm zu und hob eine Augenbraue. Kevin erinnerte sich wie Lance ihm einmal den Kopf gewaschen hatte, weil er bei einem Blind Date eine komplette Hintergrundüberprüfung durchgeführt hatte und versicherte ihm: »Ich bin nur neugierig.«

Bethany Anne antwortete: »Das ist eigentlich eine gute Frage. Seitdem ich verwandelt wurde, bin ich sowohl Vampiren als auch Werwesen vorgestellt worden, die Arschlöcher waren. Die Wahrheit ist, Arschlöcher gibt es überall. Wenn du ihnen überlegene Fähigkeiten verleihst, kannst du ein erträgliches, kleines Arschloch in ein Riesenarschloch verwandeln. Mit Michaels Hilfe habe ich eine gute Chance sicherzustellen, dass wir anständige Leute bekommen. Zur Zeit habe ich einen noch nicht ausreichenden Ruf unter den Wechselbälgern, damit sie hier zu uns auf den Stützpunkt kommen. Nathan und Ecaterina kümmern sich für mich im Moment darum.«

»Bist du wirklich sicher, dass du über Michaels Hilfe verfügst?«

Sie drehte sich zu ihrem Vater zu. »Ich hab‹ dich schon beim letzten Mal verstanden, als du deinen ›Daddy-Schläger‹ herausgeholt hast und in mein persönliches Leben gestampft bist. Ich werde ihn besuchen, okay?«

Lance faltete seine Hände auf dem Schreibtisch,

blickte eine Sekunde nachdenklich über ihren Kopf hinweg und sah ihr dann in die Augen. »Ja, ich denke das reicht.«

»Danke sehr.«

»Solange es bald geschieht.«

Bethany Anne zog ihre Lippen zurück, damit ihr Vater sehen konnte, dass sie ihre Zunge fest zwischen den Zähnen eingeklemmt hielt. Sein antwortendes Grinsen brachte sie zum Lächeln. »In Ordnung, Dad. Ich werde ihn heute Nacht aufsuchen, wenn er Zeit hat.«

»Oh, Baby«, merkte Patricia hinter Bethany Anne an. »Er hat ganz sicher Zeit!«

Washington, D.C. USA

Barb griff in die Donutschachtel und wählte einen mit Zuckerguss überzogenen Donut, von den vier, die noch übrig waren. Es war nach acht Uhr abends und alle anderen Mitarbeiter waren bereits nach Hause gegangen.

Sie hatte pünktlich zum Feierabend mit ihrem anderen Projekt begonnen und drei Stunden nachgeforscht, bevor sie wieder auf dieses Rätsel zurückkam.

Sie konnte es nicht ändern. Die Wahrheit steckte dort irgendwo, so schien es. Aber sie war verdammt schwer zu finden.

Unbekanntes hatte sie schon immer gefesselt. Daher musste sie unbedingt herausfinden, was sich hinter dieser Tür versteckte, selbst wenn es unheimlich war. Es war wie damals in ihrer Kindheit, als sie jede Nacht den Baseballschläger, den sie aus dem Zimmer ihres Bruders genommen hatte, bei sich behielt, obwohl ihre Eltern ihr versprochen hatten, dass sich nichts unter ihrem Bett verbarg.

Jetzt war sie eine erwachsene Frau und trotzdem wünschte sie sich wirklich inständig diesen Baseballschläger jetzt zur Hand zu haben. Wenn sie noch irgendwelche Fingernägel übrig gehabt hätte, um daran zu knabbern, würden sie jetzt wieder mal weg sein.

Diesmal, falls man dem vagen Puzzle, das sie zusammengestellt hatte, glauben durfte, waren einige Monster Amok gelaufen, zunächst um andere Monster auszulöschen und jetzt waren sie anscheinend hinter ihren Terroristen her.

Mit irgendeinem zwielichtigen Regierungskontakt, der fast hundert Jahre alt sein musste. Sie fühlte sich wie in einer Episode von Twilight Zone. Was zur Hölle ging da bloß vor?

Sie arbeitete daran, ihren früheren Bericht über die vermissten Terroristen und den Angriff hier in Washington zu erweitern. Der ehemalige Armee Colonel war vor gerade einmal zwei Wochen im Gefängnis einem Herzanfall erlegen, daher bestand keinerlei Möglichkeit, irgendwelche weiteren Informationen von ihm zu bekommen. Obwohl das zu glatt erschien, bezweifelte sie doch, dass es etwas mit ihrem Monster-Kommando zu tun hatte.

Huch, dachte sie, *der Name passt doch wirklich ganz gut auf sie.* Da sie anscheinend in der Nacht zuzuschlagen schienen, gefiel ihr der Name und sie schrieb ihn nieder. So, zumindest hatten sie jetzt einen Namen.

Ihr war gelungen, herauszufinden, dass die Information über Colonel Nickelson, der sich hatte bestechen lassen, um seine eigenen Männer zu hintergehen, tatsächlich der Wahrheit entsprach.

Sie hatte endlich die Telefonbelege für ein billiges

Wegwerfhandy aufspüren können, die mit Anrufen zum deutschen Militär und danach zu Nickelson übereinstimmten. Nachdem es benutzt worden war, um Nickelson anzurufen, verschwanden alle Hinweise spurlos. Wer auch immer es benutzt hatte, hielt ziemlich gute Sicherheitsmaßnahmen ein.

Bastard!

Barb gefielen Rätsel, aber manchmal war sie höllisch ungeduldig. Es wäre wirklich schön gewesen, wenn die Person, die Nickelson angerufen hatte, ein bisschen weniger Vorsicht hätte walten lassen.

Sie kämmte nochmals die Telefonbelege durch, um zu sehen, ob der deutsche Militärkontakt noch weitere Anrufe von Wegwerfhandys erhalten hatte, aber in den letzten paar Monaten war nichts registriert. Vielleicht war die Person untergetaucht.

Oder, überlegte sie, *vielleicht hatte das Monster-Kommando auch ihn oder sie ebenfalls erwischt?*

Ihr lief ein Schauder über den Rücken. Aus wem auch immer dieses Team bestand, sie waren verdammt effizient darin, den Dreck auszulöschen.

Was sie dazu brachte, sich zu fragen, wer hinter den Kulissen die Strippen zog, um sie dazu zu veranlassen, diese Gruppe aufzuspüren? Wieso hatten sie so ein starkes Bedürfnis sie aufzuspüren, dass sie eine große Ermittlungseinheit, die auf hochwahrscheinliche Terroristenangriffe fokussiert war, dazu benutzten, um zu versuchen diese Gruppe zu finden? Soweit Barb es feststellen konnte, griff das Monster-Kommando niemals unschuldige Ziele an.

Ihr wurde mit einem Mal bewusst, dass sie ihren Donut aufgegessen hatte, ohne ihn auch nur zu schmecken.

Sie trank einen Schluck Kaffee. Irgendwie begann sie die Richtung, in die ihre Gedanken liefen, langsam zu beunruhigen.

Das Monster-Kommando handelte sehr vorsichtig, um unter dem Radar zu bleiben. Trotzdem gab es hier unbekannte Regierungskontakte, welche die Strippen zogen, um sie zu finden. Und es gab nur einen einzigen Berührungspunkt zwischen den beiden Gruppen... sie selber.

Scheiße!

Alarmiert riss sie ihre Augen weit auf! Sie war das schwache Glied.

Sie beugte sich nach links und wischte sich über dem Papierkorb die Krümel von ihren Händen. Es wurde höchste Zeit mehr Informationen darüber zu sammeln, wer ihre Nachforschungen steuerte.

Sie musste sich absichern und der einzige Weg, wie sie das erreichten konnte, war Informationen zu gewinnen.

Sie musste herausfinden, wer über das Monster-Kommando Bescheid wissen wollte und warum.

TQB-Stützpunkt, Colorado, USA

Cheryl Lynn klopfte an die Tür und hörte eine Frauenstimme ›Herein!‹ rufen. Sie trat ein und sah eine hübsche Frau zu ihrer Linken sitzen. Auf ihrem Schreibtisch stand ein sehr altmodisches Namensschild, auf dem ›Patricia‹ stand. Cheryl Lynn fragte sich, ob die Frau es von jemandem geerbt hatte, die hier auf dem Stützpunkt gearbeitet hatte, während dieser noch von der Armee geführt wurde.

Die Frau erhob sich, als Cheryl Lynn hinter sich die Tür schloss und trat vor, um ihr die Hand zu schütteln. »Hallo, ich bin Cheryl Lynn. Mir wurde von John Grimes gesagt, ich sollte hierher kommen, sobald ich meine Kinder in der hiesigen Schule eingeschrieben habe.«

Patricia lächelte. »Hi, Cheryl Lynn, Sie sind Johns Cousine, richtig?« Cheryl Lynn nickte. »Gut, nehmen Sie doch gleich hier Platz und ich beantworte Ihnen einige Ihrer Fragen bis Bethany Anne zurückkehrt.«

Beide Frauen setzten sich zu beiden Seiten den Tisches. Cheryl Lynn sprach als erste, versuchte das Eis zu brechen. »Ich habe Ihr wunderschönes altes Namensschild hier bemerkt, hat Ihre Mutter oder Großmutter gedient?«

Patricia sah auf ihren eigenen Namen nieder. Sie wusste nicht genau, ob sie sich nun ärgerlich oder amüsiert fühlen sollte. Dann lächelte sie. »Das ist wirklich eine interessante Geschichte, aber ich kann Ihnen schon mal sagen, dass ich es von meinem vorherigen Posten mit auf diesen Stützpunkt gebracht habe.«

»Sie waren auch in der Armee?«

»Ja, Liebes, ich war in der Armee.« Cheryl Lynn fand es seltsam, dass eine Dame, die sicherlich nicht älter als sie selber sein konnte, sie ›Liebes‹ nannte.

Hinter ihr öffnete sich die Tür und ein jungaussehender Mann stampfte in das Zimmer, ohne auch nur einen Blick auf die beiden Frauen zu werfen. Er war offensichtlich über irgendetwas sehr verärgert. Cheryl Lynn drehte sich zu Patricia um, die nur gelassen lächelte und ihr zuzwinkerte, bevor sie sich umdrehte und zusah wie er ein Schreibbrett mit einem gelben Notizblock voller Notizen ergriff. Er öffnete danach die oberste linke Schublade von seinem Schreibtisch.

Mit einem lauten Knall schloss er sie und öffnete die nächste. Auch diese schloss er mit einem Knall, um die dritte Schublade zu öffnen. »Ha!« Er griff in die Schublade und zog etwas heraus, was anscheinend in Zellophan eingewickelt war, da es knisterte, bevor auch diese Schublade zugerammt wurde.

Er erhob sich und hielt den Gegenstand zwischen den Zähnen fest, während er seine Taschen durchsuchte und danach die vordere Schublade aufriss. Er griff hinein und schnappte sich einen Schlüsselbund, den er in seine Tasche steckte.

Es schepperte nochmals, als er auch dieses Schubfach zuknallte.

Er schnappte sich mit der rechten Hand einen weiteren Haufen Papiere und ging wieder zur Tür, ohne einen einzigen Blick in ihre Richtung zu werfen. Cheryl Lynn hörte nur ein gedämpftes »Lieb dich, Baby« von dem Mann, der die Tür öffnete und hinausging, erstaunlicherweise diesmal ohne sie zuzuknallen.

Cheryl Lynns Gesicht zeigte pures Erstaunen, als sie sich zu Patricia umdrehte und sie verblüfft anstarrte.

»Das, meine Liebe, ist mein Ehemann Lance«, sagte Patricia gelassen. »Zu der Zeit, als dies noch ein Armeestützpunkt war, leitete er ihn als General und ich muss zugeben, dass der Aufenthalt hier auf dem Stützpunkt manchmal die übelsten Aspekte seiner Armeepersönlichkeit hervorbringt.«

»General?« Patricia nickte Cheryl Lynn zu. »Wie alt ist er denn?«

Patricia wollte gerade etwas sagen, als die aufgehende Tür sie wieder unterbrach. Dieses Mal hörte

Cheryl Lynn die Stimme von Bethany Anne aus dem Gang erklingen. »Ashur, du bleibst mit deinem flusigen Hintern genau hier sitzen. Nein! Hier bleibst du, du armseliger Ersatz für einen laufenden Wollteppich. Dad hat einen Tobsuchtsanfall gekriegt, als du letztes Mal über seinen ganzen Boden gehaart hast. Nein, du brauchst mich gar nicht so anzugucken, du Taugenichts! Du weißt verdammt gut, dass du dich vorsätzlich auf dem Teppich hinter seinem Schreibtisch herumgewälzt hast. Ich schwöre bei Gott, ich werde die Frevler & Entarteten Gruppe herausfinden lassen, wie ich mit dir kommunizieren kann, damit ich dir den Arsch versohlen kann, wenn du mir Widerworte gibst.«

Die Tür öffnete sich ganz und Bethany Anne trat ein. Cheryl Lynn sah hinter ihr Scott stehen. Er begleitete Bethany Anne in das Zimmer und zwinkerte ihr zu, dann drehte er sich um und stand draußen Wache. John hatte ihr als erstes Eric vorgestellt, danach Scott und zum Schluss Darryl, nachdem die beiden von einer kurzen Reise nach Texas zurückgekehrt waren. Sie hatten ausgerechnet Ausschau nach einem UFO gehalten, das angeblich gesichtet worden war.

Bethany Anne fragte: »Wo ist Dad?«

Patricia antwortete: »Er ist eben gerade wieder raus. Er hatte sich nur seinen Notizblock für eine Konferenzschaltung mit dem Team auf der Polarus geholt.«

»Oh, okay.« Bethany Anne wandte sich an Cheryl Lynn. »Sind Tina und Todd gut in der Schule untergebracht?« Cheryl Lynn nickte und versuchte alles zu verdauen, was sie glaubte bis jetzt gehört zu haben. »Gut. Hat John sie mit hinüber zum Forschungsbereich genommen?«

Cheryl Lynn dachte an die Diskussion zwischen ihrer Tochter Tina und Marcus Cambridge zurück, als sie sich kennenlernten. Marcus wusste anscheinend genügend über Biologie Bescheid, um mit ihr ein grundlegendes Gespräch ausgerechnet über Genetik zu führen. Bevor Cheryl Lynn eine Chance bekam, herauszufinden worum es ging, hörte sie einen Jubelschrei von ihrem Sohn Todd und drehte sich um. Er redete mit zwei Männern in der Nähe eines Militärhubschraubers. Todd erzählte ihr später, dass es sich um einen Black Hawk handelte, der Shelly hieß.

John hatte gelächelt und ihr zugeflüstert: »So ist das, wenn Jungs eine Chance bekommen sich zu verlieben. Keine Sorge, Bobcat und William werden aufpassen, dass er sich nicht verletzt, vertrau mir.« Cheryl Lynn hatte nur genickt und Tina hinterhergeschaut, die Dr. Cambridge in einen Raum voller Gerätschaften folgte. Als sie wieder herauskam, redete sie mit dem Mann über Schwarze Löcher und Parsecs und hatte mit ihm verabredet ihn dienstags und donnerstags nach der Schule aufzusuchen.

Cheryl Lynn blieb nichts anderes übrig, als ihrem Cousin kräftig gegen den Arm zu boxen, als der sie frech angrinste. Nicht, dass es diesem testosterongefüllten Windbeutel auch nur das Geringste ausgemacht hätte.

Danach beantwortete sie Bethany Annes Frage. »Ja. Todd kann nicht aufhören über Shelly zu reden und Tina redet jetzt ununterbrochen über Planeten und das Weltall. Sie erwähnt ab und an auch noch die Genetik, aber im Moment verhält sie sich so, als ob Dr. Cambridge zu besuchen, das beste Geschenk wäre, das ich ihr machen kann.«

»Dr. Cambridge?« Bethany Anne sah sie verblüfft an.

»Der Wissenschaftler, weißt du?«, erwiderte sie.

»Nein, das meinte ich nicht. Ich weiß schon, wer er ist. Ich bin nur überrascht, dass du seinen Familiennamen verwendest.«

Cheryl Lynn errötete. »Nun, ein Gentleman seines Alters verdient Respekt.«

Bethany Anne blieb einen Augenblick nachdenklich stehen und sah zu Patricia hinüber. »Würde es dir etwas ausmachen, ihn zu überprüfen?«

Patricia ging zu ihrem Schreibtisch und fragte über die Schulter: »Die gleiche Art von ›Überprüfung‹, die dein Vater bei mir durchgeführt hat?«

Bethany Anne grinste. »Nun, ich bin mir nicht sicher, ob ich wirklich wissen will, was er getan hat. Aber wie wäre es, wenn du bestätigst, ob er genügend ›auf unserer Seite‹ steht, dass er einen Gesundheitsschub gerechtfertigt?«

»Wird erledigt.« Patricia griff nach ihrem Telefon und tippte eine Notiz zur Erinnerung ein.

»War dieser Mann tatsächlich dein Vater?«, fragte Cheryl Lynn ungläubig.

Bethany Anne drehte sich zu Cheryl Lynn, um ihre Frage zu beantworten. »Ja.« Danach wartete sie und beobachtete wie Cheryl Lynn reagieren würde.

Cheryl Lynn überdachte ihre nächste Frage sehr sorgfältig. Irgendwie erschien es ihr, dass sie aus irgendwelchen Gründen unter die Lupe genommen wurde. Cheryl Lynn wusste natürlich, dass sie nur auf den Stützpunkt aufgenommen worden war, weil sie Johns Cousine war, aber sie hatte keine Ahnung, was sie hier machen sollte. John hatte ihr nichts weiter mitgeteilt, als dass sie in irgendeiner Funktion für Bethany Anne arbeiten würde.

Sie dachte über alles nach, was sie bis jetzt gesehen hatte. Bethany Anne könnte natürlich einen Witz machen, aber sie schien immer direkt zu sein, wenn sie scherzte.

Cheryl Lynn sagte langsam verblüfft: »Ich bin nicht mehr in Kansas, nicht wahr.«

Das war eine Aussage, keine Frage. Patricia lachte herzlich. »Süße, du hast Kansas schon lange hinter dir gelassen.«

KAPITEL 4

Buenos Aires, Argentinien

Bethany Anne erschien in Argentinien in dem Raum, der von ihrem Team seit kurzem als ihr ›Landezimmer‹ bezeichnet wurde. Sie ließ Ashurs Nacken los und begann die Schlösser zu entriegeln, die sicherstellten, dass während ihrer Abwesenheit niemand das Zimmer betrat. Sie hatte kaum angefangen die Tür zu öffnen, als sie schon Tabitha den Gang herunterrennen hörte.

Bethany Anne trat eilig zurück, damit Ashur hinausrasen konnte. Sie zuckte beim Geräusch des Zusammenstoßes zusammen, als Ashur und Tabitha miteinander kollidierten. Tabitha schrie aus vollem Hals »Ashur!« und kicherte, während Ashur ihr über das ganze Gesicht leckte.

Die beiden fingen an, mitten im Gang miteinander auf dem Boden zu rangeln. Obwohl dieser groß war, blockierte das verwickelte Durcheinander mit dem bellenden Ashur und der lachenden Tabitha trotzdem jegliches Durchkommen. Die junge Frau war von ihrem Ausflug mit Gabrielle bemerkenswert glücklicher und in besserer Stimmung zurückgekehrt. Natürlich hatte Bethany Anne versucht von Gabrielle einige Hinweise herauszubekommen, was dabei passiert war, aber wie immer war Gabrielle ziemlich verschlossen geblieben.

Bethany Anne wechselte in ihre Vampirgeschwindigkeit und benutzte sie, um die beiden ringenden Kämpfer zu umgehen, fiel danach aber wieder in normale Geschwindigkeit zurück, als sie das Hauptwohnzimmer betrat. »Michael?«, rief sie. Sie hörte ein ›Bin hier oben‹, daher machte sie kehrt und stieg die Treppe in den zweiten Stock hinauf. Michael hatte einen der lächerlich protzigen Räume, die Anton bevorzugt hatte, komplett renoviert und in eine Bibliothek umgewandelt. Während der vielen Jahre seines Lebens hatte Michael eine beeindruckende Sammlung von Büchern zusammengetragen. Bei einem Großteil handelte es sich um ledergebundene Erstausgaben. Seine neue Bibliothek mit ihrem beruhigenden Duft nach Leder und Möbelwachs war jetzt sein bevorzugter Aufenthaltsort, wenn er sich entspannen wollte.

Und richtig, er hatte es sich in einem der Sessel bequem gemacht. Ein Kognakschwenker stand auf dem eleganten Beistelltisch neben ihm, auf dem eine Tiffany-Lampe gedämpftes Licht verbreitete. Sie setzte sich in den Sessel, der ihm gegenüber stand. Alle vier Wände waren vom Boden bis zur Decke mit geschmackvollen dunklen Holzregalen bedeckt, die seine beeindruckende Buchsammlung enthielten und nur das Fenster frei ließen.

Sie spürte, dass der Sessel noch erwärmt war, daher musste Tabitha bei ihrer Ankunft hier oben gesessen haben. Sie fragte sich müßig, ob Michael Tabitha mitgeteilt hatte, dass sie angekommen war oder ob Tabitha als effektives Mittel gegen böse Überraschungen Geräuschmelder vor dem Ankunftsraum installiert hatte, die sie über Bethany Annes Ankunft informierten.

»Einen Drink?«, fragte Michael mit einem leichten Lächeln im Gesicht. Dieser Gottverfluchte Kerl, er war leger gekleidet und sah wie immer umwerfend aus.

»Äh, nein. Ich glaube, ich möchte lieber einen klaren Kopf behalten.«

»Ach? Hast du irgendetwas vor, das klares Denken erfordert?« Michael benutzte seinen Finger als Lesezeichen und schloss sein Buch.

»Ja. Ich muss mit dir reden.« Er erwiderte nichts, zog nur fragend eine Augenbraue hoch und wartete. Sie machte sich nicht einmal die Mühe zu versuchen, den Mann im Wartespiel zu schlagen. Er hatte tausend Jahre Zeit gehabt, Geduld zu lernen. Und wenn man ihrem Vater Glauben schenkte, war sie selber von Natur aus schlicht unfähig Geduld zu üben.

Was nicht der Wahrheit entsprach. Ihrer Meinung nach hatte sie das Spiel, was sie gespielt hatte, um Michael in ihre Arme zu locken, sehr gut hinbekommen.

Eine ganze Zeit, obwohl der Bastard es einfach abgelehnt hatte, einen Zug zu machen und sie zu umwerben. Dass er so lange brauchte, hatte ihr Ego verletzt, daher hatte sie es schließlich sein lassen. Wenn sie seitdem mit ihm gesprochen hatte, fehlte das frühere Gefühl der Dringlichkeit und Erwartung, die sie vorher genossen hatte. Er hätte sich in sie verlieben müssen und seinen verdammten Kopf mit einem physikalischen kosmischen Knall verlieren müssen.

Es hatte keinen kosmischen Knall gegeben. Wer auch immer jemals behauptet hatte, dass ein langsames Brennen das Beste sei, hatte bestimmt keinen Michael in seinem Leben gehabt. Er frustrierte sie höllisch.

Und ständig.

So wie gerade jetzt wieder.

Sie beäugte ihn. Er trank einen Brandy mit einer Honignote. Sie konnte es riechen und sah die Farbtöne in der Reflexion von der Lampe glänzen. Sie lehnte sich vor und diesmal ging es ihr nicht darum, ihm die Möglichkeit zu bieten, ihr in den Ausschnitt zu sehen. Sie streckte auffordernd ihre Hand aus, um zu sehen, ob er mit ihr teilen würde. Er schien ihr das Glas gerne zu überlassen.

Sie sah ihm in die Augen, während sie daran nippte. Als sie schluckte, zog er wieder fragend eine Augenbraue hoch.

Und ja, es schmeckte gut. Sie hielt ihre Augen auf ihn gerichtet, während sie den Rest leerte und dann das Glas beiseite stellte, ohne hinzusehen.

Sie fragte heiser: »Kennst du das Problem mit Männern, die tausend Jahre alt sind?«

Er antwortete mit einem herausfordernden Glitzern in den Augen. »Nein, aber ich bin mir sicher, du wirst mich aufklären.«

Sie lehnte sich vor, um aufzustehen, ergriff gleichzeitig ihr T-shirt und als sie vor ihm stand, hielt sie ihr T-Shirt in der Hand und es war sonnenklar.

Sie trug keinen BH.

Sie sagte: »Männer, die tausend Jahre alt sind, haben zu viele Hemmungen.«

Unten streichelte Tabitha immer noch den Kopf von Ashur, der in ihrem Schoß ruhte. Seine Ohren stellten sich plötzlich auf und er hob seinen Kopf, um den Gang hinunterzuschauen. Tabitha wandte sich ebenfalls in diese Richtung und hörte dann einen leisen Knall. Danach folgten ein Krachen und einige andere gedämpfte Geräusche.

Sie drehte sich wieder zurück zu Ashur, der seinen

Kopf wieder in ihren Schoß hatte sinken lassen und teilte ihm mit: »Das wurde aber auch Zeit, er war in letzter Zeit ein richtiger Miesepeter.«

Dann richtete sich Tabitha plötzlich auf und sie begann sich auf dem Boden zu winden, während sie versuchte in ihre Hosentasche zu greifen. Ashur hob seinen Kopf an und schaute sie verblüfft an. Sie riss ihr Handy heraus.

»Entschuldige Ashur, aber ich hätte fast vergessen Gabrielle eine Textnachricht zu schicken. Und das, mein pelziger Freund, würde man eine ›karrierebegrenzende Dummheit‹ nennen.« Sie grinste und steckte das Handy wieder weg. Dabei malte sie sich aus, wofür sie ihren Gewinn aus dem Wettpool ausgeben könnte.

•••

»Vielleicht«, schlug Michael vor, während seine Hände durch ihr Haar glitten, »sollten wir jetzt in ein Schlafzimmer umziehen?«

»Hmm?« Bethany Anne genoss wie er mit ihrem Haar spielte. »Ich will mich nicht bewegen.«

»Mmhh.« Michael lehnte sich zurück und konnte so gerade eben die Tür erreichen, um sie die letzten Zentimeter zuzuschieben. Er war sich sicher, dass Tabitha ihn später deswegen nerven würde, aber offengestanden kümmerte ihn das im Moment überhaupt nicht. »Bethany Anne, auch wenn ich das wundervolle Gefühl deines Körpers jetzt aufs Spiel setze – daher bewege dich bitte nicht – gab es sonst noch etwas, was du brauchst, abgesehen vom Sicherstellen, dass wir beide uns richtig verstehen?«

Bethany Anne erwiderte: »Wenn du versprichst, nicht

aufzuhören mit meinem Haar zu spielen, verspreche ich, nicht wieder mit meinen Nägeln über deinen Rücken zu kratzen.«

Michael dachte an diesen Moment zurück. »Es tut mir leid, aber wann habe ich dich aufgefordert das nicht zu tun?«

Sie lächelte. »Oh. Mein Fehler, ich dachte, das Blut wäre ein ziemlich eindeutiger Hinweis.«

»Ich versichere dir, das ist nur ein kleiner Preis«, erwiderte er.

Sie drehte sich leicht, sodass sie auf der Seite liegen und ihren Kopf auf seinen Bauch ruhen lassen konnte. Sie öffnete ein Auge und bemerkte, dass seine Hosen in drei Meter Höhe vom obersten Regalbrett der Bücherwand herunterhingen. »Ich erinnere mich nicht, wie das passiert ist.«

Er folgte ihrem Blick zu den Hosen hoch und überdachte die letzten Ereignisse. »Weißt du, ich auch nicht.«

Sie grinste und schloss ihre Augen. »In Ordnung, stell mir deine Frage, aber hör bitte nicht mit dem Haar auf.«

»Ich versuche einfach nur herauszufinden, ob du bei deiner Ankunft noch irgendetwas anderes als die Beziehungsrituale des einundzwanzigsten Jahrhunderts im Kopf hattest.«

»Ja. Ich brauche Vampire«, murmelte sie schläfrig.

Michael hob überrascht seinen Kopf, um in ihr entspanntes Gesicht zu starren, das mit geschlossenen Augen friedlich aussah. »Vampire?«

»Mmmhmmm. Ich muss Vampire als Security für den Stützpunkt einstellen. Ich dachte, du könntest einige kennen, mit denen wir uns in Kontakt setzen könnten.«

Michael ließ seinen Kopf wieder heruntersinken.

»Nun, Gabrielle dürfte wahrscheinlich mehr kennen als ich. Auf jeden Fall gibt es hier in Südamerika nicht einen einzigen, der sich wünschen würde, auch nur einen Anruf von mir zu beantworten, geschweige denn mich aufzusuchen.« Er schwieg einen Augenblick und fuhr dann fort: »Du weißt, dass dein Ruf auch ein bisschen angekratzt ist, nicht wahr?«

»Nein, warum ist das so?«, fragte sie, mit ihrer angenehmen Contralto Stimme.

»Nun ja, denk einfach mal an alles, was du seit Florida getan hast. Du hast Adrian und Clarita erledigt, danach Anton und du warst bei der Tötung von David dabei. Und das ohne zu erwähnen, dass du den Amerikanischen Rat der Werwesen aufgelöst hast. Ich bin sicher der Europäische Rat der Werwesen sitzt auf heißen Kohlen und wartet darauf, dass du auch dort auftauchst.«

»Das brauche ich noch nicht«, murmelte sie gegen seine Brust. »Stephen hat sie am Haken. Falls sie Scheiße bauen, wird er sich um sie kümmern.«

Michael kicherte. »Zumindest haben sie eine Ahnung, wie sie mit Stephen zusammenarbeiten müssen, aber ich verstehe was du meinst.«

»Du schlägst also vor, ich sollte Gabrielle fragen, für mich ein paar Leute aufzutreiben?«

»Das ist mein Rat, genau«, bekräftigte er.

»Gut.« Sie hob ihren Kopf, öffnete ihre Augen und er konnte erkennen, wie sich ihre Pupillen begannen rot zu färben. »Weil ich wieder hungrig bin.«

Er lehnte sich vor, um sie zu küssen. »Diesmal nicht, mein kleiner Hase. Diesmal jage ich.«

Zwei Stunden später vibrierte Tabithas Handy und

sie zog es heraus. Sie hatte sich in ihr Zimmer zurückgezogen und Ashur lag ausgestreckt auf ihrem Bett. Die Textnachricht von Gabrielle lautete ›Immer noch!??‹.

Sie schrieb zurück, ›JA! Ich werde schlafen gehen, ich habe keine Ahnung, wie lange sie noch weitermachen können, aber ich bin froh, dass sie endlich in sein Schlafzimmer umgezogen sind. Möglicherweise wirst du Blutkonserven schicken müssen oder ein paar Leute in der Nachbarschaft könnten sich in einen Mitternachtsimbiss verwandeln!‹

Die Antwort kam praktisch sofort. ›Vielleicht solltest du etwas Knoblauch griffbereit halten. ;-)‹

Sie streckte dem Handy ihre Zunge heraus und legte dann einen Arm über Ashur. »Gute Nacht, Ash.«

Er wuffte zur Antwort.

TQB-Stützpunkt, Colorado, USA

Jeffrey ging in das ›Allerheiligste der Heiligtümer‹, wie die Höhle vom Team BMW gewöhnlicherweise genannt wurde.

Nun, zumindest stand das auf dem mit Buntstift gezeichneten Schild, das an der Außenseite der Tür festgeklebt war. Es war keine schlechte Zeichnung. Jeffrey nahm an, dass Cheryl Lynns Sohn Todd sein Bestes gegeben hatte, da Shelly im Mittelpunkt des Bildes erschien.

Er zog sein Jackett aus und hängte es an einen der Kleiderhaken, neben dem ein weiteres Schild verkündete: ‹KEINE ANZÜGE HINTER DIESER SCHWELLE›.

Das Team nahm ihre legere Kleiderordnung sehr

ernst. Laut Bobcat, vermasselte Jeffreys Vorliebe einen Anzug mit Jackett zu tragen ›den Schwung‹ der Jungs, wann immer Jeffrey damit auftauchte. Als er das nächste Mal danach herkam, hingen dort die Kleiderhaken mit dem Schild.

Zum Teufel auch, gerade gestern hatte er es unterlassen eine Krawatte zu tragen und festgestellt, dass es ihm gefiel.

Er lief zur Mitte des Raumes zwischen ein paar großen 3D-Druckern hindurch, die eifrig.... irgendetwas.... druckten. Für ihn sah das wie eine Art Haken oder Halterung aus. Er ging weiter und sah das berüchtigte Kleeblatt in ihrem großen Arbeitsbereich.

Sie hielten sich bei einer Tafel auf Rollen auf, die mit mathematischer Kritzeleien übersät war. Er erkannte haufenweise ›kg‹, daher berechnete Marcus ganz offensichtlich Gewichte.

Schließlich war er nahe genug um ihr Gespräch zu hören und hörte William sprechen.

»Alles was ich sage, ist, dass der Versuch, Wasser in diese scheiß Dinger zu füllen scheißkompliziert werden wird, Marcus! Ich dachte, das Optimieren der dritten Maschine würde uns den Schutz für die Inhalte verschaffen?«

Alle drei Männer nickten in Anerkennung von Jeffreys Ankunft ihm zwar kurz zu, führten aber ihr Gespräch unbeirrt fort. Marcus stand von seinem Stuhl auf und ging zur Tafel zurück, wo er einen schwarzen Markerstift nahm. »Schau, die Berechnungen zeigen, dass wenn wir diese dritten Maschine optimieren, werden wir mehr als genug Auftrieb haben, um so viel Wassergewicht zu heben und es zum Mond zu schaffen. Das

Wasser wird nicht nur dabei helfen einiges an Strahlenschutz zu liefern, wir haben damit auch die Gelegenheit, Sauerstoff und Wasser auf den Mond zu bringen. Da oben brauchen wir beides.«

William öffnete seinen Mund, um ihn gleich wieder zu schließen. Er wandte sich zu Bobcat. »Ich weiß nicht was an Strahlenschutz nötig ist, aber mir wäre es sicherlich mehr als lieb zu wissen, dass wir über eine Scheißladung von Sauerstoff verfügen.«

Bobcat lehnte sich in seinen Stuhl zurück und stabilisierte sich mit einer Hand am Tisch. »Also, wie würdest du es überhaupt erst einmal in den Container hineinkriegen?«

William drehte sich um und streckte eine Hand zu Marcus, der ihm seinen Marker überließ. »Das größte Problem liegt um die Türen herum. Dort wird irgendeine Art von Versiegelung notwendig sein. Ich würde den Boden entlang Schienen einbauen und wir brauchen interne Transportkisten in der richtigen Größe. Dann würde ich Halterungen an die verbleibenden drei Seiten und am Ende schweißen, sodass wir einen Gabelstapler benutzen können, um die Kisten nach drinnen zu schieben und sie überwiegend zentriert und in der Mitte zu halten.«

Jeffrey fragte: »Wie soll das mit dem Laden des Wassers laufen?«

William beendete seine kleine isometrische Skizze eines Transportcontainers und zeichnete drei Kreise oben ein: »So, diese hier stellen unsere Schwerkraftantriebe dar. Wir müssen ein Hahn mit Druckausgleich oben einbauen. Sobald wir die Kisten drinnen haben und der Container versiegelt ist, müssen wir ihn mit

Wasser füllen.«

Marcus warf ein: »Vergiss nicht, dass Eis sich ausdehnt.«

Bobcat fragte: »Ich dachte, Eis nimmt weniger Volumen ein?«

Jeffrey korrigierte: »Nein, es dehnt sich erst aus und zieht sich dann zusammen. Deswegen bricht es das Felsgestein in den Bergen so effektiv. Der Regen fällt, sickert in die Risse, gefriert und bricht dabei die Risse weiter auf und schrumpft dann.«

William sah auf seine Zeichnung. »Nun, der Druckausgleich wird bei Eis nicht helfen. Wir müssen herausfinden wie viel Wasser wir brauchen und es vermessen. Außerdem werden die inneren Kisten wasserdicht sein müssen.« Er stellte sich vor, wie das Wasser in den Container fließen würde, um die Kisten herum und sich gleichmäßig um sie verteilen. Er fragte Marcus. »Wie lange dauert es bis das Wasser gefriert?«

Marcus blickte nachdenklich auf die Skizze vor ihm. »Ich werde den Isolierungswert für die reduzierte Wärmesignaturschicht, die wir auf der Außenseite auftragen, herausfinden und dann müssen wir wegen der Sonne über eine ständige Rotation der Container nachdenken.«

»Zum Teufel«, sagte Bobcat, »Ich dachte, das wäre etwas, das du aus dem Kopf berechnen könntest. Es ist ja nicht so, dass wir dich auffordern eine ablative Panzerung oder so etwas zu entwerfen.«

Marcus sah ihn mit offenem Mund erstaunt an.

William schüttelte in Abscheu seinen Kopf. »Du hast es schon wieder gemacht, du Mistpenner.«

Jeffrey sah sie verständnislos an. »Was hat er gemacht?«

Marcus hielt seine Hand ausgestreckt und William gab ihm den Marker zurück, sodass Marus beginnen konnte, Notizen auf seiner Tafel niederzuschreiben.

Bobcat drehte sich zu Jeffrey herum. »Im Moment versuche ich, soviel an Science Fiction wie nur möglich zu lesen. Eine Menge von dem was wir brauchen, steht bereits in diesen Büchern. Ich habe in ein paar Bücher etwas über ablative Panzerung gefunden, daher dachte ich, es wäre gut, den Ausdruck hier mal zu erwähnen. Damit habe ich gerade eine Idee im Gehirn unseres geschätzten Raketenwissenschaftlers ausgelöst und ihn irgendeinen Weg hinuntergeschickt. Weiß nur Gott wohin.« Bobcat drehte sich grinsend wieder zu William. »Punkt für mich.«

William nickte zustimmend.

Jeffrey dachte daran, wie gut diese verrückte Gruppe miteinander arbeitete. Jetzt würde er noch etwas zu der Mischung hinzufügen.

»Okay Jungs, ich bin damit beauftragt worden, unser Fähigkeitsspektrum auszuweiten. Ich weiß, du hast das Fliegen im Griff, Bobcat«, er wandte sich William zu, »du Herstellung und Zusammenbau«, und dann zu Marcus, der weiter schrieb, aber mit dem Kopf nickte um zu zeigen, dass er zuhörte, »und Marcus den Raketenwissenschaftskram. Aber ich denke in anderen Bereichen sind wir unterbesetzt und brauchen weitere Leute. Einschließlich einer Dame, die auf regenerative Pflanzenwachstumssysteme spezialisiert ist, falls sie sich uns anschließt.«

»Wieso würde sie sich uns anschließen wollen oder warum nicht?«, fragte William neugierig.

»Nun, sie ist eine ehemalige Angestellte der NASA«,

Jeffrey hörte Marcus abfällig schnauben, während er weiterschrieb. »Aber sie hat die NASA wegen der internen Politik verlassen und hat das, was sie über Lebensmittelanbau weiß, mit nach Afrika genommen, wo sie sich im Moment aufhält. Daher könnte sie wieder am Pflanzenanbau im Weltraum interessiert sein oder auch nicht. Ich denke, das fasst es in etwa zusammen.« William nickte. »Wir werden auch einige Leute brauchen, die bereit sind ins Weltall zu reisen. Ich habe mit Bethany Anne gesprochen und sie stimmt mit meiner Einschätzung überein, dass ihr Jungs nicht mit der ersten Gruppe hinausgehen könnt.«

Jeffrey dachte, er würde deswegen vielleicht ein wenig Gegenwind bekommen, aber es war Marcus, der den Ball ins Rollen brachte. »Das ist gottverdammt scheiß aberwitzig!« Er schmiss empört den Marker zu Boden, drehte sich um und zeigte anklagend auf Jeffrey. »Was meinst du damit, wir können nicht mit der ersten Gruppe hinausgehen? Ich habe mein ganzes Leben, was eine ziemliche Menge Zeit ist, wie ich anmerken darf, dafür gearbeitet, nach da oben zu kommen.« Er wies zur Decke. »Wie lange bleibt mir denn noch? Ich könnte morgen tot umfallen und wo würde ich dann hinkommen?«

»Wahrscheinlich zwei Meter unter die Erde«, mischte sich Bobcat ein.

»Das ist nicht sicher«, erwiderte William. »Der Boden hier ist zu felsig. Ich denke, wir stopfen ihn einfach in einen Pod und schießen seinen Hintern in die Sonne.«

Marcus wandte sich William zu. »Mach nur so weiter und ich werd‹ dir die Sonne zu deinem glücklichen Arsch bringen! Du wirst eine Woche lang nicht in der

Lage sein, dich hinzusetzen.«

William wandte sich Bobcat zu. »Verdammt, bei diesen Raketentypen geht's immer um Flammen und brennenden Scheißdreck.«

»Mein Reden«, stimmte Bobcat zu.

»Und du!« Marcus richtete sich an seinen anderen Partner. »Ich werde die Modifikationen für Shelly nicht rausrücken, an denen wir arbeiten wollten. Dieser Vogel wird wie jede andere gute dunkle Taube in ihrer von der Fabrik her ausgelegten Geschwindigkeit entlang watscheln müssen!«

»Das heißt Black Hawk, schwarzer Falke – nicht dunkle Taube und um Himmels Willen, Mann. Werf dir eine Beruhigungspille ein. Ich steh‹ auf deiner Seite, kein Grund sich zu weigern, Shelly zu helfen, das ist einfach nur gemein. Sie hat dir überhaupt nichts getan. Erzähl‹ mir bloß nicht, du hättest den Flug letzte Woche nicht genossen.«

»Nun«, gab Marcus zu, »er war gut.« Bobcat dachte, das Schlimmste sei vorbei. »Aber nicht so gut, wie der Weltraum sein würde!«

Oh Scheiße, dachte Bobcat, *jetzt geht es wieder los.*

Jeffrey fragte überlegend: »Seid ihr Jungs schon mal oben gewesen?«

Marcus drehte sich um. »Wo oben?« Jeffrey hob die Hand und zeigte mit einem Finger nach oben. Marcus antwortete. »Nur für minimale Zeitspannen, wenn wir etwas testen. Wir stehen immer unter Zeitdruck.«

Jeffrey zuckte mit den Schultern. »Schön, auf gehts. Scheint so, als ob wir einiges an Forschung betreiben müssten, richtig?«

Alle setzen sich sofort in Bewegung. Bobcat kippte

seinen Stuhl zurück und Marcus bückte sich, um den Marker aufzuheben, während William seinen Stuhl unter den Tisch schob.

»Steh‹ da nicht blöd rum, Mann!«, rief Bobcat. »Wir machen heute blau!« Bobcat lief zum Kühlschrank hinüber und nahm ein Sechserpack Bier heraus, hielt kurz inne und griff nochmals hinein um ein zweites Sechserpack herauszunehmen. Er machte kehrt und lief zu den anderen zurück. Bobcat bemerkte, wie Jeffrey das Bier beäugte und beantwortete seine unausgesprochene Frage. »Dient der Forschung.«

Jeffrey sagte: »Okay. Was ist mit dem zweiten Sechserpack?«

Bobcat hob es an und grinste. »Man braucht immer eine zweite Runde bei der Forschung. Selbst Marcus wird dir bestätigen, niemals den ersten Ergebnissen zu vertrauen.«

Marcus Stimme ertönte aus seinem Büro: »Das ist absolut wahr!«

Jeffrey schüttelte resigniert seinen Kopf. Diese Jungs beeinflussten ihn mehr als er sie beeinflusste.

Der Lautsprecher quäkte: »Marcus?«

Jeffrey hörte ihn in seinem Büro rufen: »Ja?«

»Hier Wayne. Ich habe hier eine Ms. Tina, die dich wegen einer Diskussion über Astronomie aufsuchen will?«

Marcus streckte seinen Kopf aus seiner Bürotür. »Oh verdammt, das habe ich ganz vergessen. Was soll ich jetzt machen?«

Jeffrey war in der Gruppe der Einzige mit Kindern. »Du fragst ihre Mutter, ob du sie auf eine Exkursion mitnehmen darfst.«

»Ins Weltall?«

»Ja. Obwohl, wenn du den Grund für die Exkursion als etwas Wissenschaftliches beschreibst und somit vollständig ehrlich gewesen bist und wenn sie nicht genauer nachfragt... Nun, das ist dann ihre Schuld, richtig?«

»Du kriegst häufig Probleme mit deiner Frau, nicht wahr?«

Jeffrey antwortete grinsend: »Die ganze verdammte Zeit.«

•••

Bethany Anne trainierte wieder. Sie musste sich wieder in Form und unter Kontrolle bringen. Die Nacht, die sie mit Michael verbracht hatte, bedeutete... eine Menge. Eine Menge zu genießen und eine Menge zu begreifen. Es hatte sie enorme Willenskraft gekostet, sein Haus zu verlassen. Um die Wahrheit zu sagen, sie hatte TOM heimlich aufgefordert, ihre Emotionen zu dämpfen, damit sie es durchstehen konnte. Sie hatte allerdings dafür gesorgt, dass ihr letzter Kuss ewig währte. Tabitha hatte sie zum Abschied umarmt und ihr zugeflüstert: »Zumindest wird er jetzt nicht mehr so viel Trübsal blasen!«

Während Bethany Anne in der Lage gewesen war ein unbewegtes Gesicht beizubehalten, bemerkte sie, wie Michael mit den Augen rollte.

Dieser hinterhältige kleine Bastard! Er HATTE großes Verlangen nach ihr gehabt.

Bethany Anne?

Ja TOM.

Das Raumschiff ist aufgefordert worden, drei Pods in den Weltraum zu steuern.

Wer will mit ihnen hoch?

Ich sehe hier, dass Jeffrey einige Forschungszeit im Weltraum für Team BMW genehmigt hat sowie einen Antrag von Marcus für eine ›Exkursion‹.

Warte mal, was? Was für eine Exkursion?

Anscheinend hat er Cheryl Lynn darum gebeten, dass Tina sie begleiten darf.

Tatsächlich? Ich frage mich, ob sie bei der Genetik bleibt. Marcus ist wohl dabei alle Register zu ziehen, um sie für das Weltall zu interessieren.

Irgendein Grund warum sie nicht beides machen kann?

Oh, mir ist es egal, ob sie alles studiert. Mir ist aber schon wichtig, dass sie fähig ist mit der Arbeitsbelastung fertig zu werden und gute Noten beibehalten kann. Solange ein Schüler sich selber antreibt, werde ich Himmel und Hölle für ihn in Bewegung setzen, um ihm zu helfen.

Dir ist schon klar, dass du sie wirklich in den Himmel schickst?

Bethany Anne hielt in ihrem Training kurz inne. *In gewisser Weise, schätze ich, aber das Team BMW und du bringt es zustande.*

Sollen sie ihren Bruder fragen, ob er auch mitkommen will?

Wieso darf Tina mit?

Ich glaube, sie trifft sich nach den Schulstunden mit Marcus.

Dann nicht, so etwas werde ich nicht machen. Die Welt neigt dazu, denen zu helfen, die sich selber helfen. Ich würde vorschlagen, Todd sollte das besser jetzt lernen. Ihn zu verwöhnen würde nichts bringen.

Weißt du, ich glaube du wärst eine gute Mutter.
Bethany Anne lächelte. *Danke TOM. Von dir kommend, bedeutet es mir viel.*
Wieso? Weil ich ein Außerirdischer bin?
Nein, Volltrottel, weil du mein engster Freund bist.
Weißt du, ich hätte auch nichts dagegen jetzt nach oben zu gehen.
Forschung?
Sicher, wenn du das so nennen willst.

Bethany Anne schickte Gabrielle eine Textnachricht, dass sie einen Pod nehmen würde, um einige Zeit zum Nachdenken zu haben.

Die Antwort traf umgehend ein: »WO WIRST DU LANDEN?«

Sie lächelte. »WIEDER GENAU HIER, DU NEUGIERIGER VAMP!«

Gabrielle erwiderte: »HEY, ICH WÜRDE DIR JA RATEN, TU NICHTS WAS ICH NICHT MACHEN WÜRDE, ABER DANN BRAUCHST DU EIN PAAR JAHRHUNDERTE UM AUCH NUR NAH DRAN ZU KOMMEN ;-)«

●●●

Bethany Anne schaute in der oberen Thermosphäre durch das Fenster des Pods. Sie hatte mit TOMs Hilfe herausgefunden, dass mit den neuen ätherisch verbundenen Funksystemen in den Pods, TOM und ADAM ihre Kommunikationen über das Raumschiff laufen lassen konnten und dann wieder zurück in die Pods. Für TOM war es etwas seltsam seine Stimme zu hören, selbst wenn diese mehr elektronisch als organisch klang. Manchmal bevorzugte es Bethany Anne laut mit ihrem

Freund zu sprechen.

»Das ist so wunderschön.«

»Finde ich auch«, sagte TOM.

Sie umkreisten die Erde und gegenwärtig konnte Bethany Anne Australien und Neuseeland unter ihnen sehen.

ADAM?

>>Ja?<<

Obwohl ADAM seine Stimme durch die gleichen Verbindungen wie TOM leiten konnte, machte er nur selten von dieser Möglichkeit Gebrauch und Bethany Anne hatte ihn nie dazu gedrängt.

Kannst du das Head-up-Display des Pods benutzen und die Orte hervorheben, wo sich die Server befinden, die ihr Jungs beschützt?

Es begannen Umrisse zu erscheinen, welche die Landmassen unter ihr darstellten. ADAM bildete dann den Erdglobus aus der Karte, zeigte aber nur die Informationen für ihre augenblickliche Sicht. In Neuseeland gab es ein paar Punkte und mehr in Australien. An der Seite blendete ADAM, nach Ländern sortiert, die Anzahl der gesäuberten Server ein.

Die Zahlen stiegen immer weiter, bis sie bei einer Gesamtsumme von mehr als vierundachtzigtausend stehenblieb.

Bethany Anne setzte ihren Fuß in die Halterung, und stützte ihren Ellenbogen auf das Knie und ihr Kinn die Hand. »Wieso höre ich die ganze Zeit von Millionen von Geräten, die betroffen sind, wenn du nur vierundachtzigtausend gefunden hast?«

>>Ich zeige nur die grösseren Infektionsstellen an. Das ist nicht die Anzahl der Ser-

ver, die ich gesäubert habe oder die inaktiven Kopien, welche die Desktopgeräte und Laptops infiziert haben.<<

In Prozenten ausgedrückt, wie viel hast du deiner Meinung nach gesäubert??

>>Fragst du nach Land, nach dieser einen Gruppe oder insgesamt?<<

Insgesamt.

>>Nach meinen Berechnungen liegt der Säuberungswert bei etwas unter einem Prozent.<<

Da polier mir doch einer... Wirklich? Bethany Anne war schockiert.

>>Ja. Alle Nationen, die über die Fähigkeiten verfügen, erwarten, dass der erste Angriff in einem neuen Krieg digital sein wird. Die Chinesen waren einfach nur die erste Grossmacht, die diese Taktik erkannt und sich darin zu Experten entwickelt hat. Sie entwickeln und verbessern sich ständig. Jetzt machen das in gewissem Ausmass alle Grossmächte.<<

Bethany Anne durchkämmte ihr Gedächtnis nach dem Namen von einem Virus oder so, der vor vielen Jahren durch die Nachrichten gegangen war. »Was war mit Stuxnet?«

>>Bei Stuxnet wird angenommen, dass er ein Wurm aus israelisch-amerikanischer Zusammenarbeit ist, der benutzt wurde, um die iranischen Zentrifugen zu zerstören, die in ihrem Nuklearprogramm verwendet wurden. In 2015 haben Kaspersky Labs eine weitere sehr hoch entwickelte Spionageplattform entdeckt, die von der sogenannten Equation

Group geschaffen worden war. Die zeitlichen Beziehungen zwischen ähnlich entworfenen Angriffen, die von beiden Gruppen benutzt wurden und ihre Verwendung in Programmen, hat zu der Spekulation geführt, dass es sich entweder um die gleiche Gruppe handelt oder sie eng miteinander zusammenarbeiten.

Gegenwärtig wird allgemein davon ausgegangen, dass jeglicher signifikante Krieg zwischen Nationen mit einem lähmenden Schlag gegen alle Versorgungsleistungen innerhalb des Ziellandes beginnen wird. Zum Beispiel würde China digitale Kriegspacks freisetzen, die Versorgungsleistungen wie Strom, Wasser, Gas und Erdölfluss reduzieren, wenn nicht sogar vollständig unterbrechen würden. Die zur Steuerung der Fabriken notwendigen Kommandopacks sind mit Leichtigkeit infiltriert worden und ihre Kommando- und Kontrollkomponenten können ferngesteuert koordiniert werden.

Wenn ein ausländisches Land die Kontrolle übernimmt, könnte es etwas vergleichsweise Harmloses veranlassen, wie das Herunterfahren der Fabrik. Oder es könnte Steuerkommandos erteilen, die beträchtlichen Schaden an der Infrastruktur verursachen. Die würde katastrophale Ausfälle in dem Land auslösen und es nötig machen, dass sich die zivilen Bemühungen intern auf das eigene Land konzentrieren.

>>Dies wiederum würde jegliche Unterstützung minimieren, die diese Unternehmen vielleicht zur Unterstützung von einer nach außen gerichteten Kriegsbemühung zu leisten fähig gewesen wären. Es wird erwartet, dass sobald die Bevölkerung auf ihre eigenen Probleme konzentriert ist, der Krieg alle Unterstützung verlieren würde. Das erwartete Ergebnis ist, dass die Regierung gezwungen sein würde, um Frieden zu bitten.<<

Also jede Großmacht tut das? Wie viel hast du bei deinen letzten Bemühungen geschafft, um die Chinesen aufzuhalten?

>>Meinen Berechnungen nach liegt das Ergebnis unter sieben Prozent ihrer existierenden Infrastruktur. Nach meiner Einschätzung haben sie bis zum heutigen Tag bereits zusätzlich zwei Prozent infiltriert.<<

Zeig mir alle digital beeinträchtigten Orte nach Ernsthaftigkeit.

Der dreidimensionale Globus begann sich mit Punkten zu füllen. Sie waren von rot über orange, gelb und schließlich blau gefärbt. Sie hob eine Hand und wischte über die Scheibe, um den 3D-Globus zu drehen und die ganze virtuelle Welt zu sehen. Mit Ausnahme von der Antarktis gab es keinen Kontinent, der nicht von orangefarbenen und roten Punkten übersäht war.

»Oh. Mein. Gott.«

KAPITEL 5

Im erdnahen Orbit

»ADAM, ich möchte sichergehen, dass ich wirklich verstehe was du mir da zeigst. Alle diese Punkte stellen Computer dar, deren Sicherheitsprogramme bereits durchbrochen worden sind. Verstehe ich das richtig?«

»JA.«

»In Ordnung, erkläre bitte was passiert, in Begriffen, die ich verstehen kann.«

»DA WIR ÜBER DIE CHINESEN GESPROCHEN HABEN, WÄRE ES DANN AKZEPTABEL CHINA UND DIE VEREINIGTEN STAATEN ALS BEISPIELE ZU BENUTZEN?«

Bethany Anne nickte aus Gewohnheit als sie antwortete. »Ja, das funktioniert. Obwohl, sag einfach ›USA‹.«

»SEHR SCHÖN. CHINA BEREITET SICH AUF DIE MÖGLICHKEIT EINES KRIEGES MIT DEN USA VOR. DA COMPUTER SO VIELE LEBENSWICHTIGE FUNKTIONEN KONTROLLIEREN, SIND COMPUTERSYSTEME ZU STRATEGISCHEN ZIELEN GEWORDEN. DAHER INFILTRIEREN AUSLÄNDISCHE MÄCHTE, IN DIESEM BEISPIEL CHINA, COMPUTER IN SCHLÜSSELSYSTEMEN. SCHLÜSSELSYSTEME SCHLIESSEN COMPUTER EIN, DIE STROMVERSORGUNGSUNTERNEHMEN BENUTZEN, UM DIE STROMNETZE ZU KONTROLLIEREN, DIE IHRE KUNDEN VERSORGEN.

Die Chinesen würden diese Computersysteme anvisieren und sie mit einem Wurm oder latenten Virus infizieren. Falls ein Krieg zwischen den beiden Staaten unvermeidlich erscheint, würden die Chinesen ein Signal zu diesem Wurmpaket senden, um es zu aktivieren. Das wahrscheinliche Resultat würde darin bestehen, dass die Stromnetze dieses Energieunternehmens aufhören würden zu funktionieren. Dies wiederum würde einen vollständigen Blackout für die Kunden dieses Unternehmens bedeuten. Dies ist ein Beispiel von nur einer einzigen Facette moderner Infrastruktur. Die Weltmächte zielen aber auf die Computer jedes Infrastruktursystems, das sie infiltrieren können. Habe ich ein adäquates Beispiel geliefert?«

»Ja, danke sehr. ADAM, hast du irgendeine Vorstellung was geschehen würde, wenn alle diese Wurmpakete zur gleichen Zeit aktiviert würden?«

>>Signifikanter infrastruktureller und gesellschaftlicher Aufruhr. Berechnungen sagen einen Bevölkerungsverlust von zweiundvierzig Prozent innerhalb von fünf Jahren voraus, da Lebensmittel und Treibstoffe knapp werden und die Gesellschaft den Zusammenhalt verliert. <<

Wütend schlug sie gegen die Podseitenwand. »Hurensöhne! Diese Bastarde spielen mit dem Leben so wie wir es kennen. Diese bettnässenden Dummscheißer sind dabei etwas zu installieren, was jeder dazu benutzen kann, um die Welt die gottverdammte Toilette hinunterzuspülen!«

Bethany Anne kochte und dachte darüber nach, was ADAM ihr gerade enthüllt hatte. »ADAM, was wäre die taktisch beste Methode, um alle diese Ladungen zu neutralisieren?«

>>Vorausgesetzt die Software läuft nicht auf einem Kommunikationssystem basierend, sodass es seine Ladung freisetzt, sobald es eine Mitteilung nicht erhält, dann wäre das Blockieren der Kommunikation ausreichend. Wie auch immer, falls die Software die Möglichkeit zur Kommunikation erfordert und ohne Verbindung die Ladung automatisch gestartet wird, dann müssen die Computersysteme alle gefunden und systematisch gesäubert werden. Im Prinzip müsste ein gleichzeitiger gezielter Schlag gegen alle Kontrollprogramme innerhalb des Zielunternehmens geführt werden. Sollte das Zielunternehmen ein Kontrollprogramm auf einem Laptop haben, das sich entweder ferngesteuert einschaltet oder ein Angestellter kommt an seinen Arbeitsplatz und schaltet es wieder ein, dann wäre die ganze Mühe umsonst. <<

»Heißt, wir reden von einem vollständigen Köpfen des Kontrollsystems und anschließender Säuberung der Ladungen innerhalb des Systems.«

>>Ja. Bei jedem individuellen Ort.<<

»Dann musst du ihre Sicherheitsmaßnahmen verstärken... Warte mal einen Moment. Falls du das so machst, wie du es mit TOM zusammen bei den Chinesen getan hast, dann lösen wir alle möglichen Alarme aus. Besteht irgendeine Möglichkeit, dass wir das so durchführen können, ohne jeden in Alarm zu versetzen und dabei nicht genau das Resultat auszulösen, vor dem wir jeden zu schützen versuchen?«

>>Nein.<<

»Bethany Anne, was hältst du davon, eine Tarnung zu benutzen?«, fragte TOM über die Lautsprecher des Pods.

»Wie die Sicherheitsfirma?«

»Nein, ich dachte an jemanden wie Anonymous.«

Bethany Anne begann zu lachen. »Oh TOM, das ist unbezahlbar!«

>>Wieso ist die Idee, unsere Bemühungen einer anonymen Person zuzusprechen unbezahlbar? <<

»TOM bezieht sich auf Anonymous, die Hacktivistengruppe, nicht auf eine anonyme Person. Wenn du deine ganze Arbeit und Vorgehensweise wie ein Anonymous-Hacker aufbaust, dann werden die Großmächte einfach glauben, dass sie andere Menschen bekämpfen. Wenn du irgendwo einen Fehler begehst, dann werden die Machthaber da oben sogar noch sicherer sein. Ja, das macht Sinn. Du wirst ein bisschen was verpatzen müssen.«

>>Verpatzen?<<

Du wirst absichtlich einige Fehler einbauen und alles was du unternimmst, darf nicht fortgeschrittener erscheinen, als was die meisten Programmierer heutzutage machen.

>>Ich soll mit Absicht Fehler begehen?<<

»Ja.«

>>Ich habe Probleme, die Rechtfertigung für das vorsätzliche Begehen von Fehlern zu verarbeiten.<<

»Das liegt daran, dass nicht alles was Menschen tun, logisch ist. Wir können sehr emotionalgesteuerte Wesen sein. Diese Gefühle können uns dazu bringen unlogische Dinge zu tun.«

Bethany Anne grübelte darüber nach wie sie ADAM helfen könnte zu verstehen, aber ihr fiel nichts ein. Nun ja, vielleicht ein andermal.

»Du musst den Prozess damit beginnen, kleine „Fixit-Jobs" einzuführen, um deine Bemühungen zu testen. Lern‹ über das Hacktivistenkollektiv Anonymous alles was du finden kannst und finde ihre Vorgehensweise detailliert heraus. Achte genau auf alles, was dir davon eine Tarnung für deine Rolle liefern kann. Geh bitte alles mit mir vorher durch, bevor du irgendetwas unternimmst. Mich gleichzeitig um eine ruinierte Welt kümmern zu müssen, während wir gegen irgendwen kämpfen, der uns angreift, ist das Letzte was ich gebrauchen kann.«

Sie seufzte laut, dass es im kleinen Cockpit nur so widerhallte. Was normalerweise für sie ein atemberaubender Anblick war und ihr Erholungszeit bot, funktionierte im Moment nicht für sie.

Sie lächelte. Was sie jetzt brauchte war ein Ausflug zu einem neuen Ort. »TOM.«

»Ja?«

»Lass uns den Mond besuchen gehen.«

Der Pod drehte sich langsam um die eigene Achse und bot ihr durch die Scheibe vor ihr eine Ansicht auf das Weltall, als die Erde zur Seite weg glitt. Dann kam der Mond in Sicht, dominierte das Bild, während in der unteren linken Ecke noch ein Ausschnitt der Erde sichtbar blieb.

Er war wunderschön, wie er da hing und hell genug leuchtete, dass sie glauben konnte, er wäre nur wenige Kilometer entfernt.

»Bereit?«, fragte TOM.

Sie lächelte. »Leg los, Pilot!«

Der Pod schoss vorwärts. Die Erde verschwand von einem Moment zum anderen aus dem Sichtfeld, während der Mond plötzlich und rasend schnell an Größe gewann.

Bethany Annes Gesicht strahlte vor Vergnügen, ihr Grinsen breit genug, dass ihre Zähne das Licht vom Mond widerspiegelten, als sie schrie: »Leeeeck miiiiich!«

Der erste modifizierte Mensch, der außerirdische Technologie benutzte, flog kreischend zum Mond. Ihre aus einer KI und einem Außerirdischen bestehenden Gefährten begleiteten sie auf dieser Fahrt, die den Wendepunkt darstellte, den die Historiker als den Beginn von Queen Bethany Annes Vermächtnis festlegen würden.

QBS Polarus, Mittelmeer

»Verdammt noch mal, Hurensöhne.« Frank Kurns überprüfte sein neuestes Informationspaket. Er hatte mit ADAM gesprochen, welcher angeboten hatte, Franks Ermittlungsprogramme und Werkzeuge zu optimieren. Frank war besänftigt, dass ADAM über sechs Stunden benötigt hatte, um die gesamte Programmierung aufzurüsten.

Frank hatte keine Ahnung, dass ADAM weniger als

zweiundzwanzig Minuten dafür gebraucht hatte. Denn ADAM war von Bethany Anne vorsorglich angewiesen worden, vor der Benachrichtigung Franks sechs weitere Stunden abzuwarten.

Unglücklicherweise hatte dieser modifizierte Code ein potenzielles Vampirproblem in Australien aufgedeckt. Frank seufzte. Er hatte gehofft, dass sie sich jetzt auf den Weltraum konzentrieren könnten, nachdem Bethany Anne und Michael zusammen endlich David erledigt hatten. Frank hatte die Überreste der keramischen Schutzweste gesehen, die Bethany Anne getragen hatte, als David auf sie geschossen hatte.

Das war ein verdammt großkalibriges Gewehr gewesen.

Frank hob den Telefonhörer und wählte eine Durchwahl. »Dan? Hier Frank. Nein, mir gehts gut, danke. Hey, das ist einer von diesen Anrufen wie in alten Zeiten. Nein, nicht diese Art von alten Zeiten, Dämlack. Dies ist ein Anruf wegen einem möglichen Problem mit Verstoßenen. Ja, exakt das hab ich auch gesagt. Wo? Australien. Nein, ich denke nicht, dass du sie dafür brauchst. Zum Teufel, du könntest wahrscheinlich ein paar der Jungs runterschicken, aber ich denke, du solltest Gabrielle fragen. Ja, weil sie könnte sie kennen. Wäre ja schön, wenn es ohne Gewalt gelöst werden könnte, aber wer zur Hölle weiß das schon. Ja, ich werde für dich die Einzelheiten innerhalb einer Stunde bereit haben. Nun, ich schätze je eher, desto besser. Scott und Darryl sind aus Texas zurück? Was zum Teufel hatten sie in Texas zu suchen? UFO Sichtung? Verarscht du mich? Ja... Warte mal, haben sie Bigfoot gesucht? Herr im Himmel Mann, was war es denn nun? Hör‹ auf zu lachen, Schlappschwanz. Okay, ein UFO. Das ist interessant. Nein, ich habe nur eben gedacht, dass es interessant wäre die MUFON-Daten durchzusehen. Nein, ich werde ADAM bitten mir dabei zu helfen. Schön, wenn sie nichts gefunden haben, dann wären die beiden sicher perfekt geeignet. Ich kann mir vorstellen, dass John im Augenblick nicht von Cheryl Lynn getrennt werden möchte und Darryl und Scott arbeiten gut zusammen. Ja, da ist noch das ganze Ding mit Eric und Gabrielle. Nein, ich glaube nicht, dass da irgendetwas läuft, aber man weiß ja nie, ob es wieder aufflammt. Besser nicht das Schicksal herausfordern. Sicher, ich treffe dich dort um zwei Uhr. Bis dann.«

Sydney, Australien

Richard Linstone traf genau um acht Uhr abends in Maxwells Café ein, sein kleines Lieblingscafé auf der Spring Street in Sydney. Er trat zu der Glasvitrine, die die angebotenen Sandwiches und andere Snacks enthielt. Richard lächelte die Dame hinter dem Tresen an, während er einen Piccolo und Rind Szechuan Salat, extra blutig, für sich auswählte.

Nachdem er bezahlt hatte, machte er sich auf den Weg zu seinem guten Freund, mit dem er schon seit zweihundertvierzig Jahren befreundet war. Dieser trug ein modisches weißes Hemd zu seinen braunen Hosen und trank Tee. Richard war dagegen mit einem Blazer über seinem engen T-Shirt und Designerjeans zufrieden.

Er nickte grüßend, als er seinen Piccolo und Salat auf dem Tisch abstellte. »Samuel.«

Sein Freund nippte an seinem Tee. »Richard, wie

geht es dir heute Abend?«

»Gut, gut. Ich werde später noch einen weiteren Bissen brauchen, da ich schon mal in der Stadt bin. Kein Grund diese Gelegenheit zu verschwenden.«

»Ein bisschen Blut zum Mitnehmen?«

Richard grinste. »So in etwa, ja.« Er nahm Platz und vergewisserte sich, dass sich keine Kunden in der Nähe befanden. »Okay Samuel, du hast diesmal um das Treffen gebeten, also sag‹ mir bitte, wieso es derart wichtig war, dass wir uns sehen?«

»Na, na Richard, wo hast du nur die Manieren gelassen, die dir einmal beigebracht worden sind?«

»Ich verzichte mal ein Jahrzehnt darauf. Mir gefällt es, die Dinge von Zeit zu Zeit zu ändern.«

»Wie zu der Zeit, als du dich dazu entschlossen hattest nur noch das Blut von Tieren zu trinken?«

Richard verzog angewidert das Gesicht. »Das war eine grässliche Idee. Gott sei Dank hatte ich beschlossen, es nur für sechs Monate zu versuchen.«

Samuel lachte. »Was war mit der Zeit, als du nur noch Blut von Jungfrauen trinken wolltest?«

Richard verdrehte seine Augen. »Wie hätte ich denn wissen können, dass in dem nächsten Jahr die sexuelle Revolution beginnen würde?« Er grinste, während er an dieses Jahrzehnt zurückdachte.

»Nun ja«, stimmte Samuel ihm bei, »du warst zumindest clever genug, nach einiger Zeit deine Definition einer ›Jungfrau‹ auszuweiten.«

Jetzt lachte Richard: »Richtig, von ›niemals Sex gehabt‹ musste ich sie auf ›entweder niemals Sex oder keinen Sex in den letzten sechs Monaten gehabt zu haben‹ umändern. Und ich schwöre dir, selbst dann stellte sich

›einen guten Snack in der Disco aufzutreiben‹ als eine wirkliche Plage dar. Was ich an Geldern für Freigetränke verschwendet habe, nur um herauszufinden, dass die kleinen Schlampen sich praktisch jede Nacht einen anderen Mann vorgenommen hatten. Ich sag dir, wenn ich nicht ein solch ausgeglichener Vampir wäre, hätte ich wirklich geglaubt, die Gesellschaft wäre dabei den Bach herunterzugehen.«

Samuel versuchte nicht in schallendes Gelächter auszubrechen. »Du Dummkopf! Ich musste dir mehr als einmal stundenlang zuhören, wie du über die fehlende Moral in den Siebzigern gejammert hast. Du hast über nichts anderes geredet, als dass die alleinstehenden Frauen schließlich auch hier in Australien die Pille bekommen konnten und eine nette Jungfrau aufzutreiben sei genauso unmöglich, wie Schnee an einem heißen Tag in Alice Springs zu finden.«

»Aaaach jaaah, die guten alten Zeiten.«

Samuel grinste. »Sagst du jetzt...«

Richard zuckte mit den Schultern. »Das ist wahr.« Er sah seinen Freund forschend an. »Warum gewinne ich den Eindruck, dass du jetzt endlich auf den Grund dieses Gesprächs zusteuerst?«

Samuel setzte seine leere Teetasse ab. »Weil du ein intelligenter Mann bist und mich verdammt noch mal viel zu gut kennst.«

Richard zog seine Augenbrauen hoch. »Das muss aber eine wichtige Sache sein, wenn du so dick aufträgst und beide Seiten butterst.«

»Ach ja? Ich kann mich nicht erinnern, auf welcher Seite du in diesem Jahrzehnt spielst.«

Richard winkte lässig mit der Hand. »Das eindeutig

festzulegen habe ich schon damals in 97 ganz aufgegeben. Offengestanden, ich bin einfach zu alt, als dass es mich noch groß kümmern würde. Aber davon mal abgesehen, du versuchst vom Thema abzulenken. Was liegt an, dass du mich aus meiner Höhle herauslocken musst?«

Dieses Mal konnte Samuel sein Lachen nicht unterdrücken. In dem Laden befand sich zu dem Zeitpunkt nur noch ein weiteres Paar. Sie blickten kurz zu ihm hinüber, um dann wieder ihr eigenes Gespräch aufzunehmen. »Du nennst dieses mehr als sechshundertfünfzig Quadratmeter große Denkmal für Hedonismus eine Höhle?«

»Nun«, schniefte Richard, »Ich muss es nach meiner schwarzen Phase erst noch wieder neu streichen lassen. Daher ja, ich nenne es meine Höhle.«

Samuel schüttelte den Kopf. »Schön, so sehr mir unsere Plauderei auch Spaß macht, ich habe wirklich ein paar Gerüchte um die wir uns kümmern müssen.«

Richard winkte mit der Hand in der allgemeinen ›erzähl weiter‹-Bewegung.

»Als Erstes müssen wir uns mit der Tributforderung der Königin auseinandersetzen.«

Richard verzog das Gesicht. »Versucht die Schlampe das schon wieder? Haben wir sie nicht schon mal abgebügelt, damals in... wann war das, 88?«

»Das war 89 und das Weibsstück ist diesmal viel stärker. Meine Kontakte berichten mir, dass sie fähig ist zu verschwinden, genauso wie es von Michael behauptet wird.« Samuel sah sich um, als ob er damit rechnen würde, dass sie unter Beobachtung stünden. »Wie dem auch sei, sie und ihre Gruppe haben im Dezember Hichoi erledigt.«

»Wie du dich erinnern wirst, ist er zu ihrem Haus gegangen«, meinte Richard.

»Ja, das war wirklich ein strategisch ziemlich dämliches Vorgehen, aber trotzdem ist das seit langer Zeit die erste Tötung eines Vampirs durch einen Vampir. Ich sags dir, das macht mir eine Gänsehaut. Das war doch der Hauptgrund für uns, damals hierher zu kommen, anstatt in Europa zu bleiben, weniger Scheißdreck mit dem man umzugehen hatte.«

Richard zuckte die Schultern. »Sieh es mal so, wir hätten damit viel früher fertig werden müssen, wenn die Mutter der Königin nicht in Hiroshima getötet worden wäre.«

»Das war ein wirklicher Glücksfall«, sagte Samuel.

»Du solltest es besser wissen, das ging auf Michaels Kappe«, erwiderte Richard mit Betonung.

»Na schön, dann eben so. Also mecker halt mit mir, weil ich zusätzliche sieben Jahrhunderte ohne politische Querelen in den oberen Rängen genossen habe. Es ist ja nicht als ob...« Samuels Handy klingelte. »Entschuldige.« Er sah auf das Display hinunter und seine Augen weiteten sich verblüfft.

»Wer ist es?« Richard konnte Samuels Überraschung deutlich erkennen.

»Gabrielle«, erwiderte Samuel.

»Welche Gabrielle?«, hakte Richard nach.

Samuel blickte seinen Freund an. »Nicht ›welche‹ Gabrielle, *die Gabrielle*. Stephens Tochter.«

Jetzt war Richard überrascht. »Woher hat sie deine Telefonnummer?« Das Handy hörte auf zu klingeln. »Jetzt hast du den Anruf verpasst.«

»Ja, das habe ich. Ich muss zugeben, dass mich ihr Anruf auf dem linken Fuß erwischt hat.« Er sah von dem Telefon wieder zu seinem Freund auf. »Wann hast du das letzte Mal irgendetwas von ihr gehört?«

»War das nicht die Nacht, in der wir alle drei total betrunken waren und am anderen Morgen zusammen in einem Bett aufgewacht sind?«

Samuel grinste. »Ja. Was sie für ein überraschtes Gesicht gezogen hat. Ich denke, sie glaubt immer noch, es wäre zwischen uns dreien etwas gelaufen.«

»Ist nicht?«

Samuel schaute seinen Freund an. »Du warst nicht einmal in der Lage zu stehen, geschweige denn einen hochzukriegen. Das Einzige was ich noch hinbekommen hab, war alle auszuziehen und ins Bett zu bringen. Das war der beste Streich, den ich ihr jemals gespielt habe.«

»Ist das der Grund, warum sie seitdem nicht mehr mit uns gesprochen hat, du Arschloch?!«

Samuel zuckte die Schultern. »Ja, aber meine Güte, du hättest wirklich aufwachen sollen, nur um zu sehen, wie hochrot sich ihr Gesicht verfärbt hat! Oh, wenn ich in diesem Jahrhundert bloß eine Kamera gehabt hätte.«

»Wieso zum Teufel sind wir überhaupt so betrunken gewesen? Hast du das jemals herausgefunden?« Richard schaute nachdenklich an die Decke, als er versuchte sich an die damaligen Ereignisse zu erinnern.

»Gift«, erwidert Samuel nachdrücklich.

Richard senkte verblüfft seinen Blick zu seinem Freund. »Gift?«

Samuel nickte. »Ja, es scheint so gewesen zu sein, dass das Mädel, das ich als Hilfe eingestellt hatte, unser

Weinfass mit Gift versetzt hat. Das hat unsere Körper irgendwie so beeinflusst, dass es länger gedauert hat alles auszuscheiden.«

Richards Augen weiteten sich ungläubig und sein Mund öffnete sich ein paar Mal, bevor er mit dem Finger anschuldigend auf seinen Freund zeigte. »Du hast uns drei vergiftet!«

»Nein, du Dämlack!«, sagte Samuel, gab aber dann zu: »Zumindest nicht absichtlich.«

»Was war dann der Plan?«

»Ich hatte Gerüchte gehört, dass eine, in diesem Gebiet wachsende gewisse Traubenart, den Alkoholgehalt erhöhen würde. Daher habe ich eine junge Frau losgeschickt, um für mich welche zu pflücken. Ich habe ihr aber auch eine genaue Beschreibung mitgegeben.«

»Was hat sie gemacht?«

Dieses Mal zog Samuel ein angewidertes Gesicht. »Ich glaube fest, sie war die ursprüngliche Blondine, auf der seitdem alle diese Witze basieren. Das Mädchen hat statt den Trauben, die ich wollte, glatt Mondsamen gepflückt.«

»Dieses Zeug, das wie Trauben aussieht?«

»Genau das«, erwiderte Samuel.

»Da haben wir ja Glück gehabt, dass wir nicht alle in dieser Nacht gestorben sind«, sagte Richard und warf einen Blick zur Tür, durch die drei neue Leute das Café betraten. Die Gruppe bestand aus einem schwarzen Mann, einem weißen Mann und einer weißen Frau. Die weiße Frau kam auf sie zu und schien nicht sehr glücklich zu sein, sie zu sehen.

»Samuel?«

»Hmmm?«

»Erinnerst du dich wie Gabrielle aussieht?«

»Aber sicher doch, dunkles Haar, ziemlich lang. Wundervolle Figur mit einem großartigen Paar...«

Richard schnitt ihm energisch das Wort ab. »Ich würde jegliche weitere Beschreibung sein lassen, es sei denn du möchtest echten Ärger kriegen.«

Samuel verdrehte die Augen und fragte spöttisch. »Wieso? Steht sie etwa direkt hinter mir?«

Richard nickte langsam.

Samuel grinste über den Witz seines Freundes und sah hinter sich. Richard beobachtete wie seine Schultern sanken. »Oh Mann, ich bin sowas von geliefert.«

Gabrielle trat an den Tisch und sah zu Samuel hinunter. »Na sowas, hallo Samuel.« Sie nickte Richard zu. »Und Richard. Es ist lange her.«

Richard lächelte. »Gabrielle, was für ein Zufall, dass du hier auftauchst, wir haben gerade erst über dich gesprochen.«

»Ja, ich wette, das habt ihr. Wahrscheinlich weil ich versucht habe, zu dem Schlappschwanz hier höflich zu sein und durchgeklingelt habe, bevor ich gekommen bin.«

»Ich kann erklären...«

Sie hielt abwehrend eine Hand vor Samuels Gesicht. »Samuel, ich habe die letzten fünf Minuten zugehört. Sobald ich diesen Einsatz beendet habe, werde ich zurückkommen und wir werden eine Unterhaltung unter reifen Erwachsenen führen.« Samuel lächelte erleichtert zu ihr hoch. »Und damit meine ich, dass ich deinen Arsch von hier bis Newcastle hin und wieder zurücktreten werde, verstehst du mich?« Samuels Lächeln verwandelte sich in eine Grimasse.

Sie wandte sich ihren Begleitern zu. »Scott, wenn es

dir nichts ausmacht, ich hätte gerne ein Sandwich.« Sie warf einen Blick auf das Menü. »Schau mal, ob sie dieses Joses Spezialfrühstück machen. Falls sie das haben, dann nehme ich das statt eines Sandwiches und einen Jumbokaffee.« Dann sprach sie den anderen an. »Darryl, würdest du bitte sicherstellen, dass uns niemand von vorne stört?« Er nickte und ging ein paar Tische weiter. Dort griff sich Darryl einen der kleinen Stühle von den runden Kaffeetischen, stellte einen Fuß darauf und blieb wachsam dort stehen.

Richard und Samuel wechselten einen Blick und Richard zuckte andeutungsweise die Schultern. Sie wandten sich beide wieder Gabrielle zu, als die sich umdrehte. »Also Jungs, ich bin hier, um gewissen Gerüchten über mögliche Aktivitäten von Verstoßenen nachzugehen. Wollt ihr beide gleich ausspucken, was ihr wisst oder soll ich euch beide solange verprügeln bis ihr kreischt?« Sie warf ihnen ein Lächeln zu, das zu anderen Zeiten den Raum erleuchtet hätte.

Richard winkte ihr abfällig zu. »Gabrielle, du kannst uns nicht beide erledigen und würdest sicher auch nicht deine menschlichen Muskelmänner riskieren.«

Gabrielle lächelte als Scott einen Teller mit einem Sandwich und ihren Kaffee auf den Nachbartisch, anstatt vor ihr abstellte und dazu trocken anmerkte: »Will ja nicht, dass dein Essen verschwendet wird, manchmal ist es schwer alte und senile Gemüter zu ändern«, während er einen bezeichnenden Blick auf die beiden Vampire warf.

Richard drehte erbost seinen Kopf. »Wen nennst du hier senil? Du magst stark aussehen, aber...«

Gabrielle unterbrach ihn. »Lass es, Richard.« Er

wandte sich ihr zu und sah sie an.»Der einzige Grund, warum ich mit euch rede, ist, dass diese beiden genügend Nosferatu getötet haben, um mit deren Blut einen ganzen Pool zu füllen und dennoch reichlich überzubehalten. Sie würden genauso schnell euer Rückgrat über ihrem Knie brechen, wie mit euch zu reden. Da ihr beide, irgendwie und in gewisser Weise, alte Freunde von mir seid, bin ich beauftragt worden den Versuch zu machen, das so unblutig wie möglich durchzuziehen.«

Richard zischte abfällig: »Diese zwei? Im Ernst, Gabrielle?« Er schnüffelte.»Ich kann ihre Menschlichkeit quer durch das ganze Café riechen.«

Gabrielle beugte ihren Kopf zu Richards hinunter. »Du gottverdammter Idiot. Das hier sind zwei von den Queens Own. Sie halten sich zurück, weil ich ihr Anführer bin, aber glaube bloß nicht, dass ich sie kontrolliere. Sie können und werden euch endgültig ins Grab bringen, wenn ihr mir nicht helft.« Sie richtete sich wieder auf. »Also, wer wird als Erster über die falsche Königin reden?«

Samuel spie die Antwort förmlich aus. »Falsch? Erzähl das Hichoi und seiner Gruppe. Die haben ihren letzten Mondaufgang gesehen.«

Gabrielle nickte. »So lauteten die Informationen, die ich bekommen habe. Das ist der Grund warum sie auf der Liste steht. Gewalttätigkeiten von Vampir gegen Vampir sind für ungesetzlich erklärt worden.«

»Durch Michael? Er war noch nie auf dieser Seite der Welt. Seine Edikte bedeuten uns hier wenig.«

»Nein«, sagte Gabrielle, »Von Bethany Anne.«

»Durch wen?«, fragte Richard.

Richard bemerkte, dass der Mensch den Kopf drehte und ihn ansah. »Sie redet über die Queen Bitch, du armseliger Ersatz für ein fühlendes Lebewesen. Falls du auch nur ein einziges abfälliges Wort über meine Queen fallen lässt, reiße ich dir deine Eingeweide durch den Mund heraus und bleib auf deinem nutzlosen Arsch sitzen, bis die Sonne aufgeht.« Richard stand kurz davor eine verächtliche Bemerkung zu machen, als ihm etwas auffiel, das ihn innehalten und ungläubig starren ließ.

Die Augen des Menschen glühten rot.

KAPITEL 6

Washington, D.C. USA

Barb kippte ihren Stuhl zurück und lehnte den Kopf gegen die Kopfstütze. Dann lehnte sie sich noch weiter zurück und starrte an die herumwirbelnde Decke, während sie den Stuhl kreiseln ließ.

Sie schaffte nicht mehr als um die drei Wendungen, bevor sie die Augen schließen musste. »Toll gemacht, Barbiepüppchen, du hast dich gerade erfolgreich schwindelig gedreht!«

Draußen verstrich ein netter Samstagnachmittag und Barb steckte fest.

Sie war für den Bericht ziemlich weit in das Labyrinth vorgedrungen. Sie konnte die Gruppe zwar nicht vollständig festnageln, aber es gab genügend heiße Fährten, um sie zu diesem neuen Unternehmen TQB Enterprises zu führen.

Die Informationen, die sie aus den Steuerunterlagen und Aufzeichnungen ziehen konnte waren ziemlich vernichtend. Sie hatten einen pensionierten General als Vorstand für das Ressort Betrieb und Organisation (COO) und eine Gruppe von geheimen Sonderkommandotypen war auch in dieser ganzen Mischung verschwunden. Ganz zu schweigen davon, dass eine Scheißriesenladung von ehemaligen Navyleuten zu der Zeit des Türkeieinsatzes im Mittelmeer herumgegondelt war. Um dem

Ganzen noch die Krone aufzusetzen, hatten sie einen größeren Armeestützpunkt in Colorado gekauft oder zumindest auf unbegrenzte Zeit gepachtet, welcher gerade günstigerweise stillgelegt worden war.

Wieso zur Hölle hatte bis jetzt niemand anderes diese Informationen zusammengestellt?

Viele der Firmen unter dem Dach der TQB Enterprises waren alt. Einige davon sogar Jahrhunderte alt und einige so neu, dass sie erst vor ein paar Jahren gegründet worden waren. Die schwer fassbare Geschäftsführerin von TQB besaß Grundbesitz unten in der Gegend von Miami, war aber in der letzten Zeit dort nicht gesehen worden.

Barb hatte versucht ihre Kreditkartenbelege nachzuverfolgen, aber sie ergaben keinen Sinn. Manchmal hatte sie irgendetwas zum Mittagessen in Miami gekauft und am gleichen Abend in Frankreich, ohne dass Barb irgendein Transportmittel hatte finden können.

Sie hatte bestätigen können, dass die Firma über Privatjets verfügte, aber sie hatte deren Flugpläne eingesehen. Gelegentlich stimmten sie mit den Daten überein, aber häufiger nicht.

Das machte sie wahnsinnig. Es war, als ob sie Teile des Puzzles übersehen würde und deshalb nicht alles zusammensetzen konnte.

Aber das war nicht einmal das Schlimmste. Was ihr wirklich Kopfschmerzen bereitete, war, für wen sie diese Nachforschungen anstellte. Es gab eine Menge möglicher Hinweise, aber sie wiesen alle auf eine nicht vorhandene Organisation hin, liefen einfach ins Leere. Die Art von Leere, die man benutzen würde, falls die Gruppe geheim und leicht zu leugnen sein sollte.

Die Art von Gruppe, die sämtliche Hinweise auslöschen würde, welche zu ihnen zurückführen könnten.

Sydney, Australien

Samuel schnappte irritiert: »Gabrielle, es ist auf gar keinen Fall möglich, dass...« Er unterbrach sich, als er den Lauf einer Waffe an seinem Schädel spürte. Samuel sah, dass Richard ihn mit weit aufgerissenen Augen über den kleinen Tisch hinweg anstarrte.

Der Mensch beugte sich zu Samuel herunter und zischte in sein Ohr: »Bitte, verschaff mir doch einen Vorwand, um dein verdammtes Gehirn über den ganzen Laden zu verteilen. Die Menschen hier würden Geld und vielleicht eine Modifizierung ihrer Erinnerungen bekommen. Ich dagegen, hätte das außerordentliche Vergnügen deinen nutzlosen Hintern zu erledigen. Die nächsten Worte, die du äußerst, sollten besser respektvoll sein oder ich werde dich persönlich erledigen und dir deinen Arsch aufreißen.«

Samuel sah fragend zu Gabrielle hinüber, aber diese zuckte nur nachlässig mit den Schultern und zog gelangweilt ein kleines Messer hervor, um sich ihre wunderschön manikürten Nägel zu säubern.

»Was zum Teufel«, zischte Samuel. »Ich nehme die Tür Nummer Zwei, aber ich werde dich aussaugen, sobald ich diesen Kampf gewinne, du respektloses Arschloch. Ich bin kein Nosferatu und da besteht ein riesengroßer Unterschied, den ich dir zeigen werde.«

»Dann solltest du besser dein Bestes geben, Oldtimer«, sagte Scott.

»So, Jungs«, sagte Gabrielle als sie ihr Messer wegsteckte, »Jetzt nachdem ihr beide euer rituelles Weitpissen genossen habt, habe ich einige Fragen.«

»Nein«, sagte Samuel wütend, »Du hast gesagt, dass dieser Idiot mir das Rückgrat brechen kann. Du bekommst keine Antworten, bevor er nicht bewiesen hat, dass ihm überhaupt gestattet werden sollte, mit den Erwachsenen am Tisch zu reden.«

Sie zuckte die Schultern. »Na schön, wir beenden dieses Gespräch dann, sobald dir dein Arsch gründlich versohlt worden ist. Folgt mir.«

Scott trat zurück, um ihnen zum Aufstehen Platz zu lassen. Sie folgten Gabrielle. Samuel drehte seinen Kopf und wisperte: »Siehst du, sie versucht die beiden sogar jetzt noch vor mir zu beschützen.«

»Du Arsch, sie beschützt nicht die da, sie beschützt dich!«

Samuel runzelte die Stirn und blickte seinen Freund verwundert an. »Über was zur Hölle sprichst du?«

Richard schüttelte mitleidig seinen Kopf. »Diese beiden sind nicht menschlich. Die Gerüchte über Michaels Queen sind anscheinend genauer als wir gedacht haben.« Die beiden traten nach draußen und folgten Gabrielle in eine Gasse.

Gabrielle fragte: »Wie seid ihr Jungs hierher gekommen?« Beide gaben zu schlicht mit Taxis eingetroffen zu sein. »Typisch.« Sie wendete sich an Richard. »Hast du immer noch diesen nutzlosen Ersatz eines Hauses draußen in Point Piper?«

Richard zog überrascht eine Augenbraue hoch. »Ich wusste nicht, dass du über dieses Haus Bescheid wusstest.«

Gabrielle schnaubte abfällig. »Da gibt es eine Menge was du über mich und mein Team nicht weißt. Ich gehe davon aus, dass dein Wissen noch vor dem Morgengrauen deutlich verbessert sein wird. Wir treffen euch beide dort für unsere Diskussion.« Sie machte kehrt, um zur Straße zurückzugehen und sagte über die Schulter: »Verspäte dich nicht, Samuel. Das wäre sehr unhöflich.«

Samuel wandte sich irritiert an Richard. »Sag‹ mal, was verpasse ich hier?«

Richard starrte immer noch auf die Stelle an der Gabrielle verschwunden war. »Ich bin mir ziemlich sicher, du hast den Teil verpasst, in dem etwas ziemlich Dramatisches auf der anderen Seite der Welt geschehen ist und jetzt wird dieser Tsunami hier über uns zusammenschlagen.«

Samuel blickte dorthin, wo Richard hinstarrte. »Du glaubst ehrlich, ihr Mensch kann mir irgendetwas antun?«

Richard zuckte die Schultern. »Hast du es je erlebt, dass Gabrielle es zugelassen hätte, dass jemand in Gefahr gebracht wird?«

»Ja!«, grollte Samuel. »Damals, 1763 oder vielleicht auch 62.«

»Okay«, stimmte Richard zu, »Punkt für dich. Aber wie steht es mit: Hast du es jemals erlebt, dass Gabrielle es zugelassen hätte, dass ein Mensch unnötigerweise von einem Vampir verletzt wird?«

»Nein«, grübelte Samuel nachdenklich, »aber das heißt nicht, dass ich alles weiß, was sich bei ihr in den letzten paar Jahrhunderten verändert hat.«

»Nein?« Richard drehte sich zu ihm, »dann hast du zu lange geschlafen.« Richard ging in Richtung der Straße. »Lass uns ein Taxi bestellen und zum Haus fahren. Ich möchte mich hierfür nicht verspäten.«

Samuel schloss zu ihm auf. »Was heißt ›hierfür‹?«

Richard winkte mit dem Arm und hatte Glück, als ein von der anderen Seite kommendes Taxi eine illegale Kehrtwendung vollzog und vor ihnen anhielt. Richard erwiderte: »Zum Teufel, woher soll ich das wissen? Aber ich spüre, wie sich eine Veränderung unserem Leben nähert und du weißt ja, wie ich über Veränderungen denke.«

Samuel stieg in das Taxi ein und grübelte über Richards Worte nach.

Das Taxi fuhr sie durch die Cross City Tunnel-Mautstraße und fünfzehn Minuten später setzte es sie vor dem Haus ab. Samuel hatte bereits eine Textnachricht von Gabrielle bekommen, dass sie auf sie wartete.

Sie liefen um Richards Anwesen zur Rückseite, wo die anderen drei an einem der Tische um den Pool saßen. Die dekorative Beleuchtung wurde automatisch mit Timer gesteuert und der ganze Garten leuchtete im wunderhübschen Schein der in den Büschen und Bäumen verteilten Lampen. Die Poolbeleuchtung warf ihren eigenen bläulichen Glanz auf die Rückseite seines Hauses.

Die drei standen auf.

Richard fragte beim Näherkommen: »Wie sind die Regeln?«

Scott antwortete ihm: »›Kreisch‹ nicht wie ein kleines Baby.«

Samuel sah ihn an und runzelte missbilligend seine Stirn. »Wie lustig.«

Gabrielle zuckte die Schultern. »Nur Fäuste, keine Waffen.«

Samuel überlegte. »Wie wäre es, wenn ihm ein Messer gestattet wird, wenn ich meine Finger benutzen darf?«

Gabrielle sah zu Richard hinüber. »Wirst du bezeugen, dass ich versucht habe es so unblutig wie möglich zu halten?« Richard nickte stumm. Sie drehte sich wieder um. »Aber versucht zumindest die Nachbarn hierbei raus zu halten.«

Samuel lächelte grimmig und zog sein weißes Hemd aus: »Entschuldige, aber das hier ist maßgeschneidert und ich will nicht, dass es durch dein Blut ruiniert wird.«

Scott fragte: »Bist du jetzt endlich bereit?«

Samuel antwortete: »Ja.« Daraufhin riss ihm die härteste linke Gerade, der er jemals das Pech hatte zu begegnen, herum und sein Unterkiefer brach. Er fand sich bei dem Versuch wieder, sich von dem Betonrand, der Richards Pool umgab, aufzuraffen.

Samuels Augen mussten sich nicht mehr rot färben, das waren sie längst, von seiner Wut geschürt. Er fauchte Scott an: »Schön, das erste Blut geht auf dich, aber glaub bloß nicht, dass ein billiger Glückstreffer...« Er musste sich unterbrechen, da der Mensch so schnell wie ein Vampir auf ihn zuraste. Samuel duckte sich unter dem ersten Faustschlag, übersah aber das Knie, das hochschoss, ihm die Nase brach und ihn dadurch für einen Moment die Orientierung verlieren ließ.

Samuels linke Finger verwandelten sich in anderthalb Zentimeter breite Dolche. Es gelang ihm auszuholen, als sein Körper vom Boden gehoben wurde, bevor er viereinhalb Meter weit geworfen wurde und im Gras des Gartens landete. Er rollte sich ab um die Füße wieder unter sich zu bringen.

Scott riss sich das Hemd vom Körper. Die drei von Samuels geschärften Fingern verursachten zwanzig Zentimeter langen Schnittwunden, die sich über seinem Oberkörper zogen, begannen vor Samuels Augen rasch zu heilen.

»Ach so«, sagte Samuel, »Eine Art von Vampir also?«

Scott grunzte: »Du bist so altmodisch. Ich bin mir nicht sicher, dass du fähig bist irgendetwas Neues zu lernen, oder?«

Samuel drehte sich nicht nur rasch, sondern blitzartig schnell und ließ sein Bein in einem Roundhouse-Kick herumschnellen.

Scott blockierte und trat einen Schritt zurück, sodass Samuel wieder in seine Ausgangsposition zurückkehren konnte.

Samuel bemerkte Scotts rote Augen, die seinen eigenen glichen. »Was?«, fragte Samuel grinsend, »erkennst du jetzt langsam den Unterschied zwischen Nosferatu und einem richtigen Vampir?«

Scott lachte. »Du Flachwichser, ich habe mit den Besten trainiert und bin von den Besten geschlagen worden. Meine Brüder erledigen Monster, die dich wie ein Training in der High School aussehen lassen.«

»Monster? Du hast bis jetzt noch nie ein Monster gesehen!«

Die Fingernägel an Samuels rechter Hand verlängerten sich plötzlich. Er streifte sich ungeduldig die Schuhe ab, als sich seine Zehen verlängerten und sich dann Klauen durch seine Socken bohrten.

Scott sah runter und bemerkte die neue Gefahr. »Du brauchst wirklich ernsthaft ein bisschen Pediküre.« Als Samuel fauchte, zuckte Scott bloß leicht die Schultern. »Nur ein Vorschlag, Mann.«

Samuel war mehr als erbost. Dieser Frischling verursachte ihm nicht nur Schmerzen, sondern seine Unverschämtheit ließ Samuel seine übliche Kontrolle verlieren. Seine Zehen gruben sich in den Rasen, bevor er sich wildentschlossen auf den Menschen warf. Er schlug nach ihm, aber Scott war zu Samuels rechter Seite ausgewichen. Er schaffte es nur, ihm mit einem kleinen Rundumschlag, der Scott eigentlich hätte ausweiden müssen, eine Reihe oberflächlicher Schnitte zuzufügen.

Er drehte sich auf der Stelle, um sich dem Menschen zuzuwenden und wurde mit einem mörderischen Tritt von einem großen Stiefel gegen seine Brust und was sich nach vier gebrochenen Rippen anfühlte, belohnt, bevor er rückwärts zum Pool flog und dabei nur so gerade eben einen der Metalltische verpasste.

Beide Männer hörten wie Richard fauchte: »Ihr gottverdammten Chaoten zerschlagt mir besser nicht meine Antiquitäten aus dem achtzehnten Jahrhundert!«

Hinter Richard erklang die tiefe Stimme von dem Menschen, der Darryl hieß. »Falls du irgendwas von dem Mobiliar retten willst, dann schlage ich vor, du räumst sie besser weg. Scott strengt sich im Moment nicht einmal sehr an.«

Richard drehte sich mit offenem Mund um. »Ehrlich?«

Darryl nickte. »Ja. Warte, ich helf dir den Kram aus dem Weg zu rücken.«

Richard wurde völlig davon überrumpelt, als der große Mann in Vampirgeschwindigkeit schaltete, über den Pool sprang und anfing Stühle und anderes Mobiliar zusammenzuraffen, um es aus dem Weg zu räumen. Nach kurzem Zögern, folgte Richard seinem Beispiel und als sie wieder neben Gabrielle standen, musste Richard bewundern mit welcher Leichtigkeit der Mann ihm die Wahrheit von Gabrielles Worten bewiesen hatte.

Diese beiden Männer waren mehr als fähig.

Richard fragte Gabrielle resignierend: »Werde ich ihn heute Nacht verlieren?«

Gabrielle sah ihn an. »Wirst du mir erzählen, was ich wissen will?«

Richard schaute wieder zu den kämpfenden Männern hinüber. Scott hatte mittlerweile einige Schnitte mehr auf der Brust. Aber selbst auf diese Entfernung konnte er erkennen, dass sie mit einer unglaublichen Geschwindigkeit heilten. »Wirst du mit ihr abrechnen?«

Gabrielle schnaubte. »Meine Königin hat ihren Getreuen eine Aufgabe gestellt. Wir geben nie auf. Sie wird für ihre Verbrechen zur Verantwortung gezogen werden.«

Richard dachte nach und grübelte nachdenklich: »Warum greift er nicht viel mehr an?«

Gabrielle hakte noch einmal nach: »Wirst du mir erzählen, was ich wissen will?« Richard nickte. »Das werden wir, aber ich muss zugeben, Samuel weiß mehr als ich.«

Gabrielle wandte sich wieder den beiden Männern zu und sagte im lockeren Gesprächston: »Scott, mach‹ dem bitte ein Ende.«

•••

Scott wich dem Vampir einmal mehr aus, als er Gabrielles Befehl hörte. Samuel kreiselte und duckte sich in Erwartung eines weiteren Trittes von Scott ab. Ihn überraschte es den Menschen plötzlich in wilder Freude grinsen zu sehen.

Und dass er direkt auf ihn zusteuerte.

Er versuchte zu seiner Rechten zu springen und holte mit seiner linken Hand zum Schlag aus, als sein Handgelenk in einem eisernen Griff abgefangen wurde, der die Knochen zermalmte. Im nächsten Augenblick wirbelte der Mann hinter ihn, riss ihn von den Füßen und warf ihn mit Leichtigkeit zu einem sechs Meter entfernt stehenden Baum. Samuel krachte gegen den Baumstamm und fiel zu Boden. Als er es endlich geschafft hatte seine Hände unter sich zu bekommen, traf dieser verdammte Riesenstiefel seinen Kopf undließ ihn nochmals gegen den Stamm prallen.

Das erledigte Samuel endgültig. Die Schmerzen waren fast nicht zu ertragen. Er spürte wie sein Körper hochgehoben wurde, öffnete seine Augen und starrte durch die Baumäste zu den Sternen im Himmel hinauf. »Wirst du dich den Queens Owns beugen oder willst du sterben?«

Samuel konnte seine Arme nicht bewegen, sie hingen leblos an seinen Seiten hinab, während er aufgrund des Blutes hustete, das aus seinem Mund sprudelte.

Mit schwacher Stimme traf er seine Entscheidung: »Beugen.«

Anstatt, dass der Mensch ihn einfach die zweieinhalb Meter runter ins Gras fallen ließ, wurde er herabgelassen und wie ein Baby zum Pool hinübergetragen, wo er sanft auf dem Gras neben der Poolumrandung niedergelegt wurde. Samuel spürte, wie ihm eine Blutkonserve in seine Hand gedrückt wurde. »Trink das«, hörte er Gabrielle sagen.

Er drehte sich auf die Seite, hob den Kopf um das Blut zu trinken. Dann ließ er sich wieder zurücksinken und wartete darauf, dass die hämmernden Schmerzen nachließen.

Der Plastikbeutel wurde ihm aus den Händen genommen.

Schließlich verfügte er wieder über genügend Energie, um die Augen aufzuschlagen und Gabrielle neben sich knien zu sehen.

Er lächelte verkniffen zu ihr hoch und fragte: »Was willst du wissen?«

KAPITEL 7

Toumen Island

»Einem Verstoßenen lässt du niemals eine Chance«, beschwerte sich Darryl, als die drei ihre Waffen und Schwerter aus den beiden Pods herausnahmen. Es war Mitte des Morgens. Sie waren bereits früh im Schutze der Dunkelheit eingetroffen und hatten dann abgewartet, bis Gabrielle sicher war, dass alle Vampire schlafen würden.

Sie befanden sich ungefähr anderthalb Kilometer von dem Ort entfernt, den Samuel als das Schlupfloch dieser ›Vampirkönigin‹ angegeben hatte. Anscheinend hatte diese Dame es noch nicht mitbekommen, dass eine neue Nacht in der Stadt war und dass Bethany Anne keine Titel teilte. Deswegen waren sie zu einer Insel geflogen, die sich vor der chinesischen Küste östlich von Taizhou befand.

Gabrielle ließ ihr Schwert in die Scheide gleiten und überprüfte geschickt ihre zwei Pistolen. Beide Männer trugen Pistolen in Seitenholstern, jeweils eine unter ihrem linken Arm und eine Reservewaffe im Rücken. Scott griff wieder in das Gepäckabteil des Pods und zog eine Holzkiste mit Metallverschluss heraus. Er öffnete den Verschluss und betrachtete die vier Granaten. Eine Rauch-, eine Magnesium- und zwei Splittergranaten. Er bot Darryl die Kiste an und fragte verschmitzt: »Verzeihung, Sir, hätten Sie gerne eine handliche Granate?«

Darryl sah in die Kiste. »Für mich? Das wär aber wirklich nicht nötig gewesen.« Scott begann die Kiste wieder zurückzuziehen und Darryl sagte rasch: »Moment mal! Da, ich nehme eine von den Splitter- und die Rauchgranate. Damit bleiben noch zwei für dich übrig.« Darryl sah zu Scott. »Du erinnerst dich aber schon daran, dass Mr. Granate nicht mehr dein Freund ist, sobald du den Nippel gezogen hast, nicht wahr?«

Scott verdrehte die Augen. »Ich war ein Bulle, kein Kongressabgeordneter.«

Darryl grinste. »Da ist was dran.« Darryl steckte jede Granate in eine der Taschen der Weste, die er über der Keramik-Schutzweste trug. Die gleiche Art von Schutzweste, die Bethany Anne getragen hatte, als David versucht hatte ein Loch durch ihren Rücken zu schießen, welches groß genug war um hindurchzufahren.

Nachdem Scott die beiden verbleibenden Granaten eingesteckt hatte, verstaute er die Kiste wieder im Pod. Samuel hatte zu seinem Wort gestanden und ihnen alles an Informationen und Gerüchten weitergegeben, an die er sich erinnern konnte.

Bevor sie Australien verlassen hatten, hatte Gabrielle den beiden Vampiren mitgeteilt, dass sie zurückkommen würde, um das zu diskutieren was bei ihrem letzten Zusammensein vorgefallen war. Scott hatte fasziniert zugesehen, wie der doch ziemlich blasse Samuel es geschafft hatte tatsächlich noch um weitere Nuancen zu erblassen.

Mittlerweile hatte Gabrielle damit begonnen, die gleiche Kleidung wie Bethany Anne zu tragen. Lederhosen mit Keramik-Schutzweste über einem engsitzenden Under-Armour-T-Shirt und darüber eine zusätzliche Weste mit Munition.

Ihre Brüste stellten unglücklicherweise eine kleine Herausforderung dar und sie schaffte es alleine nicht sie ausreichend zusammen zu quetschen, daher ließ sie Darryl die Weste verschließen und von hinten die Riemen stramm ziehen.

Gabrielle stöhnte, als Darryl es eng genug bekommen hatte und murmelte: »Wäre jetzt echt schön, über Bethany Annes Fähigkeit, sich durch das Ätherische zu bewegen, zu verfügen.«

Scott fragte: »Woran denkst du? Einfach oben drüber erscheinen und runterfallen lassen?«

»Nun«, Darryl dachte laut nach, »Ich bezweifle, dass es hier ein Kinderspiel werden wird. Die dummen Vampire denken sich andauernd neue und einzigartige Arten aus, die Zufahrt zu ihrem Zuhause mit Todesfallen zu spicken, ganz abgesehen von den Fluchtwegen.«

Gabrielle fügte hinzu: »Wenn man über unser langes Leben nachdenkt, dann haben wir einiges zu verlieren. Das bringt uns dazu, uns darauf zu konzentrieren, uns selbst am Leben zu erhalten.«

Gabrielle schulterte ihr kleines Pack. »Außerdem tut es höllisch weh, angeschossen zu werden. Habt ihr Jungs irgendwelche Ideen?«

Darryl zuckte mit den Schultern. »Besteht denn irgendein Grund, nicht einfach mit den Pods einzufliegen und runterzuspringen?«

Gabrielle sah ihn nachdenklich an. »Ein anderer Grund, als dass wir gesehen werden, auf uns geschossen wird oder wir aus dem Himmel gepustet werden?«

Darryl nickte. »Nun, ich habe vorausgesetzt, dass

sich dies von selbst versteht.«

»Ich setze nichts voraus«, sagte sie. »Aber mir gefällt die Vorstellung uns über Land heranzuschleichen noch wesentlich weniger. Wartet mal eine Sekunde.« Sie lehnte sich in ihren Pod und ergriff das Mikrofon. »Hey, TOM, hörst du mich?«

Die Antwort kam umgehend. »Hallo, Gabrielle, ich höre.«

»Kannst du irgendetwas machen, um uns dabei zu helfen, nahe an die Vorderseite des Gebäudes zu kommen, das wir angreifen müssen?«

»Ich dachte, du wolltest sie nur besuchen gehen? Ist ein Angriff nicht ein wenig voreilig?«

»TOM, du musst begreifen, dass ein Angriff für Vampire das Gleiche bedeutet, wie an der Haustür anzuklopfen. In Anbetracht, dass sie bereits darauf fixiert ist, die Macht über den größten Teil dieser Seite der Erde zu übernehmen, wird sie nichts außer absoluter Dominanz verstehen. Und Gewalt ist der einzige Weg unsere Dominanz zu etablieren.«

Darryl war dabei, ein letztes Mal seine Waffen zu überprüfen und kommentierte leise, »Das ist die beste Art von Dominanz, die ich kenne.«

Scott schlenderte um die Seite ihres Pods. »Weißt du, bei der Polizei haben wir uns immer gewünscht, in der Lage zu sein, einfach reinzugehen, ohne uns um das Gesetz kümmern zu müssen. Ich freue mich hierauf.« Er grinste, als er Gabrielle zustimmend nicken sah.

Aus dem Lautsprecher erklang wieder TOMs Stimme: »Ich bin die Informationen aus dem Raumschiff durchgegangen. Wenn du bereit bist, ein kleines Risiko einzugehen, dann bin ich in der Lage euch mit Höchstgeschwindigkeit bis auf mehr oder weniger zwanzig Meter an die Haustür zu steuern, dann rasch runterzugehen und ihr könnt einfach aus den Pods springen.«

Gabrielle klickte das Mikrofon. »TOM, wie hoch über dem Boden werden wir sein?«

Tom erwiderte: »Mir wäre es lieb, mindestens sechs Meter oberhalb des Niveaus zu bleiben, wo ich glaube, dass der Boden ist. Wir müssen uns mit einer zu hohen Geschwindigkeit fortbewegen, als dass ich verlässliche Messwerte der Art bekommen kann, die ich in so einer Situation bevorzugen würde.«

Als Gabrielle daraufhin zu Darryl und Scott hinübersah und fragend eine Augenbraue hochzog, zuckten beide mit den Schultern und Scott meinte: »Mir ist es egal, was ist schon ein sechs Meter Fall unter Freunden?«

Sie nickte und drückte wieder die Sprechtaste. »Das klingt nach einem guten Plan. In Ordnung TOM, wir lassen uns den restlichen Weg einfach runterfallen.«

TOMs Stimme erklang wieder aus den Lautsprechern: »Okay. Sobald du mir Bescheid gibst, steuere ich die Pods mit maximal möglicher Geschwindigkeit in das Zielgebiet. Ihr habt vier Sekunden um abzuspringen, denn danach werden diese Pods blitzartig in die obere Atmosphäre schießen. Ich empfehle dringendst, dass ihr euch zu dem Zeitpunkt dann nicht mehr in ihnen befinden solltet.«

Während sie zu ihrem Pod hinüberliefen, sagte Scott zu Darryl: »Ich geh als erstes, nur für den Fall der Fälle.«

Darryl fragte: »Für welchen Fall?«

»Nur für den Fall, dass uns jemand am Boden erwartet. Ich will doch nicht, dass du dir Sorgen machen musst, dir etwa einen Fingernagel abzubrechen. Daher opfere ich mich für das Team und springe zuerst.«

Darryl kicherte. »Dein wahrer Grund ist, dass du einfach Schiss hast immer noch in diesem Pod zu sitzen, wenn er superschnell hochsteigt. Keine Sorge, mein schwarzer Arsch wird sich nicht darin befinden. Wenn du mir im Weg bist, wirst du meine Fußabdrücke Größe 48 auf deinem Hintern finden.«

Scott grinste hämisch. »Darryl, deine Großeltern werden vor Scham in ihren Gräbern rotieren, weil du langsamer als ein weißer Mann sein wirst.«

Gabrielle nahm in ihrem eigenen Pod Platz und bereitete sich auf ihren Sprung vor. »Würdet ihr beiden Armleuchter endlich aufhören zu quatschen und euch vergewissern, dass ihr bereit seid?«

Die Männer erwiderten einstimmig: »Jawohl, Mutter!«

Sie verdrehte die Augen, griff nach dem Mikrofon und wies TOM an. »Countdown auf drei.« Sie zählte herunter und dann verschwanden beide Pods mit einem leisen Geräusch.

Scott entfuhr fast ein Stöhnen, als der Wald verschwand und die Festung plötzlich fünfundzwanzig Meter unter ihnen lag. Es fühlte sich an, als ob sein Magen oben geblieben wäre, während sich sein Körper im freien Fall zur Erde befand. Er hatte kaum bemerkt, dass sie angehalten hatten, als er schon spürte, wie Darryl ihn auffordernd schubste. Er riss sich zusammen und sprang.

Er hoffte wirklich inständig, dass Darryl nicht auf ihm landen würde. Scott freute sich, ihm war es gelungen sich mit gebeugten Knien und Händen abzufangen, ganz im Ironman-Stil! Darryl landete nur einen knappen halben Meter von ihm entfernt und Gabrielle viereinhalb Meter zu seiner Linken.

Alle drei sahen sich wachsam um und Gabrielle deutete auf das, was die Vordertür sein musste und nicht mehr als elf Meter vor ihnen lag. Sie bestand aus einer großen schwarzen Holzplatte, die mindestens vier Meter hoch und zwei Meter breit war und die robust genug aussah, um einem Rammbock zu widerstehen.

Bevor Gabrielle auch nur einen Befehl geben konnte, rannte Darryl schon auf die Tür zu. Scott drehte sich nach hinten, um sich zu vergewissern, dass ihnen von dort keine Gefahr drohte und Gabrielle zog schon einmal eines ihrer Schwerter aus der Scheide. Darryl riss die Abdeckung der Klebeschicht von der Rückseite einer Sprengladung ab und drückte sie neben das Schloss. Dann betätigte er einen Knopf, grinste hämisch und klopfte laut an die Tür. Danach glitt er schnellstens zur Seite, kniete nieder und hielt sich die Ohren zu.

Die Erde bebte und ein rauchender, ein Meter großer Kreis in der Mitte der Tür erschien. Es war verdammt beeindruckend, dass die Tür dabei nicht ganz aus ihren Angeln gerissen worden war.

Gabrielle hielt nicht inne, um zu versuchen, die Tür aufzuziehen, sondern sprang einfach durch die Öffnung. Dabei hielt sie ihr Schwert so, dass sie abrollen und schnell auf die Füße kommen konnte. Sie fand sich in einer großen Halle wieder. Diese war locker fünfzehn Meter lang und acht Meter breit mit Säulen, welche die ganze Länge alle zweieinhalb Meter oder so entlangliefen. Ein drei Meter breiter roter Teppich lief von der schwelenden Tür bis zum anderen Ende des Raumes. Dort endete der rote Teppich an einem leicht erhöhten

Podest, in dessen Mitte ein goldener Stuhl stand. Etwa dreißig Zentimeter zurückgesetzt, befanden sich auf jeder Seite zwei weitere Stühle. Um es noch protziger zu machen, stand der goldene Stuhl auf seinem eigenen Podest, der ihn über die anderen emporragen ließ.

Oh jaaa, dachte Gabrielle, *da haben wir doch jemanden, welcher der königlichen Familie angehören möchte.*

Auf der linken Seite führte ein Gang weiter in das Gebäude.

Sie hatte gehört wie Scott und Darryl durch die Überreste der Tür geflankt waren. Nur Sekunden später hörte sie Leute in ihre Richtung rennen.

»Ob sie wohl verhandeln wollen?«, erkundigte sich Darryl neckisch.

Gabrielle warf ihm einen amüsierten Blick zu. Er freute sich offensichtlich auf ein bisschen Action. »So wie wir reingekommen sind? Unwahrscheinlich, bereitet euch auf den Kampf vor.«

So wie sie es trainiert hatten, schwärmten die drei leicht aus. Scott bewegte sich auf eine leicht rückversetzte Position links von ihr und Darryl spiegelte die Position auf ihrer rechten Seite. Sowohl Scott als auch Darryl hatten hart daran gearbeitet ihre neuen Fähigkeiten zu verbessern, die ihnen nach dem Bethany Anne auf dem außerirdischen Raumschiff geschworenen Eid verliehen worden waren.

Und jetzt waren sie hier um ihren Wünschen Nachdruck zu verleihen.

Eine Sekunde später rasten vier Männer mit gezogenen Schwertern aus dem Gang, um sich Gabrielle und den beiden offenbar waffenlosen ›Menschen‹ entgegenzustellen.

Der Erste, ein Japaner, wies die anderen mit Handzeichen an stehenzubleiben. Er trat vor, verneigte sich leicht und sagte in einer abgehackten Art, »Ist das eure übliche Art das Haus von jemandem anderen zu betreten?«

Gabrielle erwiderte, »In Anbetracht der Ungastlichkeit, die eure Gruppe Hichoi und seinem Gefolge gezeigt habt, denke ich, habt ihr nichts anderes verdient. Betrachte das als eure erste und einzige Warnung.«

Er lachte bellend. »Von dir? Du und wer noch, deine zwei Menschen? Hast du ihnen überhaupt gesagt, in was für eine Schlangengrube du sie geführt hast?« Er wandte seine Aufmerksamkeit zum ersten Mal Darryl und Scott zu und sprach sie direkt an. »Euch sind entweder Lügen oder gar nichts erzählt worden. In dem Moment, in dem ihr aus dem Sonnenschein getreten seid, habt ihr euer Schicksal besiegelt.« Er wandte sich wieder Gabrielle zu. »Wenn meine Königin hierherkommt, wird sie deine Erklärung anhören, danach werden diese beiden für deine Impertinenz geopfert!«

Hinter Gabrielle konnte Scott sein abfälliges Schnauben nicht unterdrücken. Sie drehte sich um und er zuckte bloß mit den Schultern und bewegte lautlos seine Lippen ›Entschuldigung‹. Sie verdrehte ihre Augen, wandte sich wieder ihrem Gastgeber zu und schwieg.

Dreißig angespannte Sekunden später erklangen sehr viel mehr Schritte. Männer in einer goldenen Livree und Kettenhemden, die Hellebarden trugen, betraten paarweise den Raum, teilten sich und formten zu jeder Seite des Raumes je eine Reihe. Ihnen folgte eine bildhübsche Japanerin, die blendend in einem eng anliegenden weißen Kimono, der sich an ihre Hüften schmiegte, gekleidet war. In gold und rot aufgestickte, fein ausgeführte Drachen schlängelten sich über ihrem rechten Ärmel und ihre rechte Seite hinunter. Die andere Seite war nicht verziert. Als sie auf dem kleinen Thron Platz nahm, glitten sechs weitere Wachen hinter ihr in den Raum.

Gabrielle hörte Darryl hinter ihr Scott zuflüstern: »Ich übernehm‹ die acht auf der rechten Seite, du die acht auf der linken.«

Scott erwiderte: »Was ist mit dem Mädchen?«

Gabrielle konnte förmlich Darryls Grinsen hören, als er sagte, »Ich wollte schon immer mal ein bisschen Girl-on-Girl-Action sehen. Ist echt eine verdammte Schande, dass ich das Popcorn im Pod gelassen habe.«

Gabrielle hatte größte Schwierigkeiten ein hämisches Grinsen von ihrem Gesicht fernzuhalten. Sie verstand absolut, warum Bethany Anne diese Jungs so sehr liebte. Ihnen standen siebzehn Vampire gegenüber und sie redeten über Pornos? *Scheiß drauf!,* dachte sie. *Warum sich zurückhalten?*

Gabrielle zischte, »Ihr Wichser! Wenn ihr was an Girl-on-Girl-Action sehen wolltet, hättet ihr doch einfach nur fragen müssen.«

Sie grinste vor sich hin. Gott! Sie wünschte sich, jetzt ihre Gesichter sehen zu können. Darryls Stimme erklang hinter ihr, ein wenig gedrückt, »Das war jetzt einfach nur grausam, Gabrielle. Ich werde jetzt nicht einmal diesen Kampf genießen können, weil ich nicht in der Lage sein werde mir diese Gedanken aus dem Kopf zu schlagen!«

»GENUG!«, schnappte die Frau auf dem Thron, ihre Stimme schallte durch die steinerne Halle.

Für zwei Sekunden blieb alles still, bis Scott in normaler Lautstärke antwortete, »Miststück! Wir fingen gerade an ein bisschen Spaß zu haben.«

Diese beiden menschlichen Männer waren nicht im Geringsten eingeschüchtert oder ängstlich. Für Kamiko Kana war es offensichtlich, dass sie eine eingeschworene Gruppe bildeten. Sie hatte den Kommentar über Hichoi gehört, also war ihnen die Gefahr sehr deutlich bewusst und sie hatten sie trotzdem angegriffen.

Kamiko Kana hatte die letzten drei Tage geschlafen. Sie hatte beabsichtigt noch weitere zwei Tage zu schlafen und danach für die neuesten Informationen von einem ihrer Sklaven im chinesischen Militär wieder auf das Festland zurückzukehren.

Als ihre Vordertür zerstört worden war, hatten sie zu lange gebraucht, um darauf zu reagieren. Sie waren zu lasch geworden und hatten sich zu sehr auf ihre Verteidigungsmaßnahmen verlassen. Wie diese Gruppe überhaupt an denen vorbeigekommen war, wusste sie nicht. Aber sie würde sicherstellen, es zu erfahren, bevor sie dieser Frau erlaubte, zu gehen.

Ordnungsgemäß gefügig gemacht, natürlich.

Als sie sich setzte, konnte Kamiko Kana den dunkelhäutigen Menschen zu ihrer Linken über das Erledigen der vor ihm stehenden Wachen reden hören. Dann hörte sie die Bemerkung darüber, wie die Frau in einer obszönen Vorführung gegen sie antreten sollte.

Das würde nicht geschehen! Zu ihrer Überraschung sorgte die Anführerin nicht für Disziplin und scherzte sogar mit den zwei Männern.

Zornig brach es laut aus ihr hervor, »GENUG!« Sie war überrascht, als der weiße Mann sie in Sekunden als

Miststück bezeichnete. Ihre Augen verengten sich, er würde vor seinem Tod tagelang gefoltert werden. Aber sein Tod stand so sicher fest, wie sie auf ihrem Thron saß.

Sie ließ die Stille andauern. Lang genug, um sicherzustellen, dass keine neuen beleidigenden Bemerkungen fielen, aber nicht so lang, dass die zwei Menschen versucht waren wieder damit anzufangen.

Kamiko Kana starrte die Frau an. »Dein Name?«

Die gelassen vor ihr stehende Frau lächelte. Kamiko war sich nicht sicher, ob das ihrem Wunsch entsprach. Furcht, ja natürlich. Vielleicht ein Zögern. Aber gewiss kein Lächeln. Was ging hier bloß vor?

Dann sprach die Frau, »Mein Name lautet Gabrielle. Ich bin die Tochter von Stephen, welcher der Bruder von Michael ist.« Von ihren Männern kam ein leichtes Raunen. Michael war auf dieser Seite der Welt eigentlich nicht mehr als ein Gerücht. Im Gegensatz zu ihren Männern wusste Kamiko Kana, dass er wirklich existierte und nicht nur eine Geschichte über den Ursprung der Vampire war. Ihre Mutter hatte eine Nacht mit ihm verbracht.

Danach war ihre Mutter wegen seiner Schuld gestorben. In den Flammen und Trümmern, die die auf Hiroshima abgeworfenen Bomben hinterlassen hatten.

Oh ja, Kamiko Kana kannte den Namen Michael.

Sie sagte, »Michael hat keine Brüder.«

Die Frau zog eine Augenbraue hoch. »Kein Wunder, dass du versuchst dir hier dein eigenes kleines Reich zurecht zu schnitzen. Du bist so jämmerlich unwissend über die große weite Welt. Ein kleines Mädchen, die sich selber zur Königin machen will.«

Sie wurde langsam ungehalten. Diese Proletin würde bald im Sonnenschein brennen... Kamiko Kanas Gesicht spannte sich, als ihr klar wurde, dass diese Frau im hellen Sonnenlicht hergekommen war. Über Stephen war bekannt, dass er fähig war, im Sonnenschein umherzugehen. Das bedeutete, diese Frau war höchstwahrscheinlich das was sie behauptete.

Und das wiederum hieß, sie war bloß zwei Schritte von Michael selbst entfernt und eine sehr, sehr starke Gegnerin. »Wir hier im Osten erkennen nur uns selber an und ich bin die Königin. Den Fehler in mein eigenes Land zu kommen hast du begangen, um was zu sagen?«

»Du wirst augenblicklich mit deinen Vampir-gegen-Vampir-Gewaltaten aufhören, sowie deine politischen Machtspielchen beenden«, teilte ihr Gabrielle mit.

»Oder?«, fragte Kamiko Kana.

Der schwarze Mann grunzte, »Da gibt es kein ›Oder‹.« Er sah ihr direkt in die Augen. »Das wird aufhören.«

Kamiko Kana bemerkte wie Gabrielle ihre Augen verdrehte und fragte sie abfällig, »Du kannst nicht einmal deine eigenen Männer von Insubordination abhalten?«

»Wer sagt, dass sie meine Männer sind?«, antwortete sie amüsiert.

Kamiko Kana zeigte auf sie. »Sie stehen hinter dir, also sind sie deine Männer.«

Gabrielle lachte. »Ich führe den Einsatz an, du unreife Schlampe! Diese beiden gehören zu den Queens Own. Ich bin nicht hier, um mit dir zu verhandeln, ich bin hier, um zu versuchen dich vor ihnen zu schützen!«

Das wilde Grinsen, welches die zwei Männer hinter dieser Frau zur Schau stellten, verursachte ein leichtes Geflüster unter ihren Männern. Kimikos Wachen waren nicht dumm. Es war offensichtlich, dass diese drei mehr als bereit waren, mit den Gewalttätigkeiten anzufangen. Leute, die bereit sind den Kampf zu beginnen und sich trotzdem zurückhielten, waren sich nur sehr selten ihrer Fähigkeiten nicht vollständig bewusst.

Unfähig seine Wut unter Kontrolle zu halten, schrie einer ihrer Männer zurück. »Pass auf, wie du zur Königin sprichst! Eure Queen ist nichts weiter als eine falsche...«

Das Krachen zweier Pistolenschüsse hallte in der Kammer wider. Der Kopf des Wächters explodierte und seine Hellebarde fiel scheppernd neben ihn auf den Boden.

Der weiße Mann sagte, »Wir lassen uns ja eine ganze Menge Scheiß gefallen...«

Der dunkelhäutige Mann beendete den Satz, »Aber Respektlosigkeit gegenüber Bethany Anne wird nicht toleriert.«

Gabrielle zuckte die Schultern. »Schön, das beendet dann soweit meinen Part hier. Ich kann Bethany Anne sagen, dass ich es versucht habe.« Sie hob ihr Schwert, »Komm schon Kamiko Kana, Lust auf ein bisschen Girl-on-Girl-Action? Meine Jungs haben sich etwas gewünscht, das sie heiß macht.«

Das Rot in Kamikos Augen drohte ihr die Sicht zu nehmen, als sie wütend zischte, »Tötet sie. Tötet sie alle!«

Gabrielle lächelte befriedigt. »Vergesst nicht, dass sie das gesagt hat, Jungs. Ich möchte klargestellt haben, dass ich nicht angefangen habe!«

Scott lachte. »Dein Befehl, oh furchtlose Anführerin?«, fragte er Gabrielle.

Gabrielle grinste wild. »Fickt sie.«

Darryls Pistole begann so schnell wie ein Maschinengewehr aufzubellen. »Ich hoffe doch wirklich, dass be-

deutet ›Tötet sie‹ und nicht wirklich den anderen Kram.«
Er drehte sich um neue Ziele zu finden.

Während er in Vampirgeschwindigkeit nach links raste, rief Scott zurück, »Ich bin mir ziemlich sicher alles bedeutet ›Tötet sie‹!«

Darryl rannte nach rechts. »Warum es dann nicht einfach sagen?«

Unglücklicherweise erreichten die acht übriggebliebenen Vampire sie dann und verhinderten Scotts Antwort.

Kamiko Kana stand der Mund offen. Innerhalb von bloßen Sekunden nach ihrem Befehl war die Hälfte ihrer Männer bereits tot. Sie konnte zwar die zweite Welle ihrer Wachen durch den Gang heranrennen hören. Die neue Verstärkung war aber leider nicht das Beste, was ihr zur Verfügung stand.

Sie hätte die Rückendeckung überhaupt niemals brauchen dürfen. Aber ihre Elitesoldaten starben und sie starben schnell. Der Vampir hatte soeben den Kopf eines ihrer Angreifer abgeschlagen und einen anderen fast gleichzeitig durch das Kettenhemd erstochen. Ihr Fußtritt ließ den Leichnam durch die Halle fliegen, um gegen eine Säule zu krachen. Dann richtete sie ihre Augen wieder auf Kamiko Kana.

Kamiko hätte am liebsten frustriert mit dem Fuß aufgestampft. Dies ruinierte alle ihre Pläne. Ihre Verstärkung war zwar im Anmarsch, aber sie kamen zu spät. Kamiko Kana warf eine Glaskugel zu Boden, die Rauch freisetzte.

Dann trat sie in das Aetherische und von dort aus direkt in ihre geheime Kammer. Die Ruhe in ihrer Kammer besänftigte sie, während sie zur Geheimtür trat und sie öffnete. Sie betrat eilig ihr persönliches Zimmer und ihre menschliche Assistentin kam herbeigerannt, als sie am Glockenstrang zog.

»Herrin?«, keuchte sie, etwas atemlos von der Anstrengung.

»Es ist Zeit, Machiko.«

»Zeit?« Machikos Gesicht verzog sich verständnislos.

»Zeit!« Kamiko Kana trat zu ihr, ihre Augen verfärbten sich rot und Machiko hatte kaum Zeit aufzukeuchen, bevor der Schmerz von dem Biss alle ihre Gedanken auslöschte.

Während ihre Männer oben kämpften, saugte Kamiko Kana das Blut aus ihrer getreuen Dienerin, die sie die letzten zwölf Jahre begleitet hatte. Der Körper des Mädchens fiel leblos zu Boden, als Kamiko Kana fertig war. Sie trat ungerührt über ihre Assistentin hinweg, um soviel zu packen, wie sie nur konnte.

Es war Zeit zu verschwinden.

»Scheint so, als ob sie nicht dableiben wollte!«, schrie Scott. Er schoss einem weiteren Wächter in den Kopf, während er gleichzeitig einer Hellebarde auswich. Dann ergriff er sie am Schaft und verpasste dem Halter einen Fußtritt, der ihn drei Meter entfernt landen ließ. Scott drehte die Hellebarde herum und benutzte sie, um zunächst einen Hieb gegen ihn abzublocken und danach einen anderen aufzuschlitzen. »Diese Dinger sind scheiße!«

Gabrielle erstach einen Vierten. »Das liegt daran, weil man sie mit beiden Händen benutzt, du unkultiviertes Schwein!«

»Im Ernst?«, fragte Scott und warf die Waffe dann einem verwirrten Vampir zu, der sie mit Leichtigkeit auffing, nur um alarmiert die Augen aufzureißen, als Scott drei Kugeln in seinem Schädel versenkte. »Das ist doch einfach dämlich.«

Sekunden später fing die Halle an, sich mit der Verstärkung zu füllen. Darryl rief, »Status?«

Gabrielle erwiderte trocken, »Großer Scheißdreck«.

»Gut zu wissen«, schrie Darryl zurück. »Plan?«

Gabrielle grunzte als eine Hellebarde ihre Verteidigung durchbrach und auf ihre Keramik-Schutzweste auftraf. »Gottverdammt, du Scheißer, das sind meine Titten, die du da triffst!« Der schuldige Vampir verlor seinen Kopf durch einen Hieb von Gabrielles Schwert.

»Brauchst du da drüben Hilfe?«, fragte Scott als drei der neuen Wachen auf sie zustürmten.

»Nein!« Sie wich einem Hieb aus, parierte einen weiteren und trat einen dritten Wächter weg. Dann schwang sie ihr Schwert zurück, um dem ersten Kerl den Kopf abzuschlagen und direkt anschließend den Rückhandschwung des zweiten Typen zu blockieren. Sie brachte ihr Bein hoch, damit sie ihn mit einem Roundhouse-Kick nach hinten fliegen lassen konnte und in Position kam, um sich gegen den Angriff des Dritten zu verteidigen. Der Kopf dieses Burschen verschwand in einer Blutwolke als ihn zwei Schüsse erledigten.

Gabrielle hörte Darryl zu Scott hinüberschreien, »Das macht elf!«

Scotts Antwort kam sofort zurück, »Schau mal, Arschgesicht, das war Gabrielles Beute. Du schummelst!«

»Sei kein Schlappschwanz, Scott.« Zwei weitere Schüsse fielen. »Tot ist tot!«

Gabrielle lächelte, als der zweite Bursche sich als Ziel für Gabrielles Aufmerksamkeit anbot.

Sie täuschte nach links an, stach dann rechts zu und erwischte ihn in einer Lücke von seiner Rüstung. Seine nächste Finte wurde unterbrochen, weil er von hinten erschossen wurde und sie mit Blut bespritzte.

Der Klang von Maschinengewehrfeuer kam unerwartet. »Tweedle-dee«, schrie sie, während sie sich zur Tür wandte und losrannte. »Zeit zu gehen!« Sie war schon halbwegs zur Tür als ihr einfiel, »Stell sicher, dass du die Geschenke da lässt!«

Zwei Geschosse schlugen in ihre schusssichere Weste ein, während sie zusah wie Scott eine Granate zum anderen Ende der Halle warf. Sie kam an der Tür an und wandte sich zurück, um festzustellen wo ihr Team war. Sie bekam noch zwei weitere Treffer in die Brust ab und während sie durch den Einschlag durch die Türöffnung zurückgeworfen wurde, sah sie als Letztes, wie Darryl mehrfach getroffen zu Boden ging und Scott ihn packte.

Sie kämpfte sich gerade wieder hoch, als Darryl und Scott sich durch das Loch in der Tür hindurchwarfen und es dabei wesentlich vergrößerten. Kurz darauf erschütterte eine riesige Explosion das Innere der Halle.

Sie griff hoch und öffnete den Reißverschluss einer kleinen Tasche um einen winzigen Transceiver herauszuziehen und den Knopf zu drücken. Sekunden später kamen zwei Pods aus dem Himmel heruntergeschossen. Sie half Scott dabei Darryl in einen Pod zu setzen und wies ihn an, »Nimm den anderen, ich werde ihm helfen.« Scott nickte verständnisvoll und sprang in den anderen Pod. Sobald die Türe geschlossen war, klickte sie das Mikrofon. »Zwei für den Flug und Beeilung!«

Kaum eine halbe Sekunde später schossen die Pods in den Himmel und hinter ihnen blieb nur eine schwelende Ruine zurück.

Gabrielle untersuchte Darryl. Er war zweimal im linken Bein getroffen worden, einmal im rechten Arm und an der unteren rechten Seite des Halses. Glücklicherweise handelte es sich vergleichsweise nur um Kratzer. Sie konnte zehn verschiedene Stellen zählen, wo Kugeln in Darryls Brustpanzer eingeschlagen waren. Dann griff sie unter den Sitz und zog einen kleinen Beutel aus einer speziell angefertigten Kühltasche heraus.

»Trink das!«, befahl sie.

Darryl nickte und trank. Nachdem er ihn geleert hatte, fragte er, »Werden wir Bethany Anne für dieses Miststück benötigen?«

Gabrielles Augen glühten. »Zum Teufel nein! Die Queen hat ihre Own geschickt und ihre Own werden den Job beenden.«

»Nur wir drei?«, fragte Darryl. Er klang nicht besorgt, schaute nur neugierig drein.

»Nein«, sagte Gabrielle während sie zum Mikrofon griff. »Es wird Zeit, dass John miteinbezogen wird.«

Darryl kicherte trotz seiner Schmerzen. »Du magst sie wirklich nicht besonders, nicht wahr?«

Gabrielle grinste. »Sie bringt Nutten in Verruf. Abgesehen davon, will ich echt mal sehen, was John so drauf hat.«

Darryl schloss seine Augen, um abzuwarten, während die Mischung aus Nanozyten und Blut in seinem Körper arbeitete. »Naja, und schon ist unser ganzer Spaß versaut.«

KAPITEL 8

TQB-Stützpunkt, Colorado, USA

Cheryl Lynn saß bei einem späten Mittagessen, als sie bemerkte, wie ein Paar die Kantine betrat. Er sah schlichtweg umwerfend aus. Hochgewachsen, mit einem Kinn, bei dem sie schwache Knie bekam und einer Brust, auf der sie gerne aufwachen würde. Unglücklicherweise war es offensichtlich, dass er voll und ganz in die Frau vernarrt war. Sie redeten miteinander und Cheryl Lynn konnte bei der Frau einen osteuropäischen Akzent ausmachen.

Ihr wurde klar, dass es sich bei dem Paar um Nathan und Ecaterina handeln musste. Sie hatte von John über die beiden gehört. Obwohl er ihr nicht gesagt hatte, wie attraktiv die zwei waren.

Manchmal war das Leben einfach nur beschissen. Sie wettete, dass die beiden zusammen aufgewachsen waren oder irgend so etwas und schon seit dem Sandkasten ineinander verliebt waren. Wie die meisten Männer, hatte John die wirklich interessanten Einzelheiten ausgelassen.

Cheryl Lynn wandte sich wieder den Papieren zu, die sie las. Sie versuchte, sich mit den ganzen Hintergrundinformationen vertraut zu machen, die sie benötigen würden, um Bethany Anne zu helfen. Sie vertiefte sich gerade in einen kurzen Bericht über ein kleineres Unternehmen, das sich mit konzeptionellen Möglichkeiten der Erzgewinnung im All beschäftigte, als sie eine tiefe Stimme »Verzeihung« sagen hörte.

Sie sah auf und blickte direkt in seine Augen . »Dürfen wir uns dazusetzen?«, fragte er.

Cheryl Lynn sah, wie Ecaterina sie ebenfalls anlächelte und antwortete, »Aber gerne!« Sie raffte ihre Akten zusammen und ließ sie auf den Stuhl neben ihr fallen, um Platz für die Tabletts zu schaffen, die ihre neuen Tischgenossen in den Händen hielten.

Sie stellten sich gegenseitig vor. Cheryl Lynn brauchte nur wenige Minuten, um ein paar wichtige Sachen festzustellen.

Erstens, es war wirklich niederträchtig von ihr eifersüchtig zu sein. Zweitens, ihr Cousin war manchmal echt ein Bastard, er hatte nichts darüber verlauten lassen, dass die beiden Werwölfe waren!

Sie redeten eine Zeit lang, bevor Ecaterina ihren Partner beiläufig fragte, ob er nicht besser gehen sollte und ›den Wechselbälgern dabei helfen, einige neue Arten zu lernen, wie man auf den Boden klatscht‹. Nathan beugte sich sichtlich dankbar vor, küsste Ecaterinas Wange und reichte über den Tisch, um Cheryl Lynns Hand zu schütteln. Er sagte ihr, dass er sich sehr gefreut hätte sie kennenzulernen, aber er würde diese Gelegenheit gerne wahrnehmen, um etwas zu trainieren.

Danach verschwand er ziemlich schnell.

»Mach‹ dir nichts draus«, sagte Ecaterina. »Er hat in den letzten paar Tagen keine Möglichkeit zu Sparringskämpfen bekommen und das macht ihn nervös.«

Cheryl Lynn war fasziniert, »Du meinst seine, äh, seine...«

Ecaterina lächelte. »Seine Wolfs-Seite?« Cheryl Lynn nickte. »Nun, ich weiß, das macht einen Unterschied, aber er ist auch von Natur aus einfach eher aggressiv und wir werden für die nächsten paar Tage auch nicht wieder zurück auf Exkursion gehen können.«

»Warum seid ihr hierher gekommen?«

Ecaterina sagte schlicht, »Damit wir dir Fragen zu deinem neuen Job beantworten können.« Ecaterina sah in Cheryl Lynns verwirrtes Gesicht. »Lass mich raten. Weder Bethany Anne noch John haben dir erzählt, dass ich in den letzten paar Jahren Bethany Annes Assistentin gewesen bin?« Cheryl Lynn schüttelte den Kopf. »Wieder mal typisch, manchmal gehen diese beiden einfach davon aus, dass jeder alles durch Osmose oder was auch immer mitbekommt.«

»Warte mal«, sagte Cheryl Lynn. »Wie bist du ihre Assistentin geworden? Ich komm‹ nicht mehr mit. Bist du nicht so was wie – und entschuldige bitte, falls meine Frage zu privat ist – Nathans Frau oder so etwas?«

»Ich bin seine Partnerin, aber das bedeutet im Grunde das Gleiche.« Ecaterina griff nach Nathans unberührten Dessert und zog es zu sich hin. Sie nahm einen Löffel. »Ich sage dir, angesichts der Fähigkeit, alles essen zu können, bis hin zu dem vollständigen Wegfall der Notwendigkeit einen BH tragen zu müssen, will ich niemals wieder anders sein. Ich werde meine Nanozyten erst dann abgeben, wenn sie mir jemand aus meinem kalten, toten und wie ich hoffe sehr alten Körper saugt.«

»Deine Nanozyten?« Cheryl Lynn war hoffnungslos verwirrt. »Sind das nicht so etwas wie winzige Maschinen in deinem Körper?« Ecaterina nickte, während sie sich genussvoll noch einen Löffel voll Dessert in den

Mund schob. Cheryl Lynn dachte eine Sekunde nach, »Also, diese Nanozyten machen den Unterschied zwischen uns beiden aus?«

Ecaterina antwortete, »Ja. Es gibt zwei Arten von Nanozyten, soweit wir bisher wissen. Ich bin sicher, draußen im All gibt es noch eine Menge mehr, aber hier auf der Erde gibt es zur Zeit nur die Art, die das erschafft, was wir Vampire nennen und die andere, welche die Wechselbälger erschafft.«

Cheryl Lynn sah sich im fast leeren Raum um, lehnte sich aber trotzdem vor, obwohl sich niemand in der Nähe aufhielt. »Fühlt es sich seltsam an, wenn man wechselt? Tut es weh, so wie in dem Video von Michael Jackson?«

Ecaterina grinste. »Hat es dir noch keiner gezeigt?«

Cheryl Lynn warf ihre Arme hoch, lehnte sich zurück und schimpfte frustriert. »Zum Teufel, nein! Mein eigener Cousin, so stelle ich gerade fest, steht sehr weit oben in der Organisation und ich versuche so viel wie möglich zu lernen. Aber ich weiß nicht einmal, was ich nicht weiß! Und deswegen weiß ich auch nicht, wie ich das beheben kann.« Auf ihrem Gesicht breitete sich ein entschlossener Ausdruck aus. »Aber ich werde das schon noch herausfinden, verdammt noch mal! Und dann werde ich Klein-John feste gegen sein gottverdammtes Schienbein treten.« Mit einem wild entschlossenen Gesichtsausdruck verschränkte sie die Arme vor der Brust.

Ecaterina lächelte innerlich. *Das ist die richtige Einstellung*, dachte sie. Laut sagte sie, »Nun, lass mich dir ein paar Hinweise dazu geben, worüber du Bescheid wissen musst und wie du mehr Informationen von anderen bekommst. Ich werde dir auch meine Handynummer geben, für den Fall, dass du mich anrufen oder eine Textnachricht schicken musst.«

Über dreißig Meter entfernt lächelte ein, von den beiden Frauen durch die Tür verdeckter großer Mann von über zwei Metern, vor sich hin und ging dann weiter den Gang hinunter.

Washington, D.C., USA

Barb hatte weitere zwei Tage für die Abfassung ihres Berichtes verwandt, während sie gleichzeitig versuchte, mehr über wen-auch-immer herauszufinden, der hinter der Anfrage steckte.

Ihre Fragen an Vito waren fruchtlos geblieben. Es war aber nicht so, dass er die Antwort wüsste und nicht damit herausrücken wollte. Sie war sich sicher, er wusste es einfach nicht. Sie hatten die richtigen Anforderungsformulare geschickt und das war genug für ihn. Die Organisation zu führen erforderte seine ganze Konzentration und es kam ihm einfach nicht in den Sinn, dass diese Anfrage möglicherweise nicht ganz sauber war.

Und jetzt hatte sie einen Bericht einzureichen. Sie war fertig und auch ziemlich sicher, dass er einige Aufregung verursachen würde.

Was sie herausgefunden hatte, waren bestenfalls Indizienbeweise, aber es reichte aus, damit eine Geheimgruppe in der Regierung es überprüfen und höchstwahrscheinlich auch alles glauben würde, was in ihrem Bericht stand. Und das beunruhigte sie ernsthaft.

Barb befand sich in ihrem Büro und drehte sich langsam in dem neuen bequemen Stuhl, den der Pate ihr vor drei Tagen verschafft hatte. Sie hatte nicht darum gebeten, aber eines Morgens stand er einfach hinter ihrem Schreibtisch.

Sie hatte Vito gefragt und er hatte ihr nur schlicht mitgeteilt, dass jeder sehen konnte, dass sie zu viele Überstunden machen würde. In der Annahme, dass sie vielleicht von irgendjemandem beobachtet wurde, hatte sie ihn gefragt, wie das sichtbar sei und seine Erwiderung hatte sie völlig überrascht.

»Es ist dein Haar«, sagte Vito.

»Mein Haar?« Barb war verwirrt. »Was stimmt denn nicht mit meinem Haar?«

Der Pate blickte seine beste Analytikerin besorgt an. »Es wird dünner, Barb. Du bist so auf dies hier konzentriert, dass du nicht richtig isst und abnimmst.«

An diesem Tag hatt Barb frühzeitig ihren Arbeitsplatz verlassen und war zum Friseur gegangen. Dort bekam sie einen neuen Haarschnitt, der ihr unzureichendes Haar kaschierte und ging anschließend in ein italienisches Restaurant. Warum zum Teufel auch nicht? Wenn sie untergewichtig war, dann konnte es vermutlich keine bessere Lösung geben, als die ganzen Kohlenhydrate, die ihr ein leckeres Pastagericht verschaffen würden.

An diesem Abend verputzte sie zwei Portionen Lasagne und trank fast eine ganze Flasche Wein. Dann rief sie ein Taxi, fuhr nach Hause und fiel ins Bett.

Am nächsten Morgen wachte sie benebelt um halb sieben auf. Sie wog sich auf ihrer Badezimmerwaage und beschloss später ein wenig zu trainieren und zukünftig ein bisschen mehr auf ihre Ernährung zu achten. Sie hatte fast fünf Kilo abgenommen. Kein Wunder, dass alles was sie trug so verflucht lose hing.

Obwohl das sicherlich keine wirklich gute Methode zum Abnehmen war, ermöglichte es ihr doch, sich die nächsten Tage einige Leckereien zu gönnen. Zur Hölle, anscheinend waren ihr nicht mal die Donuts auf die Hüften geschlagen.

In Gedanken stoppte sie nun die Drehung in die eine Richtung und schwang wieder in die andere Richtung zurück. Sie hatte sich entschieden, einige Schlüsselelemente der Informationen in ihrem Bericht auszulassen, da es ihr nicht gelungen war, die Quelle für die Anforderung des Berichtes zu identifizieren.

Wie zum Beispiel den Namen des Unternehmens. Und auch nicht die Hauptpersonen. Oh, sie würde genügend drin lassen, um sicherzustellen, dass die Daten eine große Organisation mit Macht und Einfluss aufzeigten. Aber sie würde ihnen nicht ihre gesamten Erkenntnisse überlassen. Sie wollten einen Bericht bekommen, sie würden ihn kriegen. Es war tatsächlich ein ziemlich belastender Bericht.

Aber es würde ein unvollständiger Bericht sein.

Sie nahm an, dass der Antragsteller dann zwei Optionen haben würde. Entweder zu akzeptieren, dass niemand herausfinden konnte, wer hinter den Angriffen steckte oder sie anzuweisen weiterzumachen. Wenn es dazu käme, würde sie aussteigen und ihnen mitteilen, dass sie ihr Bestmöglichstes gegeben hätte.

Zufrieden damit, dass sie einen guten Plan formuliert hatte, begann sie mit der Arbeit die relevanten Ermittlungen zusammenzustellen. Barb speicherte ihre Daten immer getrennt und sicher. Sie lud die Informationen auf einen USB Stick und zog ihre oberste Schublade ganz heraus. Hinter der Schublade war genügend Platz für etwa zehn USB Sticks und bis jetzt hatte sie dort vier versteckt. Nun fügte sie den fünften hinzu. Zur Sicherheit machte sie noch eine Kopie, die sie irgendjemandem zur Verwahrung anvertrauen würde. Obwohl sie sich noch nicht sicher war, wem sie die geben sollte.

Aber sie hoffte, sie könnte irgendjemandem vertrauen. Der Pate bot sich natürlich dafür in erster Linie an, aber sie hatte bereits entschieden, ihn nicht mit hineinzuziehen. Er würde sich dazu verpflichtet fühlen, sie zu beschützen, was ja sehr nett war. Aber er würde nichts weiter erreichen, als sich selbst in Schwierigkeiten zu bringen und sie hatte ihn zu gerne, um das zu erlauben.

Es wäre ja schön, grübelte sie, *wenn sie ihren eigenen supergeheimen hundert Jahre alten Regierungsagenten hätte, dem sie vertrauen könnte.* Aber sogar sie bezweifelte diese besondere Schlussfolgerung aus ihrem Bericht mehr als stark.

Weil, so dachte sie, *wie hoch stehen die Chancen, dass so etwas wirklich real ist?*

An Bord der QBS Polarus, Mittelmeer

Frank und Dan saßen im Besprechungsraum und hörten Gabrielle über den Lautsprecher zu. »So, das war dann so ungefähr das Ende vom Lied. Wir sind raus, als die Maschinengewehre anfingen loszuballern, haben ein oder zwei Geschenke hinterlassen und organisieren uns jetzt neu. Ich brauche den Standort dieser Nutte und ich will, dass John sich zu uns gesellt.«

Dan fragte, »Nicht Eric?«

»Könnten wir ihn denn kriegen?«, fragte sie zurück.

Dan zuckte die Achseln, erinnerte sich aber dann daran, dass sie das nicht sehen konnte. »Ich sehe da kein Problem. Es ist ja nur für einen Einsatz und wir können die Guardians übernehmen lassen, falls Bethany Anne irgendetwas unternehmen möchte, bei dem sie Schutz braucht. Die größte Schwierigkeit liegt eher darin, zu vermeiden, dass sie selber mitkommen will.«

Frank fügte hinzu, »Wenn du BA mitnimmst, dann ist der ganze Spaß versaut.«

»Witzig, dass du das erwähnst«, meinte Gabrielle. »Das ist genau das, was Darryl über John sagte.«

Frank fragte sofort neugierig nach, »Ehrlich?« Er griff zu einem seiner Notizbücher. »Und woran liegt das?«

»Oh nein, das kriegst du nicht!«, erwiderte Gabrielle. »Ich werde nichts zu deinen Geschichten beitragen, alter Mann.«

»Sagt die Dame, die selber ...«

»Falls du die Jahrhundertmarke lebend erreichen willst, solltest du besser kein weiteres Wort sagen.«

Dan brach in Gelächter aus und Frank grinste. »Na ja, ich bin immerhin jung genug, um *dein* Sohn zu sein!«

»Ach zum Teufel«, sagte Gabrielle gut gelaunt, »Das trifft auf fast die ganze verdammte männlicheBevölkerung zu. Außer einem oder zwei... Nein, diese Jungs sind verstorben. Vielleicht ein oder zwei weitere, bei denen ich mir nicht sicher bin. Sagen wir mal, insgesamt vielleicht fünf Männer sind nicht jung genug, um meine Söhne zu sein. Aber ich kann dir versichern, keiner von dem Rest ist wirklich einer.«

Dan war amüsiert. Gabrielle war bei diesem Telefonat wesentlich aufgeschlossener, als sie vorher gewesen war. Er fragte sich, was auf dieser Mission wohl vorgefallen war.

Frank gab nach, »Okay, diesmal keinen Dreck über John. Aber ich habe auf jeden Fall Tabithas Einverständnis bekommen, dich zu eurem gemeinsamen Ausflug zu befragen.«

»Schön, das geht für mich in Ordnung. Aber wenn du über mich schreibst, dann stell sicher, dass ich hübsch bin!«

Frank sah ungläubig Dan an, der lautlos mit den Lippen formulierte, ›Frauen!‹

»Ich glaube nicht, dass dies ein Problem darstellen wird, Gabrielle«, versicherte Frank.

»Sieh‹ zu, dass es keins ist. Egal, zurück zum Thema. Wann glaubst du, kannst du mir eine Idee verschaffen, wo sich dieses Miststück jetzt aufhält?«

Frank antwortete, »Nicht sicher. Die Satelliten von Team BMW, die Fluktuationen im Aetherischen nachverfolgen, sind mit Bethany Annes Hilfe getestet worden und arbeiten anscheinend gut. TOMs Schiff ist dabei, sie auf deine Seite des Planeten zu bringen. Ich werde noch mehr Nachforschungen über diese kleine spezielle Blume von dir anstellen, um zu sehen, was ich aufdecken kann.«

»Warte mal! Was hast du gerade gesagt?«, unterbrach sie ihn.

»Dass ich weitere Nachforschungen anstellen werde«, antwortete er.

»Nein, das habe ich gehört. Wie hast du sie genannt? Eine spezielle Blume?«, sagte Gabrielle.

»Ja, warum?«, erwiderte Frank etwas ratlos.

»Das erinnert mich an etwas, das mein Vater mal erzählt hat. Ist er in der Nähe?«, fragte sie.

Dan nickte und stand auf.

Frank teilte ihr mit, »Dan geht ihn gerade holen. Warum glaubst du, dass ›spezielle Blume‹ irgendwie wichtig ist?«

»Bin mir nicht sicher. Ich erinnere mich nur, dass Stephen von Zeit zu Zeit Michael ausgelacht hat, weil es in Asien einen Vampir mit einem Namen gab, den er nicht leicht behalten oder aussprechen konnte – er hat sich nie die Mühe gemacht auch nur zu versuchen, sich an ihren Namen zu erinnern.«

»Das war ›Sunshine‹.«, sagte Stephen, der vor Dan den Raum betrat.

»Hallo Dad!«

»Hallo, Gabrielle. Anscheinend bist du über irgendjemanden verärgert?«

»Ganz genau, eine Schlampe hat versucht meine Jungs zu töten und ihre Leute haben sie mit Bezeichnungen mit fünf Buchstaben beschimpft.«

»Arsch?«, fragte Stephen.

»Mensch«, berichtigte Gabrielle und das Lächeln war ganz deutlich in ihrer Stimme zu hören.

»Gott bewahre!«, erwiderte Stephen entsetzt.

»Genau das habe ich mir auch gedacht«, versicherte Gabrielle.

»Selbst, wenn es sechs Buchstaben sind?«, fragte Stephen.

»Bloße Semantik«, erwiderte sie abfällig.

»In der Tat«, stimmte Stephen zu und fragte dann, »Warum hast du Sunshine auf deinem Radar?«

»Ich versuche nur, mich an ihren richtigen Namen zu erinnern«, sagte Gabrielle.

»Der ist Kamiko Kana.«

»Wieso zur Hölle fällt es Michael so schwer sich daran zu erinnern?«

»Weil sie die Tochter von jemandem ist, an den er sich nicht erinnern will. Michael kennt ihren Namen, er bevorzugt es einfach nur, ihn nicht zu benutzen.«

»Müssen wir uns hier wieder mit noch einem seiner Fehler auseinandersetzen?«

»Ich weiß nicht, ob das der Fall ist oder nicht. Aber denke daran, dass du vielleicht mit mehr Problemen zu kämpfen hättest, wenn sie nicht alle tot wären.«

»Nun, tatsächlich leben Richard und Samuel immer noch. Obwohl, ich werde mich später um diese beiden kümmern.« Ihr munterer Tonfall wurde ernst, als sie die beiden erwähnte.

Stephen nickte. Er kannte die Geschichte von den Dreien. Früher einmal waren sie sehr eng befreundet gewesen. »Lass sie bitte am Leben.«

»Wieso?«

Stephen erwiderte, »Bethany Anne hat Vampirwächter für den Stützpunkt in Colorado angefordert. Vielleicht könntest du sie ja ihre niederträchtigen Untaten abarbeiten lassen?«

»Fang bloß nicht an und unterstütze ihre Mätzchen!«, grollte sie.

»Ich habe schlichtweg gesagt, dass Bethany Anne, die ja deine Queen ist, Vampire rekrutieren will, Gabrielle.«

»Schön! Aber ich werde ihnen trotzdem noch in den Arsch treten.«

»Verstanden. War das alles?«

»Wieso die Eile, hast du ein heißes Rendezvous?«

»Nein, aber ich habe in fünf Minuten eine Konferenzschaltung mit dem Europäischen Rudelrat.«

»Entschuldige. Ja, das war alles und danke dir.«

»Gern geschehen.« Stephen verabschiedete sich von Dan und Frank und verließ eilig den Besprechungsraum.

»Also, kann ich meine Männer haben?«, fragte sie.

Dan erwiderte, »Junge Dame...«

Sie unterbrach Dan, »Siehst du! Genau so machst du dich bei mir beliebt, Frank.«

»Wenn du mich noch einmal unterbrichst, Gabrielle, werde ich nicht nur weder John noch Eric senden, sondern du wirst zurückgerufen.« Dans Stimme klang streng.

Dan wartete einen Moment, aber es kamen keine zusätzlichen Kommentare. »Sehr gut. Sobald wir ein Ziel ausgemacht haben, werden wir den Einsatz planen und dir deine Leute schicken.«

»In Ordnung, ich verstehe. Falls ihr uns nicht weiter braucht, mache ich jetzt Schluss«, sagte sie.

»Nein, das passt. Wir sprechen später.«

●●●

Zwei Stunden später war Frank immer noch bei der Arbeit und versuchte, sowohl in seinen Archiven in Washington als auch im Internet, irgendetwas über diesen Vampir aufzuspüren. Seine Suchprogramme durchsuchten das Dark Web, aber er hegte nicht die Hoffnung sehr viele Treffer zu landen.

Er sah zu seinem Telefon und seufzte. Dann griff er hinüber, öffnete seine Kontaktliste und wählte Michaels Nummer.

Michael meldete sich schon beim zweiten Klingeln.

»Hallo, Frank.«

Frank antwortete, »Hallo, Michael, hast du eine Minute Zeit?«

»Wenn ich keine Zeit gehabt hätte, wäre ich auch nicht ans Telefon gegangen. Dafür gibt es den Anrufbeantworter. Ich bin mir aber mehr als bewusst, dass viele immer noch zögern mit mir zu sprechen. Daher bin ich mir sicher, dass, was immer der Grund ist, der dich dazu bewegt hat mit mir Kontakt aufzunehmen, du sicherlich nicht anrufst, nur um über das Wetter zu plaudern.«

Frank war sich nicht sicher, wie er darauf antworten sollte. Alles was Michael gesagt hatte, war mehr als wahr, er selber hatte gezögert, Michael anzurufen. Wahrscheinlich war Bethany Anne die einzige Person auf der ganzen Erde, die einfach unbekümmert zum Telefon greifen und ihn anrufen würde.

»Frank?«, fragte Michael.

»Entschuldige, Michael«, sagte Frank. »Ich bin durch das, was du gesagt hast, nur ein bisschen überrumpelt worden. Weißt du, um ganz ehrlich zu sein, habe ich nie darüber nachgedacht, wie einsam dein Leben manchmal sein muss.«

Aus dem Telefon erklang ein Seufzer. »Das ist wahrscheinlich das größte Problem, Frank. Wenn so viel Zeit verstreicht, wird es schwierig weiterzumachen, wenn Freunde und geliebte Personen alt werden und versterben.«

Frank traf eine spontane Entscheidung. »Michael, hast du in den nächsten paar Stunden irgendetwas vor?«

»Nein, warum?«

»Weil ich dich besuchen möchte.«

Dieses Mal war Michael der Überraschte.

Frank benötigte zehn Minuten, um Dans Genehmigung zur Nutzung eines Pods zu bekommen und sich auf den Weg nach Argentinien zu machen. Genau in diesem Moment fühlte er sich noch weitaus lebendiger, als er sich in den letzten paar Jahren gefühlt hatte. Er raste durchs Weltall und die Welt lag unter ihm ausgebreitet. Zur Hälfte in der Dunkelheit, zur Hälfte im hellen Sonnenschein sah sie wundervoll aus. Und Frank fühlte sich zufrieden, er zahlte einen Freundschaftsdienst zurück, den er Michael seit Jahrzehnten schuldete.

Als der Pod in Michaels Garten hinunterging, konnte Frank beobachten, wie die Hintertür aufflog und Tabitha heraus stürmte. Michael folgte ihr gemächlich. *Tabithas Lächeln schafft es fast von Ohr zu Ohr zu reichen*, dachte er amüsiert.

Als der Pod gelandet war, entriegelte er die Türen und sie öffneten sich. Tabitha griff eifrig hinein, um ihm beim Aussteigen zu helfen. »Hey Opi!«

Frank blickte die jüngere Frau streng an. »Opi? Wen nennst du hier einen Opi? Ich erscheine wie ein gesund und jung aussehender Mann Anfang Dreißig, damit du es nur weißt.«

Sie winkte mit der Hand ab. »Puh! Du könntest für jemanden Anfang Zwanzig durchgehen, wenn du nur aufhören würdest Klamotten zu tragen, die genauso aufregend sind wie Einhörner, die Regenbögen auf Babydrachen kotzen. Und um Himmels Willen, hör auf dein Hemd in die Hose zu stecken!« Tabitha begann damit, sein Hemd aus der Hose zu zerren. »Nichts schreit mehr nach alt wie ein eingestecktes Hemd!«

»Nichts schreit mehr nach sexuellem Angriff«, konterte Frank süffisant, »als eine junge und attraktive Frau, die mir nachts in einem Garten die Kleider vom Leib reißt!«

»Davon träumst du nur! Das ist kein sexueller Angriff. Nenn es einen Mode-Notfall-Service.« Sie trat zurück und begutachtete ihn von oben bis unten, »Oh ja. Lass mich dich in die Stadt ausführen, ich werde zusehen, dass du flachgelegt wirst.«

Frank war wie vor den Kopf gestoßen! Sprachlos sah er Michael an, der hinter Tabitha stand. Frank trug einen solchen Ausdruck von ›Hilf mir‹ im Gesicht, dass Michael sein Kichern nicht unterdrücken konnte.

Tabitha gab ihm ein paar tröstende Klapse auf die Brust. »Keine Sorge, ich bin sicher, dein jüngerer Körper wird intensiv darüber nachdenken und du wirst mein Angebot in Nullkommanichts annehmen. Wie auch immer, ich muss los!« Sie ging um Frank herum und nahm im Pod Platz. Dann schaute sie sich verwirrt um und fragte dann: »Ähem, und jetzt was?«

Frank wandte sich um und ihm wurde klar, dass Tabithas Aufregung nicht an ihm lag, sondern sie es geschafft haben musste, die Erlaubnis zu erhalten, in einem Pod zu fliegen. Er lächelte. »Schnall‹ dich an. Rechts von dir sind Beutel, falls dir während des Fluges übel wird. Wenn du ihn einsaust, musst du ihn auch sauber machen.« Er vergewisserte sich, dass sie den Sitzgurt richtig angelegt hatte. »Achte auf die Anweisungen auf dem Display. Du kannst den Bildschirm durch Wischen an- und ausschalten. Benutze das Mikrofon oben rechts, um alles anzufordern was du brauchst und komm‹ nicht zu spät nach Hause!« Er zeigte ihr dann noch, wie man die Türen öffnete und schloss.

In der letzten Sekunde, bevor sie die Tür schloss, sagte sie schelmisch, »Okay, Opi!« Ein paar Sekunden später glitt der Pod geschmeidig viereinhalb Meter hoch, schoss dann nach oben und verschwand.

Frank sah zu, wie der Pod verschwand. »Das wird immer cool bleiben.«

Michael ging auf ihn zu und stellte sich neben ihn. »Würdest du gerne mit mir zu Abend essen oder bleiben wir einfach nur bei Drinks?«

Frank wandte sich ihm zu und streckte die Hand aus. »Was für Weine hast du im Haus?«

Michael lächelte, schüttelte seine Hand und begleitete ihn dann ins Haus, »Ich bin sicher, einige der besten Weinjahrgänge der Welt sind noch im Keller. Ich habe versucht, noch nicht zuviel von Antons Vorräten zu trinken.«

»Nun ja«, bemerkte Frank als Michael folgte. »Da es sich um seinen Scheiß gehandelt hat, den du und ich die meiste Zeit aufräumen mussten, denke ich, der kleine unbetrauerte Bastard ist es mir schuldig.«

Michael lachte herzhaft, als sie das Haus betraten.

KAPITEL 9

TQB-Stützpunkt, Colorado, USA

Marcus hielt sich in seinem Büro auf und arbeitete zufrieden an seinen Berechnungen. Sein Laptop war mit zwei Monitoren verbunden, die für seine Chats mit TOM und ADAM dienten.

Er befand sich im siebten Himmel jedes Wissenschaftlers.

Als sich der Lautsprecher einschaltete und ›piepste‹, drückte er die Annahmetaste. »Ja?«

»Sir, ich habe hier eine Ms. Cheryl Lynn draußen, die Sie sehen möchte.«

Marcus dachte einen Moment lang nach, um den Namen mit einem Gesicht zu verbinden. Richtig, das war Tinas Mutter…

Oh Scheiße! Er drehte sich um und sah sich frenetisch nach einem Versteck um, dann sackten seine Schultern und er ergab sich in sein Schicksal. »Schickt sie herein.« Er würde wohl die bittere Pille für seine ›Exkursion‹ schlucken müssen. Aber als er an Tinas Begeisterung zurückdachte, im Weltall zu sein, blitzten seine Augen und er richtete sich wieder auf.

Er würde Tina nicht so ohne Weiteres in die Genetik gehen lassen. Nicht ohne vorher alle Register zu ziehen, um diesen unglaublichen Verstand bei sich hier im Weltall zu behalten.

Selbst, wenn dies bedeutete, dass er die volle Wucht von Cheryl Lynns Ärger über sich ergehen lassen musste.

Wenige Sekunden später hörte Marcus, wie sie an den Maschinen vorbeiging, die William benutzte, um die meisten der kleinen Spielzeuge anzufertigen, die Marcus und Bobcat anforderten.

Er war bereits wieder tief in Gedanken versunken, als es leicht an den Türrahmen klopfte. Überrascht sah er auf und lächelte. »Hallo!« Er erhob sich, um Cheryl Lynns Hand zu schütteln. »Kommen Sie doch bitte herein und nehmen Platz.«

Cheryl Lynn sah sich im Raum um. Er enthielt alle möglichen Arten an Laborausrüstung, sowie einen großen Schreibtisch mit einem Laptop und zwei daran angeschlossene große Bildschirme. Weiterhin verfügte er über sechs Fernsehschirme mittlerer Größe. Vier davon zeigten jeweils unterschiedliche Ansichten des Weltraums und auf den anderen zwei liefen Videos von der Erde. »Diese sind hübsch«, bemerkte sie, als sie einen Stuhl fand. Es handelte sich um einen Hocker auf Rollen. Nicht die beste Option, wenn man einen Rock trug, aber es gab keine Alternative.

»Hmm?« Marcus drehte sich um und sah, wie sie auf seine Weltraum-Bildschirme deutete. »Ja, das können sie sein. Letzte Woche gab es einen Riesensturm in China mit Blitzen die ganze Nacht über, es war einfach großartig.«

Sie sah ihn wieder an. »Sind die real?«

Er sah einen Moment perplex aus, lächelte dann. »Wollen Sie wissen, ob das Real-Zeit-Aufnahmen sind? Ja, diese sind jetzt in Real-Zeit. Ehrlich gesagt«, er ging zum mittleren Monitor und zeigte auf die Vereinigten Staaten. Er deutete mit dem Finger in etwa die Mitte des

Kontinentes. »Wenn ich hinausgehen und einen Zoom anfordern würde und vorausgesetzt, das Wetter ist gut genug, dann könnte ich winken und Sie könnten mich lächeln sehen.«

Cheryl Lynn überdachte das einen Augenblick und versuchte zu entscheiden, ob das was sie dachte gehört zu haben tatsächlich das war, was er gesagt hatte. »Man kann überall hinuntersehen und bis an das Gesicht einer Person heranzoomen?«

Marcus schüttelte leicht den Kopf. »Das hängt alles vom Wetter, Smog und anderen Faktoren ab. Wir befinden uns weit genug von jeder Stadt entfernt, damit der Smog hier für uns kein Problem darstellt und gerade jetzt haben wir auch einen wolkenfreien Himmel. Außerdem gestatten uns die optischen Verbesserungen, die wir von den Kurtherianern gelernt haben, mit einer weit besserer Auflösung zu zoomen, als wir zuvor erreichen konnten.«

»Was machen Sie mit den anderen Bildschirmen? Sind das nur hübsche Ansichten?«

»Unglücklicherweise nicht.« Marcus Lächeln verblasste etwas. »Dies sind die vier wahrscheinlichsten Stellen, an denen unwillkommene Besucher der Erde ankommen könnten.«

Cheryl Lynn stand auf und ging hinüber. »Wie Pässe in den Bergen?«

Marcus sah sie verblüfft an, die Augenbrauen fragend hochgezogen. »Verzeihung?«

»Ich lese eine Menge Western.« Sie zeigte auf die vier Weltraummonitore. »Das ist so, als ob Sie die vier Pässe durch die Berge überwachen würden, über die ein Angriff möglich ist.«

»Ja, das ist eine angemessene Analogie. Gestützt auf meine Arbeit mit TOM habe ich die drei wahrscheinlichsten Punkte berechnet, wo wir unerwünschte Gäste erwarten können. Der Vierte zeigt eine Stelle, die ADAM aus nur ihm verständlichen Gründen genannt hat. Ich kann seiner Logik hierfür nicht folgen.«

»Wir werden wirklich dort hinausgehen, nicht wahr?« Cheryl Lynn hatte Marcus ursprünglich aus zwei Gründen aufgesucht, aber keiner davon schien im Augenblick wirklich richtig bedeutsam zu sein.

»Wir werden nicht nur dahin gehen, wir sind schon dort gewesen«, sagte er, während er auf die Bildschirme sah. Im gleichen Moment fühlte er, wie sie mit ihrem Finger spitz in seine Brust stach.

Er blickte hinunter und bemerkte, dass ihr vorher verträumter Ausdruck sich verschärft hatte. Was hatte er gesagt?

»Wenn wir gerade von sind dort gewesen sprechen, Sie haben meine Tochter ins All mitgenommen!«

Oh, das. Er lächelte sie an und antwortete, »Ich habe sie auf eine Exkursion mitgenommen. Wissen Sie, dass Ihre Tochter die jüngste Person ist, die über der Thermosphäre gereist ist?«

Jedes von Cheryl Lynns Worten wurde mit einem weiteren scharfen kleinen Stich ihres Zeigefingers unterstrichen. »Sie. Hätten. Mir. Erklären. Müssen. Dass. Sie. Das. All. Meinten!« Beim letzten Wort stach sie doppelt so fest zu.

Glücklicherweise fühlte sich Marcus Körper mittlerweile weniger alt an, dank einer revitalisierenden Flüssigkeit, die Patricia ihm während der letzten acht Tage gegeben hatte. Ansonsten hätte sein älteres Ich den Schmerz sicher ein bisschen mehr gespürt.

»Ms. Cheryl Lynn.«

»Einfach nur Cheryl Lynn. Hör damit auf, unbedingt auf Manieren zu bestehen, wenn ich so richtig sauer auf dich bin!«

»Okay, Cheryl Lynn. Ich habe dir gesagt, dass wir auf eine wissenschaftliche Exkursion außerhalb der Thermosphäre gehen. Ich bin ein Raketenwissenschaftler, was erwartest du denn; was hätte ich denn sagen sollen?«

Cheryl Lynn drehte sich um und warf die Arme hoch. »Woher soll ich das denn wissen? Wie wäre es mit ›Ich habe vor, Tina halbwegs bis zum Mond mitzunehmen, wir sollten aber bis zum Abendessen wieder zurück sein. Ist das in Ordnung?‹«

»Hättest du das geglaubt?«, erkundigte er sich.

»Ja! Nein! Ich weiß nicht...« Sie setzte sich hin. »Ich weiß nicht mehr, was ich glauben oder nicht glauben kann.« Sie blickte ihm in die Augen. »Wusstest du, dass wir ganz im Ernst wirkliche Werwölfe unter uns herumlaufen haben?«

»Ja. Ich bin ihnen vorgestellt worden«, erwiderte er verwirrt.

Sie betrachtete ihn skeptisch, »Du bist menschlich, oder?«

»Ja.« Er ging zu seinem Stuhl zurück. Selbst so unbedarft wie Marcus bei dem meisten sozialen Umgang war, so war ihm doch klar, dass es sich hierbei nicht um ein wissenschaftliches Gespräch handelte.

Sie schürzte die Lippen. »Wie kommst du mit dem Ganzen klar?«

Sich hinsetzend, fragte er: »Könntest du deine Frage näher erläutern? Was meinst du mit ›dem Ganzen?‹«

»Das hier.« Sie winkte mit der Hand umher. »Wir befinden uns auf einem früheren Militärstützpunkt. Du verfügst über Sachen, von denen ich gedacht habe, dass sie nur die geheimsten CIA-artigen Gruppen haben. Du hast gerade meine Tochter«, sie hielt inne, »Meine *einzige* Tochter«, sie starrte ihn zornig an. Sobald er sein Verständnis durch ein Nicken gezeigt hatte, fuhr sie fort, »In den Weltraum gebracht. Nicht nur einfach in den Weltraum, sondern sie ist sicher gereist und war ›rechtzeitig zum Abendessen zurück‹. Mein eigener Cousin hat sich in einen Berg verwandelt. Versteh mich nicht falsch, er war auch vorher schon groß und ich weiß, dass er diese Nosfertwos schon seit einer ganzen Weile bekämpft...«

»Nosferatu«, berichtigte Marcus.

»Was auch immer«, fauchte sie, »die bösen Vampire. Was ich meine ist, dass selbst mit diesem ganzen Kram... Weißt du, dass er absolut bereit war sich drei Typen entgegenzustellen, um mir zu helfen? Er nannte es ›eine kleine Rangelei‹. Er war weit mehr darüber besorgt, dass Bethany Anne ihm seine Chance, diesen Männer die Scheiße aus dem Leib zu prügeln, nehmen könnte, als darüber angeschossen zu werden.« Sie hielt inne. »Hast du mich gehört? ANGESCHOSSEN zu werden!« Sie stieß ihren Atem aus. »Bethany Annes eigener Vater sieht jünger aus als ich. Du bist der Einzige, der mehr oder weniger seinem Alter entsprechend aussieht. Wie alt bist du, Ende Vierzig, Anfang Fünfzig?«

Das war bis jetzt doch gerade so gut gelaufen, dachte Marcus etwas niedergeschlagen. »Ich könnte in meinen Sechzigern sein.«

»Wow«, sagte sie, »Gute Gene.« Sie fuhr fort, ohne weiter über Marcus nachzudenken, »Und lass mich bloß nicht mit Bethany Anne anfangen! Sie ist die Hölle auf Rädern, smart und getrieben ihr Ziel zu erreichen. Wenn John es ihr nicht ausgeredet hätte, dann bin ich mir wirklich nicht sicher, ob sie diese drei Typen, die mich angegriffen haben, nicht einfach getötet hätte.«

»Nun...« Sie hob die Hand um ihn zu stoppen.

»Ich lass‹ nur gerade Dampf ab, Marcus.« Sie atmete tief ein. »Verstehe mich nicht falsch. Dies ist alles unglaublich, aber es *ist* unglaublich gut.« Sie sah zu ihm hinüber. »Was, wenn ich hier nicht mithalten kann?« Sie wedelte mit der Hand, um sein Labor einzuschließen und fuhr fort, »Was, wenn ich nicht gut genug bin, um Teil des Teams zu sein? Was, wenn ich meine Kinder nehmen muss und wieder hinausgehen muss?«

Marcus wartete geduldig bis sie fertig war. Als sie schwieg, antwortete er ihr in dem freundlichsten Tonfall, den er fertig brachte.

»Darf ich dir eine Geschichte erzählen?« Sie nickte. »Als Frank mich in Kalifornien gefunden hat, war ich nur ein ausgelaugter, von allen vergessener Raketenwissenschaftler. Einer, der nicht nur nach dreißig Jahren Arbeit aus der NASA gefeuert worden war, sondern ich war auch aus SpaceX rausgeworfen worden. Das ist eines der, wenn nicht überhaupt das herausragende kommerzielle Unternehmen. Wieso? Weil ich an einer haarsträubenden Überzeugung festhielt und meine Gedanken zu laut und zu häufig aussprach. Kein Mensch in diesem Industriezweig, der noch bei klarem Verstand war, wollte mich noch haben. Das heißt bis Bethany Annes Gruppe auftauchte.«

Er sah sich um, lächelte ein wenig und fuhr dann fort, »Weißt du, was diese Gruppe so wundervoll macht?«

Sie schüttelte den Kopf. »Das liegt daran, dass Bethany Anne und ihr Team keinen... keinen...« Er geriet ins Schwimmen.

»...Scheißdreck darum geben?«, warf sie hilfreich ein.

Er nickte, lächelte zum Dank und fuhr fort: »Ihr ist wichtig, dass du der Beste bist. Ihr ist dein Herz wichtig. Sie will wissen, dass du engagiert bist und dass du dein Allerbestes für die Sache geben wirst, für die Erde. Ist es dir wichtig genug diesen großen blauen Globus auf dem wir leben, sicher zu machen? Sicher für deine Kinder? Sicher für die Kinder von Leuten, die du niemals kennenlernen wirst und die möglicherweise lernen werden, dich zu hassen?« Cheryl Lynn war über die Frage überrascht. Für ihre Kinder, natürlich würde sie ihr Bestes geben. Aber er bat sie darum, an diejenigen zu denken, die eines Tages vielleicht versuchen würden ihre Kinder anzugreifen.

Das war eine schwierige Frage. Aber sie gab ihr den Anstoß dazu, sich einer unumstößlichen Erkenntnis zu stellen. Sie öffnete ihr die Augen und ließ sie wirklich wahrnehmen, was sich um sie herum befand. Die Teams, die weit weg waren, die Schiffe, von denen sie wusste, aber noch nie gesehen hatte. Die Leute, von denen sie nur gehört hatte.

Diese ganzen Leute hatten sich entschieden, über Politik, Geografie und Länder hinauszuwachsen. Sie glaubten an die Zukunft, an den Kampf, von dem sie tief in ihrem Herzen wussten, dass er kommen würde. Sie glaubten nicht daran, dass die Völker der Erde sich rechtzeitig vereinen würden, um fähig zu sein, sich zu verteidigen.

Sie würden die erste Verteidigungslinie bilden, für Gruppen, die sie verunglimpfen und lächerlich machen und sie hassen würden.

Sie erhob sich und ging zu Marcus hinüber. Sie streckte ihm die Hand hin und er nahm sie. »Danke dir«, sagte sie. »Das nächste Mal lautet die Antwort ›ja‹, aber erkläre mir immer erst, was du mit meiner Tochter vorhast. Ist das klar?«

Marcus nickte zustimmend und beobachtete dann, wie sie sein Büro verließ.

Washington, D.C., USA

Barb streckte ihren Rücken als sie aus ihrem Wagen ausstieg. Die Nachbarskatze hatte in ihre Garage gepinkelt.

Wieder einmal.

Sie seufzte und begann sich nach dem Urinfleck umzusehen. Sie musste auch herausfinden, wie schlimm die Verunreinigung mit Katzenhaaren war. Sie hasste ihre Allergien. Die Katze war niedlich, hatte aber so eine Art ›du bist mein Sklave‹-Blick drauf. Das war ein Blick, den ihrer Ansicht nach Hunde niemals zeigten.

Nach einer dreiminütigen Suche, stand sie auf, ging zu ihrer kleinen Werkbank und ergriff ihre Sprühflasche mit Desinfektionsmittel. Sie ging zurück und zielte unter ein Regal, um den Beutel Erde, den sie für ihre Pflanzen verwendete, einzusprühen. Sobald sie das erledigt hatte, stellte sie die Flasche weg, stieg in ihr Auto und tat so, als ob sie etwas aus dem Supermarkt besorgen müsste.

In der Tat war der Supermarkt ein sehr guter Ort, damit sie in aller Ruhe nachdenken konnte. Insbesondere, seitdem sie das in ihrer Garage versteckte elektronisches Überwachungsgerät ausgemacht hatte.

Dank der Katze ihres Nachbarn.

Erst, als sie aus ihrer Nachbarschaft heraus war, begann sie zu zittern. Sie wusste nicht, ob diese Leute auch bereits an ihr Auto gekommen waren, aber sie würde auf jeden Fall auf der Annahme basierend handeln, dass ihr Haus verwanzt war. Nicht, dass ihnen das Verwanzen ihres Hauses viel bringen würde. Aufgrund ihrer Arbeitsbelastung war sie schon seit Jahren nicht mehr mit jemandem ausgegangen und sie konnten ihr jetzt höchstens beim Schlafen oder Fernsehgucken zusehen.

Barb schluckte, dachte fieberhaft darüber nach, was diejenigen, die sie beobachteten, wahrscheinlich vorhatten.

Der Jäger war zum Gejagten geworden und sie wusste nicht, was sie tun sollte.

Sie saß ganz tief in der Scheiße.

An Bord der QBS Polarus, Mittelmeer

»Komm zu Papi, du herzloses kleines Miststück!«, murmelte Frank in seinem Zimmer vor sich hin. Er starrte auf seinen Laptopmonitor.

Frank hatte gestern einen wundervollen Abend mit Michael verbracht. Er hatte sich seine vorherigen Bedenken über Michael aus dem Kopf geschlagen und einfach nur die Gesellschaft eines eben sehr langlebigen Individuums genossen, während er versuchte, nicht über Michaels Ruf nachzudenken. Das musste wohl eher in sehr, sehr langlebig korrigiert werden.

Michael war etwas traurig gewesen zu erfahren, wer den Ärger im Osten verursachte, aber es hatte ihn nicht überrascht.

»Ja«, hatte er Franks Frage beantwortet. »Ich habe ihre Mutter gekannt. Sie war in allen Bereichen außergewöhnlich, sowohl in…« Dann blickte sich Michael plötzlich misstrauisch um. »Entschuldige, aber Tabitha hat an allen Ecken und Enden Sensoren installiert. Dieses Mädchen ist nicht glücklich, solange sie nicht alles mithören kann.«

Frank sah sich um. »Bist du sicher, dass sie dieses Zimmer nicht auch verwanzt hat?«

Michael nickte zögernd. »Ziemlich sicher. Ich habe ihre Gedanken in Zusammenhang mit allem von diesem Zimmer gelesen, so gut ich konnte. Heute Morgen war es immer noch in Ordnung.«

»Sie würde tatsächlich sogar dich belauschen?«

»Oh«, Michael zuckte nachlässig die Schultern. »Sie würde es nicht für ein ›mich belauschen‹ halten, sondern meinen, dass wir irgendwann Leute hier drinnen haben könnten, die sie abhören müsste. Sie würde das also nur für eine einfache prophylaktische Vorbereitung halten.«

»Du scheinst das sehr gelassen hinzunehmen. Das ist nicht der Michael, den ich früher gekannt habe.«

»Frauen scheinen eine Art an sich zu haben, Männer zu verändern.«

»Zum Besseren?«, hakte Frank sofort nach, den es in den Fingern juckte einiges vom Gespräch zu notieren.

»Vielleicht«, antwortete Michael und lächelte, als ob er wüsste, was Frank gerne tun würde.

Scheiße! Das lag daran, dass er wirklich wusste, was Frank sich wünschte.

»Hey, das Lesen meiner Gedanken beim Weintrinken ist nicht gestattet!«, lachte Frank.

»Existiert irgendwo eine solche Regel, die mir unbekannt ist?«

»Nein«, Frank trank einen Schluck, »aber das sollte es.«

»Falls es dir hilft, ich habe deine Gedanken nicht gelesen. Ich kenne dich einfach nur gut genug, damit mir klar ist, dass du deine kleinen Notizbücher suchst, wenn du anfängst dich umzuschauen.« Michael griff hinter sich und zog einen kleinen Notizblock und Stift hervor. »Hier«, er reichte sie Frank, »du kannst dir gerne ein paar Notizen machen.«

Und so einfach fand sich Frank in einem Interview wieder, wo er über ein paar Gläschen Wein einen tausendjährigen Vampir ausfragen konnte.

Er verabschiedete sich einige Stunden später, wobei eine grinsende Tabitha ihm neckisch einen Klaps auf die Brust gab und ihn daran erinnerte, ihr Angebot nicht zu vergessen, als sie an ihm vorbei hineinging. Er schüttelte Michaels Hand und flog in der Absicht zunächst ein wenig Schlaf zu bekommen und danach weitere Nachforschungen anzustellen, zum Schiff zurück.

Und genau da befand er sich nun und stellte die Puzzlestücke von Kamiko Kana zusammen. Was für eine traurige Verschwendung von Talent sie doch darstellte.

Frank hatte genügend Berichte gelesen, um zu wissen, dass das, was man zwischen den Zeilen lesen konnte, mindestens genauso informativ war, wie das, was im Bericht tatsächlich enthalten war. Hier hatten sie eine clevere Frau, die eine lange Zeit hinter den Kulissen gearbeitet hatte, um Macht zu erringen. Nach seinem Gespräch mit Michael konnte Frank verstehen, warum sie einen Groll hegte. Sie glaubte, dass Michael tatsächlich derjenige war, der ihre Mutter getötet hatte. Da ihre Mutter in die Serumherstellung verwickelt war, befand sie sich in den Labors, als die Bomben fielen. Es hatte für sie keinerlei Chance gegeben, das zu überleben.

Danach wurde es ein bisschen knifflig. Sie hatte einige Ausflüge unternommen, die er bis nach China zurückverfolgen konnte. Dadurch wurde sie für ihn zum Hauptverdächtigen, wer hinter den chinesischen Bemühungen stand, Bethany Annes, bzw. ehemals Michaels, Unternehmen zu hacken. Sie konnte sich entweder im Aetherischen bewegen oder die aetherische Nebelform annehmen, die Michael ihm gegenüber erwähnt hatte. Das bedeutete sicherlich fortgeschrittene aetherische Fähigkeiten irgendeiner Art. Sie besaß eine große Anzahl von Gefolgsleuten. Daraus ließ sich schließen, dass sie entweder eine gewisse Art von Respekt genoss oder irgendeine Form von Charisma besaß. Wie auch immer, es war mehr als anstrengend ihre Schritte nachzuverfolgen und es würde genauso schwierig werden, sie in irgendeine Ecke zu drängen.

Frank überprüfte nochmals die Satelliten, die Fluktuationen im Aetherischen aufspürten, aber bis jetzt hatten sich keine positiven Treffer ergeben. Das einzige Mal, wo sie sich bekanntermaßen durchs Aetherische bewegt hatte, waren die Satelliten noch nicht an Ort und Stelle gewesen.

Nun ja, vielleicht würde ja die altmodische Art, jemanden aufzuspüren, funktionieren.

KAPITEL 10

TQB-Stützpunkt, Colorado, USA

Cheryl Lynn lief den Gang hinunter, blieb vor Patricias Bürotür stehen, hielt einen Moment inne und klopfte dann schließlich. Als ein ›Herein‹ erklang, trat sie ins Büro und schloss die Tür hinter sich.

Patricia sah sie erwartungsvoll an, als Cheryl Lynn sie fragte: »Hast du ein paar Minuten Zeit?«

»Sicher.« Patricia winkte sie zu einem ihrer Stühle hinüber. »Nimm‹ doch Platz. Was geht dir durch den Kopf?«

Cheryl Lynn dachte kurz über die Frage nach, während sie sich setzte. »Ich muss dich etwas fragen, darüber, wieso du Teil dieses Ganzen bist.«

Patricia lächelte, es schien, als ob Johns Cousine es endlich begriff. Sie lehnte sich in ihrem Stuhl zurück und machte es sich bequem. »Das kann ich dir sagen. Was möchtest du gerne wissen?«

»Ich weiß, dass man so etwas normalerweise nicht unter Frauen fragt und ich entschuldige mich auch im Voraus dafür.« Cheryl Lynn straffte ihre Schultern und stieß dann hervor. »Wie alt bist du?«

Patricia brach in Gelächter aus, so stark, dass sie nach einigen Momenten zu einem Papiertaschentuch greifen musste, um sich die Tränen aus den Augenwinkeln zu tupfen, die drohten ihr Make-up zu verschmieren. »Von all den Fragen mit denen ich gerechnet habe, dass du sie stellen könntest, befindet sich diese nicht unter den ersten drei.« Sie drehte sich um und ließ das Taschentuch in den Papierkorb fallen, dann sah sie wieder zu Cheryl Lynn. »Können wir uns darauf einigen, dass ich mindestens um die drei Jahrzehnte jünger bin, als ich erscheine?« Selbst mit dem Körper, den sie nun besaß, war Patricia immer noch etwas empfindlich, was ihr Alter betraf. In einem guten Jahrzehnt oder mehr würde sie sich vielleicht wirklich mit dem Unterschied zwischen ihrem realen Alter und ihrem Aussehen angefreundet haben. Patricias Augen glitzerten humorvoll als sie fortfuhr, »Aber ich bin neugierig, wieso gerade das deine erste Frage war.«

Cheryl Lynn erwiderte, »Ich habe gerade eine interessante Unterhaltung mit Marcus geführt. Erst dank diesem Gespräch ist mir klar geworden, dass hier ein kurz- und ein langfristiges Spiel läuft. Mir ist erst nach Verlassen von Marcus Büro bewusst geworden, dass er viel jünger als sein wirkliches Alter aussieht. Aber ich war so von dem Umstand gefangen genommen, dass du und dein Ehemann derart jung aussieht, dass ich nicht mitbekommen habe, dass auch Marcus' Aussehen nicht seinem tatsächlichen Alter entspricht. Wenn es nicht soweit weg wäre, dann würde ich zurücklaufen und verlangen, dass er mir sein richtiges Alter gesteht.« Sie hielt einen Moment inne und nickt dann abrupt. »Soviel schuldet er mir schon für den Trick mit der wissenschaftlichen Exkursion und dafür, dass er Tina mit in den Weltraum genommen hat.«

»Schön, was genau versuchst du über das kurz- und langfristige Spiel herauszufinden?«

»Ich schätze, mir ist klar, dass es gewisse Leute gibt, die Bethany Anne unterstützt, um diesen Kampf über eine normale Lebensdauer hinaus fortzuführen. Dann gibt es diejenigen, die Teil der Gruppe, aber nicht Teil der langlebigeren Gruppe sind. Ist das soweit korrekt?«

»Sie ist zu diesem Zeitpunkt sehr umsichtig bei der Modifizierung von Personen, ja. Dafür gibt es verschiedene Gründe, nehme ich an. Versteh‹ das bitte richtig, sie hat mir das nicht anvertraut. Ist das klar?« Patricia vergewisserte sich, dass Cheryl Lynn es verstanden hatte, bevor sie fortfuhr. »Bethany Annes Ziel besteht ausschließlich darin diese Welt zu unterstützen und zu beschützen. Ihr sind die geografischen oder politischen Grenzen egal. Ihr sind die Kämpfe zwischen Ländern und Gruppen größtenteils auch egal. Obwohl sie bei Terroristen wirklich grantig geworden ist und ich bin mir nicht sicher, ob sich das nicht früher oder später rächen wird. Wie auch immer, ich nehme an, falls sie irgendetwas Verrücktes unternehmen und sie wieder sauer wird, dann werden wir halt eine weitere ›Intervention‹ haben.« Patricia lehnte sich weiter in den Stuhl zurück. »Also, Individuen, die für das längerfristige Spiel modifiziert worden sind, haben bewiesen, dass sie fokussiert sind, die wirklichen Ziele verstehen und sich dafür vollständig einsetzen.« Sie warf Cheryl Lynn einen Blick zu und betonte nochmals. »Vollständig einsetzen. Soll heißen, jemand liest ihre Gedanken und bestätigt, dass sie wirklich engagiert sind. Aber ihr ist egal, woher diese Leute stammen.«

Cheryl Lynn nickte verständnisvoll. »Aber fast jeder, den ich hier gesehen habe, ist Amerikaner und wir sitzen hier auch auf einem amerikanischen Stützpunkt.

Ich versuche hier nicht zu argumentieren, dass wir nicht hier sein sollten, ich bin nur verwirrt. Und ich versuche nur die Situation zu verstehen. Wenn uns irgendwann in der Zukunft eine mögliche außerirdische Invasion bevorsteht – nein, erwartet wird, warum haben wir dann nicht andere Regierungen oder auch nur unsere eigene Regierung miteinbezogen?«

Patricia antwortete, »Bethany Anne hat selber in einer halbwegs geheimen Organisation innerhalb der Regierung gearbeitet. Sie hat sowohl persönliche Erfahrungen, als auch solche von ehemaligen hochkarätigen Leuten. Es besteht der einstimmige Glaube, dass, sollte die Regierung von ihr oder den Fähigkeiten und Ressourcen ihrer Unternehmen erfahren, dann würden sie alle Register ziehen, um sie zu verstaatlichen oder sie in irgendeiner Weise zwingen, das zu tun, was sie wollen. Bethany Anne hat nichts gegen die Regierung der USA. Sie kämpft für die ganze Welt. Unglücklicherweise stehen zu viele Jahre an Konflikten zwischen uns allen und die meisten Leute können über ihren Nationalismus nicht hinaussehen. Ich kann diese Besorgnis bis zu einem gewissen Punkt nachvollziehen. Ich bin zum Militär gegangen, um studieren zu können. Aber ich gehöre nicht zu den fahnenschwingenden Nationalisten, weil es eben nur ein Job für mich war. Am Ende meiner Karriere war ich dabei, weil diejenigen, die ich liebte und für mich zu meiner Familie gehörten, auch dabei waren.«

Cheryl Lynn lehnte sich etwas vor. »Warum bist du dann Bethany Annes Gruppe beigetreten und warum bist du modifiziert worden? Liegt es daran, und das soll bitte keine Beleidigung sein, dass du die Frau ihres Vaters bist?«

Patricia schüttelte den Kopf. »Nicht einmal annähernd. Bethany Anne würde mich nicht modifizieren, wenn das der einzige Grund wäre. Sie kann sehr starrköpfig sein und das hat sie im Übrigen von ihrem Vater. Lance hat mich als seine persönliche Assistentin angefordert, bevor wir ein Paar wurden. Er hat mich verstehen lassen, um welche Herausforderung es ging und was ich zu tun hätte, bevor Bethany Anne mir die Gelegenheit erlauben würde, selber modifiziert zu werden. Am Ende habe ich entschieden, dass das Ziel von Bethany Annes Kampf etwas ist, was ich unterstützen kann und sollte. Ich habe geschworen und mir selber versprochen, dass ich weitermachen werde, auch wenn Lance irgendetwas zustoßen sollte. Ich werde, bis zu welchem Ende auch immer, dabeibleiben. Bethany Anne ist nun meine Tochter, vielleicht sieht sie das nicht so, vielleicht doch. Ich weiß es wirklich nicht. Wir haben nicht sehr viel darüber gesprochen. Ich weiß, es ist für sie etwas unangenehm, dass ich ihre Stiefmutter bin. Und das ist in Ordnung, ich verstehe wirklich ihre Gefühle. In gewisser Weise ist es einfacher für uns, dass ich so jung aussehe, weil ich jetzt eher wie eine Schwester als eine Mutter wirke. Zum Teufel, Lance sieht aus wie ihr Bruder.« Sie lächelte.

»Also, John ist mit dabei, weil Bethany Anne ihn damals in Florida gerettet hat?«

»Du weißt ja, ich war nicht dabei. John hat dir das nicht selber erzählt?« Jetzt war Patricia neugierig. Das sah John nicht ähnlich, vor denen, die er liebte, Informationen zu verheimlichen. Und er liebte seine Cousine ganz bestimmt.

Cheryl Lynn atmete laut aus. »Ja, er hat mir die grundlegenden Daten erzählt, aber ich kenne meinen Cousin, er hält irgendetwas vor mir geheim. Es macht mich wahnsinnig, ich kann es nicht lassen, weiterzubohren.«

Patricia wurde endlich bewusst, welches Spiel John spielt und sie musste ihm Anerkennung zollen, weil sie es normalerweise nicht von John erwartet hätte, so subtil vorzugehen. Auf sie pflegte er eher wie ein Mann der Art ›John, der Bulldozer‹ zu wirken. Daher entschloss sich Patricia ihm zu helfen. »Darf ich dich etwas fragen?«

»Sicherlich, schließlich habe ich einfach deinen Morgen unterbrochen, nur um meine eigenen Fragen zu stellen«, meinte Cheryl Lynn.

»Wenn John dir sagen würde, du solltest etwas glauben, wie viel Gewicht würdest du dem beimessen?«

Sie antwortete ohne nachzudenken, »Alles Gewicht der Welt. Du hast keine Ahnung, was mir mein Cousin bedeutet. Wir beide standen uns als Kinder sehr nahe und natürlich haben wir uns auseinandergelebt, als wir älter wurden, aber diese Verbindung ist nie erloschen.« Ihre Stimme brach, als sie die Geschichte weitererzählte. »Meine Hoffnungen, meine Träume, meine Wirklichkeit ist wieder solide geworden. Von Tag zu Tag oder gar Stunde zu Stunde leben zu müssen, ist kein Problem mehr, weil Little John zurückgekommen ist. Er ist nicht nur zurückgekommen, sondern er hat sichergestellt, dass meine Kinder in Sicherheit gebracht wurden.« Jetzt brauchte Patricia auch ein Taschentuch für sich selber und reichte das zweite Cheryl Lynn hinüber. Cheryl Lynns tiefe Gefühle erklärten Patricia, warum John so handelte.

Patricia fragte sie sanft, »Was ist für dich wichtiger, dich in einer gewissen Art zu verhalten, weil du dich auf Johns Überzeugungen verlässt oder zu handeln, weil du weißt, dass etwas wahr ist?«

»Nun, offensichtlich lautet die logische Antwort: Das, was ich weiß, ist wichtiger. Selbst wenn ich mich hundertprozentig auf Johns Überzeugung verlassen kann, kann es nicht stärker sein als das wovon ich weiß, dass es wahr ist...« Cheryl Lynns Augen weiteten sich leicht und Patricia wusste, dass sie verstand.

Cheryl Lynn lehnte sich in ihrem Stuhl zurück und ließ ihre Schultern sinken, ein kleines Lächeln verschönte ihr Gesicht. »Er bereitet mich vor, nicht wahr?«

»Das könnte wohl sein. Hast du, abgesehen von diesem Gespräch hier, in der letzten Zeit noch andere interessante Unterhaltungen geführt?«, fragte Patricia.

»Nun, wenn du in Betracht ziehst, dass zwei der Top-Wechselbälger zufällig in die Cafeteria gekommen sind und zu einer seltsamen Zeit mit mir zu Mittag gegessen haben, dann lautet die Antwort ja.« Sie dachte über das letzte Gespräch mit Marcus nach und ob John auch dieses organisiert hatte. Jetzt war sie sich nicht mehr so sicher. Ihr Cousin war schon immer unglaublich klug gewesen, aber die meisten Leute sahen nur seine Größe und nahmen direkt an, Denken wäre nicht sein Ding. »Weißt du was? Ich habe mir Sorgen gemacht, dass ich nicht den Mindestanforderungen genügen würde, um hierbleiben zu dürfen. Nach meinem Gespräch mit Marcus ist mir nun klar, dass mein Bestes zu geben und an das Ziel zu glauben, zwei der Hauptvoraussetzungen sind. Sicherlich, im Prinzip kann man so etwas normalerweise ja auch vortäuschen, aber soweit ich das verstehe, ist das hier nicht wirklich eine Alternative, richtig?« Patricia schüttelte den Kopf. »Daher hat mich John aus dem Hintergrund in Handlungen oder Treffen mit Leuten gesteuert, die mir helfen zu verstehen, was vorgeht. Weißt du, ich habe mich gefragt, wieso Bethany Anne ausgerechnet mich als ihre Hilfe übernehmen wollte.«

Patricia fragte, »Du hast sie nie gefragt?«

Cheryl Lynn schüttelte den Kopf. »Nein, um die Wahrheit zu sagen, habe ich befürchtet, sie würde mir antworten, es handele sich nur um eine vorübergehende Stellung und sie würden nach einer anderen Stelle suchen, um mich unterzubringen..«

Patricia schnaubte abfällig. »Du musst dringend an deinem Selbstvertrauen arbeiten. Weil, wenn du das nicht tust, dann fürchte ich, wird es dir in einer sehr unangenehmen Weise eingetrichtert werden. Bethany Anne ist dafür bekannt das Beste aus den Leuten heraus zu holen und wenn dich ein fehlendes Selbstvertrauen zurückhält, dann schaudere ich bei dem Gedanken daran, was sie dich durchmachen lassen wird, damit du es gewinnst. Ich empfehle dir dringendst rechtzeitig herauszufinden, wie du dieses Problem in den Griff bekommst, junge Dame.« Patricia lächelte in einer mütterlichen Art, die zwar so gar nicht zu ihrem jungen Gesicht passte, aber um so mehr zu ihrem Tonfall.

Cheryl Lynn straffte die Schultern, lächelte leicht und erhob sich. »Weißt du vielleicht, mit wem ich sprechen sollte, der mir dabei helfen könnte?«

Ein Glitzern in ihren Augen sagte Cheryl Lynn, dass Patricia bereits genau wusste, wen sie als Nächstes treffen sollte. Patricia griff zu ihrem Telefon hinüber. »Ich werde Pete für dich anrufen. Vertrau mir, das wird praktisch genauso sein, als ob John dir hilft.«

Cheryl Lynn fragte, »Wieso sollte er bereit sein, mir zu helfen? Nicht, dass ich es ablehne, dass du ihn für mich fragst, ich muss nur verstehen, was ich im Gegenzug für dich tun kann.«

Patricia schüttelte ihren Kopf. »Baby, der Preis ist bereits von deinem Cousin bezahlt worden.«

Washington, D.C., USA

Nachdem sie soviel Zeit wie möglich im Supermarkt verbracht hatte, beschloss Barb in ihrem Lieblings-Chinesen zu Abend zu essen und genoss nun Hähnchen mit gebratenem Reis. Unglücklicherweise konnte sie sich nicht daran erinnern, in der letzten Stunde auch nur irgendetwas davon geschmeckt zu haben. Das war eigentlich eine Schande, weil dies normalerweise ihr Lieblingsgericht war. Ihr blieben noch etwa weitere drei Stunden, bevor sie wieder nach Hause gehen musste oder wer-auch-immer sie bespitzelte, würde Verdacht schöpfen, dass etwas nicht stimmte. Falls sie auch nur halbwegs kompetent waren und davon musste sie ausgehen, dann hatten sie schon längst ihren Stromverbrauch überprüft und kannten ihre Routine.

Es war ein schreckliches Gefühl, zu wissen, dass sie jetzt zu den Gejagten gehörte. Sie fühlte sich wie unter einer Glaskuppel und von überall beobachteten sie Augen. Es ließ auch ihre tagtägliche Arbeit in einem neuen Licht erscheinen und ihr gefiel das überhaupt nicht. Oh, sie konnte darüber hinwegsehen, wenn es sich um Terroristen handelte oder vermutliche Terroristen, aber wenn die Zielperson irgendetwas weniger Schreckliches wäre, dann würde ihr Job ab jetzt einen schlechten Geschmack hinterlassen.

Während sie mit ihrem Reis spielte, überlegte sie, wer das Überwachungsgerät in ihrer Garage versteckt hatte. Sie ging davon aus, dass es mit ihrem jüngsten Bericht in Zusammenhang stand. Es konnte sich nur um diese unbekannte Regierungsdienststelle, die sie nicht aufspüren konnte oder das *Monster-Kommando* handeln.

Sie bat um noch einen Tee und überdachte die beiden Möglichkeiten. Ihr standen im Zusammenhang mit dem Monster-Kommando genügend Informationen zur Verfügung, um zu wissen, dass dieses eigentlich mit ›TQB Enterprises‹ identisch war. Sie hatte nie herausfinden können, wofür das Akronym stand, aber sie nahm an, dass sie bald eine Möglichkeit bekommen könnte, die Leute selbst zu fragen. Barb hatte lange genug für die Regierung gearbeitet, um zu wissen, dass es einige gute Gruppen gab und einige schlechte Gruppen. Es gab einige Geheimgruppen, die versuchten, gute Sachen mit sehr üblen Mitteln zu bewirken. Die Ethik wurde sehr schwammig, wenn man alle Optionen zuließ, um den Terrorismus zu bekämpfen. Sie konnte sich in einen ziemlich breiten Pinsel verwandeln, um das Begehen von ziemlich schrecklichen Dingen zu übertünchen.

All das im Namen der Sicherheit natürlich.

Barb hegte die Überzeugung, dass geheime Regierungsgruppen nur dann nett waren, wenn man zufälligerweise ein Mitglied von ihnen war. Und sie gehörte selber sicherlich nicht zu irgendeiner geheimen Gruppe. Wenn sie in Betracht zog, wie sehr sie versucht hatte, herauszufinden, um wen es sich bei dieser Geheimgruppierung handelte – und sie hielt ihre eigenen Fähigkeiten für mehr als gut –, dann war es mehr als offensichtlich, dass sie höllisch geheim sein mussten, da sie von ihr nicht aufzuspüren waren.

Ihr Bericht war gut genug gewesen, um Erstaunen zu erregen, aber nicht ausreichend, um ihren Hintern abzusichern. Und jetzt wollte irgendjemand mehr über sie wissen. Falls es sich um das Monster Kommando handelte, dann ging sie davon aus, die würden sie entweder töten oder ignorieren. Alles was sie über diese Leute herausgefunden hatte, deutete darauf hin, dass diese sich nach ganz bestimmten Voraussetzungen für Kampfhandlungen richteten. Tatsächlich lagen die Einsätze gegen die Terroristen außerhalb der normalen Parameter, zumindest soweit sie es feststellen konnte. Das wies auf ein neues Management an der Spitze hin oder aber ein anderer Satz von Zielen war zur Anwendung gekommen.

In Kürze würde sie um die Rechnung bitten müssen und sie hatte sich noch nicht entschieden, wo sie als Nächstes hingehen sollte. Sie nahm an, sie konnte zu dem nahegelegenen Starbucks-Café gehen und einen Kaffee trinken und vielleicht noch ein leichtes Dessert genießen. Obwohl, ihr würde es heute Nacht schon schwer genug fallen zu schlafen, da wäre es vielleicht besser auf Koffein zu verzichten. Vielleicht wäre ein Vanilla Bean Frappuccino besser.

Letztendlich entschied ihr Bauchgefühl, dass sie zwischen den beiden Gruppen, der Mission von dem Monster-Kommando mehr vertraute, als einer geheimen Einsatztruppe der Regierung, die sie benutzte. Deren Projekt stank zum Himmel und sie vermutete stark, dass sie als Notaus-Sicherung benutzt wurde. Was wiederum auf unethische Arbeitsmethoden dieser Gruppe schließen ließ.

Scheiß drauf, sie würde sich nicht auf die Seite der Geheimgruppe schlagen. Sie würde sich auf die Seite dieses Monster-Kommandos schlagen und eben sehen ob – nein, besser gesagt, hoffen, dass – sie die richtige Entscheidung getroffen hatte.

Jetzt musste sie nur einen Weg austüfteln, um sich mit ihnen in Verbindung zu setzen, ohne dass es die geheime Einsatzgruppe herausfand. Sie lächelte, als ihr die Szene im Film Men in Black einfiel, in der Agent J von Agent K erklärt wurde, wie man den National Enquirer zu Ermittlungszwecken nutzt.

Das brachte sie auf einen Gedanken. Sie fragte sich, was heutzutage das Äquivalent dazu sein würde? Das Monster Kommando würde nach jeglichen Online-Ermittlungen oder Chat-Gesprächen Ausschau halten, die sich auf sie beziehen konnten. Barb kannte eine Menge Websites, die Plattformen für Foren boten, die in Beziehung zu allen möglichen abwegigen Ideen waren. Häufig verbunden mit Außerirdischen oder Bigfoot oder gar Vampiren und Werwölfen. Sie würde anonyme User-Konten auf diesen elektronischen Schwarzen Brettern eröffnen und Kommentare hinterlassen. Wenn sie genügend davon veröffentlichte, sollte es das Monster-Kommando dazu bringen, den Versuch zu machen, herauszufinden, wer der Autor der Kommentare war und was er wusste. Sie würde von jedem individuellen falschen Mitglied Anspielungen hinterlassen müssen. Sobald das Monster-Kommando genügend von ihren falschen Konten gefunden hatte, dann würden die Anspielungen, im Ganzen gesehen, ihnen helfen herauszufinden, wer sie war. Dagegen würde keiner der individuellen falschen Nutzerkonten für sich genommen ausreichen, um sie ausfindig zu machen.

Die eine Person, von der sie sich wünschte, dass sie wirklich existieren würde, wäre der Verbindungsmann zur Regierung. Das war wahrscheinlich jemand, dem sie vertrauen konnte, wenn er denn nur existieren würde. Aber ihre Nachforschungen hatten ergeben, dass er fast einhundert Jahre alt sein müsste, daher war das sehr weit hergeholt.

Nachdem die Entscheidung gefallen war, bat sie um die Rechnung, bezahlte und trat in den kühlen Abend hinaus. In einem kleinen Elektronikladen, den sie ein Stück weit die Straße hinunter fand, suchte sie sich drei Wegwerfhandys aus und bezahlte in bar. Da sie selber genügend Leuten nachgespürt hatte, wusste sie genau, wie man von der Bildfläche verschwinden konnte und gerade jetzt brauchte sie diese Fähigkeit.

Sie würde die Telefonnummern durch Online-Messagesysteme laufen lassen. Wie auch immer, sie bezweifelte, dass ihr mehr als ein paar Tage blieben bis eine der beiden Seiten ihr auf den Fersen sein würde. Oh, wenn sie sich Vito anvertrauen würde, dann würde er sicher versuchen sie zu beschützen und sie schätzte wirklich das Wissen, dass er vertrauenswürdig war und für sie eintreten würde. Aber dies hier lag außerhalb seiner Möglichkeiten. Sie war diesmal ganz tief ins Fettnäpfchen getreten. Barb lächelte sarkastisch vor sich hin. Das war die Folge davon, wenn man seine Arbeit zu gut erledigte.

Sie hätte dem eindringlichen Rat ihrer Freunde zuhören sollen, die ihr vorhergesagt hatten, dass in einer

Regierungsbehörde vorwärtszukommen immer ein mieses Geschäft war.

Sie entschied sich zu dem Starbucks zurückzukehren und zu sehen, ob sie nicht gegen die Zahlung von ein paar Dollars den Laptop von jemandem ausleihen konnte, um zwanzig Minuten durch das Netz zu surfen.

Weil sie ganz sicher nicht irgendeines ihrer elektronischen Geräte dazu benutzen würde, um diese Nachrichten zu hinterlassen. Und obwohl es unwahrscheinlich war, dass irgendjemand die Spur zurückverfolgen würde, so würden sie schlimmstenfalls bei einem nicht der Regierung angehörenden Zivilisten landen und ihn in Ruhe lassen. Wenn man bei ihr landen würde? Bestimmt nicht.

TQB-Stützpunkt, Colorado, USA

»Okay Jungs, wir werden mehr Leute brauchen.« Jeffrey und das Team BMW hatten die letzten zwei Stunden damit verbracht, die Planung des endgültigen Fluges auf die Reihe zu bekommen.

Sie mussten Lösungen für Lebensmittel, Luft, Wasser, Hygiene, Unterbringung und Herstellungsverfahren finden.

Das war das absolute Minimum.

Bobcat erhob eine Hand, um auf Jeffrey zu zeigen, öffnete seinen Mund, um etwas zu sagen, schloss ihn aber dann und ließ die Hand wieder fallen. Es gab wirklich nichts einzuwenden. Das, was Jeffrey gesagt hatte, war die schlichte Wahrheit. Das Team musste sich vergrößern und das verdammt schnell.

William meldete sich, »Ich werde mehr Testläufe für die Herstellungsverfahren auf dem Mond brauchen. Bevor wir die endgültigen Pläne festlegen, muss ich einfach verstehen, was wir dort oben herstellen können und was unmöglich ist.«

Marcus fragte: »Wieso sollte es sich denn derart von der Herstellung hier unten unterscheiden? Falls du Sorgen wegen der Schwerkraft hast, dann lass uns sicherstellen, dass wir das einplanen.« William nickte. Marcus fuhr fort: »Ich habe einige Bedenken hinsichtlich der Sauerstoff-Erfordernisse für deine Herstellungsverfahren, William. Wir werden ein recht großes Luftreinigungssystem brauchen und obwohl ich ein Raketenwissenschaftler bin –«

Bobcat unterbrach: »Ja, darauf weist du uns ja die ganze verdammte Zeit hin.«

Marcus witzelte: »Ich habe versucht die Stimmung anzuheben, du Arschloch. Wenn du so freundlich sein würdest, mir zu erlauben, meinen Satz zu beenden?« Er wartete einen Moment bis Bobcat sich hoheitlich, wenn auch leicht verbeugte. »Danke sehr. Mein Punkt ist, dass wir Experten in diesen Bereichen brauchen. Wir haben gerade über Luftreinigungssysteme gesprochen. Aber wir müssen genauso auch über Wasserreinigungssysteme nachdenken. Wir können in unseren Containern immer Lebensmittel zum Mond hochschicken. Aber was passiert, wenn das jemand unterbricht?«

Jeffrey sagte: »Ich dachte, wir würde die Growtainer dazu benutzen?« Er sah sich in der Runde um, aber keiner machte den Eindruck als ob er eine Ahnung hätte. Er schüttelte den Kopf. »Leute ich weiß, dass ihr euch am liebsten auf eure Fachgebiete konzentriert, aber ihr müsst auch endlich mal einsehen, dass ihr auch das Gesamtbild verstehen müsst. Growtainer sind Hydrokulturen im Inneren von recycelten Transport-Containern. Die würden scheißperfekt für unseren Lebensmittelbedarf sein.«

Marcus erwiderte: »Wobei, wenn wir die perfekte Person dafür hätten, dann könnten wir die Lösung aller Lebensmittelprobleme einfach ihr überlassen.«

»Ihr?«, fragte William verblüfft.

»Ich glaube, dass wir bedauerlicherweise überwiegend ein reiner Männerverein sind«, sagte er.

Bobcat grinste. »Ach ja? Also wer ist denn diese ›sie‹, an die du gedacht hast?«

»Gentlemen, und ich gebrauche diesen Begriff nur sehr frei, konzentriert euch bitte.« Jeffrey unterbrach, was ein humorvolles Zwischenspiel zu werden versprach, sie aber nirgendwohin brachte. »Lasst uns die Hauptbereiche nochmals durchgehen und feststellen, was wir wissen, welche Kenntnisse wir brauchen, die uns aber fehlen und welche Fragen offen sind, die das Projekt vereiteln können und zu denen wir eine Antwort brauchen. Verstanden?«

Alle nickten, aber Jeffrey bemerkte wie Bobcat zu Marcus hinübergrinste und lautlos die Lippen bewegte ›Später‹.

Jeffrey grinste und schüttelte den Kopf. Das musste eine der besten dysfunktionalen Gruppe von Leuten sein mit denen er jemals zusammengearbeitet hatte. Sie ließen sich Methoden einfallen, um komplizierte Probleme zu vereinfachen und das Unmögliche zu erreichen.

Wenn er sie nur dazu bringen könnte, sich zu konzentrieren!

KAPITEL 11

An Bord der QBS Polarus, Mittelmeer

Frank kehrte vom Abendessen zurück, bei dem er ein angenehmes Gespräch mit Jean Dukes geführt hatte. Er musste gar nicht viel dazu beisteuern, da sie die ganze Unterhaltung am Tisch dominiert hatte. Natürlich ging es um ihr Lieblingsthema, die Waffenmodifikationen für die QBS Ad Aeternitatem.

Sollte irgendeiner unglücklicherweise dämlich genug sein, dieses Schiff anzugreifen, würde er herausfinden wie es sich anfühlte, einen Tiger am Schwanz zu packen.

Er ging zu seinem Computer hinüber und bewegte die Maus, um den Monitor zu aktivieren.

Dort bemerkte er, dass seine allgemeinen Suchbots etwas gefunden hatten, das seine Aufmerksamkeit erforderte. Er setzte sich und sah sämtliche Posts in den Foren durch, die der Computer gefunden und zur Überprüfung markiert hatte. Keiner der Autoren schien individuell sehr viel zu wissen, aber wenn man alles zusammen betrachtete, ergab es ein ziemlich belastendes Gesamtbild.

Jemand war ihnen auf den Fersen.

Er rief die Daten und Zeiten der Nachrichten auf und lehnte sich dann nachdenklich in seinen Stuhl zurück. Da war nicht nur jemand speziell hinter ihnen her, sondern er war auch darauf aus ihre Aufmerksamkeit zu erregen.

Frank richtete sich wieder auf, öffnete einen Nachrichtenkanal zu ADAM und begann zu tippen.

<ADAM?>

>>Ja, Frank?<<

<Hast du diese Information auf meinem Computer überprüft?>

>>Nein, du hast ausdrücklich angeordnet, dass ich ohne deine Erlaubnis nicht auf deinen Computer zugreifen darf.<<

Verdammt, dachte Frank, *ich wüsste zu gerne, ob ADAM lügen kann oder nicht.* Er *hatte* ADAM angewiesen seinen Kram in Ruhe zu lassen, aber er hatte ehrlich gesagt nicht damit gerechnet, dass dieser seiner Anordnung auch tatsächlich Folge leisten würde. Das lag vielleicht daran, dass Frank selber so eine Anweisung vermutlich nicht befolgt hätte, wenn er über ADAMs ganze Fähigkeiten verfügen würde. Verdammt, dieser ganze KI Kram war nicht halb so lustig wie er es sich gedacht hatte. Frank kopierte die Information aus der rot markierten Gruppe und fügte sie in seinen Nachrichtenbereich für ADAM ein.

<ADAM, würdest du bitte meine Bemerkungen in Bezug auf diese Forenposts überprüfen und mir sagen was du davon hältst?>

>>Einen Moment Geduld bitte, während ich die Information durchgehe.<<

Frank lehnte sich wieder zurück. Er verhielt sich hinsichtlich ADAM ein bisschen wie ein Spielverderber und das war ihm auch klar. Neue Technologie war großartig. Aber wenn die Technologie seine eigenen Kenntnisse und Fähigkeiten dermaßen in den Schatten stellte, war das schon etwas beängstigend und deswegen reagierte er auch, als ob er eingeschüchtert wäre.

>>Okay. Alle Informationen deuten auf eine Person hin, welche die nötige Information zur Verfügung stellt, um zu beweisen, dass ihr signifikante Einzelheiten über TQB Enterprises bekannt sind. Sie hat ebenfalls die Verbindungen zu vielen von den Einsätzen gefunden, die Bethany Annes Gruppe unternommen hat.<<

<ADAM, du bist dir da ganz sicher? Und wieso sagst du ›sie‹?>

>>Weil sie Barb Nickers heisst. Ich habe ihre Arbeitsberichte eingesehen und in diesen steht ausdrücklich, dass Barb weiblich ist. Daher, sie.<<

Schön, andererseits konnte die KI auch total nervtötend sein, weil sie die ganze Zeit Recht behielt. Frank grinste innerlich. Er hatte es nicht bis zu seinem Alter geschafft, ohne zu lernen, dass man im Leben besser die Dinge so nimmt wie sie kommen. Mit einer KI umzugehen würde jetzt eben sein jüngster Erfolg sein. Frank dachte daran, dass er sich schon immer so einen besonderen Partner wie in den alten Spionagefilmen gewünscht hatte.

Spionagefilme, Spione... Es dauerte nur zwei Lidschläge, bevor Frank anfing zu grinsen. Nun, wenn er jemanden zu retten hätte, wie würde er dabei vorgehen?

<ADAM, kannst du mir ein Foto von Barb Nickers zeigen?>

>>Natürlich.<<

Neben dem Nachrichtenfenster tauchte ein Bild von Barb auf.

Niedlich, sehr niedlich. Sie war, so schätzte er, nun eine Jungfrau in Not.

Vielleicht, nur vielleicht, wurde es für Frank Kurns Zeit, mal eine seiner eigenen Geschichten zu erleben.

<ADAM, wie würde es dir gefallen ein Spiel zu spielen?>

>>Wie Schach? Oder thermonuklearer Krieg?<<

<NEIN! Nicht wie thermonuklearer Krieg, du Rotznase. Wie wäre es mit einem Spionage Spiel?>

>>Wie spielt man dieses Spiel?<<

<Nun, wir tun so, als ob ich ein Spion bin und du bist die super spezielle Hilfskraft, die mir hilft, die Jungfrau in Not zu finden und zu retten.>

>>Und diese Jungfrau in Not würde dann Barb Nickers sein?<<

<Siehst du? Du weißt schon wie das Spiel läuft.>

>>Okay, wie würden Sie gerne nach Washington reisen, Agent Kurns?<<

TQB-Stützpunkt, Colorado, USA

Marcus betrat die Cafeteria auf der Suche nach einem leichten Snack. Es war erst Mitte des Nachmittags und zu früh für Bier. Genauer gesagt, es war zu früh für *ihn* Bier zu trinken.

Bei Bobcat handelte es sich nur um seinen üblichen Nachmittagstrunk. William war sehr, sehr vorsichtig und erlaubte sich nur ab und an eine kleine Menge Alkohol. Das eine Mal, als Bethany Anne unerwartet vorbeigekommen war und William ein Bier in der Hand hielt, hatte Marcus fast gedacht, dass William in Ohnmacht fallen würde. Was ein Problem dargestellt hätte, da es für Marcus völlig unmöglich gewesen wäre William aufzufangen, damit dieser nicht auf dem Betonboden aufschlug. Obwohl er direkt neben ihm gestanden hatte.

Sie hatte nur kurz vorbeigeschaut, um mit Jeffrey zu reden und danach hatte sie William einen vielsagenden Blick zugeworfen. Er nickte und bestätigte: »Ich erinnere mich an das letzte Mal.«

»Besser ist das«, sagte sie ihm und lächelte ihm zu, bevor sie hinausging.

Jeffrey hatte nachgefragt was das zu bedeuten hatte und Bobcat antwortete für William, der versuchte nicht zu hyperventilieren. Bobcat erzählte ihm, dass William damals in Florida auf eine Sauftour gegangen und dann im Knast gelandet war. Bethany Anne hatte ihn gewarnt, dass, falls er sich auch nur noch ein einziges Mal einen derartigen Ausrutscher und Sicherheitsrisiko leisten würde, dann würde sie seine Erinnerungen löschen und ihn an Land aussetzen.

»Da ist dir der Schreck wohl tief in die Knochen gefahren?«, meinte Jeffrey.

»Kumpel«, sagte William, »Du wirst mich für den Rest meiner Tage niemals – und ich meine wirklich niemals – dazu bringen außerhalb des Stützpunktes oder in Gegenwart von nicht ›eingeweihtem‹ Personal Alkohol zu trinken. Diese Reaktion der Dame war alles, was ich zur Kräftigung meiner Selbstkontrolle brauche.«

»Besorgt darüber deine Erinnerungen zu verlieren?«

»Nein«, erwiderte William, stellte sein Bier ab und sah ihm in die Augen. »Ich bin besorgt, dass ich ihre Erwartungen nicht erfüllen könnte.« Er wies auf seine Werkstatt. »Siehst du alle meine Spielzeuge?« Jeffrey nickte. »Wenn du mir alle diese Spielzeuge wegnehmen würdest, würde ich auf CNC-Fräsmaschinen ausweichen. Wenn du mir meine CNC-Maschinen wegnimmst, dann besorge ich mir Handwerkzeuge. Ich würde mir was zum Teufel auch immer nötig ist besorgen, um zu bauen was zum Teufel diese Frau auch immer braucht.« Er griff nach seinem Bier und beäugte es. »Ich genieße dies, aber Alkohol und insbesondere harte Getränke werden für mich nie wieder eine Krücke darstellen.«

Marcus blickte auf das einfache Sandwich vor sich, sah sich nach einem Sitzplatz um und bemerkte dann Cheryl Lynn, die in einer Ecke saß. Er war sich nicht ganz sicher, ob sie immer noch sauer auf ihn war, aber sie schaute etwas besorgt drein. Marcus ergriff sein Roastbeef auf Roggenbrot und seine Tüte Chips. Er ging zu den Getränken hinüber, nahm sich eine Sprite, schüttelte das Eis ab und ging zu ihr hinüber.

Cheryl Lynn blätterte ihre Dokumente durch, als sie Marcus sich nähern hörte. Sie hob ihren Kopf als er fragte: »Möchtest du Gesellschaft?«, Sie lächelte zustimmend und schaffte Platz für sein Tablett. Als er sich niederließ, fragte er schelmisch: »Bin ich immer noch in der Hundehütte?«

»Weswegen?«, erwiderte sie mit einem leichten Stirnrunzeln.

»Tina mit in den Weltraum zu nehmen?«

Sie zuckte mit den Schultern. »Nein. Ich habe dir das letzte Mal gesagt, dass ich nicht will, dass du so etwas ohne meine Erlaubnis wieder tust. Solange du mir alle Einzelheiten über das mitteilst was du vorhast, habe ich sicher keine Probleme damit, dass Tina auf Exkursionen mitnimmst.«

Marcus sah erleichtert aus.

»Wie auch immer«, ihre Stimme wurde etwas leiser, »Ich denke, du hast mich vielleicht über dein Alter irregeführt.«

Er dachte an ihr Gespräch zurück. »Nein, ich glaube nicht, dass ich dich dabei irregeführt habe. Ich meine, ich habe gesagt, ich wäre um die Sechzig.«

»Ich hatte gerade erwähnt wie jung hier jeder aussah und dass sie verändert worden waren. Dann habe ich dich gefragt, ob du um vierzig oder fünfzig Jahre alt bist und du hast gesagt und ich zitiere wörtlich ›Ich könnte um die Sechzig sein.‹« Sie schnaubte. »Du bist bereits modifiziert worden, nicht wahr?«

»Kann sein. Na schön, um bei der Wahrheit zu bleiben, die Antwort lautet ja. Aber ich habe die Nanozytenflüssigkeit nur die letzten paar Wochen genommen. Warum, hast du irgendetwas gegen diejenigen, die genetisch verändert werden um jünger zu werden?«

»Nein, nicht seitdem ich den Grund verstanden habe. Aber ich *würde* gerne begreifen woher du weißt, *wirklich weißt,* dass dies der richtige Weg ist?«

»Darf ich dir eine Geschichte erzählen?« Er nahm sich sein Sandwich und öffnete anschließend die Chipstüte. »Es geht um einen leicht verbitterten alten Wissenschaftler, der glaubt ihm wäre nicht die Anerkennung zuteil geworden, die er verdient.«

Diesmal schob Cheryl Lynn ihre Papiere zur Seite und stützte die Ellenbogen auf den Tisch. Sie spürte, dass Marcus dabei war, ihr seine persönliche Geschichte zu erzählen. »Aber sicher, ich bin ganz Ohr.«

Marcus sah zu ihr hinüber. »Das bezweifle ich. Du hast überhaupt keine Ähnlichkeit mit Dumbo.« Er biss in sein Brot um einen Moment Zeit zu gewinnen und darüber nachzudenken was er sagen wollte. Dann begann er: »Ich habe dir erzählt, dass ich bei der NASA gewesen bin und nachher bei SpaceX, richtig?« Sie nickte. »Was ich dir nicht erzählt habe, war, wie verbittert ich darüber war, von allen zurückgewiesen zu werden. Dann, als ich zu dieser Gruppe gestoßen bin, wurde ich vollständig rehabilitiert, aber ich konnte es niemanden erzählen. Ich hatte tatsächlich aufregende neue Technologien entwickelt von denen der Rest der Welt keine Ahnung hatte. Hast du irgendeine Ahnung, wie schwierig das für einen Wissenschaftler ist? Das Konzept unsere Ideen zu teilen ist das A und O, unsere grundlegende Überzeugung ist, dass die Wissenschaft mit allen geteilt werden sollte - das liegt uns sozusagen im Blut. Und trotzdem kann ich das nicht tun.«

»Ich würde meinen«, unterbrach sie, »dass für die Verbreitung von Geheimnissen getötet zu werden eine recht gute Abschreckung abgeben würde.«

»Nicht wirklich, was mich am stärksten davon abhält es allen zu erzählen, ist, dass ich weiß, ich würde von allen weiteren neuen Technologien verbannt werden. Hast du schon TOM kennengelernt?« Sie schüttelte den Kopf, daher fuhr er fort. »Er ist der außerirdische Wohltäter, der uns die Grundlagen für fast die ganze Technologie überlassen hat, die uns wirklich vorwärts gebracht hat. Anfangs, als ich in die Gruppe kam, war ich der Auffassung, dass wenn wir Außerirdische finden wollten, dann könnten wir sie hier auf der Erde finden. Im Gegensatz zu der Vorstellung, zu versuchen, im Weltraum zu spionieren und abzuwarten was man findet. Weil ich mich so laut geäußert habe, war ich in der wissenschaftlichen Gemeinschaft ein Paria, unabhängig davon wie gut meine Arbeit war. Als ich herausfand, dass ich die ganze Zeit recht gehabt hatte, hätte mich daher ich am liebsten auf das höchste Gebäude gestellt und jedem meine Rehabilitation um die Ohren geschlagen. Jedem, der mich so schlecht behandelt hatte, einschließlich meiner ehemaligen Ehefrau. Jetzt bin ich lange genug bei dem Ganzen dabei, um das Gesamtbild zu sehen. Möchte ich immer noch die anderen Wissenschaftler wissen lassen, was ich vollbracht habe? Natürlich. Und ich glaube irgendwann wird das auch passieren. Und jetzt, aufgrund meiner Lebensverlängerung gehe ich auch davon aus, dass ich es noch erleben werde, wenn sie es herausfinden. Aber das wusste ich eine sehr lange Zeit vorher nicht. Es ist schwierig das Gefühl von Ungerechtigkeit loszulassen, das man spürt, wenn andere einen mies behandeln. Aber ich kann dir sagen, dass aufgrund der Freundschaft mit zwei Militärs, - was nicht unbedingt die Art von Gruppe ist, die dafür bekannt ist gut mit Wissenschaftlern zusammenzuarbeiten -, habe ich ein sehr viel größeres Gesamtbild kennengelernt. Ich würde es um nichts in der Welt aufgeben, mit Bobcat oder William zu arbeiten. Und wag es ja nicht, ihnen das weiterzuerzählen. Nun, vielleicht mit Ausnahme der Gelegenheit mit TOM zu arbeiten«, sagte er mit einem leichten Lächeln im Gesicht.

»Also für dich geht es um die Leute?«, fragte sie.

»Das kannst du so sagen. Es geht tatsächlich um die Leute und das gemeinsame Verständnis. Was wir versuchen gegen das zu unternehmen was auf uns zukommt. Ich *glaube* nicht, dass es Außerirdische gibt. Ich bin auf ihrem Raumschiff gewesen und ich habe ihre Technologie gesehen. Ich *weiß,* dass es Außerirdische gibt. Nach den langen Gesprächen, die ich mit TOM geführt habe, besteht keinerlei Grund daran zu zweifeln, dass es auch Außerirdische gibt, die uns feindlich gesinnt sind. Und glaube es oder nicht, das sind nur die Kurtherianer. Das berücksichtigt nicht einmal die vielen verschiedenen Spezies, die es da draußen sonst noch gibt. Zum Teufel, ich nehme an, dass es da draußen potenziell tausende von verschiedenen Spezies gibt. TOM kennt weniger als einhundert davon.«

Er legte sein Sandwich auf den Teller und sah sie ernst an. »Das heißt, knapp unter einhundert andere außerirdische Spezies. Einige davon werden mit der Menschheit zusammenarbeiten, einige werden uns zweifellos hassen. Aber ich habe genug Erfahrung um zu wissen, dass Intelligenz nicht mit Friedfertigkeit gleichzusetzen ist. Daher, ja. Ich habe meine persönlichen klein karierten Gefühle über die mir widerfahrenen Ungerechtigkeiten aufgegeben. Früher hätte ich vielleicht gedacht, es wäre Karma, wenn die gleichen Bastarde, die mich wegen der Außerirdischen ausgelacht haben, unter außerirdischen Angriffen sterben müssten. Jetzt habe ich begriffen, dass meine Arbeiten diese gleichen Arschlöcher vielleicht retten werden. Und dann wurde mir eins bewusst«, er nahm einen Chip und winkte damit wie mit einem Zeigestock. »Mir wurde klar, dass, sollte eine außerirdische Rasse die Erde angreifen, genau diese gleichen Arschlöcher gezwungen sein würden sich bei mir zu bedanken. Er deutete mit dem Chip auf sie. »Und das, Cheryl Lynn, wird meine endgültige Rache sein.« Nachdem er das gesagt hatte, biss er auf seinen Chip, wie um es physisch zu unterstreichen und grinste, während er kaute.

Sie dachte darüber nach was er ihr gesagt hatte und was ihr Patricia geraten hatte zu tun. »Marcus?« Er sagte ›hmmm?‹, während er weiter kaute. »Weißt du wie ich Pete kennenlernen kann?«

»Sicher«, antwortete er und griff nach weiteren Chips, »Du musst nur zur Ad Aeternitatem hinüber und ihn da suchen. Ich glaube, er ist in dieser Woche da drüben und macht Training oder so etwas.«

»Sind die nicht im Mittelmeer?«, fragte sie.

»Schon, aber es ist nur eine Fahrt von zwanzig Minuten.« Er warf sich noch einen Chip in den Mund.

Cheryl Lynn war fassungslos. Sie wusste, dass es hier unglaubliche Technologien in Anwendung waren, aber von der Mitte der Vereinigten Staaten den ganzen Weg bis zum Mittelmeer in zwanzig Minuten? »Bedeutet das, unter Verwendung der gleichen Art von Pod in dem du Tina mit nach oben genommen hast?« Sie fuhr nach seinem zustimmenden Nicken fort. »Ich nehme nicht an, du müsstest in Kürze mal dieses Schiff aufsuchen, oder?«

Marcus lächelte sie an. »Warum nicht? Ich glaube, ich muss wohl bald eine weitere Exkursion unternehmen. Würdest du gerne sichergehen, dass sie kinderfreundlich ist?«

Sie grinste. »Ich denke, das wäre mehr als angemessen, Mr. Wissenschaftler!«

•••

»John!«, rief Bethany Anne. Das Team trainierte zusammen in dem unterirdischen Trainingsraum. Er joggte zu ihr hinüber. »Ja?«

»Ich bin gerade darüber informiert worden, dass Marcus eine Exkursion beantragt hat, um Cheryl Lynn zu der Ad Aeternitatem hinüberzubringen. Hast du das erwartet?«, fragte sie und fügte gleich hinzu, »Und wann bekomme ich endlich meine Hilfe zurück? Ich kann mir nicht ewig irgendeinen Mist für sie zum erledigen ausdenken, bis ihr alle damit fertig werdet, was auch immer ihr da am laufen habt.«

John antwortete: »Tut mir leid, Boss, aber ich kenne meine Cousine. Wenn ich ihr einfach nur erzählen würde, es handele sich um eine gute Sache, dann hättest du schon eine solide Hilfe.« Er lehnte sich etwas hinunter und lächelte. »Aber du wirst eine erstaunliche Hilfe bekommen, wenn sie weiß… nein…an dies hier selber *glaubt*.«

Bethany Anne sah zu ihm hoch. »Ja, ich verstehe das, aber ich werde langsam ungeduldig. Und weißt du zu was Ungeduld bei mir führt, Mr. Grimes?« Sie grinste zu ihm hoch.

John richtete sich wieder auf. »Führt dazu, dass du Eis essen möchtest? Weil, falls dem so ist, bin ich mehr als bereit, eben zur Cafeteria hochzulaufen und dir eins zu besorgen.« Er grinste.

»Das kannst du dir mal komplett abschminken! Es veranlasst mich dazu, ein bisschen von meiner Frustration abzulassen und da du das im Augenblick naheste verfügbare Opfer bist…« Sie trat einige Schritte zurück, nahm eine Krav-Maga-Kampfposition ein und winkte ihn herausfordernd heran.

»Cheryl Lynn«, betete John flüsternd, »um Gottes Willen entscheide dich bald. Ich kann diese andauernden Prügel nicht mehr lange durchhalten!«

Er entschied sich, dass Bethany Anne mehr Zeit zur Vorbereitung zu lassen eher dumm war und raste daher auf sie zu.

●●●

»OOHHH MEEEIIIINNN GOOOOOOOTT!« Oberhalb von Marcus hatte sich das Dach geöffnet. Jeder wusste, dass das Dach sich für Shelly öffnete und viele hatten den Hubschrauber hinausfliegen und zurückkehren sehen. Aber Cheryl Lynn hatte niemals jemanden über das Hinausfliegen der Pods reden hören.

Jetzt wusste sie auch warum. Das lag daran, dass niemand in der Lage war die Pods hinausfliegen zu *sehen*. Nicht, wenn sie so schnell beschleunigten, dass sie für jemanden auf dem Boden nichts weiter als ein Schimmern waren.

Dann verschwand die obere Atmosphäre und sie konnte die Schönheit des Alls in seiner vollen Pracht sehen. Keiner sprach, bis sie in die Stille flüsterte: »Ich glaube, ich beginne den Lockruf des Weltraumes zu verstehen.«

Marcus blieb still. Er glaubte, dass der Kosmos auch ohne seine Hilfe sehr gut eine Unterhaltung mit Cheryl Lynn führen konnte.

Fünfzehn Minuten später war es an der Zeit wieder zu landen. Da Dunkelheit über dem Mittelmeer lag, mussten sie nicht mit der gleichen verrückten Geschwindigkeit wie bei ihrem Aufstieg runtergehen. Cheryl Lynns Gesicht klebte förmlich an dem Glasfenster.

»Wow, die Welt zu retten bringt einem einige Vorteile, nicht wahr?«, fragte sie.

Marcus musste lachen. »Nun, nur das fortgeschrittenste Fahrzeug zu benutzen, welches der restlichen Welt unbekannt ist. Einige der erstaunlichsten medizinischen Fähigkeiten, welche der Welt ebenfalls nicht bekannt sind. Und aufregende Pläne für die Zukunft, in die wir niemanden einweihen. Aber ansonsten würde ich schon zustimmen.«

Sie sah zu ihm hinüber. »Ich habe den Eindruck, du bist immer noch nicht über deine Zurückweisung hinweg gekommen.«

Er winkte mit der Hand ab. »Ich sollte wahrscheinlich aufhören so zu reden, aber darüber zu meckern ist so lange Zeit Teil meines Lebens gewesen, dass es mir schwer fällt diese schlechte Angewohnheit aufzugeben.«

Als sie sich mehr und mehr dem Wasser näherten, konnte Cheryl Lynn die Navigationslichter der Schiffe auftauchen sehen. Ihre Augen wurden immer größer, als ihr schließlich klar wurde, wie riesig sie waren. Sie quietschte atemlos: »DAS DA sind ihre Schiffe?«

Marcus zuckte die Schultern. »Na ja, auf dem Papier gehören sie eigentlich Stephen, aber soweit ich weiß, hält er sie nur für Bethany Annes Bequemlichkeit zur Verfügung. Schließlich betet er den Boden unter ihren Füßen an.«

»Wer ist Stephen?«

Marcus kratzte sich am Hals. »Ich hab‹ vergessen, dass du so ein Neuling bist und eine Menge der Hauptpersonen nicht kennst. Du wirst ihn vielleicht kennenlernen, da er sich üblicherweise hier auf der Ad Aeternitatem oder auf der Polarus aufhält. Er ist ein weiterer Vampir. Tatsächlich ist er Michaels Bruder.«

»*Der* Michael? Der Michael, soll heißen, der ursprüngliche Vampir Michael?« Marcus nickte. »Großer Gott«, murmelte sie, »Ich frage mich, was uns Stephen über die letzten paar hundert Jahre erzählen könnte.«

»Vielleicht nicht soviel wie du denkst. Soweit ich weiß, hat er eine Menge davon verschlafen.«

Cheryl Lynn wandte ihm einen Sekundenbruchteil ihr verwirrtes Gesicht zu, bevor sie wieder auf das sich nähernde Schiff schaute. »Verschlafen?«

»Ja. Bedenke aber bitte, fast mein gesamtes Wissen über Vampire stammt aus zweiter Hand. Anscheinend kann ihnen langweilig oder sie können des Lebens müde werden. Stephen hat unter dieser Verfassung gelitten. Dann ist Bethany Anne aufgetaucht.«

Sekunden später verlangsamten sie, bis sie nur Zentimeter über dem Deck des rollenden Schiffes schwebten. Dann hörten und spürten sie einen leichten Stoß als der Pod auf dem Schiff landete. »Schön, damit wäre dann die erste Hälfte deiner Exkursion offiziell vorbei. Wenn ich schon mal da bin, werde ich ein paar Sachen überprüfen gehen.«

Cheryl Lynn sagte alarmiert: »Wie soll ich denn bloß Pete finden, dieses Schiff ist riesig!«

Marcus lächelte und deutete mit dem Finger. »Siehst du diesen Burschen da, der mit einem Grinsen auf uns zukommt?« Sie nickte. »Schön, das ist Pete.« Marcus öffnete die Türen und Pete griff hinein, um seine Hand zu schütteln und ihm herauszuhelfen.

Pete wandte sich an Cheryl Lynn, die dabei war sich loszuschnallen. »Hallo, ich bin Pete. Patricia hat eine Nachricht geschickt, dass du Fragen hast und wir uns unterhalten sollten.«

Cheryl Lynn brauchte eine Zeit lang, um den Gurt zu lösen und murmelte: »Müssen die unbedingt so viele verdammte Verschlüsse an diesen Dingern haben?«

»Ja, in der Tat, das müssen sie wirklich.« Er fügte hinzu: »Du willst nicht wirklich nur einen einfachen Autoanschnallgurt in einem von diesen Dingern haben. Pods fliegen in drei Dimensionen und obwohl sie die Schwerkraft sehr gut ausgleichen, kann es einen doch ziemlich herumwirbeln, wenn sie irgendwelche schnellen Manöver durchführen müssen. Abgesehen davon benutzen wir sie als Transportmittel in Kampfsituationen. Es ist wichtig, so anzukommen, dass man immer noch fähig ist zu funktionieren.«

Cheryl Lynns Wangen verfärbten sich rot. »Entschuldige! Ich bin nur ein bisschen aufgeregt.« Sie ergriff Petes Hand und er zog sie mühelos aus dem Pod.

»Hungrig?«, fragte er.

»Weißt du was? Ich hätte es nicht erwartet, aber da du es jetzt erwähnst, ich könnte nun schon einen Bissen vertragen.«

Pete kicherte. »Sei vorsichtig, diesen Ausdruck in der Nähe von Werwölfen zu verwenden. Aber komm mit, wir haben hier wirklich das beste Essen.«

KAPITEL 12

An Bord der QBS Ad Aeternitatem

Cheryl Lynn sah sich nach allen Seiten um, als Pete sie durch das Schiff führte. Sie würde im Leben nie wieder den Weg zurück zu dem Pod finden, war aber sehr erstaunt, wie hübsch alles war. Sie kamen an zahlreichen Personen vorbei, die alle sehr professionell aussahen. Schließlich musste sie Pete flüsternd fragen: »Sind hier alle vom Militär?«

Pete wandte sich ihr zu. Lehnte sich leicht zu ihr und sagte leise: »Nein, nicht wenn sie anfangs hier ankommen.« Damit zwinkerte er ihr zu, richtete sich wieder auf und bog im nächsten Moment nach rechts in die Kantine ab.

»Wow!« Das war alles, was Cheryl Lynn herausbrachte, als sie sich den Speisesaal ansah.

»Nett, nicht?« Er ging in den Cafébereich. »Geh vor und hol dir etwas. Ich besorge mir auch etwas zu essen und ein Getränk. Ich treffe dich an den Tischen wieder, okay?« Sie nickte.

Wenige Minuten später trat sie mit einem vollgepackten Tablett an Petes Tisch. Sie lächelte ihn entschuldigend an, als sie sich setzte und sagte: »Ich dachte, ich würde mir nur einen kleinen Imbiss holen. Aber dann sah alles so gut aus, da habe ich mir gedacht, ich nehm› eine Kleinigkeit hiervon... und davon... und von dem da.«

Pete schaute auf ihren Teller. »Oh! Diese Hackfleischklößchen sind köstlich. Der Chefkoch auf diesem Schiff hat Fünfsterne-Restaurants geführt. Verflixt, ich denke, ihm gehörten eins oder zwei davon.« Er langte mit seiner Gabel über den Tisch und spießte eines der Hackbällchen auf. Cheryl Lynn sah zu, wie er ihr Hackbällchen verputzte.

»Hey, Moment mal!« Sie schnappte sich ihre Gabel und langte hinüber um eine von seinen Tomaten aufzuspießen und zu essen, warf ihm dabei aber einen herausfordernden Blick zu, es noch mal zu versuchen.

In dem Moment bemerkte sie, wie sich die Farbe seiner Augen von grün zu golden änderte und dann wieder zurück. Ihre Augen weiteten sich vor Überraschung und Pete fragte: »Was ist denn?«

Cheryl Lynn lehnte sich zu Pete hinüber und blickte sich im Raum um. Es befand sich niemand in ihrer Nähe. Als sie sich wieder Pete zuwandte, bemerkte sie, dass er ihr Verhalten nachahmte und sie dann wieder ansah.

Er war gerade mal dreißig Zentimeter von ihr entfernt. Sie flüsterte: »Ähm, bist du normal?«

Er antwortete nicht sofort, sondern warf kurze Blicke nach rechts und links und fragte dann zurück. »Warum flüstern wir?«

Sie verengte ihre Augen. »Beantworte! Die! Verdammte! Frage!

Pete lehnte sich schmunzelnd im Stuhl zurück. »Wenn du fragst, ob ich ein ›Mensch‹ bin, dann lautet die Antwort ja.« Er legte eine kurze Pause ein und fuhr dann fort: »Mit ein paar Modifikationen.«

Cheryl Lynn knirschte mit den Zähnen und zeigte mit der Gabel auf ihn. »Du bist gottverdammt nervig, genauso wie Little John!«

»Wer?«, fragte Pete.

Sie verschränkte ihre Arme vor der Brust. »Mein Cousin.«

»John?« Pete hielt eine Hand hoch in die Luft. »John Grimes? Der sechs Stockwerke große John?«

Sie riss ihren Kopf zu einem abrupten Nicken hoch.

Pete brach in haltloses Gelächter aus. Am liebsten wäre sie um den kleinen Tisch gegangen um ihn zu treten. Guter Gott! Was denn? Er war zumindest sieben Jahre jünger als sie. Sie schaute genauer hin, mindestens zehn Jahre, vielleicht auch mehr.

»Entschuldige!« Er hob abwehrend seine Hand. »Es tut mir wirklich leid. Du musst das verstehen. John war der erste, der mir gezeigt hat, wie sich die ›Disziplin eines Mannes‹ anfühlt.«

»Wieso? Was hat er gemacht, dich geboxt?«, fragte sie scharf.

Pete Miene wurde ernster. »Ähm, ja. Das ist genau das, was er getan hat. Er hat mich um Haaresbreite bewusstlos geschlagen und das ein Mensch so etwas einem Wechselbalg antun kann?« Er schüttelte seinen Kopf. »Es hätte mich sogar noch tiefer beeindruckt, wäre es nicht gerade mein Kiefer gewesen, der heilen musste.«

»Was hattest du angestellt?«

»Ich war respektlos gegenüber Bethany Anne.« Diesmal lächelte Pete nicht, als ob es sich um einen Insiderwitz handeln würde. »Wohlgemerkt, zu der Zeit wusste ich nicht, wer sie war und ich war mehr als eingebildet. Mein Vater hatte mich ohne allzu viele Regeln aufwachsen lassen, daher war ich ziemlich wild und ich habe die Situation ausgenutzt.«

»Also, was passierte?« Cheryl Lynn begann zu essen, versuchte als erstes die verbliebenen Hackbällchen.

»Er hat mir jeden gottverdammten Morgen etwas Verstand und Respekt eingebläut, bis ich mitbekommen habe, dass er das nicht machte, um ein Wichser zu sein. Er tat es, um das Potenzial herauszuholen, das er in mir sah.«

»Was war das?«

Pete sah ihr in die Augen. »Ein Mann, ein Anführer.« Er zuckte mit den Schultern, spießte die andere Tomate auf seinem Teller auf und biss hinein. »Ich schätze, das Ding mit dem Anführer wurde etwas, was ich mir wünschte, nachdem ich ihn die ganze Zeit beobachtet habe. Er hat eine Art einen fühlen zu lassen... ›wenn ich erwachsen bin möchte ich so sein wie John.‹«

Cheryl Lynn lachte. »Du möchtest ein laufendes und sprechendes Beispiel von einem testosterongesteuerten Sack sein?«

Pete neigte seinen Kopf. »Beleidigst du gerade deinen Cousin?«

Sie atmete aus und legte die Gabel nieder. »Nein. Nein, das tue ich nicht. Im Augenblick bin ich nur einfach ein bisschen sauer auf ihn.«

»Oh? Woran liegt das?« Pete schob seinen Stuhl zurück. »Entschuldige, einen Moment. Möchtest du noch etwas trinken?« Sie schüttelte ihren Kopf. Pete brauchte eine halbe Minute um sein Getränk nachzufüllen und zum Tisch zurückzukehren. »Entschuldige nochmals, als du warst dabei mir zu erzählen wieso du auf ›Little John‹ sauer bist?«

»Er fasst mich mit Samthandschuhen an!«

»Wirklich? Weil, von meinem Standpunkt aus, kann ich dir sagen, dass es gar nicht lustig ist, wenn man mit dem ›Gegenteil von Samthandschuhen‹ behandelt wird.«

»Wieso? Hat er dir irgendetwas angetan? Ich meine, außer dir fast den Kiefer zu brechen?«, fragte sie.

Pete dachte einen Moment darüber nach. »Können wir sagen, dass ich als ein verwöhntes kleines Balg zu ihm kam, das sich in jeder Weise den Menschen überlegen fühlte und es dabei belassen?«

»Er half dir über den verwöhnten Teil hinwegzukommen?«

»Er prügelte im wahrsten Sinne des Wortes den verwöhnten Teil aus mir raus«, gab Pete zu. »Ist auch nicht so, als dass ich es nicht gebraucht hätte. Es war nötig. Und je mehr Verantwortung ich gewann, desto mehr Verantwortung wollte ich übernehmen. Den ganzen Weg, bis hin der Alpha der Wechselbalg Guardians zu sein.« Pete bemerkte wie Cheryl Lynn ihren Mund öffnete, ihn dann aber wieder schloss ohne etwas zu sagen: »Rück mit der Sprache raus!«

»Schön, wäre es taktlos von mir, dich um eine Beschreibung zu bitten wie du aussiehst, wenn du wechselst?«

Pete lachte laut und lange. »Es tut mir leid!« Er beruhigte sich wieder. »Du bist so verdammt höflich, dass ich nicht weiß wie ich damit umgehen soll. Die meisten Leute, sofern sie überhaupt über Werwölfe Bescheid wissen, betteln förmlich darum einen Wechsel zu sehen. Und du fragst mich, ob es taktlos sei um eine Beschreibung zu bitten wie ich aussehe?«

Cheryl Lynn richtete sich steif auf und ihr Tonfall wurde schärfer. »Ich glaube nicht, dass es von mir inkorrekt ist hier höflich zu sein!«

Pete winkte mit den Händen ab. »Nein, nein! Schon gut.« Er wischte sich eine Lachträne ab, die zu fallen drohte. »Unsere Gruppe steckt nur so voller Testosteron, dass jemanden Zurückhaltenden an Bord zu haben ist...« Er hielt für einen Augenblick inne um das richtige Wort zu finden: »Ehrlich, es ist irgendwie nett.«

»Danke. Glaube ich«, sagte sie.

»Ich sag dir was«, begann er.

»Ja?«

»Würde es unhöflich von mir sein, wenn ich dich frage, ob du einen Werwolfwechsel sehen möchtest?«, fragte er sie.

Cheryl Lynn dachte darüber nach. »Ich nehme an, dass es nicht unhöflich ist von dir zu fragen, aber ich bin mir nicht sicher, ob ich es sehen möchte.«

»Woran liegt das?«

»Nun«, meinte sie, »Ich versuche zu verstehen, auf was jeder hier hinarbeitet. Zum Beispiel, warum bist du hier?«

Pete war verblüfft. »Was meinst du damit?«

»Nun, musst du jetzt hierbleiben? Ich meine, sicher, wenn du der Anführer bist, dann vielleicht. Aber hast du je die Möglichkeit bekommen, nach Hause zurückzukehren?«, setzte sie nach.

Dieses Mal schwieg Pete eine Minute lang. »Weißt du, ich bin seit diesem Tag auf dem Rollfeld nicht wieder zuhause gewesen.« Er sprach schnell weiter, bevor sie ihre nächste Frage herausbekam. »Ich habe meinen Vater gesehen!« Sie schloss wieder ihren Mund. »Es ist einfach so, dass ich nicht versucht habe nach Hause zu gehen. Dies«, er wies auf seine Umgebung, »ist mein Zuhause. Die Leute hier und auf dem Stützpunkt sind meine Familie. Diese Familie hat sich um eine Person herum geformt um ein Ziel zu erreichen.«

»Die Welt zu retten, richtig?«

Pete brummte eine Sekunde vor sich hin. »Nicht genau. Es ist eher so, der Welt die Gelegenheit zu bieten, das zu sein was auch immer sie sein will. Ob sich das zum Besseren entwickelt oder nicht. Bethany Anne will einfach nur sicherstellen, dass sie in der Zukunft die Wahlmöglichkeit haben.«

»Das scheint seltsam. Was für eine Art von Antwort soll das sein?« Sie fühlte sich verwirrt.

»Na ja«, meinte er und drehte müßig sein Glas. »Eine Bethany-Anne-Antwort. Aber was sie meint, ist, dass sie keine Absicht hat die Welt zu zwingen, irgendetwas zu sein, was sie nicht werden wollte.«

»Als ob sie das könnte.«

»Wie bitte?«, fragte Pete ungläubig.

»Ich meine, als ob sie die Welt zwingen könnte etwas zu sein...« Sie brach ihren Satz ab, als sie Petes Ausdruck sah. »Sie kann?«

»Wahrscheinlich. Sie könnte die Erde jetzt zerstören.«

»Was? Wie?«

Pete zuckte mit den Schultern. »Einen riesigen Felsen auf sie fallen lassen.«

»Noch so ein Vorfall wie beim Aussterben der Dinosaurier?«

»Ja«, bestätigte er. »Wobei wir dann natürlich die Rolle der Dinosaurier spielen.«

»Wer kann sie jetzt noch aufhalten?«, grübelte Cheryl Lynn laut.

»Sie selber«, antwortete Pete schlicht.

»Ist sie die einzige?«, fragte Cheryl Lynn.

»Nein, ehrlich gesagt nicht. Es gibt niemanden, der sie tatsächlich physisch aufhalten könnte, wenn sie sich dazu entschließen würde. Aber ihr Herz ist viel zu groß, um ihr zu erlauben, so etwas zu tun«, sagte Pete.

»Du liebst sie, nicht wahr?«, sagte Cheryl Lynn.

Pete lächelte. »Wenn du meinst wie eine große Schwester? Dann ja. Falls du etwas anderes meinst? Dann neige ich dazu, mich Johns Meinung anzuschließen.«

Sie grinste. »Oh, ich muss unbedingt erfahren, was mein Cousin denkt.«

»Versprichst du mir, ihm nie zu verraten, dass ich es dir gesagt habe?«, fragte er ernst.

Cheryl Lynns presste die Lippen zusammen, aber dann sanken ihre Schultern. »Na schön, ja!«

Pete sagte: »Er würde für sie sterben, er will einfach nur nicht wegen ihr im Bett sterben.«

Cheryl Lynn verzog ihr Gesicht verwirrt. »Was soll das heißen?«

»Hast du sie schon einmal ausvampen sehen?« Sie schüttelte ihren Kopf. »Oh. Schön, das erklärt es. Ich sag dir was, komm mit mir mit und ich zeige dir eine Wechselbalg-Demonstration. Danach kannst du dir selber ein Bild davon machen, was für eine Art von Person nötig ist, um jemanden wie mich dazu zu bringen, das Knie vor ihr zu beugen.«

Die beiden räumten ihr Geschirr ab und Pete begleitete Cheryl Lynn zu dem Trainingsraum auf dem Schiff. Cheryl Lynn sah sich im Raum um, nahm die Bodenmatte und die ganzen offensichtlichen Gebrauchsspuren wahr, bevor sie sich umdrehte und Pete fast nackt vor ihr stehen sah. »Ich bitte dich!« Sie wandte rasch ihren Kopf ab.

Er sagte hastig: »Es tut mir leid! Ich vergaß, dass all dies neu für dich ist. Aber keine Sorge, Ich werde mich nicht weiter ausziehen und ich verspreche, dass du nicht in Gefahr bist. Aber geh bitte ein paar Schritte zurück und sieh genau zu, damit du den Wechsel auch verstehst.«

Cheryl Lynn ging zurück und setzte sich auf eine Hantelbank. Als ob das ihren Augen wehtun würde. Er hatte Muskeln auf seinen Muskeln. »Okay, aber dir sollte besser klar sein, dass ich alt genug bin um deine Mutter zu sein!«

Pete lachte. »Kaum! Aber das ist nicht der Punkt. Bist du bereit?« Sie nickte und Pete dachte an die Zeit zurück, die ihn wütend werden ließ. Eine Zeit, als er dachte er hätte Ecaterina verloren. Sofort wurde der Raum heller und er war wieder größer. Die Gerüche waren klar abgegrenzt—Schweiß, Schmutz, Angst... Er drehte sich um und sah die kleine Frau an, die mit weit aufgerissenen Augen auf der Bank saß.

»Diies issssst meiiine Fooorrrrmm«, knurrte er.

Sie nickte und versuchte ihre Stimmbänder wieder in Betrieb zu nehmen. »John hat dich geschlagen und du kannst dich in das verwandeln? Ist der Kerl gottverdammt wahnsinnig?« Sie schlug sich die Hand vor den Mund und murmelte: »Es tut mir leid!«

»Hahhrrr haahhrr haahhrrr. Neiiin, iiiich kooonnteeee zuu deerrrr Zeiit niiicht weeechseeeelnn.«

»Ich wette, jetzt würde er dich nicht mehr schlagen!« Sie fühlte sich wie an Ort und Stelle festgefroren. Schließlich hatte sie gehört, man dürfe vor einem Raubtier niemals wegrennen, da es sie nur dazu bringt, einen jagen zu wollen.

»Eeiiiinneeenn Mmmmooooommmeennnnt«, knurrte er. Wenige Sekunden später stand wieder Pete vor ihr. Er bewegte seinen Kopf hin und her und hustete. »Entschuldige! In dieser Form ist es nicht einfach ein Gespräch zu führen und es ist schwer konzentriert zu bleiben, wenn man nichts Gewalttätiges zu tun hat.« Er ging zu seinen abgelegten Kleidern und zog sich die Hosen an. »Aber es gibt auf Gottes weiter Welt keine mögliche Situation, in der ich absichtlich John Grimes schlagen oder einen Kampf mit ihm anfangen würde.«

»Liegt das daran, was er für dich getan hat?«

Pete zog sich das Hemd über. »Nun, sicherlich auch das, aber ich spreche rein theoretisch. John würde mir in den Arsch treten und meinen haarigen Hintern dazu benutzen, um mein Blut sauber vom Boden aufzuwischen.« Pete grinste, als er Socken und Schuhe anzog.

»Aber du siehst so stark aus«, wandte sie ein.

»Oh, das bin ich«, stimmte er zu.

»Dann...« Cheryl Lynn brach ab. »Er ist auch verändert worden, nicht wahr?«

»Ja, das ist er«, erwiderte Pete.

Sie erhob sich von der Bank und ging zur Matte hinüber und setzte sich. Danach legte sie sich zurück und sprach in die Luft. »Also, John kann dich erledigen und Bethany Anne könnte John erledigen?«

»Sie könnte, ja.«

»Aber sie würde nicht?« Sie sah zu Pete hinüber um seine Reaktion abzuschätzen.

»Nein. Sie liebt ihn zu sehr.«

»Dies ist eine verwickelte Familie.«

»Meinst du nicht dysfunktional?«, fragte Pete. Er ging

zu ihr herüber und setzte sich zu ihr.

Sie richtete sich wieder auf. »Nein, verwickelt. Ihr seid nicht dysfunktional, tatsächlich würde ich behaupten, ihr seid so funktionell, dass es gottverdammt fast unglaublich ist. Aber der Grund *warum* es funktioniert ist verwickelt. Es dreht sich alles um Bethany Anne und die Notwendigkeit die Erde nicht zu beschützen, während man sie beschützt.« Sie sah wieder Pete an. »Was, wenn die Erde von euch nicht beschützt werden will oder, Gott verhüte, euch sogar angreift?«

Pete schnaubte: »Nun, falls sie den Schutz ablehnen, dann gehe ich mal davon aus, wird sie einfach nur die Außerirdischen bekämpfen und es dabei belassen. Aber falls sie ihre Leute angreifen?« Pete schüttelte seinen Kopf. »Dann werden sie die Bedeutung von Bedauern bis auf den tiefsten Grund ihrer Herzen kennenlernen.«

»Sie ist nur Pro-Erde, wenn die Erde sie nicht angreift?«

Er zuckte mit den Schultern. »Ich bezweifle, dass sie viel machen würde, falls die nur sie selber angreifen. Sie würde irgendwie davonkommen. Aber wenn jemand ihre Leute verletzt?«

»Du meinst John und Eric und Darryl und...« Sie kam ins Schwimmen.

»Scott?«

»Richtig! Sein Name lag mir schon auf der Zunge.«

»Okay, ich werde das mal glauben. Nein, ich meine jeden von ihren Leuten. Wir alle, jeder von uns. Wenn für einen von uns etwas falsch läuft, dann nimmt sie das persönlich.«

»Wie ich«, sagte sie leise.

»Was?«, fragte er.

»Entschuldige, mir ist nur eben klar geworden, dass

ich wegen John eine von ihren Leuten geworden bin.«

»Ja, das ist wahrscheinlich wahr. Du bist ein Familienangehöriger, der John wichtig ist, daher bist auch du Bethany Anne wichtig.«

Sie sah zu Pete hoch. »Was, wenn ich John nicht wichtig wäre?«

»Nun, ich nehme an, er hätte dich dann nicht gegenüber Bethany Anne erwähnt und du würdest immer noch in was auch immer für einer Situation du dich befunden hast, stecken«, sagte er sachlich.

»Welche Art von Liebe hat sie, dass sie bereit ist, den Versuch die Erde zu retten zu unterbrechen, um nach Dallas in Texas zu gehen und einer Mutter mit zwei Kindern bei einem persönlichen Problem zu helfen?«

Pete antwortete feierlich: »Die Art, die einen verwöhnten reichen rotznasigen Dreckskerl nehmen und dabei helfen kann, einen Mann aus ihm zu machen.«

Cheryl Lynn fuhr fort: »Und eine rumänische Kellnerin in etwas Erstaunliches zu verwandeln und einen ausgelaugten Raketenwissenschaftler zum Arbeiten, um dabei zu helfen die Zukunft zu verändern...« Sie hielt für einen Moment inne und drehte sich um zu Pete hinüber zu blicken. »Und die Art von Person, die etwas Besonderes in einer Mutter aus Dallas sehen und ihr erzählen würde, sie solle ihre persönliche Assistentin werden.«

»Oh, das ist großartig!«, sagte Pete.

Sie verzog ihr Gesicht. »Wieso ist das so großartig?«

»Weil das bedeutet, ich verfüge jetzt über einen Insiderkontakt.« Pete grinste. »Vergiss bloß nicht, wie nett und freundlich wir jetzt gerade zueinander sind.«

Sie lachte. »Hör auf damit! Ich bin... nun, ich bin alt

genug. Es spielt keine Rolle, dass du Bauchmuskeln hast, auf denen jede Frau sich wünschen würde Braille zu üben, du bist immer noch zu jung für mich.«

»Verdammt«, murmelte er, »das ist ein guter Spruch. Bauchmuskeln, auf denen Frauen sich wünschen Braille zu üben.« Er dachte eine Sekunde darüber nach. »Ich werde das in mein Dating Account aufnehmen müssen.«

»Du hast ein Dating Account?«

Er grinste. »Nein! Großer Gott, ich will mir gar nicht vorstellen was passieren würde, wenn die Teams mich mit einem Partnerschaftsuchdienst erwischen würden. Oh, was für eine Scheiße die abziehen würden.« Dieses Mal schlug sich Pete die Hand vor den Mund. »Uups! Entschuldige.«

Sie kicherte. »Ist schon in Ordnung. Ich versuche nur in Gegenwart von Tina und Todd aufzupassen was ich sage, nicht bei anderen Erwachsenen.«

Pete ließ seine Hand fallen.

»Das ist alles echt, nicht wahr?«, fragte sie. Pete blieb still, es hatte sich nicht danach angehört, als ob sie ihm wirklich eine Frage stellen würde. »Wir stecken wirklich in einer Schlacht. Bethany Anne ist wirklich das, was sie zu sein scheint und ich muss mir wirklich darum Sorgen machen, ob es für Tina und Todd eine Zukunft gibt.« Sie wandte sich Pete wieder zu. »Muss ich doch?« Pete nickte. Sie fragte: »Und du würdest wirklich für sie sterben?«

»Nicht nur für sie, sondern auch für John oder Eric oder Dan oder Ecaterina oder Gabrielle oder mein Team und jetzt auch für dich.«

Cheryl Lynn schloss ihre Augen und Pete bemerkte, wie eine kleine Träne ihre Wange herunterrollte.

KAPITEL 13

TQB-Stützpunkt, Colorado, USA

Kevin und Lance sahen sich zusammen mit Stephanie, der neuen Leiterin der Ingenieurgruppe, die digitale Karte der Stellungen an, die den Stützpunkt umgaben. Stephanie war groß, laut und ungestüm, was fast ausreichend war, um das Schatzkästchen von Kenntnissen, die sie besaß, zu verbergen.

Kevin hatte dies aber früh herausgefunden und daher ihr Wissen mit großartiger Wirkung einsetzen können.

Trotzdem war sie sehr fraulich und das lenkte Kevin ab. Jetzt hatte er einen Vorgeschmack dessen, was Lance mit Patricia durchgemacht hatte. Stephanie stammte von afrikanischen Amerikanern und Japanern ab und Kevin versuchte sich verzweifelt auf ihre Fähigkeiten als Ingenieur zu konzentrieren und nicht auf ihre sonstigen Vorzüge. Aber das wurde für ihn gottverdammt immer schwieriger.

Die Daten, die er über die drei möglichen Ersatzleute bekommen hatte, waren begrenzt, mit Ausnahme der Angaben über ihre Fähigkeiten. Bethany Anne hatte ihm die Kandidaten verschafft, die exakt die Fähigkeiten besaßen, die er angefordert hatte. Aber sie hatte gesagt, sie wollte Kandidaten mit diesen Fähigkeiten aus einem anderen Land haben.

Obwohl sie fließend japanisch sprach, wurde Stephanie in Japan als ›Hafu‹ oder Halbblut angesehen. Stephanie hatte es schon vor langem aufgegeben gegen die Homogenität von Japan anzukämpfen und hatte stattdessen eine Stelle für ein Unternehmen in Neuseeland angenommen. Diese Firma hatte Verträge mit dem Militär und ihr so zu einem beeindruckenden Lebenslauf verholfen. Frank und ADAM hatten sie in ihrem Job in Wellington gefunden.

Bei ihrem Vorstellungsgespräch hatte es Stephanie sehr überrascht, dass offensichtlich eine wunderhübsche junge Frau den Ton angab. Ein jung aussehender Mann, den die Frau seltsamerweise ein paar Mal Dad genannt hatte, schien derjenige mit der praktischen Erfahrung zu sein.

Sie war davon ausgegangen, dass Lance eine Art von wirklich engem ›Freund‹ war, bis sich zehn Minuten später ein weiterer Mann zu ihnen gesellte. Und VERDAMMT noch mal, wenn der nicht klasse aussah! Sie hatte gerade in Erwägung gezogen, was für ein nettes Häppchen er doch ausmachen würde, als ihn Bethany Anne küsste. Es war zwar kein keuscher Kuss, aber auch nicht unbedingt unangemessen für eine Besprechung. Aber auf jeden Fall ließ er eindeutig wissen, dass dieser Mann vergeben war.

Einige Frauen haben echt alles Glück der Welt, dachte sie.

Während des Gesprächs feuerte Bethany Anne Fragen auf Stephanie ab, die eindeutig außerhalb des Normalen lagen. Es war fast so, als ob Bethany Anne aus dem Handgelenk reihenweise Testschüsse abgab und die ungewöhnlichen Fragen dann für weitere Folgefragen benutzte. Der als Michael vorgestellte Mann sagte nicht viel, sondern stellte nur ab und zu eine seltsame Frage, fast so als ob er seine eigenen Ziele verfolgen würde.

Alle Fragen von Michael hatten mit Ethik, Moral und diversen Dilemma zu tun, vor denen man stehen könnte. Kurz bevor es Zeit für Kaffee und Dessert wurde, entschuldigte er sich und Bethany Anne sagte ihm, sie würde später nachkommen, wenn das in Ordnung wäre.

Nach seinem Lächeln zu urteilen war das besser als in Ordnung.

Stephanie grinste bei sich. Sie war es nicht gewohnt, dass man ihr die Show stahl, aber jetzt verstand sie, wieso einige Frauen ihr gegenüber so schnippisch waren. Im Augenblick hatte sie nämlich den Wunsch, sich gegenüber Bethany Anne schnippisch zu verhalten, wobei diese sich Stephanie gegenüber den ganzen Abend nur großzügig und liebenswert gezeigt hatte.

Na ja, sie musste sich auf das konzentrieren, was ihr die Stelle auf jeden Fall verschaffen würde. Das waren ihre Qualifikationen im Ingenieurwesen und der Nachweis, welche Ingenieurtricks sie in der Vergangenheit alle aus dem Ärmel geschüttelt hatte. Ihre Bemühungen, um ihre Qualifikationen zu beweisen, stellte sich ebenfalls als ein verdammt harter Brocken heraus.

Es war fast so, als ob Bethany Anne eine Testgruppe für Ingenieure im Kopf sitzen hätte, die ihr knifflige Fragen um die Ohren schlugen. Schon bald nahm die Herausforderung, diese Fragen korrekt zu beantworten, ihre ganze Aufmerksamkeit in Anspruch und sie vergaß alles außer der aktuellen Frage. Es wurde zu einem regelrechten Wettbewerb, zu sehen, ob sie aus den hypothetischen Situationen, die ihr gestellt wurden, einen Weg herausfand.

Bethany Anne stellte eine Frage. Dann fragte Stephanie nach Einzelheiten über die Umgebung oder die verfügbaren Ressourcen. Bei den meisten Gelegenheiten beantwortete Lance diese Fragen. Als sie beim Dessert ankamen wusste Stephanie zwei Dinge: Als erstes, dass sie geistig völlig erschöpft war! Dieses Gespräch ähnelte in keinster Weise irgendeinem anderem Vorstellungsgespräch, dem sie jemals beigewohnt hatte und sie hatte sich in Japan einigen wirklich überaus herausfordernden Interviews gestellt. Das zweite war, dass sie am Ende Bethany Anne höllisch beeindrucken wollte – nein musste.

Stephanie hatte sich schon immer gewünscht für eine Frau zu arbeiten und sie wünschte sich verzweifelt, dass es diese Frau sein sollte.

Kurze Zeit nachdem Michael gegangen war, bestellten sie Dessert und verbrachten eine weitere Stunde mit Plaudern. Das verschaffte Stephanie die Möglichkeit ihre eigenen Fragen zu stellen. Dabei erfuhr Stephanie, dass Lance für die Leitung eines Portfolios von mehr als tausend Unternehmen verantwortlich war.

Das war die erste Bombe, die platzte. Die zweite war, dass Bethany Anne alle diese Firmen besaß.

Sie wollte wirklich, wirklich für diese Frau arbeiten.

Aber sie hatten bereits einen Mann aus Großbritannien interviewt und auch noch einen Kandidaten in Indien zu überprüfen.

Zwei Tage später erhielt sie einen Anruf, mit dem ihr offiziell die Stelle angeboten wurde. Sie schrie nicht und sie hopste auch nicht aufgeregt auf und ab. Sie schloss und verriegelte die Tür zu ihrem Büro. Dann ging sie zwei Schritte auf ihren Schreibtisch zu, setzte sich in ihren Stuhl und ließ ihren Freudentränen hemmungslos freien Lauf.

Jemand schätzte sie und wollte ihr Wissen und ihre Fähigkeiten. Punkt. Ende. Aus.

Jetzt fragte Kevin nach ihrer Meinung zu den Erweiterungen des Stützpunktes. Sie musste alle ihre Erfahrungswerte heranziehen und eine Scheißladung von kreativem Genie zusammenkratzen, um vernünftige Lösungen beizubringen. Eine Menge der Probleme, die Kevin hatte, waren den Fragen ähnlich, die sie bei dem Vorstellungsgespräch beantwortet hatte. Stephanie war beeindruckt. Das war eine ziemlich hinterlistige Art sicherzugehen, dass sie ihrem Job gewachsen war. Sie vor genau die gleichen Probleme zu stellen, die sie real gelöst haben wollten und abwarten, ob ihr umsetzbare Lösungen einfielen.

Anscheinend konnte sie das.

Sie begannen damit, gestaffelte Verteidigungsstellungen gegen menschliche Eindringlinge zu diskutieren, gingen dann zu mit Bewegungssensoren gekoppelten Kameras über, die helfen sollten hereinkommende Drohnen aufzuspüren. Danach würden schnelle Reaktionsteams zur Stelle sein.

Diese schnellen Reaktionsteams würden die Ziele visuell identifizieren und jegliche verbliebenen toten Winkel abdecken. Kevin schlug vor, dass sie anfangen sollten Übungen abzuhalten, um zu sehen, ob ihre eigenen Teams die aktuellen Verteidigungsstellungen überwinden könnten. Diese Daten könnten sie dann dazu verwenden, um dort Änderungen vorzunehmen wo es nötig war.

Stephanie stimmte zu, dass die Zeit, die sie auf die Datenerfassung verwendeten es wert wäre.

Dann gingen sie ein Szenario durch, in dem sie von Zivilisten überrannt werden würden, die versuchten an medizinische Versorgungsmittel heranzukommen, die es nur auf dem Stützpunkt gab. Sie befasste sich mit dem Problem der Zivilisten und erklärte, wie sie die Leute in kleinere Bereiche umleiten wollte. Bereiche in denen offensichtlich war, dass weiter vorzudringen eine wirklich miese Idee war.

Ob es durch Lärmschallprojektoren, Klebeschaumkanonen oder weit zerstörerische Mittel klargestellt würde. Sie würde auf jeden Fall sicherstellen, dass jeder, der sich zum Rückzug entschied, auch immer die Möglichkeit dazu haben würde. Es war nie eine gute Idee Leute vor die Wahl zu kämpfen oder zu sterben zu stellen.

Anschließend überarbeiteten sie die Alternativen, um medizinische Versorgungsmittel draußen im Feld versteckt zu lagern, damit sie die Reaktionszeiten erhöhen konnten. Ihre eigenen Leute würden bevorzugt, danach würde man sich um jene Angreifer kümmern, die möglicherweise Hilfe bräuchten.

»Nachdem ich mir die Energie-Ausgangsleistung angesehen habe, glaube ich, dass wir effektiv zwölf Geschützstellungen einrichten können. Zwei hier, zwei hier, drei weitere auf diesem Grat, drei die dieses Tal abdecken und noch zwei auf dieser Seite des Grates.« Stephanie zeigte auf die verschiedenen Bereiche des Stützpunktes. »Hast du die reine Zerstörungskraft mit einberechnet, die diese Dinger anrichten können?«

Kevin nickte. »Ja. Unglücklicherweise werden sie jeden Menschen zu Hackfleisch verarbeiten und in Abhängigkeit von der Ladung, können sie auch gepanzerte Einheiten durchschlagen. Sie werden unsere letzten Mittel darstellen, aber wir sollten rechtzeitig eine Vorwarnung bekommen, falls irgendetwas Größeres auf uns zukommt.«

»Wie das?«, fragte Stephanie neugierig. »Haben wir Informanten?«

»Nein. Nun, auf jeden Fall nicht irgendwelche Leute. Wir haben Zugang zu strategischen Kommunikationsnetzwerken worüber die Befehle verbreitet würden. Das ist nicht hundertprozentig sicher, aber es ist gut genug, dass wir darauf vertrauen eine Vorwarnung zu bekommen. Wie sollen wir das Kommando und die Kontrolle über unsere Stellungen einrichten?«, fragte Kevin.

»Wir können Transceiver benutzen, die über das Aetherische verbunden sind. Diese werden an AGILITY angeschlossen sein und uns somit eine vollständige Kontrolle vom Stützpunkt erlauben.«

»Gibt es irgendeine Möglichkeit diese Dinger zu überbrücken?«, setzte Kevin nach.

»Fragst du danach, ob wir sie ausschalten können oder fragst danach, ob jemand anders darüber Kontrolle gewinnen kann?«, fragte Stephanie.

»Nun«, Kevin begann sich unter dem Kinn zu kratzen, während er das digitale Display studierte. »Ich bin besorgt, dass sie von jemandem gehackt werden könnten.«

Stephanie lachte. »Ich glaube wirklich nicht, dass bei dem gegenwärtigen Stand der Dinge irgendjemand in der Lage ist AGILITY zu hacken.«

Stephanie hatte per Konferenzschaltung ein Gespräch mit ADAM geführt. Sie hatte einige Zeit gebraucht um zu begreifen, dass sie mit einer künstlichen Intelligenz sprach. Sie war von Bethany Anne eingeweiht worden und hatte eine Einführung mitgemacht wie keine, die sie jemals zuvor erlebt hatte. Die CEO der Firma hatte sie nicht nur in den Weltraum mitgenommen, besagte CEO hatte sie zur gleichen Zeit dazu gebracht, vor Schreck fast in die Hose zu machen. Aber jetzt verstand sie das Potential und die Ziele der Gruppe wesentlich besser. Stephanie war dumm genug gewesen nachzufragen wieso man ihr diese Information anvertraut hatte. Es hatte sie nicht sonderlich überrascht zu erfahren, dass Michael ihre Gedanken gelesen hatte. Zu diesem Zeitpunkt, nachdem sie in den Weltraum gereist war und herausgefunden hatte, dass der grosse Boss ein Vampir war, war so etwas Simples wie Telepathie ziemlich leicht zu schlucken.

Kevin grinste. »Ja, das habe ich mir auch so gedacht, aber ich wollte nicht in noch eine IT Diskussion mit Tom über sein neuestes Baby geraten. Ich hab ehrlich befürchtet, er könnte mich mit Sekundenkleber an einen Stuhl fesseln, damit er den ganzen Nachmittag über einen Zuhörer für seine poetischen Ergüsse verfügt.«

Stephanie grinste dreckig. »Ist das der Grund warum du die ganze Zeit versuchst ihm bei den Besprechungen aus dem Weg zu gehen?«

Kevin erwiderte: »Ich versuche nicht ihm aus dem Weg zu gehen, ich versuche meinen eigenen persönlichen Terminplan einzuhalten. Mein Job ist es diesen Stützpunkt zu leiten, nicht zu verstehen was bei Tom an diesem Morgen einen Ständer ausgelöst hat.« Kevins Gehirn brauchte nur knapp drei Sekunden bis es mitbekommen hatte was da aus seinem Mund entwichen war. Als ihm das klar wurde, färbten sich seine Wangen tiefrot.

Stephanie brauchte nur zwei Sekunden bis sie sich vor Lachen krümmte und kaum noch Luft bekam.

Schließlich musste auch Kevin lachen und ihm wurde bewusste, dass Stephanie in seinem Bewusstsein plötzlich weniger ›die attraktive Frau‹ und mehr ›einer von den Leuten aus seinem Team‹ war. Einfach nur einer der Leute in seiner Gruppe dessen besonderer Job es war, diesen Stützpunkt sicher zu machen.

•••

John Grimes betrat die Cafeteria und hielt einen Moment inne um seine Cousine auszumachen, die in einer Ecke saß. Er winkte einem der Sicherheitsmitarbeiter vom vorderen Tor zu, der ihm zunickte. Dann ging er weiter auf Cheryl Lynn zu.

Er befand sich nur noch ein paar Tische entfernt, als sie aufsah und ihm ihr patentiertes ›Cousinlächeln‹ zuwarf.

›*Oh, Scheiße!*‹, dachte er. Jetzt bekomme ich mein Fett ab.

Sie zeigte auf den Stuhl ihr gegenüber und sagte zuckersüß: »Wieso nimmst du nicht Platz, mein allerliebster Cousin?«

»Gerne, wenn es dir nichts ausmacht, Cheryl Lynn.« John lächelte sie an. Er hörte damit auf, als sie ihre Lippen zusammenpresste und er spürte wie sie ihm hart gegen das Knie trat.

Mit zusammengebissenen Zähnen sagte er: »Ich hoffe, das war genug?«

Cheryl Lynn lehnte sich nach vorne. »Musste ich von

Person zu Person durchgereicht werden um es zu kapieren?«

John lehnte sich zurück und tat immer noch so, als ob ihn ihr Tritt schmerzen würde. Er musste es ihr nicht unter die Nase reiben, dass sein Körper bereits mit dem Schmerz fertig geworden war. »Falls es deinem Stolz ein Kleines bisschen hilft, ich habe die ganze Woche lang unter den Arschtritten von Bethany Anne zu leiden gehabt.«

»Gut!«, rief sie aus. Dann zog sie ein besorgtes Gesicht. »Wieso hat sie dir in den Arsch getreten?«

John lehnte sich vor und stützte die Ellenbogen auf dem Tisch auf. »Weil sie eine ungeduldige Person ist und sie ihre Assistentin verfügbar haben wollte und nicht mit einer sinnlosen Suche beschäftigt.«

»Warum hast du es mich dann tun lassen? Ging es darum, dass du glaubst ich müsste es selbstständig herausfinden?«

»Das«, betonte John, »ist genau was du tun musstest. Sag mir nicht, es wäre genauso bedeutungsvoll für dich gewesen wie es jetzt ist, wenn ich dir einfach nur erzählt hätte ›dies ist wichtig‹. Wäre es das? Weil, wenn das der Fall ist, habe ich mir nicht nur eine Woche voller unnötiger Probleme eingebrockt, sondern du hast dich seit unserer Kindheit auch sehr verändert. «

Sie lehnte sich zurück, verschränkte ihre Arme über der Brust und wippte im Stuhl vor und zurück. Schließlich gab sie zu: »Nein! Es wäre nicht dasselbe gewesen. Aber du verhältst dich genauso wie du es damals mir gegenüber getan hast, als wir Kinder waren. Du führst mich an der Hand anstatt mir zu sagen was ich tun sollte. Ist dir eigentlich klar was das für...« Sie hielt inne, atmete dann aus. »Ich schätze, das ist nicht fair. Wir sind nicht lange genug zusammen gewesen, damit du die Gelegenheit hattest festzustellen, dass ich mich in der Tat verändert habe. Daher bist du zu alten Gewohnheiten zurückgekehrt. Schön, aber das nächste Mal benutze ich einen Baseballschläger, wenn ich dir eins gegen das Knie verpassen will.«

Sie griff hinunter um reuevoll ihre Zehen zu massieren. »Fühlte sich an, als ob ich gegen eine Wand getreten hätte.« Sie lächelte ihn an. »Vielleicht hatte ich es auch nötig die Einstellung von allen zu der Situation zu hören. Nachdem ich mit meinem Fehler mit Mark leben musste, ist es für mich schwierig geworden jemandem zu vertrauen. Möglicherweise hätte ich gedacht, dass auch du dich in Bezug auf Bethany Anne irren könntest.«

John erhob sich und stellte den Stuhl wieder unter den Tisch. »Ich schulde ihr mein Leben, das Leben meines Teams und jetzt auch dein Leben. Wenn es eine Sache gibt, auf die man sich verlassen kann«, er starrte ihr direkt in die Augen, »dann ist es Bethany Anne.«

Cheryl Lynn nickte ihm kurz und scharf zu, um ihm danach zuzuzwinkern. Er salutierte spöttisch vor ihr, machte eine Kehrtwendung und verließ die Cafeteria.

••••

Cheryl Lynn öffnete die Tür zu dem Appartement, das sie mit Tina und Todd teilte. Obwohl sie nun, als Ergebnis von Bethany Annes ›Gespräch‹ mit ihrem Ex-Ehemann, über eine Menge Geld auf ihrem Bankkonto verfügte, hatte sie doch beschlossen das ursprüngliche Mobiliar der Wohnung zu behalten.

Es ging ihr weniger darum, Geld zu sparen, als sicherzugehen, dass Tina und Todd sich leichter in den Lebensrhythmus auf dem Stützpunkt einfügten. Nach ihren diversen Unterhaltungen war Cheryl Lynn bewusst, dass ihrer aller Zukunft im Weltraum lag und da oben würde es keine belanglosen, schicken Möbel geben.

»Mama!«, schrie Todd aus seinem Zimmer, kaum dass sie die Haustür geschlossen hatte. »Ich will auch in den Weltraum fliegen!«

Cheryl Lynn legte ihre Arbeitsunterlagen auf den Küchentisch ab und zog sich einen Stuhl heraus. Dann streifte sie sich ihre Schuhe ab und wackelte ein wenig mit den Zehen, während sie darauf wartete, dass Todd aus seinem Zimmer auftauchte. Es dauerte um die dreissig Sekunden bis er mürrisch herauskam. Sie fragte ihn: »Was sagst du, wenn du deine Mutter zum ersten Mal am Tag siehst?«

Todd verdrehte die Augen. »Guten Tag, Mama. Und jetzt, wie kommt es, dass ich nicht in den Weltraum darf?«

»Wie bitte?« Sie sah Todd streng an, ihr Ausdruck zeigte ihre Verärgerung.

Todd wurde klar, dass er wieder einmal zu weit gegangen war. »Es tut mir leid. Könntest du mir bitte sagen, warum ich nicht in den Weltraum kann?«

»Okay, so ist es besser«, sagte sie. »Ich habe keine Ahnung, Todd. Was hast du getan, um dir die Gelegenheit zu verdienen in den Weltraum zu gehen?«

»Was meinst du damit? Ich gehe zur Schule und bestehe alle meine Fächer«, antwortete er, dabei gelang es ihm allerdings nicht einen Jammerton aus seiner Stimme fernzuhalten.

»Todd, du musst etwas begreifen. Die Leute hier sind nicht an einer Person interessiert, die das Minimum gibt um durchzukommen. Diese Leute geben ihr Bestes, nicht nur einfach«, sie deutete mit zwei Fingern Anführungszeichen an, »ihre Fächer bestehen. Der Grund dafür, dass Tina in der Lage war in den Weltraum zu reisen, liegt darin, dass sie freiwillig neben ihren normalen Schulstunden an zusätzlichem Unterricht teilnimmt.«

Cheryl Lynn begann ihre Bücher herauszunehmen und sie auf dem Tisch auszubreiten, damit sie sie durchsehen konnte.

»Daher, wenn du eine Chance haben willst etwas Cooles zu unternehmen«, sie warf ihm einen Blick zu, »dann wirst du einhundertfünfzig Prozent geben müssen. Bestehen ist hier nicht gut genug. Du wirst Topnoten brauchen. Steckst du die nötige Arbeit hinein um sicher zu sein, dass du großartige Noten bekommst oder ist dir deine Spielkonsole wichtiger? Was machst du, um sicherzustellen, dass du in die richtige Gruppe hinein kommst, zu den Leuten, die die Dinge ins Laufen bringen?«

Todd wollte das nicht hören und es war schon das dritte Mal, dass sie das gleiche Gespräch mit ihm führte. Ernst erwiderte er: »Nichts.«

Cheryl Lynn wandte sich ihrem Sohn zu. »Todd, schau mich an. Nein! Schau. Mich. An.« Todd sah zu seiner Mutter auf. »Ich wünsche mir, dass du die Chance bekommst in den Weltraum zu reisen. Ich wünsche mir, dass du die Chance bekommst ein langes Leben zu leben. Es wird mich eine erhebliche Menge an persönlicher Mühe kosten, um sicherzustellen, dass du und Tina diese Chance bekommt. Willst du in den Weltraum reisen?« Sie hielt den Blick ihres Sohnes fest.

Schließlich nickte er widerwillig.

»Dann musst du etwas finden was dich interessiert. Etwas außer Videospielen und dich dafür engagieren und es lernen. Frag‹ nach, welche Art von Fähigkeiten benötigt werden, such dir eine aus, die dir gefällt und lerne etwas, was nützlich sein wird. Weil sich nur zu wünschen in den Weltraum zu reisen, während du deine Zeit mit Belanglosigkeiten verschwendest, wird dich nicht dort hinbringen.« Cheryl Lynn wandte sich wieder ihren Büchern zu.

Todd gefiel diese Antwort nicht, aber er wusste, er würde auch morgen nichts anderes hören, wenn er nochmals fragte. Er drehte sich um, ging in sein Schlafzimmer zurück und sah auf das unterbrochene Spiel auf dem Monitor. Anstatt sich wieder in den Stuhl zu setzen um weiterzuspielen, setzte er sich auf sein Bett.

›*Also, was soll es sein?*‹, achte er. Wie sehr will ich wirklich in den Weltraum?

Es war mindestens zehn Minuten später als Cheryl Lynn bemerkte, dass aus Todds Zimmer nicht die üblichen Geräusche eines Spiel drangen.

Verdammt noch mal! Jetzt würde sie John erzählen müssen, dass er recht gehabt hatte… zum zweiten Mal.

KAPITEL 14

An Bord der QBS Polarus

Bethany Anne arbeitete sich gerade mit ADAM durch die morgendlichen Berichte. Sie brauchte kein Büro, musste nicht einmal einen Laptop mit sich herumtragen.

Sie hatte den verdammten Computer vierundzwanzig Stunden am Tag bei sich. Diese Leute, die sich in der Vergangenheit darüber beklagt hatten, dass ihre Blackberries Leute in Handyzombies verwandeln würden, die sollten mal versuchen mit einem Computer in ihrem Kopf zu leben.

Aber ganz gewiss machte es die Durchsicht der Morgen-Updates schneller.

Wenn es dabei eine Menge an Daten gab, dann schaltete sie einfach in Vampirgeschwindigkeit. Dadurch konnte sie nicht nur die Daten alle aufnehmen, sondern auch eine Diskussion über alle damit verbundenen Punkte führen. Danach würde sie ADAM Emails abfassen lassen, die anderen so erschienen, als ob sie von ihr kommen würden und sie an die entsprechenden Parteien schicken lassen.

Aufgrund ihrer Geschwindigkeit und detaillierten Analyse erlangte Bethany Anne in ihren Unternehmen schnell den Ruf sehr, sehr scharfsinnig zu sein und extrem schnell. Eines Morgens hatten einige ihrer Angestellten über die Emails geplaudert, die sie erhalten hatten und ihnen war aufgefallen, dass Bethany Annes Emails alle innerhalb einer Zeitspanne von nur zwei Minuten abgeschickt worden waren. Während der nächsten Wochen stellten sie den Rekord von zweiundachtzig überaus detaillierten und präzisen Emails fest, die innerhalb einer Zeitspanne von viereinhalb Minuten abgesandt worden waren.

Ein paar Leute nahmen an, dass sie einfach nur über eine Menge Hilfe verfügte. Vier clevere Personen beschlossen die Theorie zu testen. Innerhalb von wenigen Minuten riefen sie Bethany Anne an und baten um Klärung von bestimmten Fragen, um zu sehen, ob sie die Beantwortung an andere weitergeben oder um einen späteren Anruf bitten würde.

Bethany Anne hatte sich gerade nach einem frühen Training geduscht. Diese Zeit nutzte sie üblicherweise, um mit TOM und ADAM über allgemeine Angelegenheiten und andere Dinge zu plaudern, die sie im Laufe des Tages ins Auge fassen musste. Sie nahm die Anrufe entgegen und beantwortete jede einzelne Frage, wobei zwei der Personen mit Folgeprojekten beauftragt wurden, die sie in Erwägung gezogen hatte. Diese beiden erklärten, sie würden nie wieder den Fehler begehen, ihre Fähigkeiten anzuzweifeln. Und die ganze Zeit über beklagten sie sich bei ihren Kollegen über die Extraarbeit, die ihnen aufgetragen worden war.

Nachdem Bethany Anne angemessen gekleidet war, begleitete Eric sie zu dem Hauptgebäude. Cheryl Lynn lief ihnen halb joggend, halb rennend hinterher.

Bethany Anne drehte sich um und lächelte, während sie wartete bis Cheryl Lynn sie erreichte. Eric blieb in der Nähe und sah sich beiläufig um, obwohl er es nicht versäumte Cheryl Lynn aus den Augenwinkeln zu beobachten. Obgleich Cheryl Lynn bekannt war, so kannte Eric sie doch nicht lange genug, um sich dabei wohlzufühlen, wenn sie so dicht an Bethany Anne herankam.

»Entschuldigt!«, sagte sie, als sie die beiden, etwas außer Atem, einholte. »Ich wollte dich erwischen, bevor du ins Büro gehst.« Sie keuchte noch einmal ziemlich laut, fragte dann: »Warte mal, hast du überhaupt ein Büro?«

Bethany Anne zuckte mit den Schultern. »Überall wo ich mich aufhalte, schätze ich. Was bedeutet, wo auch immer *du* dich aufhältst, wird wahrscheinlich mein Büro sein. Hat John endlich deinen Ausflug durch das TQB Personal beendet und hast du erfahren, was du seiner Meinung nach wissen musst?«

Cheryl Lynn sah sich um und ihr fiel auf, dass Eric sie ständig im Auge behielt. Sie feixte, „Als ob ich der Frau was antun könnte, die John fertig machen kann?«

Eric lächelte und drehte sich weg, nur ein bisschen.

»Oder«, fuhr sie fort, »die Frau, die meine eigenen Kinder beschützt hat.« Bethany Anne bemerkte Cheryl Lynns entschlossenen Blick als sie das sagte. »Im übrigen, ich habe dir nie richtig dafür gedankt. Ich hatte keine Ahnung was es für dich bedeutet hat, dass du John auf diesem Ausflug begleitet hast.«

Bethany Anne winkte ihr zu weiterzugehen. »Komm schon. Wir gehen zum Trainingsraum. Du klingst danach, als ob du es nötig hättest, wieder in Form zu kommen.« Sie liefen weiter. »Also, was denkst du habe ich aufgegeben, Cheryl Lynn?«

»Oh, nicht viel, nur die Zukunft der Erde. Im Sinne von... wortwörtlich«, sagte sie.

Bethany Anne stieß ihr den Ellenbogen in die Seite. »Kein Grund so melodramatisch zu werden!«

»Na ja, versuch du mal in der Haut von jemandem zu stecken, dem klar wird, dass eine der mächtigsten Personen in der Welt alles hat fallen lassen, um mit ihrem Leibwächter loszuziehen und einer Frau mit zwei Kindern und einem durchgeknallten, demnächst Ex-Ehemann, zu helfen!« Sie fügte hinzu: »Guter Gott und ich habe sogar erst gedacht, dass ihr beide ein Paar seid.«

Cheryl Lynn errötete und Bethany Anne grinste, als sie antwortete: »Nein, aber falls du jemals Zeit haben solltest, dann frag John mal nach der Zeit, als ich meiner neugierigen Nachbarin gegenüber mal behauptet habe, dass ich John als Lustknabe benutzen würde, um jedes Zimmer in dem Haus in Florida einzuweihen. Diese alte Krähe hat fast einen Herzinfarkt bekommen...«

Eric unterbrach Bethany Annes Geschichte mit seinem Lachen. »da war sie nicht die Einzige.« Beide Frauen wandten sich um und sahen wie sich Eric die Lachtränen aus dem Gesicht wischte, während er weiterhin versuchte alles im Auge zu behalten. »Oh, mein Gott! Du hättest sehen sollen wie blass John war, als er an diesem Morgen ins Haus zurückkam. Ich habe ihn, außer nach dem Training, noch niemals derart hyperventilieren sehen.« Eric hörte auf, die Umgebung zu beobachten und schaute Bethany Anne an. Während er entschuldigend die Hände hochhielt, stieß er mit quietschender Stimme hervor: »Unbezahlbar!« Die zwei Frauen sahen sich an und grinsten. Da jede John so gut kannte, genossen beide diesen besonderen Moment.

»Weißt du«, meinte Cheryl Lynn, als sie weitergingen, »es wird mir wirklich Spaß machen, mit dir zu arbeiten.«

Bethany Anne durchströmte bei diesen Worten ein warmes Gefühl und sie wusste, dass sie John eine Entschuldigung schuldete, irgendwann einmal zumindest.

•••

»Versuchst« ...röchel... »Du« ...prust... »Mich« ...keuch... »Umzubringen?« Damit brach Cheryl Lynn auf dem Boden zusammen.

»Im Ernst?«, fragte Bethany Anne, »Was waren das?. Achtzehn Liegestütze?« Sie beendete eine Wiederholung von einhundert und sprang locker auf.

Cheryl Lynn lag keuchend auf dem Boden. »Aber das waren richtige Liegestütze! Ich habe sie damals auf der Schule oder so ....im Mädchenstil gemacht mit meinen Knien auf dem Boden!«, stöhnte sie. »Schön«, gab sie zu, »vielleicht auf der Uni, aber wie auch immer, das liegt sehr lange zurück.«

»Du wirst dich besser fühlen, wenn du aufstehst und anfängst umherzugehen«, riet ihr Bethany Anne.

»Großartig!«, nörgelte Cheryl Lynn, als sie ihre Knie unter sich zog um sich mühselig hochzukämpfen. Glücklicherweise benötigte sie dazu nicht ihre Arme, die sich wie weich gekochte Spaghetti anfühlten. »Auf diese Art falle ich nur tiefer, wenn meine Beine versagen.«

Bethany Anne musste über Cheryl Lynns Gejammer nur den Kopf schütteln. Es lag schon eine ganze Zeit lang zurück, seit sie sich mit einem normalen Körper hatte abplagen müssen. Daher half ihr das, sich an ihre

Ursprünge zu erinnern. »Mach weiter, früher oder später wird es besser.«

»Und wenn nicht?«, fragte Cheryl Lynn, während sie im Bemühen, wieder Gefühl in ihre Arme zu bekommen, diese ausschüttelte.

Eric, der sechs Meter entfernt seine Übungen durchzog, antwortete trocken: »Dann bist du tot.«

»Nicht die besten aufmunternden Worte, die ich je gehört habe, Eric!«, konterte sie. Dann wechselte sie das Thema »Bethany Anne, ich glaube, wir brauchen etwas Marketing.«

»Was?«, fragte Bethany Anne. Sie hatte sich auf eine Kata konzentriert und hatte überhaupt nicht mit so einer Erklärung von Cheryl Lynns gerechnet.

»Ja, ich habe darüber nachgedacht«, fuhr sie fort. »Ich habe gerade diese ganze Reihe von ›innerhalb der geheimen Gruppe‹ Gesprächen durchlaufen und mir fiel es schwer die Wahrheit zu begreifen. Jetzt stell dir mal vor, wie schwierig es für den Rest der Welt sein wird, wenn auf einmal irgendetwas, was wir tun völlig unkontrolliert bekannt wird? Wer auch immer uns nicht mag, hätte dadurch die Gelegenheit es aufzubauschen – und das werden sie tun -. Daher denke ich, wir sollten alles bereits vorbereitet in der Tasche haben, damit wir, sobald wir dazu bereit sind, damit groß rauskommen können. Falls uns jemand dabei zuvorkommt. Nun, dann haben wir zumindest bereits etwas in der Hand, das wir dagegen einsetzen können.« Sie zuckte mit den Schultern. »Okay, welche Quälerei kommt als nächstes?«

Bethany Anne hatte mit ihren eigenen Übungen aufgehört und sagte: »Eric, wir müssen eine Besprechung einberufen.«

Eric sprang auf und schnappte sich sein Handtuch. »Grund?«

»Zum Teufel, wenn ich das weiß. Frag Cheryl Lynn. Sie ist diejenige, die eine Ahnung davon hat.« Sie zwinkerte Eric zu, als Cheryl Lynn es nicht sehen konnte. Eric lächelte Cheryl Lynn zu, die so besorgt drein sah, als ob sie gerade den kurzen Strohhalm gezogen hätte. Eric warf ihr ein zweites Handtuch zu und sie fing es benommen auf.

»Willkommen in der Gruppe, CL. Du hast gerade dein erstes Projekt geschaffen!«

Eric folgte Bethany Anne, die das Gebäude schon verlassen hatte. Cheryl Lynn folgte ihnen. Sie konnte hören, wie Eric vor ihr Bethany Anne hinterher rief: »Nein, es war nicht Scott, der gesagt hat, sie würde sich am ersten Tag schon ihr eigenes Projekt schaffen, ich war es! Ich habe den Wetteinsatz gewonnen!«

•••

Cheryl Lynn stand mit weichen Knien vor einer großen Gruppe von Leuten. Einige, wie Bobcat, William und natürlich Marcus kannte sie bereits. Jeffrey hatte sie nur flüchtig kennengelernt, aber Bethany Anne, Lance und Patricia gehörten ebenfalls zu den bekannten Gesichtern. John war zusammen mit Eric, der diesen Tag Wachdienst hatte, anwesend. Kevin war ihr unbekannt und Stephanie hatte sie an diesem Morgen erst kennengelernt.

Nathan und Ecaterina hatten ein Treffen mit Gerry in New York, daher konnten sie nicht an der Besprechung teilnehmen. Tom war für den Fall einbezogen worden, dass besondere IT Fragen auftauchen sollten, obwohl Cheryl Lynn sich nicht vorstellen konnte, wieso Computer eine Rolle spielen könnten. Zehn Minuten vor Beginn beschloss Bethany Anne, dass auch die beiden Captains Thomas und Wagner zu ihnen stoßen sollten. Eric zuckte mit den Schultern, blickte auf seine Uhr und teilte allen mit, sie wären in zehn Minuten zurück.

Sie schafften es in acht.

Cheryl Lynn wusste, dass Bethany Anne über eine Möglichkeit des Transportes verfügte, die sogar noch schneller war als die Pods, aber sie hatte sich darüber noch nicht informiert. Da Bethany Anne und Eric gute zwei Minuten früher mit zwei Männern eintraten, die aussahen, als ob sie gerade das Schiff verlassen hätten, musste das in der Tat eine sehr schnelle Methode sein.

Ihr Gehirn lief bei dem Versuch herauszufinden, wie sie innerhalb von acht Minuten den Raum verlassen, zwei Kerle im Mittelmeer abholen und zurückkommen konnten, auf Hochtouren. Dann zwang sie sich nicht mehr daran zu denken. Das war etwas, was sie ein anderes Mal enträtseln würde.

Bethany Anne eröffnete das Treffen. »In Ordnung, betrachtet das als Arbeitsbesprechung. Cheryl Lynn hat etwas, das ich für ein bedeutendes Problem halte, angesprochen. Und was mache ich normalerweise mit denjenigen, die mit einem Problem zu mir kommen?«

»Forderst sie auf es zu lösen?«, fragte Bobcat grinsend.

»Lädst ihnen den verfluchten Job auf?«, fügte Marcus hinzu.

»Bietest ihnen die Gelegenheit dadurch ihren Horizont zu erweitern, indem sie die Lösung des Problem finden?«, warf Kevin grinsend ein, als Bethany Anne auf ihn deutete und dann ihre Nase berührte.

Sie sah zu Bobcat und Marcus »Zwei Strafpunkte für euch beide.« Dann blickte sie wieder die große Gruppe an, die sich um den Tisch versammelt hatte. »So, ich sage dies nur einmal und es gilt für die ganze Besprechung. Versucht sie nur auf *eine Art* hart ranzunehmen. Kein Beißen!« Sie schaute sich um. »Verdammt, keine Wechselbälger dabei.« Damit wandte sie sich Cheryl Lynn zu. »Du hast das Wort!«

Vierzehn Gesichter wandten sich ihr erwartungsvoll zu und sie wünschte sich, unter den Tisch kriechen zu können. Dann dachte sie an das wahre Ziel dieser Gruppe. Daher straffte sie sich und begann. »Ich weise darauf hin, dass ich aufgrund des Fehlers hier stehe, Bethany Anne gegenüber zu erwähnen, wir bräuchten mehr PR, mehr Marketing für die Gruppe.« Sie fühlte sich erleichtert, als nicht weniger als sechs der Leute am Tisch lachten und jeder sie anlächelte.

Anscheinend gab es auch andere, die Bethany Annes Methode der Führerschaft zum Opfer gefallen waren. »Nun, meine Sorge entstand aus meiner Stellung als Neuling hier und den Bemühungen meines Cousins, mich darüber aufzuklären, warum einige von euch dieses hier zur Lebensaufgabe gemacht haben. Es liegt an diesen Gesprächen und der tiefen Überzeugung von denjenigen, mit denen ich mich unterhalten habe, dass ich verstanden habe was wir vorhaben und wieso wir das tun müssen.«

»Genügend, so dass ich bei diesem hier... « Sie hielt eine Sekunde inne und fuhr dann fort: »bis zum Ende dabei sein werde.« Sie drehte sich zu ihrem Cousin um, während sie eine Träne abwischte. »Ad Aeternitatem, John.« Sie ging zu ihm hinüber und er schloss sie in eine Bärenumarmung. Alle jubelte laut. Sie spürten alle die Freude über ein neues Mitglied, das ihrer Familie beigetreten war.

»Ich liebe dich, kleiner John«, murmelte sie in seine Brust.

»Daran habe ich nie gezweifelt, Cousinchen«, antwortete er. Sie lösten sich voneinander und sie fühlte sich gestärkt. Das Bewusstsein, dass sie bei dieser Aufgabe alle zusammen arbeiteten, ohne politische Hinterhältigkeiten, verschaffte ihr ein gutes Gefühl und erhöhte ihre Bereitschaft voranzukommen.

»Wie ich sagte, bevor meine Gefühle mich derart rüde unterbrachen«, kam sie wieder zur Sache zurück. »Ich glaube, wir müssen unsere Geschichte für die Welt bereit haben. Um das zu tun, müssen wir bereit sein, wenn wir diesen Kram auf dem Mond machen. Ich glaube nämlich nicht, dass wir das einwandfrei durchziehen können, ohne dass es irgendjemand herausfindet. Daher, während andere versuchen eine Geschichte zu bestätigen, schlage ich vor, präsentieren wir unsere Ware in so einer Form, dass es aus uns das neueste ›großartigste Unternehmen‹ macht.«

Sie nickte zu Marcus hinüber. »Von Marcus weiß ich, dass SpaceX einige der enthusiastischsten Arbeitnehmer in der Raumfahrtindustrie hat, weil sie nicht nur für eine tolle Firma arbeiten, sondern sie außerdem noch daran arbeiten in den Weltraum zu kommen. Aber das Ding mit SpaceX ist, sie zahlen keine wettbewerbsfähigen Gehälter. Wenn du dich nicht voll und ganz dem

Weltall gewidmet hast und bereit bist zu begreifen, dass das Teil des Paketes ist und sie nicht mehr anbieten? Nun, dann bist du nicht der Richtige für sie. Aber wir werden das anbieten. Wir werden das neue Unternehmen sein, das erstaunliche Dinge vollbringt, die noch nie zuvor gesehen wurden.«

Die Reaktion und der Jubel, der ihr entgegenschlug überwältigte Cheryl Lynn. Sie grinste weiterhin, da jeder darüber begeistert schien ›aus dem Schatten‹ zu treten und die Zukunft anzusteuern. Sie blickte sich am Tisch um und verharrte bei Bethany Anne.

Die ihr zuzwinkerte und lautlos die Worte formte ›mach so weiter.‹

»Weiterhin«, fuhr sie fort als sich der Jubel langsam legte, »werden wir das international machen. Wir brauchen jemanden, der die Rolle einer neutralen Partei spielen kann. Ich kenne leider selber keine Reporter und ich habe nie die Vereinigten Staaten verlassen...«

»Oooh, ooh!«, unterbrach Eric, »Ich kenne einen!« Sie drehten sich alle zu ihm um. »Wie wäre es mit dieser Reporterin da unten in Costa Rica, Giannini Oveda oder so ähnlich?«

»Oviedo«, korrigierte ihn Bethany Anne .

Eric zeigte auf Bethany Anne. »Genau die!« Bethany Anne verdrehte die Augen.

Cheryl Lynn schürzte ihren Mund. »Wissen wir, ob sie über die notwendigen Fähigkeiten und Verbindungen verfügt? Ich weiß nichts über sie.«

»Ich werde sie von ADAM überprüfen lassen. Aber Michael und Tabitha haben sie ständig im Auge behalten. Wir mussten sichergehen, dass sie fähig ist, alles was sie über unsere anderen Missionen weiß aus dem

Rampenlicht zu halten.«

»Wieso sollte sie das tun?«, fragte Cheryl Lynn.

»Weil wir ihr Leben gerettet haben?«, meinte Eric.

»Wie oft haben wir das getan?«, fragte John trocken.

Eric drehte sich zu ihm um. »Zumindest ein paar Mal. Außerdem ist sie durch uns auch zu einem berühmten Reporter geworden.«

»Ja, das ist richtig«, stimmte John zu.

Bethany Anne unterbrach sie. »Hört auf, euch wegen Scheißdreck zu beweihräuchern den ihr von langer Zeit getan habt.« Sie führte die Unterhaltung wieder auf den Punkt zurück. »ADAM sagt, sie ist zuverlässig und hat nichts über uns veröffentlicht, was wir nicht bekannt haben wollten. Anscheinend hat sie eine Menge Information zusammengetragen. Wenn sie uns hätte Ärger machen wollen, dann hätte sie das schon längst tun können. Außerdem hat Michael sie damals nicht getötet, als er sie kennengelernt hat, das zum einen.«

Cheryl Lynn riss schockiert und überrascht die Augen auf. Bethany Anne erwähnte beiläufig, dass Michael jemand getötet haben könnte und keiner im Raum reagierte, als ob es in irgendeiner Weise seltsam wäre.

Anscheinend hatte sie immer noch eine Menge zu lernen.

Cheryl Lynn fuhr fort: »Oookay. Also, wir haben möglicherweise unseren Reporter. Das müssen wir dann noch bestätigen, sie mit einbeziehen und damit beginnen Videos zu drehen. Glaubhafte Videos.« Sie nickte Marcus zu. »Gibt es irgendeine Möglichkeit, damit uns eine unabhängige dritte Partei bestätigen kann, dass die Videos nicht mit Photoshop bearbeitet wurden?«

»Das heißt nicht Photoshop, das funktioniert nur bei

Bildern«, unterbrach Tom. »Du willst sichergehen, dass keiner denkt wir hätten mit Spezialeffekten gearbeitet.«

Okay, dachte Cheryl Lynn, *vielleicht sind die IT Leute doch nützlich.* »Was hat er gerade gesagt, Marcus?«

Von da an wurde es eine Diskussion wie man die Authentizität des Videoinhaltes beweisen konnte. Sie besprachen auch wie viel von ihrer Technologie, ihren Leuten und ihren Ressourcen sie aufdecken wollten.

Die Antwort auf die meisten dieser Fragen war leider weniger als Cheryl Lynn sich erhofft hatte. Wie auch immer, das Video würde gedreht und aufbewahrt werden. Sie würden es nur mit Bethany Annes ausdrücklicher Erlaubnis einsetzen.

●●●

Die Besprechung dauerte schon zwei Stunden an, bevor das Essen aufgetischt wurde und sich die Gruppe Unterhaltungen über die normalen tagtäglichen Operationen zuwandte. Viele dieser Leute waren befreundet und sahen einander nicht sehr häufig, daher nutzten sie die Gelegenheit um sich über Neuigkeiten zu informieren.

»Ist das eigentlich legal, wenn wir auf dem Mond einen Stützpunkt errichten?«, fragte Bobcat. Die Frage interessierte ihn, da seine Starts bereits alle bestehenden Gesetze umgingen.

Die wenigen, die in seiner Nähe saßen und seine Frage hörten, schauten fragend zu Marcus hinüber, der trocken abwehrte. »Bin Raketenwissenschaftler, kein Anwalt für Weltraumrecht.«

»Gibt so etwas überhaupt?«, fragte William.

»Oh Gott, jetzt gehts los«, sagte Jeffrey lächelnd.

Cheryl Lynn hatte sich während des Essens Marcus Gruppe genähert, weil sie ihr besser bekannt waren. Sie drehte ihren Kopf hin und her, um das Gespräch zu verfolgen.

»Ich weiß nicht, aber sicherlich werden wir manche Leute mehr als verärgern«, meinte Bobcat.

»Weißt du was sie damit machen können?«, sagte William.

»Nein, aber ich bin mir sicher, du wirst uns aufklären«, erwiderte Bobcat.

»Sollen sie doch versuchen uns ihre Vorladungen und Rechtskram auf dem Mond zuzustellen«, sagte William grinsend.

Bobcat rieb sich nachdenklich die Seite seines Gesichtes. »Weißt du, das könnte ganz lustig werden – falls wir da ein juristisch legales Unternehmen gründen können.«

»Ihr werdet euch mit der Tatsache auseinandersetzen müssen, dass dem Mond einige ›Finger weg Aspekte‹ eigen sind«, sagte Marcus.

»Wie denn?«, fragte Bobcat, »Wie zum Teufel können irgendwelche Länder einem erzählen, man solle die Finger davon lassen, wenn sie nicht einmal da hoch kommen?«

»Das war damals Ende der Fünfziger«, antwortete Marcus, »Als die Vereinigten Staaten und Russland den Wettlauf ins All begannen, hielten sie einige bilaterale Gespräche darüber ab, das All friedlich zu erobern. Das wurde dann direkt am Ende des Jahrzehnts im Rahmen der Vereinten Nationen diskutiert. In den Sechzigern bekamen wir dann den Weltraumvertrag, der, so nehme ich an, uns Probleme bereiten kann, weil wir uns in einem Land befinden, welches Teil des Abkommens ist und es ratifiziert hat. Sobald unsere Fähigkeiten bekannt werden, wird es jedes nur denkbare Theater mit den Rechtsverdrehern geben, weil wir einen Stützpunkt dort oben haben werden und eine Menge von Ländern die USA dafür verantwortlich machen werden.«

»Ist jedes Land Teil dieses Abkommens?«, fragte Cheryl Lynn.

»Oh nein!«, sagte Marcus, »Nur so um die Hälfte. Ist nicht so, dass sich da viele drum Sorgen machen, weil die anderen Länder nicht über die Ressourcen verfügen...«

Bobcat grinste. »Aber wir.«

William feixte. »Team BMW steht kurz davor eine Firma im Ausland zu gründen, nicht wahr?«

Jeffrey sagte: »Jungs, ich muss einen Experten für Weltraumrecht einstellen und... müssen wir mit der Planung für den Umzug unseres hiesigen Betriebs beginnen?«

»Ach was!« Bobcat winkte ab. »Bis die den ganzen juristischen Kram auseinanderklamüsert haben, sind wir schon längst oben und hier unten wird nicht mehr viel von dem Zeug, was wir brauchen übrig sein.«

»Ups«, lächelte William. »Ich schätze, es war unser Fehler, dass wir den Kram nicht vom richtigen Land aus hochgeschossen haben.«

»Wir werden immer noch«, unterbrach Cheryl Lynn sie, »eine anständige Frontoperation in irgendeinem fremden Land haben müssen, damit die USA sie nicht dazu benutzen kann, um am PR-Kram zu drehen.«

Jeffrey drehte sich zu Cheryl Lynn um. »Hast du einen Abschluss in Journalistik?«

»Journalistik? Wieso sollte ich den brauchen? Ich habe zwei vorpubertäre Kids. Sie wissen genau, wie sie alles zu ihrem Vorteil drehen und wenden können. Ich extrapoliere ihre Logik einfach auf internationale Intrigen.«

»Oh, ja – das funktioniert«, gab Jeffrey, der ebenfalls Kinder hatte, zu und prostete ihr mit seinem Glas zu.

Sie erhob auch ihr Glas und sagte dann: »Also lasst uns herausfinden, wie wir ein legales Unternehmen gründen können, das keine Vertragspartei von diesen Abkommen ist und der US-Regierung plausibles Leugnen gestattet. Bis alle damit fertig sind, gegenseitig mit dem Finger auf den anderen zu zeigen, sollten wir über eine weltweite Unterstützung verfügen, sofern alles glatt läuft.«

»Und wenn nicht?«, fragte Marcus.

»Nun, ich hoffe, dass Tina, Todd und ich dann bereits mit euch da oben sein werden«, erwiderte sie.

Bobcat lächelte. »Bewirbst du dich um ein Apartment? Weil wir bis jetzt nichts speziell für Familien entworfen haben. Willst du dabei mitmachen?«

»Zum Teufel ja!« Sie grinste. »Ich werde die erste Weltalldesignerin sein, die tatsächlich an Mondapartments gearbeitet hat.«

»Na ja, eigentlich die zweite«, witzelte William. »Wir mussten schon ein paar Fragen an Ecaterina stellen und haben ihre Meinung berücksichtigt.« Er zuckte mit den Schultern. »Tut mir leid.«

Cheryl Lynns Schultern sackten nur ein bisschen ab. »Das geht in Ordnung«, meinte sie. »Ist eh besser an zweiter Stelle zu stehen. Die Nummer eins hat immer gegen die eifersüchtigen Armleuchter zu kämpfen, die versuchen sie fertig zu machen.«

»Da können die eifersüchtigen Miststücke aber nur von träumen, Ecaterina zur Strecke zu bringen«, murmelte Jeffrey nachdenklich.

»Da sagst du was«, stimmte Bobcat zu.

KAPITEL 15

An Bord der QBS Polarus, Mittelmeer

»Also Dan, was liegt dir im Magen?«, fragte Bethany Anne, als sie Dans Büro auf der Polarus betrat. Es war kein großer Raum, spiegelte aber seine Persönlichkeit gut wider.

»Atomsprengköpfe«, sagte Dan kurz und bündig.

»Wie bitte?«, fragte Bethany Anne verblüfft. »Redest du von Nuklearwaffen?«

»Ja«, erwiderte er. »Ich habe überlegt was passieren könnte, wenn uns jemand wirklich, wirklich nicht auf dem Mond haben will.«

Bethany Anne setzte sich in den Stuhl vor seinen Schreibtisch. »Du gibst dich nicht mit Kleinigkeiten ab, oder?«

Dan lächelte. »Ich kümmere mich bereits um die Kleinigkeiten. Ich erwähne dies hier nur, um sicherzugehen, dass wir alle möglichen Vergeltungsmaßnahmen in Betracht gezogen haben. Ich glaube, dass die USA schon seit Jahrzehnten Atomwaffen zur Sprengung von Asteroiden besitzt. Daher ist es nicht zu weit hergeholt, sich vorzustellen, dass sie etwas im Ärmel haben, was sie ziemlich einfach auf uns schmeißen könnten, falls sie sich genügend über uns ärgern.«

Sie atmete laut aus. »Nun, das würde sicherlich unserer Beziehung zu den USA einen empfindlichen Dämpfer versetzen, denke ich.«

Dan schnitt eine Grimasse. »Ziemlich.«

»In Ordnung, ich weiß, du würdest mit so einem Problem nicht zu mir kommen ohne eine Lösung dafür parat zu haben«, sagte sie. »Was hast du im Sinn?«

»Wir werden auf der Mondseite, die der Erde zugewandt ist Raketenabwehr-Anlagen brauchen. Wir müssen davon genügend haben, damit, in Abhängigkeit von den einfliegenden Raketen, unsere Gegenmaßnahmen nicht die Erde treffen.«

»Das liegt jenseits meiner Gehaltsstufe, daher werde ich unseren ansässigen Raketenwissenschaftler fragen...«, fing Bethany Anne an.

>>Oder du könntest mich fragen.<<

Bethany Anne hob einen Finger und deutete auf ihren Kopf. Dan nickte verständnisvoll.

Oder... ich könnte einfach dich fragen. Was sind deine Vorschläge?

>>Obwohl Railgun-Geschosse die Mondschwerkraft mit einer Geschwindigkeit von 2,3 Kilometer pro Sekunde bzw. 8.280 Kilometer pro Stunde überwinden müssen und dazu sind wir imstande, werden wir diese Alternative nicht benötigen. Wir können einfach Sprengladungen mit einer gravimetrischen Maschine platzieren und dann die kleinen Satelliten dazu benutzen, um potenzielle Raketenstellungen zu bestätigen. Da unsere Raketenabwehr nicht kompliziert sein wird, weil die einzelnen Einheiten im Grunde genommen nur aus einem Metallblock bestehen, können sie ohne Rücksicht auf weitere Einschränkungen beschleunigen. Keiner der grösseren

Nationen gibt zu, Raketen mit Atomsprengköpfen zu besitzen, die aktuell fähig sind den Mond zu erreichen. Dennoch existieren, wie Dan schon gesagt hat, Dokumente, welche darauf schließen lassen, dass die USA schon seit fünf Jahrzehnten über die Fähigkeit verfügt Asteroiden zu zerstören. Gegenwärtig weisen die meisten Nachrichtenseiten diese Schlussfolgerung zurück. Aber aufgrund der signifikanten Vorwarnzeit haben wir es auch nicht nötig mehr zu tun, um jegliche Angriffe abzuwehren bei denen die Zerstörung der Trägerrakete bewilligt ist.«

Bethany Annes Augen fokussierten sich wieder auf Dan, der fragte: »Was hat er gesagt?«

»Dieses Mal war es ADAM, nicht TOM«, sagte sie. »Faktisch hat er angeregt, dass wir die gravimetrischen Antriebe, die das Team BMW zum Antrieb der Pods nutzt, nehmen und sie für die mondgestützte Raketenabwehr einsetzen. Es würde so eine Menge Zeit bleiben, um die angreifenden Objekte zu entdecken, zu verfolgen und zu zerstören, dass es überhaupt kein Problem darstellt.«

Dan sagte: »Ich spüre, dass sich da noch ein ›aber‹ hinter versteckt.«

Sie verzog ihr Gesicht. »Nicht so sehr ein ›aber‹ sondern ein ›was wenn.‹ Soll heißen, was, wenn wir einfliegende Objekte haben, sie aber nicht zerstören wollen?«

»Wie was zum Beispiel, ein uneingeladenes Shuttle?« Sie nickte. »Nun«, fuhr er fort, »falls sie zu töten als Alternative ausfällt oder wir denken, dass es nicht sehr ratsam wäre, dann müssen wir beides in Betracht ziehen, sowohl die öffentliche Meinung als auch militärische Reaktionen.«

»Hat Cheryl Lynn auch dir zugesetzt?«, unterbrach ihn Bethany Anne.

»Nein, warum fragst du?«

»Weil sie die ganze Zeit darüber spricht, dass wir darauf vorbereitet sein müssen Presseerklärungen abzugeben und mit dem PR-Kram umzugehen, sobald herauskommt was wir tun.«

»Dann ist das eine kluge Frau. Aber meine Erfahrungen aus den Kämpfen gegen die Verstoßenen sind der Grund, weshalb ich den PR-Ansatz vorschlagen würde. Unser Plan ist, uns auf der anderen Seite des Mondes einzuquartieren. Ich glaube nicht, dass wir einen Haufen anderer Leute haben wollen, die uns nachspionieren, aber sie werden todsicher darauf aus sein. Zum Teufel, ich würde es tun, wenn ich an ihrer Stelle wäre«, murmelte er und fuhr dann fort, »Daher können wir versuchen uns entweder vollständig zu verstecken und nichts herauszulassen oder wir können sie das sehen lassen, was wir wollen und nicht mehr. Letzte Möglichkeit wäre dann noch, ihnen vollständigen Zugang zu gewähren.«

»Wie bei der ganzen Geschichte der Militär-Begleitreporter in den amerikanischen Streitkräften?«, fragte Bethany Anne skeptisch.

»Ja, wie bei der Invasion des Iraks im Jahr 2003«, bestätigte er.

»Nein! Dazu bin ich noch nicht bereit«, lehnte sie ab. »Wenn es irgendwie möglich ist, will unsere Anonymität noch nicht so früh aufgeben.«

Dan zuckte mit den Schultern. »Schön, aber wir müssen darauf vorbereitet sein. Selbst wenn nur ein kleiner Teil der Wahrheit herauskommt, werden die wildesten

Gerüchte kursieren.« Er zuckte wieder die Achseln. »Es wird schwierig sein, mit jemandem zu argumentieren, der bereits hier oben ist, aber wir müssen sicherstellen, dass wir über die erforderlichen Mittel verfügen, um ihre Forderungen nachdrücklich ablehnen zu können.«

»Verstanden.« Sie seufzte. »Mir gefällt es nicht, aber ich verstehe es. Das wird so sein, als ob man Babys einmal am Lutscher lecken lässt und ihnen dann sagt, sie können ihn nicht haben.«

»Mehr oder weniger«, meinte Dan. »Und die größten Babys werden die USA, Russland und China sein.«

»Das sind ein paar wirklich große Babys«, stimmte sie zu. »Alles klar dann?«

»Ja, so lange ich mir keinen Kopf über Nuklearangriffe machen muss, werde ich mal mit den Teams darüber sprechen, sich für den Fall, dass wir jemanden landen lassen müssen, einfach auf dem Mond einzugraben. Obwohl offen gesagt, wir müssen ihnen ja nicht die Tür aufmachen.« Er dachte kurz nach. »Weißt du, ich glaube, ich werde mich um einen guten Raumanzug kümmern. Mit den Pods sind wir fast allem überlegen, aber wenn wir den Pod verlassen müssen, hätten wir ein Problem.«

Bethany Anne erhob sich. »Überleg› dir was du mit genügend Containern anfangen kannst. Zum Teufel, lass‹ einfach einige herumstehen und du hast einen beweglichen Zaun«, fügte sie nachdenklich hinzu.

Er nickte. Sie winkte ihm zum Abschied zu und verließ sein Büro.

TQB-Stützpunkt, Colorado, USA

»Ich brauche einen Ingenieur«, waren die ersten Worte, die Jeffrey hörte als er in die Werkstatt ging. Er sah Bobcat und William, die in der Mitte des Raumes plauderten und Marcus drüben an der Kaffeemaschine.

»Schau mal William«, sagte Bobcat, während er demonstrativ seinen Ärmel hochhielt, damit William ein Stück weit in seinen Ärmel hochsehen konnte. »Sieht das so aus, als ob ich hier einen Ingenieur versteckt hätte?«

»Jungs«, meldete sich Jeffrey schnell zu Wort und unterbrach sie, bevor sie noch weiter vom Thema abkommen konnten. Beide Männer drehten sich zu ihm um. »Ich habe euch doch gesagt, dass wir mehr Leute brauchen. Das ist doch wirklich keine Überraschung.« Jeffrey wandte sich an William: »Was für Hilfe brauchst du?«

»Nun«, sagte er, »Ich weiß nicht, wie ich diese ganze Dinger fertig zusammenbauen und sie während des Zusammenbaus verriegeln soll. Ich meine, ich kann das natürlich machen, aber ich werde ja nicht derjenige sein, der auf dem Mond sein wird, wenn sie zusammengebaut werden.«

»Okay, mir sind ein Scheißhaufen an Bewerbungen weitergereicht worden«, begann Jeffrey.

»Wie zur Hölle kommst du an Bewerbungen für eine supergeheime Raumfahrtinitiative?«, fragte Bobcat ungläubig. Jeffrey zog eine Augenbraue hoch und wartete einfach ab. »Okay, Boss«, winkte Bobcat ab, »Du hast deine Mittel und Wege, schon kapiert.«

»Das ist nicht so ein grosses Geheimnis, Bobcat«, antwortete Jeffrey. »Ich wende mich einfach an Frank und Frank beginnt dann zusammen mit ADAM Möglichkeiten zu suchen, damit ich mir die Leute dann unter den

Nagel reißen kann.«

Bobcat grinste. »Du meinst sie ›abzuwerben‹.«

»Das ist doch Haarspalterei«, gab Jeffrey lächelnd zurück.

Diesmal unterbrach sie Marcus, der auf dem Weg in sein Büro war. Er brüllte hinüber: »Hast du meine Frau bekommen? Oder besser gesagt, hast du den Experten für Hydrokultur gekriegt?«, korrigierte er grinsend, bevor er in seinem Büro verschwand.

»Jetzt sag‹ mir doch mal, wieso zur Hölle er so versessen auf diese eine Dame ist?«, fragte Bobcat.

»Weil sie vor fünfzehn Jahren zusammen gearbeitet haben«, klärte ihn Jeffrey auf. Bobcat zog fragend eine Augenbraue hoch und Jeffrey fuhr fort: »Ich glaube Marcus hätte gerne eine Person im Team, die ihn von früher kennt, damit sie zusammen fachsimpeln können.«

»Was?«, fragte William ihn ungläubig. »Wir fachsimpeln nicht genügend mit ihm?« William blickte zu Bobcat hinüber, der nur mit den Achseln zuckte.

»Ja«, stimmte ihm Bobcat zu, »Ich kapiere es auch nicht.« Die beiden Männer sahen wieder Jeffrey an.

»Was auch immer«, fuhr Jeffrey fort, »Ich werde mit einem Ingenieur Kontakt aufnehmen, der Michael Pendergrass heißt. Er hat Qualifikationen in Maschinenbau, leistungsstarke Fahrzeuge, Luftfahrt und mechanische Reparaturen.«

»Wirklich?«, fragte William. »Was ist seine Schattenseite?

»Vielleicht mag er Dr. Pepper?«, erwiderte Jeffrey lächelnd.

»Möge Gott sich seiner erbarmen«, murmelte Bobcat. »Ich hoffe wirklich, dass das ein Produkt von Coca Cola ist.«

»Das ist es, du Bier-Snob«, konterte William.

»Word«, sagte Bobcat.

»Weißt du überhaupt was ›Word‹ bedeutet?«, erkundigte sich William. Aber Bobcat reagierte darauf nur mit einem breiten Grinsen.

Bobcat wandte sich an Jeffrey: »Okay, rück damit raus. Was ist die Kehrseite von dem Kerl?«

Jeffrey sagte: »Er ist ein Brite, der vollständig davon besessen ist, Sachen schneller zu machen. Ich bin ziemlich sicher, dass er hier prima hineinpasst. Aber ich brauche von William die Bestätigung, dass er über das mechanische Talent verfügt um – insbesondere mit euch beiden - zu arbeiten und...«, er blickte William scharf an, »...gottverdammt sicherzustellen, dass er über den Sicherheitskram Bescheid weiß. Ich will nicht, dass irgendjemand ›zu schnell‹ auf den Mond fliegt.«

»Nur weil jemand ein Adrenalin-Junkie ist«, meinte Bobcat, »heißt das noch lange nicht, dass derjenige nicht hinsichtlich der Sicherheit überaus pingelig sein kann.«

»Word«, stimmte William zu.

»Also das ist jetzt einfach nur unverschämt«, beschwerte sich Bobcat, »Ich habe diesen Begriff ganz alleine der Hip-Hop Kultur gestohlen und jetzt versuchst du ihn zurückzustehlen.«

»Wie zur Hölle kann man etwas zurückstehlen was einem niemals aus dem Besitz entwendet worden ist?«, konterte William. »Ist ja nicht so, dass mir je die Fähigkeit ›Word‹ sagen zu können abhanden gekommen wäre, du Volltrottel!«

»Hah!«, Bobcat zeigte auf William, der die Augen zum Himmel verdrehte und dann den Kopf hängen ließ.

William griff in seine Hosentasche, zog sein Portemonnaie heraus und gab Bobcat einen Zwanziger. »Ich kann es einfach nicht glauben, dass du dich an diese Wette von vor zwei Monaten erinnert hast. Im Ernst? Dir den Zwanziger zu geben war es aber wert, sodass ich dich wieder einen ›Volltrottel‹ nennen kann!«

»Word«, Bobcat sagte grinsend.

William zeigte ihm den Vogel und wandte sich dann Jeffrey zu: »Ich entschuldige mich für den Volltrottel dort drüben und bin mehr als bereit den armen Michael Penn zu verhören.«

»Pendergrass«, berichtigte ihn Jeffrey.

»Auf gar keinen Fall«, sagte Bobcat. »werden wir noch einen Pendergrass in dem Laden zulassen. Wir werden eine großartige Zeremonie zum Gedenken an die Kürzung seines Nachnamens abhalten.«

Jeffrey nickte bloß. Er war sicher, er würde früher oder später den Grund herausfinden, warum keine weiteren Pendergrasses zugelassen waren, aber im Moment hatte er da keine Zeit für.

Er machte kehrt um zu seinem eigenen Büro zurückzugehen und festzustellen, wann Mr. M. Pendergrass Zeit für ein Treffen hatte. Und natürlich, ob Michael möglicherweise zur Verfügung stand.

Washington, D.C., USA

Den nächsten Tag verbrachte Barb ohne Probleme auf der Arbeit. Als sie sich für den Feierabend fertig machte, erschien plötzlich eine Nachricht auf ihrem Arbeitscomputer. Genau der Computer, der angeblich sicher genug sein sollte, damit keine unerwarteten Nachrichten auftauchen konnten.

Sie begann die Nachricht zu lesen und ihre Augen weiteten sich ungläubig, bevor sie weitere reflexartige Reaktionen in den Griff bekam.

Der Text lautete: »Habe deine Nachrichten gefunden und verstehe, du würdest dich gerne mit mir treffen. Dein Telefon wird abgehört und deine Konten sind ebenfalls angezapft. Ich trage eine blaue Krawatte und stehe für eine Diskussion zur Verfügung, falls du vielleicht mit mir zu Abend essen möchtest? Dein Lieblings-Chinese, ich sitze hinten.« Als sie mit der Notiz fertig war, tauchte eine zweite auf.

»P.S. Das Hühnchen mit gebratenem Reis ist köstlich!«

Okay, das war jetzt wirklich höllisch unheimlich. Nicht, dass ihr nicht klar war, woher er ihr Lieblingsrestaurant kannte. Ihre Kreditkarten verrieten ihm natürlich, wie häufig sie dort zu Abend aß, aber ihr Lieblingsgericht herausgefunden zu haben, das war wirklich regelrechtes Stalking von ihm. Nun, sie ging von einem *ihm* aus und wer zur Hölle war sie eigentlich, sich gegenüber jemanden, der anderen nachspürte so aufgeblasen selbstgerecht zu fühlen? Daraus bestand schließlich ihr eigener gottverdammter Job und wenn sie den nicht so gut erledigt hätte, dann würde sie diesen Burschen jetzt nicht brauchen.

Sobald dies hier vorbei war, würde sie sich mal ganz in Ruhe hinsetzen und über ihre Prioritäten nachdenken.

Nachdem sie eine weitere Minute gewartet hatte, ob nicht noch eine weitere Nachricht auftauchen würde, fuhr sie den Computer herunter. Dann nahm sie die fünf besonderen USB-Sticks hinter ihrer Schublade heraus und steckte sie in ihre Tasche. Sie ließ ihren Laptop in der mittleren Schublade und verschloss diese, so wie sie es immer machte, wann immer sie ihr Büro verließ.

Barb erhob sich und nahm ihre Handtasche. Sie ärgerte sich zu Tode, weil sie keine gepackte Übernachtungstasche parat hatte. In ihrer Handtasche steckten nur eine Bürste, etwas Makeup und ein Spiegel, nebst zwei Bonbons, ihrem Handy und ein paar Kaugummis.

Als sie sich ein letztes Mal umsah, fiel ihr nichts ins Auge was sie unbedingt mitnehmen musste. Sie nahm sich noch eine Sekunde Zeit, um mit der Hand über die Rückenlehne des Stuhls zu streichen, den sie vom ›Paten‹ bekommen hatte.

Sie nahm ihr Handy aus der Tasche und schoss ein paar Fotos von ihrem Büro. Sie konnte sicherlich nichts von den Gegenständen mitnehmen, aber wenn dies das letzte Mal sein sollte, dass sie hier war, blieben ihr so wenigstens einige Erinnerungen daran.

Gott, einfach so zu verschwinden würde ihr so viele Minuspunkte einbringen, falls sie jemals wieder eine Agentin sein wollte. Dann wiederum könnte sie ja auch vielleicht schon am nächsten Wochenende zuhause sein. Sie sollte den Ereignissen nicht einfach so vorausgreifen.

Barb brauchte nur eine Minute, um zur Garage hinunterzufahren, in ihr Auto zu springen und das Gebäude in östlicher Richtung zum Restaurant zu verlassen.

Zum Guten oder zum Schlechten, sie vertraute ihrem Bauchgefühl bei dieser Entscheidung. Sie hoffte nur inständig, dass es nicht zum Schlechten war.

•••

Frank trank genüsslich seinen Tee, als er Barb Nickers das Restaurant betreten sah. Die Dame vorne kannte sie und winkte ihr zu, bevor sie eine Weile miteinander plauderten.

Er war in der Lage gewesen einen Pod zu reservieren, um so relativ einfach nach Washington reisen zu können. Dan hatte nicht sehr viele Fragen gestellt und die Reise jetzt am Abend stellte kein Problem dar. Er war ausserhalb der eigentlichen Stadt gelandet und hatte sich dann einen Uber bestellt um hierher zugekommen.

Nun, eigentlich hatte sich ADAM um die Fahrt mit Uber gekümmert. Die Fahrerin war eine ältere kleine Dame, die ihm von ihren drei Katzen und ihrem Sittich erzählt hatte. Das stellte allerdings nicht gerade den Beginn einer aufregenden Spionagegeschichte dar, wie er sich erhofft hatte.

Aber andererseits hatte sie auch nicht gefragt, was er bei dem alten Lebensmittelladen zu suchen hatte und sie hatte sich in der Nähe befunden. Die lange Fahrt in die Stadt würde ihr einen ordentlichen Fahrpreis verschaffen, daher war sie sehr glücklich. Frank hoffte, nach dem Treffen einen sicheren Landeplatz in der Stadt zu finden, wenn es spät genug wurde. Um Himmels Willen, hoffentlich würde er nicht ein Spion sein müssen, der auf Taxifahrten angewiesen ist. Das würde sein Image ernsthaft versauen.

Er hatte Barbs Lieblingsrestaurant erreicht und sich für Huhn mit gebratenem Reis entschieden. Das hatte er schon lange nicht mehr gegessen und es klang sehr lecker.

ADAM hatte die Computersystem an Barbs Arbeitsplatz gehackt und ihr Franks Nachrichten geschickt. Jetzt im Moment konnte Frank nur per Textnachrichten mit ADAM kommunizieren. Die Möglichkeit, dass etwas schief laufen könnte, machte es zu gefährlich, seinen Laptop mit in die Stadt zu bringen, daher hatte Frank ihn im Pod zurückgelassen.

●●●

Barb benötigte nur einen Augenblick, um ihre Unterhaltung mit der Gastgeberin des Restaurants zu beenden und dann nach hinten zu gehen, um ihre geheimnisvolle Verabredung zu treffen. Sie lächelte zaghaft als er sich höflich erhob, um ihr einen Stuhl anzubieten. »Du kannst mich Frank nennen.« Sie neigte dankend ihren Kopf, als er ihr geschickt den Stuhl zurechtrückte, bevor er auf seine Tischseite zurückkehrte.

Frank hatte noch nicht einmal seine Serviette wieder auf den Schoss gelegt, als Barb schon zischte: »Bevor wir über irgendetwas anderes reden, woher zur Hölle hast du gewusst, dass Huhn mit gebratenem Reis mein Lieblingsgericht ist?« Sie sah auf seinen fast leeren Teller.

Frank lächelte sie an. »Ich wusste es nicht. Der Chefkoch des Schiffes, auf dem ich zur Zeit lebe, bereitet normalerweise kein Huhn mit gebratenem Reis zu und es hat mir schon immer geschmeckt. Da ich jetzt wieder zurück in der Stadt bin, habe ich gedacht, ich esse es mal wieder. Und ich habe schon mal angefangen, weil ich nicht wusste, ob du es rechtzeitig hierher schaffst.«

Barb lehnte sich leicht zurück. Sie hatte angenommen, er würde ihr Lieblingsgericht kennen und... »Warte mal, hast du gesagt, zurück in der Stadt?« Frank nickte, daher fragte sie weiter: »Kommst du hier oft her oder was?«

»Ich habe hier mal gelebt«, erwiderte er, als die Kellnerin an ihren Tisch trat. Barb bestellte ihr übliches Essen und kehrte dann wieder zum Gespräch zurück.

»Wirklich? Warte mal... entschuldige bitte, ich bin im Augenblick nur ziemlich aus der Bahn geworfen. So etwas gehört nicht zu meinem normalen Leben.« Barb verstummte. Sie zwang sich nichts weiter zu sagen, solange sie sich soweit außerhalb der ihr vertrauten Grenzen befand.

»Ich verstehe. Ich gehe davon aus, dass der von dir zusammengestellte Bericht über TQB einige Probleme verursacht hat?«

Sie nickte stumm.

»Da du dich mit uns in Verbindung gesetzt hast, nehme ich an, dass wer auch immer dich den Bericht ermitteln lassen hat, entweder furchterregend ist oder du weißt nicht, wer es ist. Weiterhin vermute ich, dass du der Meinung bist, dass alles was du über uns *weißt* besser ist, als alles, was du über die anderen vermutest?«

Sie nickte wieder stumm. *Wow*, dachte er, *diese Dame kann wirklich ihren Mund halten.*

»Hast du irgendetwas über diesen ganzen Schlamassel herausfinden können?«, fragte er.

Sie antwortete mit deutlichem Abscheu in ihrem Tonfall. »Ja, ich habe herausgefunden, dass sie mich als entbehrliche Notaus-Sicherung benutzen.«

Frank runzelte die Stirn. Man konnte ihm viel vorwerfen, aber er war sicher niemand, der unschuldige Frauen für seine eigene Sicherheit benutzen würde. »Diese Taktik ist wirklich ziemlich übel«, erwiderte er hitzig.

Barb sah sich um und wollte gerade mehr erzählen, als ihr Gericht serviert wurde. Während sie aß, plauderte Frank über allgemeine Themen. Er sprach gerade über all die Dinge, die ihm in Washington gefielen, als sie ihn unterbrach: »Du hast hier wirklich lange gelebt. Dabei siehst du gar nicht so alt aus.«

Er lächelte. »Wirklich gute Gene?«

»Das müssten wirklich sehr gute Gene sein. Einer von den Läden, den du erwähnt hast, ist schon seit mehr als fünfzehn Jahren geschlossen. Und du müsstest ein wirklich überaus interessanter Teenager gewesen sein, um dieses Museum als Kind besucht zu haben.«

»Was, wenn ich zugebe, ich hätte bei mir einiges korrigieren lassen?«, versuchte Frank sich herauszureden und lächelte dabei, als ob er einen guten Witz gemacht hätte.

Sie schaute ihn wieder skeptisch an, reagierte aber ansonsten nicht weiter darauf.

Franks Handy summte. Überrascht blickte er hinunter und las eine Nachricht von John. ›Hey Romeo, du hast zwei Schatten am Hintern, die gerade das Restaurant betreten und einen weißen Lieferwagen, der um den Block kreist. Wie willst du das durchziehen?‹

Frank sah zu Barb hoch, während er beiläufig zu seiner Teetasse griff. Er trank einen Schluck und schaute sich unauffällig um. Dabei fielen ihm sofort die beiden Männer in Anzügen auf, die an einem Tisch direkt an der Tür Platz nahmen.

Zwei Fragen gingen ihm durch den Kopf. Wer waren die Beschatter und wieso war John hier? John musste sich ganz in der Nähe aufhalten...

Oh lieber Himmel. Bethany Anne war in der Nähe.

In Anbetracht der beiden Kerle, die aufgetaucht waren, war das vermutlich sogar eine gute Sache. Es verbesserte wesentlich die Chance, dass er und Barb unter den Lebenden bleiben würden.

Die Kehrseite bestand darin, dass er ihr am Ende dieser ganzen Geschichte Rede und Antwort stehen musste. Verdammt, jetzt fühlte er sich, als ob er ins Büro des Rektors zitiert werden würde, sobald sie dies hier überstanden hatten.

»Was ist los?«, fragte Barb.

»Nun«, begann Frank, als er seine Teetasse wieder abstellte. »Wir haben zwei uneingeladene Gäste, die gerade eben zur Vordertür hereingeschneit sind. Beide tragen dunkelblaue Anzüge, keine Krawatten. Ich gehe mal nicht davon aus, dass es sich nur um gute Freunde von dir handelt, die ein Auge auf deine Verabredung werfen wollen?«

Barb verschluckte sich an ihrem Tee, als Frank diesen Kommentar fallen ließ und spuckte hustend etwas davon über den Tisch. »Oh mein Gott!«, keuchte sie, während Frank mit seiner Serviette den Tee von seinem Hemd wischte. »Das tut mir leid!«, entschuldigte sie sich. Er bemerkte, dass sie dabei dennoch flüchtig zu den Kerlen hinübersah.

Franks Handy summte erneut. »Abholung für einen an der Hintertür, BA wird dich persönlich aufsammeln kommen.«

»Verdammt noch mal«, murmelte er.

»Es tut mir wirklich sehr leid!«, wiederholte Barb und kam auf seine Tischseite hinüber, um ihm zu helfen, den Tee wegzuwischen.

Er sah ihr direkt in die Augen, um sich zu vergewissern, dass sie ihm ihre Aufmerksamkeit schenkte. »Nicht doch, ich habe nicht wegen dir geflucht. Ich möchte, dass du jetzt sofort die Damentoilette aufsuchst und dich dann durch die Hintertür auf die Gasse hinausschleichst. Mein Freunde werden dort sein, um dir zu helfen. Keine Sorge wegen der Rechnung, ich werde Geld dafür hinterlassen.«

»Was ist los?« Barb sorgte sich, dass dieser nette Mann aufgrund ihrer Probleme verletzt werden könnte. »Wirst du in der Lage sein hier rauszukommen, ohne dass diese Kerle dich erwischen?«

»Die da?« Frank sah ihr tief in die Augen und lächelte beruhigend zurück. »Die machen mir überhaupt keine Sorgen.«

Barb neigte ihren Kopf zur Seite. »Worüber bist du dann besorgt?«

Frank Blick schweifte zur Vordertür und dann wieder zu ihr zurück. »Mein Boss ist im Anmarsch. Und sie wird verdammt sauer sein, weil ich ihr nichts davon gesagt habe, dass ich dich abholen würde.«

»Oh!« Ihre Stimme wurde merklich leiser. »Wie sauer?« Barb wusste, wozu die Gruppe fähig war. »Sie wird dich doch nicht auf Eis legen, weil du das Protokoll nicht befolgt hast, oder?«

Frank lachte. »Nein, aber ihre Rüffel können die Hölle sein. Selbst wenn sie nicht schreit.« Er seufzte. »Geh‹ du einfach zu den Toiletten und hinten hinaus. Ich bin sicher, sobald du in Sicherheit bist, wird mein Boss hier hereinkommen und wir beide werden wunderbar zurechtkommen.«

»Okay. Bist du sicher?«

»Über ihr Auftauchen hier oder das Zurechtkommen?«

Barbs Augen zuckten zu den beiden Kerlen. »Mit diesen beiden da.«

Frank schnaubte geringschätzig. »Barb, ich bin mir noch nie so sicher gewesen.«

»Okay.« Sie legte eine Hand an Franks Wange, erschreckte ihn damit. Er verhielt sich, als ob er nicht wüsste, was er mit einer Frau anfangen sollte, die ihn anfasste. »Ich gehe jetzt zu den Toiletten. Sei brav.« Sie hauchte ihm einen Kuss zu und wandte sich dann zu dem winzigen Gang. Dieser führte zu den beiden Toiletten, die praktischerweise neben der Hintertür lagen.

Frank wischte weiterhin den Tisch ab, bis die Kellnerin mit einem sauberen Tischtuch kam und ihm half alle Teller wieder neu zu arrangieren.

Als er sich hinsetzte, summte sein Handy und er las die kurze Nachricht. »Komme rein!«

Frank seufzte. Barb befand sich in Sicherheit, das war gut. Dann erschien Bethany Anne in der Vordertür. Frank bemerkte wie die beiden Burschen sie von oben bis unten ansahen, aber sie schienen sie nicht zu erkennen.

Bethany Anne hob eine Hand, um die Gastgeberin davon abzuhalten ihr behilflich zu sein. Trotz ihrer High Heels stampfte sie förmlich direkt auf ihn zu und sprach so laut, dass die restlichen Gäste sich zu ihnen umsahen. »Ich kann es einfach nicht fassen! Hattest du mir nicht letztes Jahr schon geschworen, dass du damit aufgehört hast?«

Frank sah verwirrt zu ihr auf, als sie fortfuhr. »Aber nein! Ich muss herausfinden, dass du dich immer noch hinter meinem Rücken mit anderen Frauen triffst, du hinterhältiges, betrügerisches Arschloch!« Bethany Annes Ohrfeige, die sie ihm zur Betonung des Wortes ›Arschloch‹ verabreichte, hallte förmlich von den Wänden wieder. Sogar die im Restaurant anwesenden Frauen hatten kurz ein bisschen Mitleid mit ihm. »Zahl die Rechnung und schaff deinen verdammten Arsch nach Hause. Über den Rest von dir bin ich mir allerdings nicht so sicher!«

Frank erhob sich stumm und zog sein Portemonnaie heraus. Er warf drei Zwanziger auf den Tisch und nahm sein Handy, bevor Bethany Anne nach oben langte und ihn am Ohr ergriff. »Vorwärts, Romeo!« Frank musste überhaupt nicht schauspielern. Die Schmerzen von seinem Ohr reichten völlig aus, während er Bethany Anne hilflos zur Tür hinaus folgte. Frank hörte sogar einige Gäste in die Hände klatschen, als sie das Restaurant verließen.

Sobald sie sich draußen waren, ließ Bethany Anne ihn los und führte ihn am Arm rasch zur Linken. Keine sechs Meter entfernt bogen sie in eine Gasse ein und Frank erkannte ein Stück weiter John und zwei Pods. Als sie die Pods erreichten, hörte Frank jemanden hinter ihnen her rennen. Er drehte sich um und sah im schwachen Licht des Durchgangs Eric herankommen.

Eric sprang in einen der Pods und John glitt neben ihn auf den Sitz. Dann grinste er Frank an und meinte: »Entschuldige, dieser Pod ist voll. Aber im *Kopf-abreiß*-Pod ist immer noch ein Platz frei!«

Frank trat zu dem zweiten Pod. »Wo ist Barb?«

Bethany Anne knurrte: »Bei meinem Vater. Steig‹ jetzt endlich ein!«

Frank setzte sich schnell in den zweiten Pod und schnallte sich gerade an, als er das Rauschen des ersten startenden Pods hörte. Bethany Anne stieg neben ihm ein und hatte sich angeschnallt, bevor er fertig war. Eine Sekunde später schloss sich die Tür und dann waren auch sie unterwegs.

»Verdammt,« dachte er betrübt, »dieser Flug wird ätzend werden.«

KAPITEL 16

Sydney, Australien

Ich sag's dir, eine Piratenhut tragende Prostituierte ist jemand, den du zumindest einmal in deinem Leben ansprechen musst«, argumentierte Scott.

Er war mit Darryl für einen Mitternachtssnack zu Maxwells Café zurückgekehrt. Auf dem Weg zu dem Café war Scott von einer Bordsteinschwalbe angemacht worden, die sich selber als Jordan vorgestellt hatte. Scott war in alte Gewohnheiten aus den Zeiten zurückgefallen, als er noch Streife gelaufen war. Wie er früher die Damen behandelt hatte, um sie kennenzulernen und festzustellen, was in seinem Bezirk ablief worüber er Bescheid wissen sollte. Er verhaftete nie eine der Frauen, sofern er sie nicht auf frischer Tat erwischte. Möglicherweise hatte er sie manchmal aufgefordert woanders hinzugehen, aber das war es schon. Und schon bald führte er eine witzige Unterhaltung mit der Frau, während Darryl ungeduldig darauf wartete, dass Scotts neueste Freundin seiner überdrüssig wurde.

Unglücklicherweise führte Scott das Gespräch fort und fragte nach, wie sich das Straßengeschäft hier in Sydney im Vergleich zu anderen Städten unterschied.

Jordan, die zugab, ein ruheloser Geist zu sein, hatte sowohl auf den Straßen von Amsterdam als auch in einem Haus von zweifelhaftem Ruf außerhalb von Amsterdam gearbeitet, das sich ›13th Hex‹ nannte… Ein Laden mit solch einem Ruf, dass Scott selbst in den USA davon gehört hatte.

Daraus ergab sich eine weitere fünfminütige Diskussion über die ›Spezialitäten‹, die das Haus anbot. Scott erinnerte sich tatsächlich noch an zwei aus der Geschichte, die man ihm erzählt hatte. Eine, die ›The Hexbreaker‹ heißen sollte, was Jordan als korrekt bestätigte und ein Ringelreigen, was aber so nicht stimmte. Lachend korrigierte sie ihn: »Das war das Karussell. Ein Trip durch drei Zimmer an einem Abend.« Sie zwinkerte anzüglich. »Ich war Zimmer Nummer Zwei und habe es immer als Herausforderung angesehen, sicherzustellen, dass die Freier es nicht bis ins Zimmer Drei schafften.« Es war schwierig jemanden, der in seinem Beruf so offensichtlich kompetent war, nicht zu schätzen.

Scott bemerkte, wie gereizt Darryl mittlerweile aussah und bot Jordan an, sie zu einem späten Kaffee und Sandwich oder so etwas ins Maxwells einzuladen. Jordan lehnte ab, da sie, wie sie sagte, im Dienst war. Sie kritzelte ihren Namen und Telefonnummer auf eine Karte. Scott sah auf und fragte: »Im Ernst? J. L. Hawk?«

»Wenn ich nicht gewollte hätte, dass du es weißt, hätte ich dir Williams gesagt!« Nach einer Wendung mit gekonntem Hüftschwung sah sie keck über die Schulter zurück und zwinkerte Scott zu, bevor sie zu ihrer Arbeit zurückkehrte.

Die beiden Männer lachten über ihre Faxen, als sie die Straße in Richtung Maxwells weiter hinuntergingen.

Darryl und Scott genossen ihren Mitternachtssnack und plauderten mit der Besitzerin, Pip. Pip erklärte ihnen das von ihr auf dem Tisch gemalte Pop-Art Gemälde einer weinenden Frau, während sie versuchten sich für eine der vielen Kaffee-Alternativen zu entscheiden.

Als sie kurz davor standen zu gehen, kam Jordan herein. Sie schaute sich schnell um, sah die beiden Männer und kam schnurstracks auf sie zu.

Sie erreichte sie nie.

Die Tür flog in dem Moment auf, als sie versuchte Scott etwas zu sagen: »Sie suchen...« Bevor sie den Satz beenden konnte, traf sie von hinten etwas derart heftig, dass sie praktisch in Scotts Arme flog. Ein großer Dolch ragte aus ihrem Rücken. Sie sah ihm in die Augen, während sie Blut aushustete und röchelnd »Ich habe versucht...« ausstieß. Ihre Augen schlossen sich.

Darryl blickte auf und sah einen in der Tür stehenden Vampir, der lächelte, als ob er gerade formell von einem Haushofmeister vorgestellt worden wäre. »Nun, nachdem ich eure Aufmerksamkeit geweckt habe«, begann er, bevor ihn Darryl unterbrach.

»Dreckiger Hurensohn! Ein Hallo wäre ausreichend gewesen.« Darryl kochte. »Aber neeiiin, du musst ja hier hereinplatzen, als ob du die Rolle von Vlad der Pfähler spielen wolltest«

»Schau mal, du Kretin!«, fauchte der Vampir. »Euer Leben ist verwirkt, es sei denn ihr übergebt uns Gabrielle.«

Scott hatte Jordan sanft auf dem Boden abgelegt und den Dolch aus ihrem Rücken gezogen. »Arschloch!«, presste er heraus, als er sich umdrehte und dem Neuankömmling ins Gesicht sah. »*Dein* Leben ist verwirkt, weil du eine Freundin von mir umgebracht hast.« Dann verschwamm Scotts Gestalt, als er in Aktion trat und den Dolch mit all der Wut zurückwarf, die er verspürte.

Dieser drang in den Schädel des Vampirs ein und besaß immer noch soviel Wucht, dass sein Körper rücklings durch die Glastür flog, um in einem Schauer von Glassplittern auf dem Bürgersteig zu landen.

Darryl schaute seinen Partner an und zuckte die Achseln. Offensichtlich würden sie das Arschloch doch nicht verhören, bevor sie ihn töteten. Darryl folgte Scott, als dieser durch das zerbrochene Glas trat, anstatt die Tür zu öffnen.

Direkt in einen Hinterhalt.

Der Lärm von Schüssen erfüllte die Nacht und Scott wurde durch die Tür in Darryls Arme zurückgeworfen. Darryl ergriff ihn und tauchte nach hinten in das Cafe in Deckung. »Köpfe runter dahinten!«, brüllte Darryl, als Kugeln in die umgefallenen Tische und quadratischen Säulen einschlugen.

»Bastarde!«, hörte Darryl von hinten Pip schreien. »Ich habe einen gottverfluchten Haufen Zeit auf dieses Tischgemälde verwendet, ihr Wichser!«

Darryl zog seine Pistole und rollte sich zur die Seite, als zwei weitere Vampire auftauchten, die aus Uzi-Maschinenpistolen feuerten. Darryl schoss einem in die Brust und drehte sich um dem anderen ein Loch durch den Kopf zu blasen, der ihn auf der Stelle fallen ließ. Weitere Schüsse schlugen ins Café ein und Darryl wechselte zu einer besser geschützten Stelle.

Dann war plötzlich alles vorbei und es blieb nur noch den Schaden einzuschätzen. Scott stöhnte vor Schmerzen und Jordans Körper lag rechts auf dem Boden.

»Diese Flachwichser zahlen besser für dieses Chaos hier!«, forderte Pip wutentbrannt irgendwo aus dem Hintergrund.

Darryl musste einfach grinsen. Das war mal eine feurige Cafébesitzerin. Dann zog er sein Handy heraus und rief Gabrielle an. Sie antwortete bereits nach dem ersten Klingeln. »Ja?«

»Wir brauchen ein Aufräumteam hier unten bei Maxwell. Wir sind überfallen worden.«

»Jemand verletzt?«

Darryl schaute zu Scott hinüber, der zwar noch bei Bewusstsein war, aber schon mal besser ausgesehen hatte. »Ja, wir haben eine Zivilistin verloren, die gekommen war um uns zu warnen und Scott hat es ziemlich übel erwischt, aber er lebt und ist bei Bewusstsein. Er hat eine Menge Blut verloren und heilt im Augenblick sicherlich nicht sehr gut. Ich kann mindestens sechs Treffer sehen, zwei davon mitten in die Brust. Wir werden Hilfe für ihn brauchen.« Darryl sah sich um. »Und irgendwie müssen wir das Ganze wirklich, wirklich schnell unter den Tisch kehren. Ich kann schon die Sirenen hören.«

»Habe verstanden«, erwiderte Gabrielle kurz angebunden.

Nach kurzen Zögern fuhr Darryl fort. »Sie wollten dich, Gabrielle.« Er überprüfte die Umgebung draußen, aber alles was er sah, waren Glas, Patronenhülsen und Blut. Darryl hörte im Hintergrund Pip, die sich die Seele aus dem Leib fluchte. Sie eilte hinüber, um Scott zu helfen und ihr entfuhr ein »Oh mein Gott!«, als sie Jordan bemerkte.

Darryl ging wieder ins Café und war auf dem Weg zu seinem Partner hinüber, als Gabrielle antwortete: »Ja? Schön, sie werden mich zu Gesicht bekommen. In Kürze treffe ich mit zwei Pods ein. Tu für die Besitzerin was dir möglich ist und lass‹ uns Klarheit verschaffen. Ich werde Dan auf dem Weg zu euch anrufen.«

»Alles klar.« Darryl legte auf.

Auf der anderen Seite der unterbrochenen Verbindung warf sich Gabrielle eilig ihre Kleidung über und ordnete ihre Waffen an. Sie stellte zunächst sicher, dass man sich um die Behörden kümmerte, danach rief sie Dan an.

»Dan am Apparat«, beantwortete er den Anruf.

»Hier Gabrielle. Wir sind von der hübschen Blume aus dem Hinterhalt überfallen worden. Scott ist nach Darryls Bericht übel verletzt, wird aber überleben. Ich will John und Eric und einen Standort... sofort!«

Am anderen Ende der Leitung gab es eine Pause. »Das ist jetzt das zweite Mal, dass wir einen Verletzten haben.«

Gabrielle dachte darüber nach und nickte, auch wenn Dan das nicht sehen konnte. »Ich werde es nicht noch einmal vermasseln. Ich hätte die andere Situation besser bewältigen sollen, aber niemand - und ich meine wirklich *niemand,* Dan — tritt den Queens Own auf die Füße und überlebt das.«

»Verstanden, Gabrielle, verstanden. Ich besorge dir, was du brauchst. Gib mir vierundzwanzig Stunden und ich habe alles zu unserem Verbindungshaus dort in Australien übermittelt.« Dan hielt inne und fuhr dann fort: »Und, Gabrielle?«

»Ja?«

»Von dem Baum bleibt besser keine Wurzel übrig. Mir ist es egal, ob du sie in der Vergangenheit einmal gekannt hast oder nicht.«

»Verstanden.«

Sie legte auf und verließ eilig das von ihnen angemietete Haus; dabei knallte sie die Tür in ihrem Ärger laut hinter sich zu.

TQB-Stützpunkt, Colorado, USA

Jeffrey saß in seinem Büro, das mit seinem Schreibtisch und zwei Stühlen sowie einem Tisch mit sechs Stühlen und einem Whiteboard für Diskussionen eingerichtet war. Gegenwärtig standen auf dem Whiteboard sechs Spalten, in welchen die verschiedenen Problembereiche des Mondstützpunktprojektes aufgeführt waren. Unter jeder Spalte waren die Namen von den Leuten notiert, die er für gute Kandidaten hielt, um bestimmte Aufgaben zu lösen.

An seiner Tür erklang ein scharfes Klopfen und ihm blieb kaum Zeit, um von seinem Laptop aufzusehen, bevor sich die Tür öffnete und Bethany Anne, gefolgt von ihrem riesigen Deutschen Schäferhund, sein Büro betrat.

»Hi Boss«, grüßte Jeffrey sie und bemerkte wie Eric kurz seinen Kopf zur Tür reinsteckte und sich dann nach draußen zurückzog.

»Selber hi«, sagte sie. »Worüber wolltest du mit mir sprechen?«

»Darüber«, sagte er und zeigte auf die Tafel.

»Das ist deine engere Auswahl?«

»Ja«, bestätigte er, erhob sich und ging um den Tisch herum, um seine Hände darauf zu legen. Er studierte die Namensliste ein weiteres Mal. »Leute von überall her, so wie du es wolltest. Überprüft durch ADAM und fast alle ebenfalls durch Frank...«

»Wieso nicht alle durch Frank?«, unterbrach sie ihn.

»Er hat sich in den letzten zwölf Stunden nicht bei mir zurückgemeldet. Ich habe angenommen, dass er schläft«, erwiderte Jeffrey.

»Nein, er war unterwegs um in Washington Spion zu spielen«, konterte sie. »Er hat jemanden gefunden mit dem wir sprechen mussten und hielt es für nötig sie zu retten, deswegen nahm er sich vor, das im Alleingang zu erledigen.« Sie fuhr trocken fort: »Es ist ihm etwas über den Kopf gewachsen, daher mussten wir die beiden rausholen und sie sind jetzt zurück auf der Polarus, wo Dan sich mit Franks neuester bester Freundin in Ruhe unterhalten kann.«

Bethany Anne schien mehr amüsiert als verärgert zu sein, daher fragte Jeffrey: »Ich gehe davon aus, dass Frank in der Hundehütte sitzt?«

»Nä, na ja... nicht viel«, sagte sie. »Ich denke die Verjüngung hat ihn beeinflusst und er fühlte sich ganz jung und springlebendig. Du weißt, wie Männer dann sind?«

»Dämlich?«, fragte er.

»So ziemlich. Selbst wenn sie einhundert Jahre alt sind, scheinen die Hormone einen ansonsten normalen Mann zu ruinieren. Er hat zugegeben, dass er sich vielleicht in den Kerl verwandeln wollte, den er damals im II. Weltkrieg nicht spielen konnte.«

»Losziehen und die Jungfrau in Not retten?«

Sie legte den Kopf schief. »Das ist wortwörtlich was er ADAM gesagt hat. Was ist das bloß mit euch Jungs und Jungfrauen?«

»Zum Teufel, wir werden darauf konditioniert! Rette die hübsche Jungfrau und sie verliebt sich in dich und übersät dich mit Küssen.«

»Man sollte doch meinen, sie hätten sich für diese Generation andere Geschichten ausgedacht«, meinte Bethany Anne.

»Nicht jeder will ständig vollständige Gleichberechtigung. Viele Damen wünschen sich immer noch gerettet zu werden und sich besonders zu fühlen. Das ist romantisch«, versicherte er ihr.

»Das scheint in einem so krassen Gegensatz zu der Einstellung ›Als die Göttin den Mann schuf, übte sie nur!‹ zu stehen.«

»Hey«, Jeffrey zuckte die Achseln, »Auf der Arbeit und Arbeitsstelle gibt es die Gleichberechtigung und dann gibt es das, was in Beziehungen und während der Balz passiert. Das ist nicht immer unbedingt das Gleiche.«

»Okay, das kann ich verstehen. Die gottverdammten Hormone können alles versauen.«

»Na ja, die Hormone existieren schließlich nicht dazu, um die perfekte Gesellschaft zu garantieren. Sie sind dazu da, um einen Mann und eine Frau dazu zu bringen, zusammen Nachwuchs zu produzieren.«

»Ja«, Bethany Anne wurde still, als ob sie sich auf etwas besann. »Das ist wohl wahr.« Einen Moment später lenkte sie das Thema zurück auf die Tafel. »Also, was haben wir hier?«

»Mit den Hydrokulturen beginnend haben wir...«, fing Jeffrey an und ging die nächste Stunde alle Einzelheiten zu den Leuten durch, die er für jede Hauptsektion des Stützpunktes am geeignetsten hielt.

Als sie fertig waren, wies Bethany Anne ihn an: »Sprich mit Michael über deine Reisen und frag, ob er bereit ist mitzukommen. Wir brauchen ihn, um sicherzustellen, dass diese Leute hundertprozentig vertrauenswürdig sind. Wann auch immer er nein zu jemanden sagt, heißt es *Nein*. Verstanden?« Jeffrey nickte, daher stand sie auf und ging zur Tür. »Wie geht es der Familie?«

»Prima«, antwortete er ihr. »Gespannt darauf ihre neue Umgebung und Einrichtungen kennenzulernen. Meine Frau hat sich gefreut, dass der Stützpunkt über eine gute Kantine verfügt, falls sie mal nicht kochen will und sie schaut sich um, was sie machen möchte, während die Kinder in der Schule sind. Ihrer Meinung nach ist die Schule des Stützpunktes besser als jede andere außerhalb.«

»Sollte wohl so sein«, meinte Bethany Anne, »angesichts des Kalibers der Lehrer und der Gastredner, die sie sich aus unseren F&E Gruppen besorgen. Es gibt nicht einmal viele Universitäten, die über ein solches Maß an Möglichkeiten verfügen.« Sie schürzte ihre Lippen. »Im übrigen, hatte ich dir nicht eine großartige Schule versprochen?«

»Das hast du wohl«, pflichtete er ihr bei. »Aber in allem was die Schule betrifft, richte ich mich nach meiner Frau.«

Bethany Anne zwinkerte ihm schelmisch zu. »Schlauer Mann.« Danach verließ sie mit Ashur sein Büro.

Der Hexenkessel, TQB-Stützpunkt, Colorado, USA

Am Tisch saßen, mit Ausnahme der beiden Schiffskapitäne, die meisten der Teilnehmer von Cheryl Lynns vorherigem Treffen. Sie fühlte sich etwas besser vorbereitet, aber nur leicht weniger nervös als das letzte Mal.

Beim letzten Mal hatte sie keine Zeit gehabt, um sich vor dem Beginn der Besprechung Sorgen zu machen. Diesmal waren ihr ein paar Tage geblieben, um darüber nachzugrübeln. »Schön, lasst uns beginnen«, Bethany Anne klopfte auf den Tisch. »Ich habe heute Abend eine heiße Verabredung, also lasst uns vorwärts machen, Leute!« Sie grinste über die Zwischenrufe und Pfiffe, die auf diese Ankündigung hin ertönten. Jeffreys ›Hört, hört!‹ war am lautesten, daher zeigte Bethany Anne auf ihn. »Hey, ich tu das nur, damit Michael mit dir zusammenarbeitet um diese Leute von dir abzuchecken!«

Jeffrey erwiderte trocken: »Dann möchte ich dir persönlich ausdrücklich dafür danken, dass du deinen Körper zum Wohle des Teams opferst.« Dem Ausspruch folgten noch mehr Zwischenrufe und Pfiffe, aber diesmal verdrehte Bethany Anne nur ihre Augen.

Patricia meldete sich zu Wort: »Ich denke nicht, dass du irgendjemanden in die Irre geführt hast, Liebes.« Ihr wissendes Lächeln ließ Bethany Anne glatt erröten.

Bethany Anne wandte sich Cheryl Lynn zu. »Würdest du bitte anfangen, bevor ich beginne einige von diesen Leuten als Anschauungsunterricht für die anderen zu schlachten?«

Cheryl Lynn nickte. »Okay, wir haben die verschiedenen Alternativen unter die Lupe genommen, einschließlich der folgenden: die Öffentlichkeit im Voraus über den Start zu informieren, sie nach dem Start zu informieren oder abzuwarten, bis es jemand herausfindet und beginnt, den Leuten etwas über uns zu erzählen.«

»Würde irgendwie das Letztere bevorzugen«, warf Bethany Anne ein.

»Ist vermerkt«, sagte Cheryl Lynn. »Wie auch immer, es bestehen eine Menge guter Gründe für die anderen Alternativen. Einschließlich derjenigen, die ich hier als unsere beste Möglichkeit vorstellen möchte und die wäre, während des Ereignisses einen Livebericht auszustrahlen.«

»Ehrlich?«, unterbrach Marcus. »Du willst den Leuten den Kram erzählen, während wir ihn durchziehen?«

»Ja und hier kommen meine Gedanken dazu. Lasst mich zunächst meine Gründe durchgehen, es nicht auf die anderen Arten zu machen. Wenn wir unsere Karten vorher aufdecken, gehen wir das Risiko ein, dass wir während der Mission unter zu vielen Störungen leiden. Das ist auch der gleiche Grund dafür, es nicht während des aktuellen Beginns der Operation zu machen. Gegen die Enthüllung nach dem Ereignis spricht, dass zu viele Leute das Video für eine komplette Fälschung halten würden.«

•••

Sie hielt inne und trank einen Schluck Wasser. »Wenn wir warten, bis jemand herausfindet, dass wir da oben sind, dann wird es einen Rückschlag geben, weil die Leute sich fragen werden, wieso wir so geheimniskrämerisch sind. Was haben wir zu verstecken? Wir würden ziemliche PR Probleme haben aus diesem Schlamassel wieder herauszukommen und es würde sehr lange dauern. Schließlich, die ›warum es während des Ereignisses tun‹ Vorteile. Erstens, so lange wie die Liveübertragung nach dem Start beginnt, können wir nicht aufgehalten werden, da uns keiner auffordern kann, die Container wieder zurückzubringen. Zweitens, wenn unser Material auf den Weg zum Mond ist, werden wir eine Menge von Astronomen haben, welche die Transportcontainer im Weltall verfolgen und alle diejenigen, die behaupten, es handele sich um eine Fälschung müssen auch deren Aussagen bekämpfen.«

Sie legte eine Pause ein. »Irgendwelche Fragen bis hierhin?«

Da sich keiner meldete, fuhr sie fort: »Also, wir planen den Trip so, damit er lange genug dauert, indem wir die Container verlangsamen. Auf diese Weise bekommen wir eine weltweite Aufmerksamkeit und kriegen jeden dazu, unserer kleinen schmuddeligen Gruppe zuzujubeln, die etwas durchzieht, was nicht einmal die großen, bösen Nationen hinbekommen. Die Gefühle der Öffentlichkeit werden hinter uns stehen und uns dabei helfen, den Druck zu überwinden, den wir von gewissen Nationen zu erwarten haben. Eine weitere Sache, wir brauchen mehr Leute.«

Sie hielt inne und sah jeden der am Tisch Sitzenden an, um ihre Meinung zu unterstreichen. »Für die nächsten Stadien wird ein verdammter Haufen Leute gebraucht und wir können unser Personal nicht mehr weiter heimlich finden und anwerben. Es ist völlig unmöglich, im Geheimen tausende von Personen einzustellen, daher sollten wir direkt an die Öffentlichkeit gehen und eine große Datenbank von aufgeregten Leuten aufbauen. Und ich bin sicher«, Cheryl Lynn grinste, »dass Bethany Anne es zu schätzen wissen wird, sich nicht für die ganzen Trips, die dies erfordern würde, jede Nacht mit Michael verabreden zu müssen.«

Die ganze Gruppe lachte, als Bethany Anne ihr die Zunge rausstreckte. »Also, ungeachtet der doch sehr jugendlichen Reaktion unseres Bosses, schlage ich diese Idee als diejenige vor, die uns zu PR-Zwecken die positivste Reaktion verschaffen wird.«

»Es sei denn«, sagte Bobcat, »wir schlagen wie Pfannkuchen auf dem Mond auf und alle sterben, während die Welt live im Fernsehen zuguckt.«

»Dann würde ich vorschlagen, ihr solltet die Leute besser nicht auf dem Mond umbringen«, sagte Cheryl Lynn. »Nicht nur wegen der PR, sondern ich bin auch sicher, die Leute in diesen Containern würden es wirklich zu schätzen wissen, etwas länger zu leben.«

»Ja, das ist wohl wahr«, stimmt Bobcat zu.

»Okay, lasst uns das einfach auf den Weg bringen«, begann Bethany Anne, »Möchte jemand für ›es ihnen vorher erzählen‹ stimmen?« Keine Hand erhob sich. »Wie steht's damit, wenn wir starten? OK, niemand dafür.« Sie hob ihre Hand. »Wie steht's mit ›lasst uns bis zur letzten Minute warten‹?« Bethany Anne und Bobcat waren die einzigen, die ihre Hand hoben. »Schön, wer ist dafür es zu erzählen, während wir es tun?« Alle restlichen Leute hoben ihre Hände. Sie drehte sich zu Cheryl Lynn um. »Gut gemacht, du bist nun offiziell auf die dunkle Seite der Macht übergewechselt, PR Vader.«

Cheryl Lynn zog einen kleinen, sorgfältig verpackten Beutel heraus und legte ihn auf den Tisch. »Komm mit mir auf die dunkle Seite der Macht, Bethany Anne, wir haben Kekse!« Bethany Anne musste lachen, als der Rest der am Tisch Sitzenden die gleichen hübschen Beutel hervorzogen. Die meisten Männer hatten ihren bereits geöffnet. Bobcat nahm sich einen kleinen runden Schokoladenkeks heraus und biss hinein.

Er sah sich unter den anderen um, die ihn alle anstarrten. »Was denn? Ich bin bereit zuzuhören, aber es braucht schon mehr als nur Kekse um mich zur dunklen Seite zu bekehren.«

»So was wie Bier«, ergänzte Marcus.

»Nun, das würde sicherlich ein höllisch guter Anfang sein«, meinte Bobcat.

»Word«, sagte William grinsend.

Bobcat sah angewidert drein, als er die Augen verdrehte.

»Na schön«, unterbrach sie Bethany Anne, bevor sie richtig loslegen konnten. »Wenn wir unseren Trip zum Mond wirklich live ausstrahlen, dann dürfen wir auf keinen Fall aufgehalten werden. Wo werden wir eine Heimatbasis für diejenigen einrichten, die das Kommando führen?«

»Richtig«, stimmte Lance zu. »Es wäre besser sich bei dem aktuellen Start nicht auf dem Stützpunkt aufzuhalten… es sei denn, sie können nicht feststellen, dass die Operation von hier aus geleitet wird?« Er sah fragend zum Team BMW hinüber.

Jeffrey antwortete umgehend: »Alle Kommunikationen laufen durch das Aetherische. Vorausgesetzt, dass niemand den Start von dem Stützpunkt beobachtet, haben wir eine Chance. Aber es braucht nur eine einzige Person was auszuplaudern und jemand, der zwei und zwei zusammenzählt, was mit unseren ganzen fehlenden Containern und den Kisten im All ist.«

»Unwahrscheinlich, dass wir es unter den Teppich

kehren können, sobald es einmal in den Nachrichten ist«, stimmte Cheryl Lynn zu. »Wie sieht die juristische Seite in Bezug auf Bauten auf dem Mond aus?«

»Das haben wir für den Augenblick fast schon im Griff«, sagte Jeffrey. »Wir haben unsere endgültigen Papiere zur Eingliederung in ein Land, welches nicht Teil des Weltraumabkommens ist, daher sind wir da auf der sicheren Seite. Zum Teufel, wir besitzen bereits zwei Unternehmen in diesem Land, daher können wir den Fokus auf sie lenken, wenn wir wollen.«

»Nein, tu das nicht«, befahl Bethany Anne. »Sie haben nichts damit zu tun, daher wissen die Leute überhaupt nichts und wir müssen ihnen nicht dämliche Reporter auf den Hals hetzen, die sie belästigen.«

»Da wir gerade von Reportern sprechen«, mischte sich Cheryl Lynn ein, »wann kann ich mit unserem Kontakt in Costa Rica sprechen?«

»Ich glaube, Tabitha sagte, sie würde sich mit ihr in Verbindung setzen und dir dann Bescheid sagen. Wann willst du dich mit ihr treffen?«, fragte Bethany Anne.

»Mmmmm, wäre morgen zu früh?«, schlug Cheryl Lynn vor. »Und wie komme ich dahin?«

»Wie wäre es mit einem Linienflug?«, regte Jeffrey an. »Unsere Bewegungen werden nachverfolgt werden und falls deine Reporterin erwähnt, dich in Costa Rica interviewt zu haben und es gibt keine Spuren, dass du dorthin gereist bist?«

»Gutes Argument… Verdammt.« Cheryl Lynn sah verärgert aus. »Und ich habe mich schon auf Air BMW gefreut.«

»Dieser Name ist wahrscheinlich schon markengeschützt, daher können wir ihn nicht benutzen«, wehrte

Bobcat ab.

»Jungs... und meine Dame«, unterbrach Bethany Anne, »Ich. Habe. Eine. Verabredung!«, sagte sie streng. »Jetzt konzentriert euch!«

Der Rest der Diskussion verlief gut und am Ende hatten sie eine bestätigte Zeit für das Treffen am nächsten Tag zwischen Cheryl Lynn und Giannini. Sie hoffte, sie davon zu überzeugen mit zurückzukommen und damit zu beginnen Inhalte für das Projekt zusammenzustellen. Patricia würde auf Todd und Tina aufpassen, bis sie später an diesem Abend wieder nach Hause kommen würde.

Alle Pläne waren gefasst und Bethany Anne verschwand, um in tausenden von Kilometern Entfernung zu Abend zu essen.

KAPITEL 17

Sydney, Australien

Darryl hatte nur vier Minuten gebraucht, um Scott in einen Pod zu helfen während Gabrielle sich um die Bergung von Jordans Körper kümmerte. Darryl bemerkte, wie sanft Gabrielle mit dem Leichnam umging. Sie zeigte jemandem, den sie nicht kannte, der aber soviel Mut besessen hatte zu versuchen, ihr Team zu warnen, ihren Respekt. Gabrielle bestand darauf, dass sie mehr über diese junge Frau herausfinden müssten, die ihren Männern geholfen hatte und dass sie für ein anständiges Begräbnis sorgen würden.

Gabrielle hatte Pip erklärt, dass ihr Team in Kürze kommen würde, um alles aufzuräumen und sie sollte in den nächsten fünfundvierzig Minuten nicht mit der Polizei rechnen. Bis dahin sollte das ganze Blut entfernt sein und der Bürgersteig vollständig gesäubert sein.

Die Schüsse hatten interessierte Zuschauer angelockt, die herumschwirrten und Pip hatte keine Ahnung, wie sie das Aufräumen hinbekommen würden. Dann fuhr der weiße Kastenlieferwagen vor, um dessen Seiten sich ein Band aus blauen und weißen Quadraten sowie das Wort ›Gerichtsmediziner‹ zog. Zwei in weiße Overalls gekleidete Männer mit offiziell aussehenden Abzeichen stiegen aus dem Fahrzeug aus, ließen aber die Warnleuchten weiter aufblitzen.

Einer nahm einen Karren hinten aus dem Wagen und kam dann zu Pip hinüber. »Sind Sie die Eigentümerin?«, fragte er und Pip nickte. »Dürfen wir hereinkommen und das Blut entfernen? Gabrielle schickt uns.«

»Ja, natürlich«, antwortete Pip. Sie machte kehrt um in ihr Café zu gehen und zeigte auf die blutigen Stellen.

»Sind das die einzigen blutigen Bereiche?«, hakte er nach.

»Die Tischplatten und neben der Vordertür noch.«

Der Mann sah sich um und nickte. »In Ordnung. Mein Partner hat offizielle Dokumente für Sie. Wenn die Polizei ankommt, dann geben Sie ihnen die Papiere und danach sollten Sie keine größeren Probleme mehr bekommen. In wenigen Stunden haben wir hier eine Mannschaft vor Ort, um alles gründlich zu säubern und den größten Teil des Schadens zu reparieren.« Er sah zu Pip zurück. »Ich verstehe, wenn Sie Ruhe brauchen und schlafen gehen wollen. Die Gruppe wird von einem Vorarbeiter geführt und...«

Pips Haltung wechselte von besorgt zu verärgert. »Ich werde es nicht zulassen, dass irgendjemand meinen Laden ohne meine Aufsicht in Ordnung bringt!« Der Mann hob schnell die Hände.

»Kein weiteres Wort nötig, ich wollte Ihnen nur die Möglichkeit dazu einräumen.« Sie beruhigte sich und er fuhr fort: »Wie gesagt, das Team wird in ein paar Stunden da sein. Mein Partner und ich werden bereits vorher die gröbsten Blutflecken entfernen sowie provisorisch einiges von dem restlichen Schlamassel aufräumen und bereits vor ihrem Eintreffen wieder weg sein. Sie müssen der Polizei einfach nur die Dokumente geben, sobald sie hier auftauchen. Der Vorarbeiter vom Reinigungstrupp wird nicht nur dafür sorgen, dass Sie den Laden wieder öffnen können, sondern Ihnen ebenfalls einen Scheck aushändigen. Das Geld wird dabei helfen jeglichen Umsatzrückgang in den nächsten drei Monaten aufzufangen.« Er sah sich um. »Glauben Sie, dass das ausreichend sein wird?«

Pip hielt ihren Mund um abzuwarten, ob er noch mehr anbieten würde. Seine Augen schweiften wieder zu ihr zurück. »Jemand wird in neunzig Tagen wieder vorbeikommen um den Status Ihres Geschäftes zu überprüfen. Falls dann noch ein Problem besteht, können wir neu miteinander reden. Vertrauen Sie mir, ein besseres Angebot wird es nicht geben. Normalerweise würde nicht einmal soviel angeboten.«

Pip, die nie fähig war die Klappe zu halten, wenn ihre Neugier geweckt wurde, fragte: »Wieso? Was ist das normale Vorgehen?«

Der Mann lächelte nachsichtig und dieses Mal bemerkte sie die leicht spitzen Eckzähne. »Normalerweise würden wir einfach Ihr Gedächtnis und das von allen Beteiligten löschen. Es würde kein Geld geben, keine Hilfe und keine Antworten für die Polizei.«

»Wieso ist das diesmal anders?«, bohrte sie frei nach dem Motto ›Wer wagt, gewinnt!‹ vorwitzig weiter.

Die Schultern des Mannes strafften sich etwas. »Weil eine neue Königin drin verwickelt ist und sie handhabt die Dinge anders. Außerdem hat sie jemanden entsandt, die im Umgang manchmal wirklich mehr als schwierig sein kann.«

»Wen?«, hakte Pip nach.

Er sah wieder zur Ladenbesitzerin. »Sie hat eine alte Freundin geschickt.« Der Mann begann auf die erste

Stelle zuzugehen, die er säubern würde, während er murmelte: »Und zwei gottverdammt furchteinflößende Wächter...«

Richards Zuhause, Sydney, Australien

»Ich schwör dir, wenn du diese Kugel nicht ein bisschen schneller rauskriegst, wird sie auf unschöne Weise von alleine herauskommen!« Scott, der auf Richards Küchentisch ausgestreckt lag, stöhnte. Darryl hielt ein Messer in der Hand, zögerte aber einen tieferen Schnitt in Scotts Körper vorzunehmen, als Gabrielle hereinkam.

»Was zur Hölle treibt ihr beiden hier?« Gabrielle brachte zwei weitere winzige Phiolen von Bethany Annes Blut mit; es ging ihr allerdings so langsam aus.

Darryl drehte sich zu Gabrielle um. »In Scott stecken noch zwei Kugeln drin, die nicht ausgestoßen worden sind. Ich versuche herauszufinden wo ich ihn aufschneiden muss, um sie zu fassen zu bekommen.«

»Wirklich?« Gabrielle ging hinüber und stellte sich neben Scott. Glücklicherweise hatte Richard einen dunklen Steinfußboden in seiner Küche verlegt und das Blut würde sich leicht wegwischen lassen. Aber der hübsche weiße Tisch würde es vielleicht nicht überstehen. »Wo fühlst du sie?«, fragte sie Scott. Er drückte mit seinen kleinen Finger gegen eine Stelle rechts neben seinem Nabel und berührte dann mit seinen Daumen einen Punkt oben bei der untersten Rippe.

»Da und da, bin ich mir ziemlich sicher«, brachte er durch zusammengebissene Zähne heraus.

»Hmmm«, murmelte Gabrielle. Sie ging zum Spülbecken hinüber und wusch sich gründlich die Hände, bevor sie zurückkehrte. Darryls Augen weiteten sich sichtbar als er die kurzen scharfen Klauen bemerkte, die aus ihren Fingern wuchsen. »Du möchtest ganz bestimmt nicht, dass ich lange herumwühle. Du solltest dir also besser *sehr* sicher sein. Bist du es?«, fragte sie. Scott grunzte, dass er es war.

»Okay, gut zu wissen. Jetzt halt still.« Sie hob ihr Hand leicht und stach dann in Scotts Bauch. Darryl beobachtete, wie Scotts Ausdruck sich zu Schock wandelte, als Gabrielle eine Kugel herauszog, die sie zwischen zwei Klauen hielt und auf den Tisch fallen ließ. »Schön, das war die Einfache.«

Mit zusammengebissenen Zähnen keuchend, quetschte Scott ungläubig heraus: »Die Einfache?« Er hob den Kopf gerade rechtzeitig um zuzusehen, wie sich Gabrielles blutige Klauenhand wieder in ihn bohrte. Diesmal zielte sie auf die Stelle gerade unterhalb seiner rechten Rippe. Er stöhnte und biss die Zähne noch stärker zusammen. Er würde nicht noch mehr jammernde Bemerkungen fallenlassen, als er es schon getan hatte. Scheiß was drauf! Wenn Gabrielle nicht davor zurückschreckte die Kugeln aus ihm herauszuholen, dann würde er sicherlich nicht so ein Waschlappen sein und deswegen winseln.

Einige wenige schmerzerfüllte Atemzüge später, zog sie die zweite Kugel aus ihm heraus und ließ sie auch auf den Tisch fallen. »Das war die Zweite. Darryl, gib ihm bitte die beiden Phiolen zu trinken.« Sie ging wieder zum Spülbecken und wusch sich erneut die Hände. Dabei dachte sie darüber nach, was nun als Nächstes geschehen müsste. Anscheinend war Kamiko Kana der Ansicht, dass ein außergewöhnlich aggressiver Angriff die beste Verteidigung darstellte. Außerdem war ihr Standort offenbar aufgeflogen.

Richard hatte zugegeben, dass er mit einem Freund drüben in Westaustralien über alte Freunde geplaudert hatte. Ihm war bei diesem Gespräch herausgerutscht, dass er Gabrielle in der Stadt gesehen hatte, aber das war auch schon alles. Unglücklicherweise war dieser Freund nicht mehr an sein Telefon gegangen, als Richard umgehend versucht hatte, einen Dreier-Konferenzanruf mit Gabrielle zu organisieren, um ihren hässlichen Verdacht zu entkräften.

Er erklärte danach Gabrielle die Situation genauer. Richard erzählte ihr ausführlich, was er und Samuel in der Nacht, in der sie sich getroffen hatten, über Kamiko Kanas Bemühungen, die Herrschaft über die Vampire zu übernehmen, gesagt hatten.

Richard war zwar traurig, aber nicht besonders überrascht, zu entdecken, dass schwächere Vampire sich möglicherweise schon auf die Seite von Kamiko Kana geschlagen hatten.

Gabrielle hatte Richard dazu gezwungen, sich einem Gedankenlesen durch sie zu unterwerfen. Es hatte ihn mehr als überrascht, festzustellen, dass sie es nicht nur fertigbrachte, sondern dass sie auch nicht sehr lang gebraucht hatte, um seine Verteidigung zu durchbrechen. Ihm war vorher nie klar geworden, wie mächtig sie im Vergleich zu Samuel und ihm selber wirklich war. Das wiederum hatte ihn dazu veranlasst, neu einzuschätzen, wie machtvoll ihre Königin sein musste, die jemanden wie Gabrielle in ihrem Dienst hatte.

Als dann Gabrielle noch zugab, dass ihr Vater Bethany Anne Gefolgschaft geschworen hatte und dass ihre Königin mit Michael ausging? Nun... er hatte gerade seine eigene Form der Religion entdeckt.

Richard und Samuel hatten es beide immer vorgezogen, die Politik in ihrem Leben außen vor zu lassen, aber Gabrielle hatte ihnen offen mitgeteilt, dass ihre Leben nun offiziell ihr gehörten. Sie war mehr als verärgert über den Streich, den sie ihr vor ein paar Jahrzehnten gespielt hatten und obwohl Samuel daran schuld war, würde Richard ihn natürlich begleiten, um die ganze Zeit über ihre Situation zu nörgeln und ihn zu piesacken.

Richard hatte gefragt, wie lange sie in Dienst stehen müssten und Gabrielle hatte ihn nur beäugt und gesagt: »Bis ich in Stimmung bin, euch zu vergeben.« Sie machte kehrt, ging in Richtung des Hauses zurück und rief über die Schulter: »Oder zwei Jahrzehnte... was auch immer zuerst eintrifft.«

Jetzt ließ sie die beiden den Dreck bei Maxwells säubern und die lokalen Politiker handhaben. Nach dem Reinigungsjob würden sie als erste Vampirfreiwillige zum Stützpunkt in Colorado reisen. Sie hatte vor, die beiden nach vierundzwanzig Monaten aus ihrem Strafdienst zu entlassen. Sie würde es ihnen vielleicht sogar sagen, wenn sie diese an ihren Ohren gepackt in einen Pod schleifen würde, um sie nach Colorado zu fliegen.

Sie nahm sich vor sicherzustellen, dass tägliches Kampftraining auf deren Tagesplan stand und sie plante sie von Zeit zu Zeit besuchen. Das würde ihr Gelegenheit bieten, ihnen während der Übungen regelmäßig in den Arsch zu treten, insbesondere Samuel! Er würde seinen

Arsch garantiert verdammt oft versohlt bekommen.

Sehr oft, dachte sie.

Sie trocknete ihre Hände an einem Handtuch ab und stellte fest, dass Scott bereits besser aussah. »Wieso habt ihr beiden nicht eure Westen getragen?«

»Um ganz offen zu sein«, sagte Darryl, »Wir haben sie weder dort noch jetzt getragen.«

Gabrielle nickte. »Lasst uns diesen Fehler nie wieder begehen. Würdest du sie holen?« Darryl nickte und verließ die Küche. »Okay, jetzt sag‹ mir, wieso ihr einen solchen Anfängerfehler begangen habt?«, fragte sie Scott.

»Im Ernst?«, erkundigte sich Scott. »Können wir nicht einfach festhalten, dass die Schüsse uns eine Lehre waren und es dabei belassen?« Er lächelte Gabrielle schwach an, die aber den Kopf schüttelte. »Na schön, ich hab's wenigstens versuchte«, seufzte er.

Scott dachte nach, bevor er antwortete. »Jordan hat mich an ein Mädchen auf den Straßen von New York erinnert, mit der ich auf meiner Streife ab und zu geredet habe. Es war ein bisschen so, als ob ich wieder mit jemandem von zuhause reden würde.« Er zuckte die Achseln. »Nach dem Ende unserer Unterhaltung war sie für mich ein Freund. Ich schätze, ich habe während des Gesprächs meine alten Gefühle auf Jordan übertragen.«

»Ehrlich? Was ist mit dieser anderen Frau passiert?«

»Wurde getötet.«

»Weil sie dir geholfen hat?«

»Nein«, gab Scott zu. »Sie wurde von ihrem Zuhälter getötet. Ein wirklich echtes Weltklasse-Arschloch, das ich vor ihrer Ermordung nur ungefähr zwei Wochen lang hinter Gitter halten konnte. Er kam durch eine Vereinbarung mit einem Schlappschwanz von Junior-Staatsanwalt heraus, der hinter einem höherkarätigen Kriminellen her war. Daher wurde ihrem Zuhälter gestattet sich zu einer niedrigeren Anklage schuldig zu bekennen und er kam praktisch mit einem Klaps auf die Finger davon.«

»Also, was ist dir durch den Kopf gegangen, als Jordan getötet wurde?«

Scott sah Gabrielle direkt in die Augen und gab offen zu: »Ich würde dieses Arschloch nicht entkommen lassen. Ich würde ihn erledigen.«

»Du hast den Überblick über die Situation verloren«, sagte Gabrielle.

»Ich hatte überhaupt keinen Überblick. Ich hatte nur den Wunsch, ihm seinen verdammten Kopf abzureißen!«, schnappte Scott zurück. »Ich schätze, ich habe mich in gewisser Weise, angesichts wie häufig wir gewonnen haben, für unbesiegbar gehalten.«

»Glaubst du?« Gabrielle drehte sich um und lehnte sich gegen den Tisch. »Ich glaube, wir sind auf dieser Mission alle ein bisschen schlampig gewesen.« Sie fragte Scott über die Schulter: »Willst du Bethany Anne hier dabei haben?«

Scott zog eine Grimasse. »Nein, zum Teufel!« Dann grinste er. »Das waren doch nur ein paar Kugeln. Wie zur Hölle sollen wir die notwendige Glaubwürdigkeit aufbauen, wenn Bethany Anne uns jedes Mal an den Nüssen...« Scott schwieg kurz um sich dann zu korrigieren: »... unseren Fortpflanzungsorganen aus dem Feuer zieht?«

»Das ist mir auch absolut schleierhaft«, meinte Gabrielle. »Aber wir werden da reingehen und ich werde gottverdammt sicherstellen, dass wir ein riesengroßes Zeichen setzen, damit jedem klar wird, dass sich mit den Queens Own anzulegen ein erstklassiger Weg ist sich *in die Scheiße zu setzen.*«

Scott stemmte sich hoch und ließ seine Beine über die Tischkante gleiten, um sich neben Gabrielle hinzusetzen. »Hey.« Sie wandte sich ihm zu. »Ich habs überlebt. Mir gehts gut oder ich werde zumindest in fünfzehn Minuten wieder so gut wie neu sein, also lass‹ es gut sein.«

»Was gut sein lassen?«, erwiderte Gabrielle.

»Du kannst mich nicht hinters Licht führen, Gabrielle. Du gibst dir selber die Schuld.«

»Wieso glaubst du das?«

»Weil wir das alle machen. Ob ich es bin, Darryl, Eric oder John. Das ist uns allen irgendwann einmal passiert.« Sie nickte abgehakt mit dem Kopf, daher fuhr Scott fort. »Ad Aeternitatem. Wir mögen die Queens Own sein, aber wir sind auch die Queens Bitches und wenn die Own sich entschließen zickig zu werden... « Scott Stimme verklang.

»Möge jedes dämliche Arschloch besser ein tiefes, dunkles Loch zum Reinkriechen finden«, ergänzte Gabrielle.

»Verdammt genau! Sie können sich entweder in einem verstecken oder wir können sie in einem begraben«, beendete Scott den Gedankengang.

Gabrielle lächelte. »Danke dir.«

»Was kommt als nächstes?«, erkundigte sich Scott.

»Aufruhr«, stellte sie fest.

Darryl kam herein und warf jedem von ihnen eine taktische Schutzweste zu und legte vier keramische Einlagen auf den Küchentresen. »Was denn, wechseln wir schon jetzt von Diplomatie zu Aufruhr?«, fragte er und sie nickte zustimmend.

Darryl zuckte die Achseln. »In Ordnung, dann sind die Bitches wieder zurück!« Darryl wechselte einen High-Five mit Scott, der dabei nur leicht zusammenzuckte und wandte sich dann wieder an Gabrielle. »John kommt her, nicht wahr?« Sie nickte wieder.

Darryls Gesicht wechselte zu einem Ausdruck, als ob er gerade herausgefunden hätte, dass der heißgeliebte Hund eines Freundes verstorben war. »Die armen Hurensöhne«, sagte er mitleidig.

Sie lachten alle darüber.

TQB-Stützpunkt, Colorado, USA

Den Nachklang der Emotionen einer wundervollen Nacht mit Michael genießend, hatte sich Bethany Anne dazu entschlossen, nach ihrer Rückkehr mit Ashur durch das Aetherische noch ein paar Stunden im Bett zu verbringen. Er hatte ihre Räume verlassen, um weiß Gott wohin zu gehen, aber sein Auftauchen würde zumindest jeden auf ihre Anwesenheit hinweisen.

Nach dem Duschen hatte sie sich hingelegt und streckte sich jetzt gerade so richtig gemütlich.

»Bethany Anne?«

Ja, ADAM.

»Ich muss mit dir die Alternativen durchdiskutieren, die uns hinsichtlich der Säuberung der Cyberkriegspakete offenstehen, die in der ganzen Welt verteilt sind.«

Na schön, das war es dann mit dem Ausruhen.

Okay, wie weit bist du?

»Ich habe zweiunddreissigtausend vierhundertsiebenundfünfzig verschiedene Simulationen durchgespielt. Die beste und durchführbarste Methode, um die Reinigung der meisten Geschäftscomputer zu unterstützen und die komplizierten Methoden der sofortigen oder verzögerten Wiederinstallation der negativen Pakete zu entwirren, wird ungefähr einhundertzweiundvierzig Tage brauchen. Die Parameter dieser Berechnungen gründen sich auf Pakete, die von Nationalstaaten stammen. Die erforderliche Zeit für die auf Terroristen zurückzuführenden Pakete liegt etwas darunter.«

Wieso dauert die Umsetzung so lange?

»Es braucht Zeit, um sich an einigen der eher schwierigeren Firewalls vorbeizuschleusen und die Codes in die Backup-Programme einzugliedern.«

Backup-Programme?

»Ja, die infizierten Backups werden Zeit brauchen, um sich in der Langzeitspeicherung zu verbreiten, während die neuen und modifizierten Codes in das kurz- und mittelzeitige Speicherungsniveau eindringen müssen.«

Oh, daran hatte ich nicht gedacht.

»Ist das nicht, was du mich zu tun gebeten hast?«

Doch, ADAM. So... wie fühlst du dich dabei?

»Fühlen? Was bedeutet Fühlen?«

Wenn ich zugebe, dass du meine Unfähigkeit ausgleichst, wie verarbeitest du das?

»Es hat mich berechnen lassen, dass ich eine wertvolle Komponente für diese Gruppe bin.«

Das bist du, aber ich widerspreche in einer Hinsicht — du bist keine ›Komponente‹ dieser Gruppe. Du bist ein beitragendes Mitglied und ein eigenständiges, wertvolles Wesen. Ich verlasse mich auf dich, diese Dinge zu handhaben, verstanden?

Diesmal gab es eine Pause, bevor ADAM antwortete.

»Ich verstehe, Bethany Anne... Danke dir.«

Keine Ursache, ADAM. Hey, was hast du mit ›terroristischen Paketen‹ gemeint?

»Es besteht eine Menge an terroristischen Bedrohungen. «

Wie schnell können diese sicher aus dem Verkehr gezogen werden?

»Ohne uns um die Backups zu kümmern, achtundvierzig Stunden. «

Wieso ist das soviel einfacher?

»Sie sind nicht einmal annähernd so hochentwickelt wie die Pakete der Nationalstaaten.«

Schön, dann kümmere dich um die, sobald es durchführbar ist.

»Ja, Bethany Anne.«

Bethany Anne gelang es anschließend, sich noch weitere dreißig Minuten auszuruhen, bevor sie von einem Anruf unterbrochen wurde. Sie nahm ihr Handy und sah auf das Display, bevor sie den Anruf annahm. »Hallo Stephen, wie steht's?«

Stephen antwortete: »Was sollte wohl immer stehen, Bethany Anne?«

»Du zur Verfügung?«, erwiderte sie lächelnd.

»Na ja, das auch.«

»Okay, spuck es aus, Stephen.« So sehr sie Stephen auch mochte, erhielt sie doch selten einen Anruf von ihm, nur um einfach so zu plaudern.

»Dan und ich haben miteinander geredet und würden gerne wissen, ob dir bewusst ist, dass sowohl Darryl als auch Scott verwundet worden sind?«

Bethany Anne richtete sich hastig im Bett auf. »Was! Wie?«

»Das Ergebnis zweier verschiedener Situationen. Das erste Mal ergab sich, als das Team losgezogen ist, um Kamiko Kana in die Ecke zu treiben und dabei Darryl angeschossen wurde, aber relativ gut weggekommen ist. Das zweite Mal war, als Darryl und Scott vor etwa sechs Stunden aus dem Hinterhalt überfallen wurden und Scott verwundet wurde.«

Bethany Anne wurde bewusst, dass sie vor sechs Stunden mit einem unbestimmten Gefühl, irgendwo läge etwas im Argen, aus Michaels Bett aufgestanden war. Ihre Euphorie hatte jedoch alle negative Gefühle ausgeräumt. »Wie schlimm hat es Scott erwischt?«

»Es geht ihm besser, soweit ich weiß.«

»In Ordnung, ich werde aber ihre Nanozyten überprüfen müssen. Ich habe von ihren Verletzungen nicht die Art Feedback bekommen, die ich eigentlich erwartet habe.«

»Oder vielleicht waren sie nicht schwer genug verletzt?«, warf Stephen ein, der an seine eigene Nahtod-Erfahrung zurückdachte, als Bethany Anne wegen ihm gekommen war.

Oder... sie wollten nicht, dass du es weißt.

TOM, meinst du etwa, das Setup kann Absichten interpretieren und darauf reagieren?

Wahrscheinlich. Sie sind sehr eng mit dir verbunden, aber um eine Kommunikation auf diesem Niveau zu beginnen, sind Absicht und Gedanken nötig.

»Okay, ich bin gerade darüber informiert worden, dass die Jungs es mich vielleicht nicht wissen lassen wollten. Was sind die letzten Neuigkeiten?«

»Dan sagt, dass Gabrielle angerufen und ihn gebeten hat, morgen John und Eric mit ›einer Tonne Scheißdreck‹ zu schicken.

»Sie wollen mich wirklich nicht dabei haben, nicht wahr?«, dachte sie laut nach.

»Ich glaube, sie denken, du würdest ihnen vielleicht den Spaß verderben«, erklärte Stephen.

»Warum verlangen sie dann John? Er wird diese Scheißer ganz sicher im Alleingang in der Luft zerreißen. Er ist nämlich immer noch sauer auf mich, weil ich mir diesen kleinen Pisser in Dallas alleine vorgeknöpft habe.«

»Einen Augenblick«, bat Stephen um Geduld, danach konnte Bethany Anne hören wie er mit Dan sprach. Stephen meldete sich wieder. »Ich schalte dich auf Lautsprecher.«

»Hi Bethany Anne«, grüßte Dan.

»Hey Dan-ster«, sie grinste, als sie sein Stöhnen hörte. »Was ist mit deinem knallharten Lieblingsteam los?«

»Ich glaube, sie sind tatsächlich ziemlich stinkig«, meinte Dan.

»Oh?

»Eindeutig.« Er fuhr fort: »Während Stephen mit dir gesprochen hat, habe ich eine Liste von den gewünschten ›Spielsachen‹ bekommen. Es reicht aus, um einen kleinen Krieg anzufangen.«

Bethany Anne dachte einen Augenblick darüber nach. »Ich glaube, die Bitches stehen kurz davor, einiges Ungeziefer in den Boden zu stampfen.«

»Nicht die Queens Own?«, fragte Stephen.

»Oh, ist beides das Gleiche. Meine ›Own‹ sind die besser gelaunte Gruppe. Diese Gruppe jetzt besteht aus den Männern, die ich in den Everglades von Florida kennengelernt habe.« Sie schwieg kurz. »Gott, ich werde es vermissen mit ihnen loszuziehen.«

»Du gehst nicht mit hinein?«

»Nein«, erwiderte sie widerstrebend. »Das kann ich nicht machen oder ich erzeuge einen falschen Eindruck. Ich habe die ›Queens Own‹ ausgesandt, damit sie sich um diese Sache kümmern. Sie werden das durchziehen müssen. Sie werden ihre Aufgabe entweder erledigen oder unglücklicherweise auf dem Rücken zurückkehren. Aber ich bezweifle wirklich, dass das passieren wird. Ich gehe allerdings davon aus, dass Frank wahrscheinlich dort einiges an ernsthaften Aufräumungsarbeiten zu erledigen haben wird, wenn sie halb Australien und China in die Luft jagen, falls einer von diesen Jungs sterben sollte.«

»Du würdest sie wirklich so viel Zerstörung anrichten lassen?« Das war Barnabas Stimme, die sie unterbrach.

Stephen meldete sich: »Entschuldige bitte, ich habe nicht bemerkt, dass er ins Büro gekommen ist. Er ist schon immer ein neugieriges Aas gewesen und versteht selten die Bedeutung von Grenzen.«

Bethany Anne sah sich gezwungen, der Diskussion der beiden Vampire zuzuhören, als sich Barnabas gegen Stephens Beschuldigung verteidigte: »Ich verstehe sehr wohl die Bedeutung von Grenzen, Stephen! Du hast mich außerhalb einer offenen Tür stehen lassen und hast nicht gesagt, ich dürfe nicht hereinkommen. Ich habe dir so etwas nicht angetan seit...«

»Kein Ton mehr«, schnitt ihm Stephen das Wort ab. »Ich habe dich in, über was auch immer für eine Zeitspanne du gerade dabei bist zu salbadern, nicht mehr gesehen, also versuch das erst gar nicht.«

Bethany Anne verdrehte ihre Augen. »Jungs! Haltet eure Klappe. Ich werde Barnabas Frage beantworten, aber ich stehe auf Stephens Seite. Solange du nicht anklopfst und darum bittest, dich am Gespräch beteiligen zu dürfen, lauschst du eindeutig. Wenn du Zugang zu Unterhaltungen auf diesem Niveau haben willst, musst du deine Neutralität aufgeben, Barnabas. Verstanden?«

»Das tue ich«, antwortete Barnabas nach einer nachdenklichen Pause.

»In Ordnung, dann zu der Antwort auf deine Frage... wenn jemand einen meiner Own umbringt, dann nein. Ich habe kein Problem damit, dass sie zerstören, was auch immer erforderlich ist, um die Drecksäcke zu finden, die es getan haben. Auf lange Sicht ist das besser.«

»Wieso wäre es besser?«, fragte Barnabas.

»Es würde zumindest die Hälfte der Bevölkerung am Leben bleiben. Wenn sich meine Own nicht darum kümmern würden, bliebe es an mir hängen und ich kann dir versprechen, dass niemand mich kommen sehen möchte.«

»Aber sicherlich würdest du keine Unschuldigen töten?«

»Hast du jemals die Geschichte von Lot gelesen?«, fragte Bethany Anne.

»Lot? Der Lot aus dem Alten Testament der Bibel?«,

unterbrach Stephen verwirrt.

»Genau der«, bestätigte Bethany Anne.

»Ja, ich kenne die Geschichte«, erwiderte Barnabas.

»Dann kennst du meine Antwort.«

»Hmmm. Ich verstehe«, sagte Barnabas.

Bethany Anne konnte hören, wie Dan im Hintergrund Stephen zuflüsterte: »Was zum Teufel hat sie gerade gesagt?«

»Das ist die Geschichte von Sodom und Gomorra«, sagte Stephen zu Dan. »Die ganz, ganz kurze Version ist, es gibt keine Unschuldigen.«

»Und es gibt danach auch kein Sodom und Gomorra mehr«, fügte Barnabas hinzu.

Barnabas dachte, dass Bethany Anne in der Tat einer Furie gleichen konnte. »Gewiss ist das ein wenig zu alttestamentarisch im Denken?«

»Okay, also pack ich alles zusammen und schicke John und Eric los?« Dan versuchte, das Gespräch wieder in weniger philosophische Bahnen zu lenken.

»Nun, wenn du mich als den politischen Anführer fragst, dann würde ich dir sagen ja, verdopple die Waffen und setz dich schon mal vorsorglich mit Frank in Verbindung. Wenn du mich in meiner militärischen Eigenschaft fragst, dann ist das deine Sache.«

Sie konnte Dans Lächeln in seiner Stimme hören, als er sagte: »Man kann nie zu viel ›Bumms‹ haben.«

Bethany Anne fragte sich, ob Dan nicht vorhatte sich selber zu dem Tanz einzuladen.

KAPITEL 18

Sahara, Afrika

Jeffrey und Marcus ließen den Pod nur achthundert Meter von einem kleinen Lager entfernt in der Wüste Gobi landen. Sobald der Pod nur noch einen halben Meter über dem Boden schwebte, glitt er lautlos durch das Gebüsch vorwärts, bis er weniger als einhundert Meter vor dem Lager anhielt, damit sie aussteigen konnten.

Die Frau, mit der sie sich treffen wollten, Dr. Michelle S. Brown-Williams, hatte Jeffrey mitgeteilt, dass sie sich in der Mitte der verdammten Wüste aufhielt. Wenn er ein Bewerbungsgespräch für eine ›super-geheime‹ Stellung mit ihr führen wollte, könnte er an diesem Abend ja bei ihr vorbeischauen, um mit ihr zu reden.

Sie hatte Jeffreys Anruf nicht sehr freundlich aufgenommen und ihn brüsk mit der Bemerkung abgewiesen, dass sie ›gerade eben‹ in ihrem Kalender nachgesehen hätte und unglücklicherweise wäre jeder andere Tag in der vorhersehbaren Zukunft ausgebucht. Sie war aber dann leicht überrascht, als er ihr einfach nur sagte, dass er mit jemandem anderen kurz nach Einbruch der Dunkelheit eintreffen würde.

Sie meinte daraufhin nur trocken, dass er ja völlig wahnsinnig sei, wenn er wirklich daran glauben würde, dass er es aus Colorado bis zu ihr rechtzeitig schaffen würde. Jeffrey forderte sie daraufhin zu einer Wette heraus. Wenn sie pünktlich dort eintreffen würden, dann müsste sie ihm zwei Stunden zuhören, bevor sie sich eine Ausrede einfallen lassen durfte, um sie aus ihrem Lager zu werfen.

Sie hatte herzhaft darüber gelacht und Jeffrey gesagt, er wäre ›für einen Schlipsträger gar nicht so übel‹ und sie sollten ruhig rüberkommen.

Daher hatten Marcus und er genau das getan.

Beide trugen leichte Bekleidung, Khaki-Hosen, Tennisschuhe und lose Poloshirts. Sie blieben dreißig Meter außerhalb des Lagers stehen und riefen, während Jeffrey eine Taschenlampe einschaltete und damit winkte.

Ein dunkelhäutiger Mann in dunkler Kleidung trat in zehn Metern Entfernung aus dem Gebüsch heraus und starrte sie überrascht an. Er hielt ein altes Gewehr in der Hand, hatte es aber nicht drohend auf sie gerichtet.

Jeffrey sagte: »Dr. Brown-Williams?« Der Mann erwiderte nichts, daher versuchte es Jeffrey noch einmal: »Ich suche nach Dr. Brown-Williams.«

»Nun, Sie haben sie gefunden!« Beide Männer drehten sich nach rechts, wo eine ältere Frau mit einem von der Sonne gegerbten Gesicht und einem großen, abgenutzten Hut auf dem Kopf aus Richtung des Lagers durch die Büsche herankam. Sie blieb kurz vor ihnen stehen und leuchtete sie mit ihrer Taschenlampe an. »Wer von euch ist Jeffrey?« Jeffrey hob seine Hand. Sie wandte sich an Marcus und fragte: »Und wer sind Sie?«

»Dr. Marcus...« Fast zu spät fiel Marcus ein, dass sein Aussehen eigentlich dem ihren gleichen müsste, mit grauem Haar und gealterter Haut. Sie würde ihm nicht glauben, dass er der war, der er zu sein behauptete. Marcus stolperte über seinen Nachnamen und sie bat ihn den zu wiederholen. Schließlich seufzte er und gab zu: »Cambridge.«

»Marcus Cambridge? Nie von Ihnen gehört.«

Jeffrey schnaubte amüsiert und Marcus hätte ihm am liebsten eine verpasst. Stattdessen erwiderte er: »Kein Grund, dass er Ihnen bekannt sein sollte.«

Sie trat näher. »Was ist Ihr Fachgebiet?«

Jeffrey antwortete für ihn. »Würden Sie Raketenwissenschaft und Schwerkraftantrieb glauben?« Sie sah ihn misstrauisch an und er zuckte die Achseln. »Es ist die Wahrheit, ich frage nur, ob Sie bereit sind es zu glauben.«

Sie sah sich in den Büschen und im Sand um, blickte dann zu den Sternen hoch. »Nun, in Anbetracht dessen, dass ihr zwei aus Colorado hier hergekommen seid?« Sie warf einen Blick zu Jeffrey, der nickte und fuhr dann fort: »In einer solch kurzen Zeitspanne. Ich bin bereit, meinen Glauben für eine kurze Zeit zurückzustellen, aber das liegt nur daran, dass ich in erster Linie nicht begreifen kann, wieso ihr mich in Afrika aufsuchen kommt.« Sie drehte sich um. »Begleitet mich, die Burschen werden auf euer Fahrzeug aufpassen.«

Jeffrey schaute zu Marcus hinüber und dieser zuckte die Achseln. Keiner von beiden wusste, was sie sagen sollten, da ihr Pod schon längst fort war.

Sie kamen in das Lager, das recht gut eingerichtet war. Dort standen zwei Land Rover; an einem davon war ein großes Zelt angebracht, das mindestens fünf Meter hervorragte. Das andere war ein mehr traditionelles Zelt und nicht an einem Fahrzeug befestigt. In der Mitte befand sich die mit Steinen ausgelegte Feuerstelle, in der ein wenig Holz brannte. Jeffrey konnte im flackernden Licht des Lagerfeuers zahlreiche über Gegenstände gespannte Planen ausmachen und bei einem war die Abdeckung gerade weit genug zurückgeschlagen, um feststellen zu können, dass es sich um Solargeneratoren handelte.

»Nehmen Sie Platz.« Sie wies zu ein paar alten Klappstühlen hinüber. »Die besten Sitzplätze, die das Haus anzubieten hat. Behaupten Sie also nicht, ich hätte Ihnen keine erstklassige Unterbringung angeboten.« Sie grinste über ihren Witz, als sie in das am Land Rover befestigten Zelt griff und einen weiteren Stuhl hervorzog.

Beide Männer setzen sich. Jeffrey sah zu Marcus hinüber, der versuchte seinen wackeligen Stuhl in eine bequeme Stellung zu bringen.

Michelle deutete auf die Stuhlbeine: »Er steht auf einem Stein, rücken Sie den Stuhl etwas beiseite und schon ist alles in Ordnung.« Marcus erhob sich und rückte seinen Stuhl zur Seite.

Marcus nickte Michelle zu. »Danke.«

»Stadtpflanze?«, fragte sie, aber dieses Mal mit einem Lächeln.

»Ja, dieser Kommentar passt zu mir.« Marcus wandte sich an Jeffrey. »Bitte sag kein Wort zu Bobcat und William, sie würden es mich nie vergessen lassen.« Jeffrey lachte.

»In Ordnung«, fuhr sie fort. »Das hier läuft auf eure Kosten. Was liegt an?«

»Ich habe eine Herausforderung für Sie«, begann Jeffrey.

Sie erhob eine Hand und zeigte auf die Umgebung.

»Ich stehe hier bereits vor einer genügend großen Herausforderung.«

Jeffrey schaute sich um. »Nicht so besonders groß. Sie haben ein Projekt, wofür Sie sich leidenschaftlich einsetzen, um der Menschheit in bewundernswerter Weise zu helfen, voranzukommen.« Er drehte sich wieder zu Michelle um. »Das ist großartig, aber Sie sind nur einer unter vielen Wissenschaftlern in diesem Bereich. Sie von hier abzuziehen mag ein Problem darstellen, aber letztendlich wird Ihr Beitrag einer von... wie vielen sein? Hunderten vielleicht?«

»Wahrscheinlich Dutzenden, aber ich verstehe Ihren Punkt. Fahren Sie fort.«

»Okay, einer unter Dutzenden, die helfen. Ich behaupte nicht, dass Sie nicht eine treibende Kraft für die Umsetzung Ihrer Ziele sind. Ich biete Ihnen aber eine Herausforderung an, die Sie noch nicht gelöst haben. Eine, bei der die Regierung weder die Aufsicht führt, noch daran beteiligt ist. Ich kann ebenfalls garantieren, dass die Finanzierung bereits steht, um uns zu erlauben, nein, zu verpflichten, dieses Problem in Monaten zu lösen...«

»Wochen«, korrigierte Marcus.

Jeffrey wandte sich ihm zu. »Wirklich? Alles ist schon bereit, um so schnell abgewickelt zu werden?« Marcus nickte.

Michelle dachte, dass es mehr als interessant war, dass der Wissenschaftler dem Schlipsträger den Zeitrahmen vorgab und dass der Wissenschaftler ihm mitteilte, es würde früher fertig sein als geplant.

»Ich schätze, ich sollte dieses Verkaufsgespräch besser ein ganzes Stück anziehender machen.« Er lächelte Michelle an. »Okay, hier kommt das wirklich lange Verkaufsargument, das ich bereit bin zu enthüllen: Wir werden innerhalb von Wochen oder maximal wenigen Monaten Zivilisten auf den Mond bringen. Die Regierungen wissen nichts darüber und wir müssen zusehen, dass wir alle nötigen Voraussetzungen haben, um Lebensmittel auf der im Himmel hängenden, großen, weißen Kugel wachsen zu lassen. Und zwar verflucht schnell. Wir glauben zwar nicht, dass die Regierungen unsere Versorgung abschneiden können, wollen das aber auch nicht gerade auf die harte Tour herausfinden. Daher möchten wir den Mondstützpunkt so bald wie möglich autark haben. Sie kommen mit den besten Empfehlungen von einem ehemaligen Kollegen mit dem Sie früher bei der NASA...«

»Sie arbeiten mit diesen Blödianen von der NASA zusammen?«, fragte Michelle abweisend.

»Schauen Sie mal, bei dem Verein arbeiten gute Leute«, konterte Marcus, »Nur weil für die Oberen da politische Intrigen das Gebot der Stunde sind, muss man nicht alle anderen runtermachen.«

Michelle sah ihn sich genauer an. »Wissen Sie was mich beschäftigt?«

»Keine Ahnung«, gab Jeffrey zu.

»Dass Marcus mich wirklich an ein Gesicht aus vergangener Zeit erinnert, ein Jahrzehnt oder vielleicht sogar noch länger her. Das Problem ist, dieser Marcus hier ist zu jung.« Sie drehte sich leicht in ihrem Stuhl. »Arbeitet vielleicht Ihr Vater in diesem Fachbereich?«

Marcus beantwortete ihre Fragen wahrheitsgemäß. »Nein, mein Vater war der Dirigent eines High-School Orchesters. Aber er ist mittlerweile schon verstorben.«

»Entschuldigung, mein Beileid«, sagte sie. »Ich neige

gelegentlich dazu in Fettnäpfchen zu treten.«

»Das habe ich bei den meisten meiner Freunde, die Wissenschaftler sind, häufig angetroffen«, stimmte Marcus zu.

»Sie scheinen recht locker drauf zu sein, Sie müssen auf der zivilen Seite des Mikroskops stehen«, kommentierte Michelle.

Jeffrey unterbrach an diesem Punkt ihren Austausch: »Äh, er hat Erfahrungen im Regierungsbereich gesammelt, glauben Sie mir.« Dann fuhr er fort: »Ich bin hier, um Sie zu fragen, ob die Entwicklung einer durchführbaren Methode der Pflanzenzucht im All Sie immer noch fasziniert und ob Sie bereit wären sofort …«, er unterbrach sich mitten im Satz und blickte sich um. »Oder zumindest fast unmittelbar zu uns zu stoßen und ihre laufende Arbeiten verlassen würden, wenn wir jemanden dafür bezahlen, Ihre Stelle hier zu übernehmen. Und außerdem, sind Sie bereit dies für sich zu behalten?«

»Wieso, wild darauf den Mond zu vergewaltigen?«, fragte Michelle skeptisch.

Michelle begann Jeffrey langsam auf die Nerven zu gehen. »Nein, es wird kein *Vergewaltigen* und ich möchte hinzufügen, dass das eine drastische Bezeichnung ist. Mein Boss wird das nicht auf die leichte Schulter nehmen, wenn Sie das in ihrer Gegenwart noch einmal sagen.«

»Ihr Boss ist eine Frau?«

Jeffrey schürzte seine Lippen. »Sollte das eine Rolle spielen? Was ist mit der Gleichberechtigung passiert?«

Sie winkte ab. »Wenn es mal eintrifft, dann sagen Sie mir Bescheid. Das wird sowieso erst in ferner Zukunft sein.« Sie war im Begriff fortzufahren, als einer ihrer

Männer in das Lager zurückkehrte und dann aufgeregt mit ihr sprach. Michelle stellte ihm eine Gegenfrage und er antwortete. Sie wandte sich wieder den beiden Männern zu. »Wie haben Sie doch gleich gesagt, sind sie hergekommen?«

Jeffrey antwortete: »Wir haben nichts darüber gesagt. Wieso, ist das von Bedeutung? Wir werden genauso wieder gehen wie wir gekommen sind. Zu Fuß.«

»Weil mein Mann hier sagt, dass eure Fußspuren einfach plötzlich mitten im Sand erscheinen. Der Bereich rundum ist nicht aufgewühlt, aber es sieht danach aus, als ob Sie nicht weit entfernt vom Lager von irgendetwas heruntergesprungen sind.« Sie sprach wieder mit ihrem Mann und wartete seine Antwort ab, bevor sie sich wieder zu ihnen umdrehte. »Er sagt, auch keiner von den Außenpatrouillen hat etwas gehört.«

»Sie brauchen hier draußen eine Außenpatrouille?«, fragte Marcus beunruhigt und blickte sich um, als ob jeden Moment irgendetwas Gefährliches aus den Büschen hervorstürzen könnte.

Michelle ignorierte Marcus. »Das ist eine außergewöhnlich unglaubliche Meisterleistung.«

Jeffrey zuckte die Achseln. »Sie haben gesagt, wir müssten heute Abend hier sein, andernfalls könnten wir kein Bewerbungsgespräch führen. Sie haben nicht gesagt, dass wir zu erklären hätten, wie wir hergekommen sind.«

Michelle trommelte mit den Fingern auf der Armlehne. Schließlich sagte sie: »Sie versuchen meine Neugier anzustacheln, nicht wahr?« Jeffrey nickte stumm. »Werde ich den fliegenden Teppich vorher zu Gesicht bekommen oder ist das Annehmen des Jobs eine Vorbedingung?«

Jeffrey überdachte ihre Frage und drehte sich zu Marcus. »Wie vertrauenswürdig?«

Marcus hörte auf, die Büsche rundherum zu überwachen und sah Jeffrey an. Seine Augen schweiften trotzdem weiter umher. »Sehr. Hasst Lügner und erträgt keine Idioten«, erwiderte er kurz. Michelles Augen verengten sich, während sie Marcus genauer unter die Lupe nahm, der sich aber im Augenblick ihrer Aufmerksamkeit nicht bewusst war.

»Sehr schön«, meinte Jeffrey. »Hier ist mein Angebot. Ich werde Ihnen unser Transportmittel zeigen, wenn Sie darin eine dreißigminütige Fahrt mit mir machen. Ich werde Sie danach genau hier wieder absetzen, wenn Sie das dann noch möchten. Allerdings benötige ich Ihren persönlichen Eid, dass Sie niemals absichtlich oder zu welchem Zweck auch immer weitergeben werden, was Sie dabei erfahren oder anderen helfen, davon Kenntnis zu erlangen.«

»Bis wann?«, entgegnete sie.

Jeffrey hätte am liebsten seine Augen verdreht, diese verdammten Wissenschaftler! Er wandte sich wieder an Marcus. »Wie lange dauert es deiner Meinung noch, bis es irrelevant sein wird?

Marcus antwortete ohne ihn anzusehen. »Vielleicht sechs Monate?«

Jeffrey sagte zu Michelle: »Geben Sie uns ein Jahr.«

Sie zeigte auf Marcus. »Er hat sechs Monate gesagt.«

»Und ich bin ein Schlipsträger, seien Sie froh, dass ich seine Einschätzung nur verdoppelt und nicht vervierfacht habe.« konterte Jeffrey.

Michelle lächelte. »Für einen Schlipsträger sind Sie

fast menschlich.«

»Ja, das ist genau das, was ich über Rechtsanwälte sage«, antwortete er.

»Oh nein, du wirst mich nicht mit den ganzen Bestien hier im Freien zurücklassen«, sagte Marcus und schüttelte nachdrücklich seinen Kopf, als ihm klar wurde, dass sie in nur einem Pod gekommen waren. »Auf gar keinen Fall, egal was du sagst.« Mit jedem Wort hieb er auf seine Armlehne, um seine Erklärung zu unterstreichen.

»Das geht schon in Ordnung«, beruhigte ihn Jeffrey, »Ich habe einen anderen angefordert, der dich zurückbringen kann.«

Besänftigt sagte Marcus: »Oh, gut.«

»Was wird aus meinen Leuten?«, fragte Michelle.

»Tut mir leid, sie sind nicht in unserer Vereinbarung eingeschlossen«, wehrte Jeffrey ab. »Ich kann ihnen keinen Zugang zu der Technologie gestatten.«

»Nein, Sie Schlipsträger. Meine Frage ist, ob sie berücksichtigt werden, wenn ich mit Ihnen mitgehe?«

»Möchten Sie, dass sie eingestellt oder für ein Arbeitsjahr kompensiert werden?«, fragte Jeffrey. Er war sich nicht sicher worauf Michelle hinauswollte.

»Sie würden zulassen, dass ich sie in mein Team aufnehme?«

Jeffrey zuckte die Schultern. »Warum nicht? Wenn Sie Hilfe brauchen und falls diese Leute dazu geeignet sind, dann ja. Falls sie allerdings nicht in der Lage sind Ihnen wirklich nützlich zu sein, erwarte ich von Ihnen die entsprechende Entscheidung und ich sorge dafür, dass sie ein Jahr lang ihre monatlichen Zahlungen erhalten.«

»Wieso keine Einmalzahlung?«, fragte sie.

»Ich habe zu viele Leute untergehen sehen, wenn so etwas passiert.« Jeffrey zuckte wieder die Achseln. »Aber wenn Ihnen das lieber ist, dann werde ich das dementsprechend einrichten.«

Sie nickte. »Okay, ich nehme Sie beim Wort und werde auf Ihrem fliegenden Teppich mitreisen. Brauche ich vorher noch irgendetwas Besonderes?«

»Vielleicht wollen sie vor der Abreise noch etwas trinken oder die Toilette aufsuchen? Über diesen Komfort verfügen wir leider nicht.« Michelle nickte und ging in ihr Zelt. Jeffrey drehte sich zu Marcus um. »Ist das für dich okay zurückzukehren oder willst du lieber mit uns hochkommen?«

Marcus überlegte nur kurz. »Weißt du was? Ich glaube, ich kehre lieber zurück. Wir sehen uns in der Höhle?« Jeffrey nickte.

Einen Moment später kam Michelle wieder heraus. Sie hatte sich eine saubere Bluse angezogen und hielt eine Flasche Wasser in der Hand.

Die Gruppe benötigte nur wenige Minuten, um sich weit genug zu entfernen, damit das Licht aus dem Lager nicht mehr ihre Nachtsicht beeinträchtigte. Michelle hatte ihre Männer gebeten, im Lager zu bleiben. Sie erklärte ihnen, dass es nicht gut war zu wissen, was in Kürze passieren würde. Ihre Sicherheit könnte in der Zukunft davon abhängen nichts zu wissen. Im Unterschied zu Amerika, reichte diese Erklärung für ihre Leute völlig aus und sie blieben zurück.

Jeffrey und Marcus erlaubten Michelle, sie zu einem offenen Bereich zu führen, der hauptsächlich aus einem großen, flachen Felsen bestand. Die durch das Mondlicht geschaffenen Schatten regten Marcus mittlerweile überaktive Vorstellungskraft weiter an. Aus welchem Grund auch immer, auf ihrem Weg in das Lager hatte er nie an eine mögliche Gefahr gedacht, aber jetzt sah er hinter jedem dunklen Busch ein furchterregendes Paar Augen lauern.

Michelle sah sich neugierig um, als Jeffrey ein kleines Gerät aus seiner Tasche zog, auf einen Knopf drückte und sagte: »TOM, bring bitte beide herunter. Marcus wird wieder nach Colorado zurückkehren.«

Michelle legte den Kopf in den Nacken um hochzusehen und strengte sich mindestens fünfzehn Sekunden an, irgendetwas zu erkennen, bevor zwei dunkle Objekte ihr den Blick auf die Sterne verdeckten. Sekunden später standen sie vor ihr.

Sie zeigte auf die. »Wieso habe ich die nicht kommen hören?«

Marcus maulte: »Null-Schwerkraft.«

Jeffrey lächelte Marcus an und rügte ihn: »Sei kein Arschloch! Nur, weil ich etwas über Bobcats Abkürzungen zu sagen hatte, bedeutet nicht, dass du diesen Streitpunkt den ganzen Weg nach Afrika mitschleppen musst.« Er wandte sich an Michelle. »Dr. Cambridge hier ist der führende Wissenschaftler auf der Erde, um die Technologie der Pods zu erklären, aber unglücklicherweise kehrt er jetzt nach Colorado zurück und ich würde es einfach nur verpatzen.« Jeffrey setzte sein allerhöflichstes Lächeln auf.

Was nicht funktionierte.

»Übersetzung der Schlipsträgersprache: Sie wollen nicht, dass er einem anderen Wissenschaftler erzählt wie es funktioniert?«

Jeffrey verdrehte die Augen. »Ja und nein. Genau genommen bin ich nicht darüber besorgt, dass Sie es verstehen könnten, selbst wenn er es Ihnen erzählen würde.«

»Woran liegt das«, konterte sie, »Ist die Technologie etwa nicht von dieser Welt?« Sie trug einen gelangweilten ›hab ich alles schon mal gehört‹ Ausdruck auf dem Gesicht.

»Nun, da Sie es gerade erwähnen...«, antwortete Jeffrey mit einem riesengroßen Grinsen. »Ja!«

Er hoffte wirklich, dass er nicht bei jeder Rekrutierungsreise auf derart widerspenstige Personen traf.

Eine Minute später waren sie verschwunden.

TQB-Stützpunkt, Colorado, USA

>>Bethany Anne?<<

Ja ADAM? Bethany Anne lief mit Ashur im Schlepptau zu dem Büro ihres Vaters, um das Problem mit Barb zu besprechen.

>>Ich habe meine Überprüfung der kritischen Infrastrukturpunkte in Hinsicht auf terroristische Angriffe beendet. Während der Durchsicht habe ich von der Hackergruppe Parastoo aus Iran ausgehend, implantierte Software und erhöhte Kommunikation gefunden, die auf die Betreiber der amerikanischen Stromnetze zielen. Gegenwärtig sind sie so eingestellt, simultan verschiedene Teile des nationales Stromnetzsystems anzugreifen. Die Konstruktion der nationalen Stromversorgungsnetze beruht auf einer integrier-

ten gegenseitigen Unterstützung. Ein Angriff auf verschiedene unabhängige Netzbereiche führt dazu, dass diejenigen ohne Versorgung Strom aus benachbarten Netzen ziehen und sie damit überlasten. Die USA wird aufgrund der dadurch erzeugten und sich lawinenartig ausweitenden Betriebsunterbrechungen über Wochen, möglicherweise sogar Monate unter erheblichen nationalen Stromausfällen leiden.<<

Bethany Anne kalkulierte die Auswirkungen, wenn ein großer Teil der Vereinigten Staaten ohne Stromversorgung war. Einige Orte wie Krankenhäuser und andere Einrichtungen würden eine Zeit lang mit Reservegeneratoren arbeiten können. Aber den Kraftstoff heranzuschaffen würde zum Problem werden. Ganz zu schweigen von Kommunikation, Computern und Bankgeschäften.

Kannst du es verhindern?
>>Ja.<<
Werden sie in der Lage sein dich zu lokalisieren?
>>Nein. Wieso sollten sie?<<
Um dich anzugreifen.

Bethany Anne überlegte was ADAM tun sollte. *Was hast du den Chinesen am Ende deiner Warnung gesagt? Nein, halt! Nicht das originale chinesisch, übersetze es bitte für mich.*

>>Ich habe ihnen lediglich freundlich mitgeteilt ›Hallo, mein Name ist Adam. Beendet eure Cyberangriffsbemühungen oder ich werde korrigierende Massnahmen ergreifen. Ihr seid gewarnt.‹<<

Bethany Anne dachte einen Augenblick darüber nach. *Kannst du dir einen Avatar mit dem Hackernamen ›MyNam3isADAM‹ erstellen und dann alle deine Angriffe und Gegenangriffe damit signieren? Sorge dafür, dass sie an irgendeinem gottverlassenen Ort in China landen, wenn sie versuchen dich zurückzuverfolgen.*

>>Meine Berechnungen ergeben, dass Parastoo nicht glauben wird, dass ein chinesischer Hacker der Verantwortliche dafür ist, amerikanische Interessen zu schützen.<<

Oh, das werden sie nicht, stimmte Bethany Anne zu, *aber sie werden sicherlich versuchen, in chinesische Interessensbereiche zu hacken und ich bezweifle, dass die Chinesen dass einfach so hinnehmen werden.*

>>Nein, das werden sie nicht und ja, ich kann das sehr einfach hinbekommen.<<

Gut, dann lasse ich dich hiermit los, um Parastoo die Scheiße aus dem Leib zu hacken, nachdem du die Stromnetze der USA beschützt hast. Sag mir Bescheid, wenn sie sich darauf vorbereiten sonst irgendein Land anzugreifen und finde heraus, wie du diese ebenfalls beschützen kannst.

>>Was, wenn Parastoo mit einem Nationalstaat verbunden ist?<<

Sags mir, aber wenn ich nicht verfügbar bin, ist die Antwort eine boolesche Lösung. Wenn Parastoo, dann Angriff gleich Wahr.

>>Verstanden.<<

Los, schnapp sie dir, Tiger! Bethany Anne lächelte, als sie kurz an die Bürotür ihres Vaters anklopfte und eintrat, während Ashur vor der Tür sitzen blieb.

Zehn Minuten später verließ sie das Büro wieder. Nach einer kurzen Unterhaltung mit ihrem Vater hatten sie beschlossen, dass Barb für die nächsten paar Wochen mit Frank auf der Polarus bleiben sollte. Dies würde sie versteckt halten, während die beiden daran arbeiten konnten, die geheime Einsatzgruppe aufzuspüren, die Barb und ihre Dienststelle benutzt hatten. Bethany Anne war auch mit Lances Anregung einverstanden, dass Mr. ›Superspion‹ mit ADAM zusammenarbeiten sollte, um Barbs Boss wissen zu lassen, dass sie sich in Sicherheit befand.

So, wenn Bethany Anne jetzt noch dafür sorgen konnte, dass Barb nicht ausflippte, dann würde das Leben vielleicht langsam wieder ruhiger werden. Die Zeit würde es zeigen

KAPITEL 19

An Bord der QBS Polarus, Mittelmeer

»Mir fällt es immer noch schwer, wirklich an das Ganze hier zu glauben«, sagte Barb Nickers.

Frank und Barb befanden sich in einem neuen Büro auf der Polarus, das etwas geräumiger war. Frank hatte bereits seine Computer mit den diversen Monitoren aufgebaut. Vorher hatten sie gemeinsam den großen Hauptschreibtisch umgedreht und gegen die Wand geschoben, damit sie beide die Monitore beobachten konnten.

»Welcher Teil davon?«, fragte Frank. Er öffnete zwei der Registerkarten und las sich die bisherigen Suchergebnisse nach der geheimen Einsatzgruppe durch. Unglücklicherweise setzte sich die geheime Einsatzgruppe offenbar aus gottverdammten Profis zusammen und hatten nur sehr wenige Krümel hinterlassen, denen ADAM oder er folgen konnten. Dafür aber Haufenweise Notaus-Sicherungen, so dass jedes Mal, wenn sie eine Spur fanden, sie diese letztendlich in eine Sackgasse führte.

Genau wie bei Barb.

»Eure ganze internationale Operation um den Schutz der Welt zu gewährleisten, während ihr die ganze Zeit unter dem Radar bleibt. Ich meine, wie schaffst du diese Meisterleistung in dem heutigen Zeitalter?«

»Nicht gerade sehr erfolgreich«, gab Frank steif zu.

»Oh, entschuldige bitte, das meinte ich nicht so«, sagte sie errötend. »Wenn es dich etwas tröstet, ich habe nie herausbekommen wie ihr eine ganze Menge von euren Aktionen durchgeführt habt. Nachdem ich in einem Pod hier hergeflogen bin, ist mir klar, dass die Pods für eine Menge der Reisen eingesetzt worden sind.«

Frank, der Barb nur halb zuhörte, während er eine neue Abfrage verfolgte, nickte abwesend.

Barb bemerkte, dass Frank ihr nicht seine volle Aufmerksamkeit schenkte. Nach ihren Erfahrungen in den letzten Tagen kannte sie die Ursache; er hatte etwas gefunden was seine Neugier weckte. Wenn es seine Neugier erregte, dann wurde sie auch neugierig. Deswegen rollte sie ihren Stuhl neben ihn. »Was hast du gefunden?«

Frank flüsterte: »Einen Moment...« und Barb begriff, dass er ihre Anwesenheit kaum wahrnahm. Sie beobachtete ihn, während er einen Bericht auf seinem linken Bildschirm las und dann auf dem rechten ein dreidimensionales Bild der Erde aufrief. Dann wurden vier verschiedene Satelliten hell markiert und um diese herum wurden Bögen eingezeichnet.

Frank zeigte mit dem Finger auf Shanghai, China. »›Hab‹ dich, du Miststück!« Er griff mit einem knappen ›Verzeihung‹ an Barb vorbei und schnappte sich das Telefon.

Dann wählte er drei Ziffern und wartete einen Moment, bevor er zu sprechen begann: »Dan, ich bin es. Ich habe das Miststück geortet. Ja, Kamiko Kana. Mmmhmmm. China. Ja, kein Scheiß. Genauer gesagt, Shanghai. Nein, ich weiß nicht was sie getan hat, um es auszulösen, aber es scheint recht schwach zu sein. Nein!« Frank lachte. »Nicht einmal annähernd in der Größenordnung von Bethany Annes Wellen. Was? Ja, das würde eine Menge über Barnabas Information erklären. Bei Bethany Anne sind die Wellen im Bereich von achttausend zweihundertsiebzig bis zu elftausend vierhundertundfünfzig Kilometer von Shanghai entfernt bemerkbar. Je nachdem wo sich Barnabas aufgehalten hatte, würde das mindestens ein paar tausend bedeuten, denke ich. Wie bitte? Du weißt doch, ich habe keine Ahnung, wie das funktioniert. Laut Barnabas kann er die Richtung spüren… irgendwie. Wieso in China? Ich glaube, sie hat da irgendeine Art von Kontakt zu jemandem im Militär. Die Burschen, die den Cyberkrieg vorbereitet haben? Mmmmmm, das würde eine Menge Sinn machen. Obwohl wahrscheinlich nur mit einem oder zwei konkreten Leuten. Ich bezweifle, dass sie da drüben eine große Operation aufgezogen hat. Nein, meine Erfahrung aus den letzten acht Jahrzehnten legt nahe, dass sie mehr mit der Macht über Gedanken spielt als mit brutaler Kraft.« Frank schwieg kurz und fuhr dann fort.

»Nach der Geschichte, die mir Gabrielle erzählt hat, hat sie ihre gesamte Wache für den Angriff eingesetzt und ist geflüchtet, bevor es auch nur annähernd entschieden oder vorbei war. Daher ist sie eher ein intelligenter Überlebender und sie zieht ihre Bauern umher. Nein, ich kann nicht sagen, wo sie als nächstes auftaucht. Nein, das System hat zwar einen Ein- und einen Ausgang registriert, aber sie lagen so dicht beieinander, dass das System beide Stellen im gleichen Kilometer Umkreis zuordnet. Das könnte sein, sie läuft genauso wie Bethany Anne durch das Aetherische, kann aber nicht weit kommen. Was mich nicht überraschen würde. Ich habe darüber mit Bethany Anne gesprochen, man braucht eine sehr große Menge Energie, um das durchzuziehen. Würde bedeuten, sie springt soweit wie sie es eben schafft, macht dort was auch immer und geht dann weg oder eher noch, besorgt sich sofort mehr Energie. Sie scheint nicht der Typ zu sein, der auch nur kurzzeitig auf ihre kostbarste Fluchtstrategie verzichtet. Ich weiß nicht wie man diese Fähigkeit blockieren kann. Du musst mit Bethany Anne darüber reden. Ja, vielleicht? Ich meine, die Trackingmethode beruht auf der Triangulierung. Man könnte irgendetwas bauen, was das Team benutzen kann, um eine Vorstellung zu bekommen in welche Richtung sie etwa gehen müssen. Aber nichts Direktes und wie hoch liegt die Wahrscheinlichkeit, dass ihr in der Lage seid sie zu erwischen, sobald der Sprung einmal vorbei ist? Okay, gern geschehen. Vergiss nicht Bethany Anne schöne Grüße von mir zu bestellen, ja? Vielleicht lässt sie mich ja wieder aus der Hundehütte. Wie bitte? Zum Teufel, ganz bestimmt nicht! Ich will absolut nie wieder so eine ›Spießrutenfahrt‹ mitmachen. In Ordnung, tschüss.«

Frank legte auf und lehnte sich lächelnd im Stuhl zurück. Zum ersten Mal nahm er die dicht neben ihm sitzende Barb wieder wahr, sie starrte ihn schockiert an. Er wischte sich über den Mund und fragte irritiert: »Was denn? Habe ich etwa vom Frühstück noch Marmelade im Gesicht?«

Barb schüttelte langsam ihren Kopf. »Du bist er.«

»Wer, er?«, fragte Frank verblüfft.

Barb flüsterte feierlich in den Raum: »Du bist der einhundert Jahre alte Regierungsagent!«

Außerhalb des TQB-Stützpunktes, Colorado, USA

Agent Terry DeLeon befand sich vier Kilometer vor den Toren des neuen ›TQB Enterprises‹-Firmensitzes. Er saß in seinem an der Straßenseite geparkten Mietwagen, einem silbernen Nissan Sentra.

Von wegen Repräsentationssitz, dachte Terry. Verarschen konnte er sich selber. Das hier war ein ehemaliger Armeestützpunkt und sein Boss wollte wissen, was dort vorging. Sie hatten einen Haufen von Satellitenfotos der auf dem Stützpunkt vorgenommenen umfangreichen Änderungen, aber keins davon war genügend nahe herangezoomt, um mehr ausmachen zu können als neue Unterbringungen oder neue Gebäude und Umbauten. Sie hatten auch feststellen können, dass irgendwelche Objekte überall auf dem Stützpunkt unter Planen platziert worden waren. Seine Gruppe war nicht berechtigt innerhalb der USA tätig zu werden, daher wollte sein Boss – im Moment zumindest – die Bahnen der hochauflösenden Satelliten nicht über dem Gebiet der USA ausrichten.

Terry war fast sicher, dass die Firma behaupten würde, dass die Planen nur einen Sonnenschutz für irgendetwas Harmloses sein würden, aber er gehörte schon von Berufs wegen der misstrauischen Sorte an. Der frühere Stützpunktkommandant führte die Firma und er ließ zudem den Großteil der Änderungen von seinen Topleuten beaufsichtigen.

Sein Boss hatte recht, irgendetwas war hier faul.

Terry hatte vor einer ganzen Weile drüben in Costa Rica an einem übel ausgegangenen geheimen Einsatz teilgenommen und war dabei auf eine Gruppe gestoßen, die einen Black Hawk benutzte. Die gleiche Art Hubschrauber wie derjenige, den man in diesen Bergen recht häufig fliegen sah. Alles fügte sich zu einem ziemlich guten Bild zusammen, dass dies sehr wohl die gleiche Gruppe sein *könnte*, mit der sein Partner und er da unten zusammengestoßen war. Während eines simplen Einsatzes zum Aufspüren und Entführen einer Frau hatte er einen Schuss ins Bein abbekommen und das verdammte Ding schmerzte immer noch bei kaltem und feuchtem Wetter. Jedes Mal, wenn die Schmerzen wieder aufflammten, brannte sein Verlangen nur heißer, diese Gruppe zur Rechenschaft zu ziehen.

Und damit meinte er ein riesiges Inferno ohne Überlebende.

Als ihn sein Boss zur Seite genommen hatte, um über einen Einsatz zu sprechen, der ihn zu diesen Bastarden führen könnte, war Terry sehr daran gelegen dabei mitzumachen. Er reichte offiziell eine Bitte um Urlaub ein, um in die Vereinigten Staaten zurückzukehren und würde seinem Boss über einen entbehrlichen Mittelsmann mit allen Informationen versorgen. So würde diese Operation auf keinen Fall zu seiner Gruppe zurückverfolgt werden können.

Nachdem er sich vergewissert hatte, dass sein Presseausweis gut sichtbar am Rückspiegel hing, lenkte Terry den Wagen auf die Fahrbahn zurück und setzte den Weg zum Stützpunkt fort.

Er benötigte auf der gewundenen Straße fast fünf Minuten, bis er zu dem gesicherten Kontrollbereich kam. Vorher hatte er nicht weniger als drei Schilder passiert, die ausdrücklich davor warnten, dass man sich einem Sicherheitstor näherte und falls man nicht freiwillig anhielt, würde man unter Einsatz von Gewalt dazu gezwungen werden.

Terry war über die Anlage etwas überrascht. Es sah mehr nach einem Grenzübergang als nach einem der bei Firmen üblichen einfachen Wachhäuschen aus. Es gab eingelassene Vorrichtungen, die Reifen schreddern konnten und somit eine Weiterfahrt nur in eine Richtung erlaubten. Ferner sah er Vorrichtungen, welche die Wachmänner schützten, falls jemand versuchen sollte sich mit Gewalt einen Weg durch die Sperre zu rammen.

Das sah fast danach aus, als ob alles entworfen worden war, um selbst einem Frontalangriff standzuhalten.

Er verlangsamte, als er sich näherte und der Wachmann signalisierte ihm von weitem schon anzuhalten. Terry rollte sein Fenster herunter und las das Namensschild des Mannes. Er lächelte und grüßte ihn freundlich: »Hallo, Mr. Barrins!«

»Guten Tag, Sir«, sagte der Wachmann höflich. »Ich habe keine für diese Zeit eingeplante Besucher für den Stützpunkt auf meiner Liste.«

Terry fragte sich, woher der Wachmann wissen konnte, dass er kein Angestellter des Stützpunkts war, sondern eine Verabredung treffen wollte, aber er hakte nicht nach. »Nein, ich bin ein Reporter der Post. Der Boss hat mich für eine nette Geschichte hergeschickt. Darüber, wie die Firma den Mitgliedern unseres Militärs und ihren Familien geholfen hat sowie dieser Region zu Hilfe gekommen ist, als sie den alten Stützpunkt geleast haben. Also, ich nehme mal an, dass hier jemand für die Presse zuständig ist, mit dem ich reden kann und es würde TQB Enterprises sicherlich nicht wehtun, ein bisschen gute Presse zu bekommen, richtig?« Terry setzte sein breitestes, entwaffnendstes Lächeln ein.

Es funktionierte nicht.

»Es tut mir leid, aber die für Presse zuständige Person hat nur einen genehmigten Reporter auf der Liste und das sind nicht Sie.«

»Ich verstehe.« Terry runzelte die Stirn. »Also keine Chance, ihn mal eben anzurufen und zu fragen?«

»Er ist eine *sie* und nein, gibt es nicht.« Der Mann begann Barrins etwas auf die Nerven zu gehen. »Halten Sie sich bitte an der Abzweigung sechs Meter vor ihnen links. Dort haben Sie eine Möglichkeit zu wenden und das Gelände zu verlassen, ohne Ihr Auto zu ruinieren. Sollten Sie den Fehler begehen sich mit Gewalt einen Weg in den Stützpunkt zu bahnen, wird das Fahrzeug zerstört werden und bei dem Vorgang möglicherweise auch Sie zu Schaden kommen. Ich wünsche Ihnen noch einen schönen Tag.«

Terry lächelte gezwungen, nickte und befolgte die Anweisungen des Wachmanns sehr sorgfältig. Er winkte ihm freundlich zu, als ob er sich keinen Deut um die Abfuhr scheren würde und fuhr die Straße wieder zurück.

Zehn Minuten später kam Barrins aus dem Wachhäuschen heraus und hielt die Hand hoch, um einen dunkelgrünen Toyota Camry anzuhalten. Er sah auf die dunkelhaarige Frau hinunter und sagte freundlich: »Guten Morgen, Senorita Oviedo. Willkommen zurück. Cheryl Lynn erwartet Sie. Lassen Sie mich nur eben Ihren Ausweis nochmals durchziehen, um Ihre Einfahrt zu bestätigen.«

Wenige Momente später fuhr der dunkelgrüne Toyota

Camry weiter in den Stützpunkt hinein.

Der Hexenkessel, TQB-Stützpunkt, Colorado, USA

»Also«, Bethany Anne richtete die Frage an Jeffrey, »Sagst du jetzt, dass die Teams laut Plan vorankommen oder was? Bis jetzt hat sich das nach einer Menge Schwafelei angehört.« Am Haupttisch auf der untersten Ebene befanden sich nur Jeffrey und Bethany Anne.

Cheryl Lynn saß mit Giannini Oviedo zwei Etagen über ihnen. Giannini machte sich Notizen und hielt eine Kamera, eigentlich waren es zwei, auf die beiden Personen unten am Tisch gerichtet.

Du nennst das ›Schwafelei‹? Ich nenne es ›unvollständige Antworten‹.

TOM, das bedeutet das Gleiche.

Es bedeutet das Gleiche?

Geh es nachschlagen, ich arbeite gerade.

»Ja«, antwortete Jeffrey. »Zu beiden Fragen. Sie kommen gut voran und ich schwafel wirklich.. Wir bewegen uns offiziell außerhalb jeglicher Erfahrungsbereiche von jedem hier.«

»Na schön, was hält uns auf?«, hakte sie nach. »Reden wir hier über Leute, Wissen, Zeit, Material, Ressourcen... *was*?«

Jeffrey blickte zur Decke und dachte über den Kern seiner Besorgnis nach. »Wenn wir das vor den Augen der ganzen Welt durchziehen wollen, würde ich lieber verdammt sicher sein, dass wirklich nichts schiefläuft und womöglich bei der ganzen Geschichte einige unserer Leute draufgehen.«

»In Ordnung, warum machst du dann nicht zuerst einen Probelauf?«, fragte Bethany Anne leichthin.

»Weil wir nicht gerade über einen Mondtrainingsraum verfügen, in dem wir den ganzen Ablauf optimieren könnten«, schnappte Jeffrey aufgebracht.

»Ehrlich nicht?«, erwiderte Bethany Anne. »Ich bin mir so ziemlich sicher, dass mir jedes Mal, wenn ich nachts hochschaue, ein verfickter Trainingsraum direkt ins Gesicht starrt.«

Giannini schlug sich die Hand vor den Mund, drehte sich zu Cheryl Lynn um und flüsterte ihr entgeistert zu: »Oh mein Gott, so etwas kann sie nicht sagen!«

Cheryl Lynn sah von den Suchergebnissen in ihrem Computer auf. »Hmm? Was sagen?«

»Sie hat verfickt gesagt!«, zischte Giannini.

»Das?« Cheryl Lynn schaute sie überrascht an. »Das ist ziemlich harmlos. Warte nur ab, bis sie richtig in Fahrt kommt.« Cheryl Lynn schien Erinnerungen abzurufen, bevor sie munter fortfuhr: »Lass mal sehen. Ich habe schon ›Du flammender Haufen von brünstigem Schwanzdreck‹ und ›goldgräberischer Sackmixer‹ gehört.« Cheryl Lynn sah Giannini an. »Das war an eine Frau gerichtet, dann war da noch das vollständig schimpfwortfreie ›Von den ganzen Spermien warst ausgerechnet du der Schnellste?‹, dann hatten wir natürlich auch ›automatisch rotierender Scheißefresser‹ oder auch abgekürzt ARSCH. Gefolgt von ›völlig rein verfickte Hasenkacke‹ und das kurze, aber bündige ›Arschföse‹.«

Cheryl Lynn schwieg kurz. »Hab immer noch nicht herausbekommen, was zur Hölle das bedeuten soll. Wir fahren mit ›verdammter DILF-Häcksler‹, was sich für mich relativ schmerzhaft anhört und dem ›stacheldrahthaarigem Ziegendämon‹ fort, was eine weitere schimpfwortfreie Variante ist und ›Meister der unvorstellbaren Schwanzmaden‹, ein Ausdruck, der mir ganz besonders gefällt.«

Cheryl Lynn wartete geduldig, während Giannini sie lange großäugig anstarrte, bevor ihr Lidschlag wieder einsetzte. »Während welcher Zeitspanne hast du die alle gehört?«, brachte sie dann hervor.

»Ach, weiß nicht so genau, vielleicht in der letzten Woche?«, erwiderte Cheryl Lynn ungerührt. »Nach den ersten paar Tagen entwickelt man eine verdammte Immunität dagegen.«

»Oh«, war Gianninis einzige Antwort.

»Hey!« Die beiden Frauen konzentrierten sich wieder auf die Szene am Tisch unter ihnen von wo Bethany Anne zu ihnen aufsah. »Du hast einige vergessen, willst du, dass ich sie dir aufzähle?« Bethany Anne grinste, als Giannini nachdrücklich wild den Kopf schüttelte. »Okay, war nur eine Frage.« Sie wandte ihre Aufmerksamkeit wieder Jeffrey zu: »Also verstehst du, was ich von dir will?«

»Ja, und auf eine gewisse Art ist es brillant. Ich weiß gar nicht, wieso wir nicht selber daran gedacht haben.«

»Wahrscheinlich denkt ihr immer noch zu ›erdgebunden‹. Nicht gerade ein Problem, aber da musst du drüber hinwegkommen. Weißt du was, warum ziehst du nicht für die Proben runter auf das neue Gelände in Paraguay?«

»Du weißt doch, mit den Wetteränderungen und Windverhältnissen, ganz zu schweigen vom Regen, der Regierung...«, begann Jeffrey seine Einwände.

»Was ich weiß«, konterte Bethany Anne, »ist, dass Paraguay kein Vertragspartner des Weltraumabkommens ist, dass in Boquerón, wo die Stadt Filadelfia ja liegt, nicht mehr als zwei Leute auf einen Quadratkilometer kommen und dass wir dort über tausend Morgen in einer völlig abgelegenen Gegend gekauft haben. Wir haben einen Platz, der größer als ein Fußballfeld ist, um dort unsere Transportcontainer zu landen. Ich glaube, die Dinger von hier nach dort zu bringen und dann dort im Schutz der Bäume zu üben, ist eine wirklich gute Idee. Und sie dann von dort aus für Testflüge in den Weltraum und wieder zurück zu schicken ist, zum Teufel, eine noch verdammt viel bessere Idee, als es von hier aus durchzuziehen.«

Sie fuhr fort: »Die Sicherheit wird mit großer Sicherheit ein Problem darstellen. Daher musst du dich für die Planung mit Dan in Verbindung setzen, um das Ganze vernünftig aufzubauen und das Team BMW muss die Leute so losschicken, wie es passt. Ich weiß, dass William seine Maschinen hierlassen will. Was das betrifft, wird auch Marcus das so wollen.« Sie ließ den Satz verklingen.

»Du schickst Bobcat mit mir dort runter?« Bethany Anne gab ihm keine Antwort.

»Okay. Du sagst mir, ich soll machen was auch immer nötig ist. Hab's kapiert«, berichtigte Jeffrey sich und fuhr fort: »Die Vorbereitung dort vorzunehmen, um im Weltraum zu spielen, muss doch auch einen Nachteil haben.«

»Ganz genau!« Sie lächelte ihn an. »Man nennt es spartanische Lebensweise. Sieh‹ es einfach als gute Übung für die primitiven Verhältnisse im Weltraum an.

Schließlich werdet ihr auf dem Mond auch nicht in der Lage sein, einfach mal auszugehen, um euch einen Kinofilm anzuschauen.«

»Dafür haben wir doch Pods!« Bethany Anne zog nur schweigend eine Augenbraue hoch. »Richtig, das heißt, wir werden in Paraguay nicht über Pods verfügen.«

»Denk einfach darüber nach, was du bauen und dort hinschicken willst. Bau es hier und schicke es nachts hinunter. Wie gemütlich soll es denn sein?«

»Verdammt gemütlich«, erwiderte er.

Bethany Anne erhob sich. »Gut, weil es in Paraguay NICHTS gibt. Kein Strom, kein Wasser, das du gerne sofort trinken würdest, kein Gas, keine Unterhaltung, keine Leitungen. Es ist fast so, als ob ich dich auffordern würde, hier auf der Erde eine bewohnbare Mondbasis aufzubauen.« Sie zwinkerte ihm schelmisch zu und machte kehrt um zu gehen. Ashur stand ebenfalls auf und lief neben ihr her. Im Augenblick begleiteten sie weder Eric noch John, da sie vor einer Stunde nach Australien abgereist waren.

Sie musste allerdings noch mit Dan sprechen, vielleicht würde daher Mamabär letztendlich vielleicht doch zu ein wenig Spaß kommen.

Solange ihr Team nichts davon erfuhr.

Cheryl Lynn und Giannini ergriffen rasch ihr Zeug und folgten der mit ihrem Hund vorauslaufenden Frau.

KAPITEL 20

An Bord der QBS Ad Aeternitatem, Mittelmeer

Bethany Anne translozierte mit Ashur auf die Ad Aeternitatem. Als sie aus ihrem Landezimmer trat, war sie überrascht Ricky Escobar vor der Tür warten zu sehen. »Sag‹ mir bitte, du stehst nicht für den unwahrscheinlichen Fall hier herum, dass ich auftauche?«, verhörte sie ihn.

Ricky wiederholte in einer monotonen Stimme: »Ich stehe nicht für den unwahrscheinlichen Fall hier herum, dass du auftauchst.« Am Ende des Satzes grinste er Bethany Anne breit an, die ihm einen Klaps auf den Arm versetzte.

»Okay, sehr lustig. Jetzt sag‹ mir die Wahrheit.« Sie begann in Richtung des Hecks der Jacht loszugehen. Hier war es schon Nacht und sie wollte wieder hochfliegen, um sich das Weltall anzusehen. Ashur wuffte sie an, daher sagte sie ihm: »Nur zu, geh‹ und lass‹ dich in dieser verdammten Cafeteria verwöhnen.« Ashur wartete nicht weiter ab, sondern stürmte los, während Bethany Anne hinter ihm herrief: »Du hast verdammtes Glück, dass du nicht zunimmst!« Sie erhielt ein freudiges Bellen zur Antwort, bevor er um die Ecke verschwand.

»Dieser Hund ist furchterregend clever«, meinte Ricky.

»Ja, ich bin ziemlich sicher, dass ich es mit einem aufsässigen Teenager zu tun bekäme, wenn ich einen Weg herausfinden könnte mit ihm zu reden.« Sie dachte einen Augenblick darüber nach. »Andererseits ist es vielleicht besser nicht mit einem aufsässigen Teenager umgehen zu müssen.«

Sie erreichten den Frachtraum im Heck des Schiffes, wo früher TOMs Raumschiff untergebracht worden war. An dessen Stelle befanden sich jetzt die flugbereiten Pods in dem Laderaum. Sie winkte Todd zu, der am anderen Ende des Raumes darüber wachte, dass alles seine Ordnung hatte. Er kam zu ihnen hinüber. »Gehst du hoch?«, fragte er.

»Ja, ich möchte etwas überprüfen. Obwohl ich es auch auf den Bildschirmen sehen könnte, hilft mir doch immer der Anblick dieser großen, blauen Kugel unter mir irgendwie mein inneres Gleichgewicht zu erlangen.« Sie zuckte die Achseln.

»Okay. Hast du die Einweisung bekommen, wie das Dach zu öffnen ist, Ricky?«, fragte Todd.

»Ich habe die Prüfung bestanden. Pete will, dass wir alles über die Schiffsfunktionen lernen, solange wir hier sind«, erklärte Ricky, als sie ihn fragend ansah. »Er und Todd haben Pläne entworfen, dass die Guardians durch Cross-Training ihre Fähigkeiten erweitern müssen.« Er zwinkerte, während Todd so tat, als ob er dem Wechselbalg mit dem Handrücken eine Ohrfeige verpassen würde.

»Hey, willst du mit mir hochkommen?«, fragte BA.

»Im Ernst?«, erwiderte Todd überrascht.

»Sicherlich, Affengesicht. Glaubst du echt, ich würde jemals etwas anbieten und nicht so meinen?« Sie grinste und ging zu einem der Pods.

»Na ja, wir werden nicht häufig gefragt, mit diesen Dingern zu fliegen.« Todd kam hinüber.

Bethany Anne hielt inne und dachte über seine Erklärung nach. »Das ist ein Problem. Lass uns einsteigen und ich werde Dan eine Notiz zukommen lassen.«

ADAM

»Ja?«

Entwirf bitte eine Nachricht für Lance, Dan und beide Kapitäne, dass allem Personal die Möglichkeit zu bieten ist mit den Pods in den Weltraum zu fliegen. Sie müssen alle verstehen, wofür wir hier arbeiten.

ADAM ließ sie hören, was er für die genannten Empfänger in ihrem Namen geschrieben hatte.

Klingt gut, sende das bitte.

Sie schnallte sich an und zog alle Gurte fest. Todd schloss die Türen und Ricky öffnete das Tor im Dach über ihnen.

»Hast du in der letzten Zeit was gegessen?«, fragte Bethany Anne ihn unschuldig, während sie ihren Fuß gegen eine Stütze an der Tür stemmte. Da sie dazu neigte sich einfach irgendeinen Pod zu schnappen, hatte William sich die Mühe gemacht in sämtliche Pods ihre speziellen Fußstützen einzubauen.

»Nein, warum?«, kam Todds Gegenfrage.

Bethany Anne lehnte sich leicht vor und vergewisserte sich, dass das Tor über ihnen offen war.

TOM.

Ja, oh Herrin der Finsternis.

Gottverdammt! Was zum Teufel hast du jetzt schon wieder in der letzten Zeit im Fernsehen gesehen? Warte mal, ist egal. Ich habe jetzt im Moment nicht die Zeit für diesen Scheißdreck. Mach dich fertig uns hier rauszubringen und stell‹ die Geschwindigkeitsregler auf ›11‹ ein.

Dein Wunsch ist mir Befehl.

Bethany Anne lehnte sich vor, stützte ihren Ellenbogen auf ihr Knie und ihr Kinn in die Hand.

Todd, der nicht wusste was er zu erwarten hatte, ahmte vorsichtshalber Bethany Anne nach und lehnte sich ebenfalls etwas vor. Als er das tat, lächelte sie insgeheim.

Gib Gas!

Als sie durch das Loch in der Decke über ihnen in die Nacht hinausschossen, dachte Todd, er hätte jedes Molekül seines Körpers unter ihm auf dem Schiff zurückgelassen. Er griff nach links und zu der Tür vor ihm, um sich gegen die zusätzlichen Fliehkräfte zu stemmen. Ein Blick auf Bethany Anne bestätigte ihm, dass sie so ungerührt neben ihm saß, als ob das kein großes Ding wäre.

Für sie war es das wahrscheinlich auch nicht.

Todd dagegen musste sich sehr zusammenreißen, um nicht vor Überraschung zu schreien. Selbst so stöhnte er aufgrund der Beschleunigung und durch das Glas sah er die Lichter unter ihnen, die ihm bestätigten, dass sie sich schon hunderte von Kilometern entfernt befanden.

Dann durchstießen sie die hohe Wolkendecke und der Nachthimmel über ihnen war von Sternenlicht erleuchtet. Er löste langsam seinen verkrampften Haltegriff am Pod und rief voller Erstaunen aus: »Oh, mein Gott.«

»So ziemlich das Gleiche denke ich auch jedes Mal«, stimmte ihm Bethany Anne zu. Todd sah erstaunt zu der neben ihm sitzenden Frau. »Ich weiß, du hast für einen

Moment meine Anwesenheit vergessen. Passiert fast jedes Mal.«

»Fast?«, hakte er nach.

»Nun, Kevin hat sich mit einer Hand recht weit oben an meinem Oberschenkel festgeklammert, daher habe ich ihm sehr nachdrücklich gesagt, er müsse sie entweder bewegen, mich bezahlen... oder würde sie verlieren.«

Todd lachte. »Ja, die Geschichte ist herumgegangen. Ich war noch genügend bei Sinnen, um zu vermeiden nach dem Bein des Bosses zu grapschen!«

»Ja, sehr gut. Das sollte irgendwo als Regel festgehalten werden«, sagte Bethany Anne. »ADAM?«

ADAMs Stimme erklang über den Lautsprecher. »Ja, Bethany Anne?«

»Zeige mir bitte alle Spionagesatelliten in Sichtweite, die online sind und ruf eine dreidimensionale Darstellung der Erde mit ihren Positionen auf.«

»Diese Informationen sind im Internet verfügbar?«, fragte Todd erstaunt.

»Woher zum Teufel soll ich das wissen«, erwiderte sie. »Es können auch von TOM und seinem Raumschiff oder durch besondere Computersuchen von unserem Team ausfindig gemachte Satelliten sein.« Vor ihr erschienen am unteren Viertel des Erdglobus zwei zweieinhalb Zentimeter große Kreise. »Bring uns zu dem da.« Sie berührte einen der Kreise. Der Pod beschleunigte wieder, legte die Strecke bis zu dem Satelliten in zehn Sekunden zurück und hielt dreißig Meter entfernt an.

»Können wir nicht näher rangehen?«, erkundigte sich Todd.

»Nicht ohne uns um das Warnsystem des Satelliten kümmern zu müssen«, erwiderte sie. »Sie haben die

Fähigkeit die Annäherung von jemanden feststellen zu können. Solange wir in dieser Entfernung bleiben, werden unsere Pods eindeutig nicht von ihren Sensoren erfasst. Auf diese Weise ist es für ADAM nicht erforderlich die Information zu verändern, die sie aussenden.«

»Das ist nicht so schwer hinzukriegen«, kommentierte ADAM über die Lautsprecher.

»Ich verstehe, aber im Augenblick besteht kein wirklicher Grund näher heranzugehen«, sagte sie. »Gib‹ mir jetzt bitte die neuesten Informationen über den Plan hinsichtlich der Satelliten.«

»Es dreht sich alles um die Kommunikation von den Satelliten zu den bodengestützten Einheiten und zu den anderen Satelliten«, erwiderte ADAM. »Der Plan ist, die Programmierung der Satelliten zu infiltrieren und sie dann zu übernehmen. Die meisten Anforderungen werden einfach durchgelassen. Sollte das Land, dem der Satellit gehört, aber eine Anforderung senden, die unsere Mission beeinträchtigen würde, wird sie ignoriert und eine künstliche Antwort geschickt.«

Bethany Anne murmelte: »Ich habe mich gefragt, wie du es wohl hinbekommst sie anzulügen.« Sie schaute sich um. »Okay, lösch die Darstellungen.«

Die Bildschirme schalteten sich aus.

»Möchtest du irgendetwas sehen?«, fragte sie Todd.

»Was denn zum Beispiel?«, fragte er überrascht.

»Was auch immer. Sowas wie zum Nordpol fliegen, zum Südpol, über die USA...« Sie ließ die Vorschläge verklingen.

»Ich habe mir schon immer gewünscht zum Mond zu fliegen«, sagte er begierig.

»Im Ernst?« Bethany Anne war überrascht. Sie hätte Todd nicht für jemanden gehalten, der sich Sehenswürdigkeiten anschaut.

»Ja, ich habe dieses Verlangen neue Orte kennenzulernen. Einer der Gründe warum ich dem Militär beigetreten bin. Es bot mir eine Möglichkeit das kleine Städtchen zu verlassen aus dem ich stamme«, gab Todd zu. »Ansonsten gab es nicht viele ehrenhafte Alternativen auf eigene Faust herauszukommen.« Er wandte sich ihr zu und sah sie an. »Wusstest du, dass John Glenn der einzige Marine in dem Mercury Programm war und dass er 1988 auf der Discovery mitgeflogen ist?«

»Nun, ich glaube, wir haben die Zeit mal eben am Mond vorbeizufliegen. Zum Teufel, wir können aus dir den Marine machen, der am weitesten von der Erde entfernt geflogen ist, zumindest für eine kurze Zeitspanne.«

Sie wurden in ihre Sitze zurückgepresst, als der Pod in Richtung Mond beschleunigte, in Rekordzeit einen Bogen hinter ihm flog und dann dicht über das Regolith schoss. Danach schwang er in einer graziösen Kurve hoch, um zu einer zweiunddreißigtausend Kilometer entfernten Stelle zu rasen, dort dann zu verlangsamen und sich auf der Stelle zu drehen, damit Mond und Erde ins Sichtfeld kamen.

»Da hast du es, Mr. Marine«, sagte Bethany Anne. »Du bist offiziell der am weitesten von der Erde entfernte Marine.«

»Nun, zumindest soweit bekannt ist«, ergänzte Todd lächelnd.

»Das ist wahr«, stimmte sie ihm zu. »Es könnten gerade jetzt supergeheime Verbindungen zu anderen Außerirdischen bestehen, über die wir nichts wissen.«

»Möchtest du, dass ich danach Ausschau halte?«, meldete sich ADAM sofort über die Lautsprecher zu Wort.

»Nein, danke dir, ADAM. Ich nehme an, dass so eine Information sehr gut geschützt sein dürfte und ich möchte nicht, dass du in diesen Bereichen herumstocherst. Zumindest jetzt noch nicht«, berichtete sie sich.

TOM, bring uns bitte zurück.

Jawohl, Imperialer Führer!

Ich werde irgendjemanden auf dem Stützpunkt so etwas von in den Arsch treten, weil er dich diesen Scheißdreck hat mithören lassen!

In einem versteckten Chatraum im Dark Web

\>>d3stryer – Wo sind die Pakete hin?
\>>brokengod – Welche Pakete, Dämlack?
\>>d3stryer - Die Server Update Pakete für die US-Netze beschweren sich über fehlende Verbindung.
\>>partycactu5 - Nein! Das Zeug hätte diesen Freitag rausgehen sollen!!!!
\>>brokengod – Das Stromprojekt?
\>>partycactu5 - Ja! Pass doch auf, brokengod.
\>>brokengod – Das ist nicht MEIN Projekt, Arschgesicht. Der Major wird STINKSAUER sein.
\>>d3stryer - Toll, ist aber eines von meinen und ich habe monatelang an dem Scheißding gearbeitet. Wer zur Hölle hat es mir versaut?
\>>partycactu5 – Woher zum Teufel soll ich das wissen? Ich kann eigentlich nicht glauben, dass die Amis es gefunden haben, aber möglich wäre es.
\>>brokengod – Der Major wird STINKSAUER sein.

>>d3stryer – Das hast du schon mal gesagt.

>>brokengod – Ich mein ja nur, ein bisschen Rückendeckung wäre hier vielleicht angebracht. Aber wenn du meine Hilfe nicht willst, dann wünsche ich dir gottverdammt viel Spaß mit dem Riesenanschiss, der auf dich zukommt.

>>d3stryer – Wenn er zu viel ausplaudert, dann lasse ich einfach seinen Namen fallen. Auf meine Spur wird sich niemand setzen.

>>brokengod - Schön, das ist eine Art es zu händeln. Du solltest aber besser darauf hoffen, dass er nie herausfindet wer du bist.

>>d3stryer – Wenn er das versuchen will, dann muss er eine Nummer ziehen. Die Amis und die Israelis sind bereits hinter meinem Arsch her. Wenn die mich nicht finden können, glaube ich nicht, dass ein Offizier mittleren Ranges der iranischen Armee es schaffen wird.

>>MyNam3isADAM – Die vielleicht nicht, aber ich schon.

>>d3stryer – Wer zum Teufel bist du?

>>MyNam3isADAM – Was glaubst du denn? Als ob ich euch etwas anderes als meinen Hackernamen mitteilen würde.

>> brokengod – Verpiss dich aus unserem Chatraum, das hier ist privat.

>>MyNam3isADAM – Vor mir bleibt NICHTS privat.

>>partycactu5 – Sagst du. Ich werde deine Infos in zehn Sekunden haben, wenn du die Eier hast solange hierzubleiben.

>>MyNam3isADAM – Du könntest mich nicht einmal aufspüren, wenn ich dir eine DNS Route aufzeichnen würde, partycactu5.

>>partycactu5 - HAH! Behauptest du. Ich habe schon eine Spur zurück bis nach China. Dieser Satelliten-Uplink geht mir total am Arsch vorbei.

>>MyNam3isADAM – Vielleicht bin ich dort, vielleicht auch nicht. Ihr werdet mich so oder so nicht finden. Aber ich kann euch dreien eines verraten, ihr seid bereits in MEINER Gewalt. Eure Computer sind infiziert und werden euch ausschließen. Schönen Tag noch.

In drei tausenden von Kilometer voneinander entfernten Schlafzimmern begannen drei junge Männer ihre Computer anzuschreien und im Versuch weitere Schäden zu verhindern, verzweifelt die Stromkabel herauszureißen. Einer war mehr als verblüfft herauszufinden, dass der virtuelle Computer, den er für genau diesen Fall eingerichtet hatte, trotzdem bereits seinen eigentlichen Computer infiziert hatte.

ADAM hatte mit seinen Angriffen begonnen.

TQB-Stützpunkt, Colorado, USA

Bethany Anne und Ashur liefen durch das Aetherische von der Ad Aeternitatem zu ihrem Zimmer auf dem Stützpunkt. Sie schloss die Tür auf und öffnete sie, um Ashur auf den Gang hinauszulassen, damit er sich auf die Suche nach jemandem machte, dem er auf den Keks gehen konnte. Sie schloss hinter ihm die Tür und ging duschen.

Okay ADAM, erkläre mir den Plan, die Computer zu säubern.

>> Bis jetzt reagieren die Computersysteme genau wie ich erwartet habe, auf die meisten

Befehle. Meine Hackeridentität hat begonnen sich unter den Terroristen einen Ruf zu verschaffen. Ich arbeite daran den weiterhin zu verbessern, während ich rund um die Welt spiele. Unter der Fassade dieser Spiele, richte ich meine eigenen Server ein, die das Folgende tun werden. Erstens, die Fähigkeit aufzubauen simultan alle Programme zur gleichen Zeit laufen zu lassen. Zweitens, die auf den Kontrollservern implantierten Codes laufen zu lassen, um Kommunikationen mit dem simulierten Kinderprogramm, das ich geschaffen habe, vorzutäuschen und drittens habe ich daran gearbeitet, den Code aus den Millionen von Netzwerkswitchen zu entfernen, auf denen die chinesische Regierung für die Käufer dieser Geräte gehackte Codes installiert hatte. <<

Warte mal, hast du gerade gesagt, dass Unternehmen für ihre Netzwerke bereits gehackte Komponenten gekauft haben?

>>Ja. Bereits seit Jahren wird von hochrangigen oder ehemaligen hochrangigen Personen der US-Regierung geglaubt und ausdrücklich bestätigt, dass chinesische Produkte Hintertüren enthalten, um chinesischer Malware das Infizieren der Geräte zu erlauben. Das schliesst potentielle Komponenten für militärische Waffen ein. <<

Das kotzt mich an, aber andererseits muss man von der Effektivität dieses Angriffs beeindruckt sein. Ist das der Weg, auf dem so viele Forschungsergebnisse gestohlen worden sind?

»Richard Clark, der frühere Zar im Bereich der US-Terrorabwehr, hat behauptet, dass dies für die USA ›einen Tod durch tausend Schnitte‹ bedeutet. Damit bezog er sich auf Bemühungen, weiterhin Informationen zu stehlen, aber den Schaden unterhalb der Schwelle zu halten, an der die Unternehmen sich gezwungen sehen, irgendetwas dagegen zu unternehmen. «

Gottverdammt genial. Die Kosten eines Versuches alles zu ersetzen wären riesig.

»Korrekt.«

Okay und dein Plan berücksichtigt das?

»Ja. Ich werde für diese Geräte Sicherheitsmassnahmen bei der Kommunikationsschicht des Netzwerkverkehrs einrichten müssen, genauso wie die in den Systemen vorhandenen Sicherheitslücken zu schliessen.«

Klingt danach, als ob du beschäftigt sein wirst.

»Es wird den nächsten Monat lang durchgehend durchschnittlich zweiundvierzig Prozent meiner Kapazität in Anspruch nehmen. «

Ja, für dich ist das beschäftigt. Sag‹ mir Bescheid, wenn du irgendwelche Anweisungen brauchst, aber mach weiter. Was ist mit dem terroristischen Angriff auf das Stromnetz, haben sich irgendwelche Konsequenzen wegen deinem Erfolg ergeben?

» Zurzeit noch nicht. Die Hacker haben wie geplant meiner Spur bis China folgen können, aber nicht über China hinaus, so dass sie nicht bestätigen können, ob das der Ort ist, an dem ich mich aufgehalten habe oder nicht.<<

Du hast erwähnt, dass deine Hackeridentität sich langsam einen Ruf erwirbt, was hast du sonst noch getan?

>> Ich habe vielen von den unethischen Hackern auf der ganzen Welt nachgespürt und gefunden und danach ein Projekt gestartet, um einen hohen Bekanntheitsgrad zu erreichen.<<

Bethany Anne dachte eine Sekunde über seinen Kommentar nach.

ADAM, was wirst du mit diesen Hackern anfangen?

>>Ich werde sie zu meinen Bitches machen...<<

KAPITEL 21

TQB-Stützpunkt, Colorado, USA

»William?«, quäkte der Lautsprecher in der Höhle.

»Was ist los?«, bellte William, während er von seiner 3D Metalldruck-Maschine wegtrat, um die Mitteilung besser hören zu können.

»Ich habe hier einen Michael Pendergrass, der Sie sehen möchte, Sir«, antwortete der Lautsprecher.

»Ich bin gleich da. Wie ist das Wetter draußen?«

»Gut, Sir.«

»Okay, gib mir eine Minute.« William ging zum Tisch hinüber und nahm seine Sicherheitsbrille und Atemschutz ab. Ihm missfielen die Gerüche und Chemikalien, welche die Metalle und das Plastik manchmal ausströmten. Er ergriff zwei Klemmbretter, steckte einen brandneuen gelben Block und einen Stift in einen und verließ die Höhle.

Er ging die zehn Meter zu dem Sicherheitsposten hinunter, der jeden daran hinderte ohne Erlaubnis hereinzukommen und winkte dem Wachmann zu, der ihm die Tür öffnete. Als er hinaustrat, sah er Michael Pendergrass, der einen Blazer, Khakihosen und ein weißes Hemd trug. Er war um die 1,83 m groß und schlank. Nicht dünn, sondern schlank im athletischen Sinne. William würde ihn auf Ende dreißig schätzen. Er streckte seine Hand aus. »William.«

»Michael«, stellte er sich grinsend vor.

»Komm mit mir nach draußen, Michael«, forderte William ihn auf und die beiden gingen den Gang entlang.

»Wo im Berg befinden wir uns?«, fragte Michael

»Eigentlich laufen wir jetzt gerade in den Berg wieder hinein«, erwiderte William.

»Gibt es keine näher liegende Tür?«, meinte Michael.

»Nein. Aus Sicherheitsgründen. Es gibt nur eine einzige Tür für uns Menschen, um hinein und hinaus zu gehen«, erklärte William knapp.

»Oh.«

»Ich muss dir eine Frage stellen«, begann William.

»Schieß los.«

William warf einen Seitenblick auf den neuen Angestellten. »Gefällt es dir Jackett und Khakihosen zu tragen?«, fragte William.

»Nein, zum Teufel. Aber da Jeffrey so gekleidet war, habe ich angenommen, es wäre in der Gruppe so üblich. Da ich der Neue bin, wollte ich nicht die eingespielten Abläufe stören.«

»Vertraue mir, mit dem Outfit wirst du absolut die eingespielten Abläufe stören. Wo haben sie deinen Kram hingebracht?«

»Gebäude C.«

»Ah, die zeitweisen Quartiere. Lass uns da vorbeischauen, damit du dich umziehen kannst. Ich krieg‹ noch die Krätze wegen diesem Jackett«, meinte William.

»Mir gefällt es hier bereits immer und immer besser«, erwiderte Michael lächelnd.

•••

»Willst du mir etwa wirklich weismachen«, fragte Michael, der ungläubig auf die riesige Anzahl von schwarzen Transportcontainern sah, »dass wir die auf dem Mond aufstellen sollen?«

»Du sagst das in einem Ton, als ob es eine schlechte Sache wäre«, entgegnete William, der die perfekt aufgereihten Kästen bewunderte, die für den Flug ins Weltall bereitstanden.

»Nun, ich denke, das wird ganz sicherlich die Hölle, soviel steht fest!«, meinte Michael.

William wechselte das Thema. »Hey, ich muss dir noch erzählen, dass wir deinen Namen ändern müssen.«

»Was?« Michael war von dem unerwarteten Themenwechsel völlig überrascht.

»Jawohl«, fuhr William fort. »Wir werden irgendwann später eine Zeremonie für den Namenswechsel abhalten, aber wir können keinen ›Pendergrass‹ in der Einheit haben. Miese Erinnerungen.«

Michael sah zu William hinüber, der aber einen völlig sachlichen Eindruck machte: »Im Ernst?«

William nickte. »Ja und ich würde dir auch dringend raten einen anderen Vornamen zu benutzen. Du willst ganz bestimmt hier nicht als ›Michael‹ bekannt werden.«

Er zwinkerte ein paar Mal und starrte im Versuch alles zu begreifen, eine Zeit lang William stumm an. Dann vergewisserte er sich: »Also, anderer Vorname und eine Änderung des Nachnamens?« William nickte. »Das ist jetzt deinerseits nicht vielleicht nur so ein Schikanierprojekt?« Er zeigte auf die Container: »Weil ich dir sagen muss, dass das Ganze ein bisschen weit hergeholt klingt.«

William schaute zu den Containern zurück. »Du hast noch nicht einmal gehört wo die Übungen zum Zusammenbau dieser Scheiße stattfinden wird.«

»Wieso? Etwa am Nordpol?«

»Gott, nein!« William lächelte und Michael lachte erleichtert.

»In Paraguay.«

»Du machst Scherze!« Michael sah entsetzt aus. »Aber... dort ist es nur nass, kalt und regnerisch.«

»Vergiss nicht zu erwähnen: voller Bäume, Schlamm, wenige Leute und keinerlei Infrastruktur«, fügte William hinzu.

»Warum dann ausgerechnet Paraguay?«

»Der Boss sagt, es bietet zwei Dinge, die wir brauchen. Erstens ist Paraguay kein Vertragspartner des Weltraumabkommens und zweitens gibt es dort die ganze Scheiße, die ich gerade aufgezählt habe. Ihre Logik besagt, wenn wir es nett, warm und komfortabel haben wollen, dann sollten wir diesen Scheiß vermutlich am besten an einem grässlichen Ort aufbauen, um es testen zu können.«

»Dann würde ich doch denken, dass Unterwasser eine gute Wahl wäre«, entgegnete Michael.

»Um Gottes Willen, sag‹ das bloß nicht laut!« William sah sich alarmiert um.

»Was? Wieso?« Er ahmte ihn besorgt nach, sah aber im größeren Umkreis von ihnen niemanden.

»Du könntest ihr einen Floh in den Kopf setzen, deswegen!«, sagte William.

»Warte mal, du hast ›sie‹ gesagt. Ich dachte, Jeffrey wäre unser Boss«, wandte Michael ein.

»Ist er auch, aber alles und ich meine wirklich alles, wird von Bethany Anne abgesegnet«, erwiderte William.

»Ein richtiger Drache, ja?«, meinte Michael.

»Kumpel, ich werde dir diese eine Chance einräumen, weil du neu bist. Jeder von uns mit dem du zusammenarbeiten wirst, respektiert diese Frau höllisch. Also, wir machen viele Witze, aber wir machen absolut keine rüden Witze über Bethany Anne. Haben wir uns verstanden?«

Michael nickte.

»Okay. Ich werde dir aber die Frage beantworten, weil sie das in gewisser Hinsicht wirklich ist. Es liegt durchaus im Bereich der Möglichkeiten, dass sie uns anweist unseren Scheißkram zusammenzupacken, um innerhalb von vierundzwanzig Stunden auf den Mond hochzufliegen«, sagte William.

»Okay, aber jetzt verarscht du mich wirklich!« Michael lachte.

»Da hast du recht.« William grinste und als sich Michael ein kleines bisschen entspannte, fügte er glatt hinzu. »Sie würde uns vermutlich achtundvierzig Stunden einräumen, da du neu bist.«

Wieder einmal konnte Michael nicht sagen, ob er Witze machte oder nicht.

William machte mit einem Schlag alle seine Hoffnungen zunichte, als er trocken hinzufügte: »Kein Scherz, daher gilt: Je schneller wir unsere Probleme in den Griff bekommen, desto schneller sind wir auf die Möglichkeit vorbereitet, dass Bethany Anne uns anweist vor der eingeplanten Zeit hochzufliegen, verstanden?«

Michael begann zu begreifen, dass er nicht von einem normalen Unternehmen eingestellt worden war. »Hey, du hast geraten, ich solle einen anderen Namen als ›Michael‹ benutzen. Ist der andere Michael, der Jeffrey begleitet hat, der Grund dafür?« William nickte zur Antwort. »Er schien aber gar nicht so übel zu sein. Er hat kaum eine Frage gestellt.«

William drehte sich zu Michael. »Lass mich dir einen guten Rat geben. Dieser Mann ist der furchterregendste Hurensohn, den du jemals in deinem Leben getroffen hast. Er ist jetzt nett, weil er versucht nett zu sein und er eine heiße Freundin hat, für die er, meiner Meinung nach, hart an sich arbeitet. Aber du willst niemals in einem Käfig mit einem Tiger stecken, völlig egal für wie zahm du ihn hältst. Ich würde mir eher selber die Kehle aufschlitzen, als auf seiner Abschussliste zu stehen und ich würde überall mit ihm hingehen. Was auch immer du tust, sag‹ immer die Wahrheit. Behaupte niemals, du würdest etwas machen, was du nicht beabsichtigst auch nur zu versuchen und um Himmels Willen, sei bloß niemals unhöflich zu diesem Mann.«

»Wieso? Ist er jähzornig?«

William machte den Eindruck, dass er krampfhaft versuchte Worte für eine Wahrheit zu finden, die kaum glaublich war. »Einige von uns glauben, dass ein Tiger ein höfliches Gesicht aufsetzen kann, aber deswegen bleibt er trotzdem bis zu seiner Schwanzspitze ein Tiger. Insbesondere je älter er ist und dieser Mann ist der älteste von allen. Er ist im wahrsten Sinne des Wortes der laufende Tod.«

»Er sah aber so aus, als ob er nur Ende Zwanzig oder Anfang dreißig wäre.«

»Wie sehen seine Augen aus?«, fragte ihn William.

Michael dachte eine ganze Weile darüber nach, bevor er antwortete. »Uralt eigentlich.«

William nickte nur und wechselte wieder das Thema. »Also, wie sollen wir dich bis zu der Namensänderungsparty nennen?«

»Dir ist es wirklich ernst damit?« Michaels englischer Akzent begann sich stärker auszuprägen. Als er William nicken sah, zuckte er die Achseln. »Ich schätze ›Mr. Penn‹ sollte für den Moment reichen, so behalte ich wenigstens meine Initialen im Namen.«

»Okay, Meister P ist es dann und danke. Wir werden dir später die Geschichte von Pendergrass erzählen. Um es wiedergutzumachen, werde ich dich zu einer besonderen Team BMW Veranstaltung einladen.«

»Okay?« Michael war sich nicht sicher, wie aus Mr. Penn plötzlich Meister P geworden war, aber es überraschte ihn nicht mehr, als William ihn eine Minute später nochmals kürzte.

»Also P, wie stehst du zu Glücksspielen?« William grinste, als ob er dabei wäre P eine Falle zu stellen, in die dieser willig geradewegs reinlaufen würde.

Michael blieb einen Augenblick ruhig stehen, bevor er vorsichtig antwortete: »Ich bin schon früher dafür bekannt gewesen, ab und an eine Wette abzuschließen. Ich steh‹ auf Geschwindigkeit, daher liegt mir das Gewinnen im Blut.«

»Okay«, fuhr William fort, »Also wie wäre es, wenn wir wetten würden, dass ich deinen Arsch durch ein Geschwindigkeitsrennen sich so schnell zusammenkrampfen lassen kann, dass du nicht imstande bist ein Diabolo auszustoßen?«

Damit hatte William Ps vollständige Aufmerksamkeit gewonnen. »Ein bisschen unfein vielleicht würde ich sagen, aber Geschwindigkeit macht mir nichts aus.

Ich kann aber nicht sehen in welcher Weise du das beweisen könntest.«

William begann wieder in die Richtung der Höhle zu laufen. »Begleite mich. Und das *wie* ist, dass wir ein Messgerät benutzen werden, um festzustellen wie stark du zugreifst und wie fest du draufdrückst.« William vergewisserte sich, dass P bei ihm war und ihm zuhörte. »Danach werde ich deine Orientierung einem kleinen Test unterziehen, um festzustellen, ob du für die nächste Woche ›Mini P‹ oder ›Maxi P‹ sein wirst.«

»Und wenn ich auf deine Wette nicht eingehen will?«

William grinste. »Dann lautet dein Spitzname ›gelbe Pse‹!«

Leck mich am Arsch, dachte Michael, *ich bin ihm voll auf den Leim gegangen!*

•••

Am Ende der Woche war Mini P darauf konzentriert, die Kästen inmitten von sintflutartigen Regenfällen und Sturmböen von 130 km/h dazu zu bringen, sich miteinander zu verbinden. »Gottverdammt!« Er hatte schon längst begonnen die Flüche des Teams zu übernehmen. Er und sein Team beobachteten die Videomonitore aufmerksam. Bethany Anne war vor wenigen Tagen bei ihnen in Paraguay eingetroffen und hatte sofort gefragt, warum zur Hölle sie die Containerverbindungen draußen im Regen überprüfen würden? Würden sie auf dem Mond auch nach draußen gehen? P ließ den Kopf hängen, holte sich dann umgehend William an die Strippe und arbeitete einen neuen Entwurf mit Videoüberwachung aus, der ihnen helfen sollte die Container ordnungsgemäß auszurichten, um einen größeren Stützpunkt zu bauen.

Bethany Anne hatte sich nicht lange bei ihnen aufgehalten, aber sie war wirklich genauso eine Naturgewalt, wie es William behauptet hatte.

Seine bereits langen Arbeitstage verlängerten sich noch weiter, und jeder bekam das Gefühl, dass ihre Zeitpläne bald verkürzt werden würden. Penn hatte vor zwei Tagen eine Verbindung versaut und daraufhin ein abgeändertes Verbindungsstück entwickelt. Dieses würde am Anfang der Prozedur etwas Spielraum einräumen, dann aber die Ausrichtung erleichtern, wenn sich die beiden Einheiten einander näherten.

Endlich fühlten sie das Zischen der Versiegelung des Hauptkontrollmoduls. Als Bethany Anne abgereist war, hatte sich das gesamte Team zusammengesetzt und beschlossen besser nach ›SDVHW‹ (schmeiß das verfluchte Handbuch weg) vorzugehen. Sie entschieden, dass es von nun an ›teste es richtig oder stirb‹ heißen musste. Sie zogen die verbundenen Module alle wieder auseinander und versahen sie mit den neuen Verbindungsstücken, die William ihnen geschickt hatte. Danach schoben sie jeden Container in eine Position, die wenigstens dreißig Meter vom nächsten entfernt lag.

Als nächstes manövrierten sie das Hauptkontrollmodul in die Mitte und begannen die ganzen zusätzlichen Container an ihre vorgesehenen Stellen zu bewegen, ließen die speziell programmierten Computerkupplungen ihre Verbindungen einrasten. Währenddessen saß jeweils eine Person vom Team im Container, um festzustellen, ob man irgendwelche Störungen fühlen konnte, die sich auf keinem ihrer Sensoren zeigten.

An einem Punkt trat ein Geräusch auf. Sie überprüften das Verbindungsstück und fanden heraus, dass es durch in die Rillen gelangtem Schlamm gelitten hatte.

Bobcat reiste an und fokussierte sein Augenmerk auf die Sicherheit der Mannschaft, die unter Hochdruck arbeitete. Einmal stoppte er sie sogar mitten bei der Arbeit und zwang jeden sich zehn Stunden auszuruhen.

Penn gesellte sich zu Bobcat, der die Ergebnisse beobachtete, als die sieben Container wieder einmal angeordnet und verbunden wurden. »Hey«, sagte Penn. »Ich glaube, wir brauchen noch einen weiteren Testlauf.«

Bobcat sah auf. »Ich auch, immer wieder, solange bis Bethany Anne uns keine Zeit mehr dafür lässt.«

Penn schüttelte den Kopf. »Das ist nicht was ich meine. Ich denke, wir müssen das am Südpol machen.«

»Soll sich einfach jeder einen Container schnappen und losziehen?«, fragte Bobcat.

»So ungefähr. Bis zur Dunkelheit abwarten und ab durch die Mitte. Wenn wir das da unten hinbekommen, dann können wir auch überprüfen, ob wir aufgrund der niedrigen Temperatur Schrumpfungsprobleme bekommen.«

Bobcat kratzte sich am Kinn. »Das scheint vernünftig. Was ist mit Unterwassertests?«

»Wir haben die neuen Anzüge, die noch auf ihre Weltraumtauglichkeit zu überprüfen sind. Aber ehrlich gesagt, würde ich das lieber einfach direkt oben versuchen, als in der Atmosphäre zu testen.«

Bobcat nickte. »Okay, das ist genau das, was Bethany Anne die ganze Zeit wollte. Lass uns alle zusammentrommeln und feststellen, ob uns sonst noch irgendetwas einfällt um sicher zu gehen, dass wir auf alles vorbereitet sind. Wir brauchen auch zusätzliche Pods für den Fall, dass wir jemanden schnellstens zum Arzt evakuieren müssen.«

Bobcat lächelte Penn an.»In Ordnung Maxi P, lass uns das durchziehen!«

Michael lächelte bei sich, als er sich umdrehte, um seine Gruppe zusammenzurufen. Er war gerade befördert worden!

Dans Büro, QBS Polarus, Mittelmeer

>>Bethany Anne?<<

Ja, ADAM.

>>Ich habe Tests laufen lassen und die Dateien der verschiedenen Länder hinsichtlich ihrer Bemühungen anzugreifen sowie auch ihre Cyber-Ressourcen zu verteidigen, neu durchgesehen.<<

Du hast ihre Kriegsspielpläne gefunden?

>>Ja. Ich finde sie sehr vollständig und überraschend kreativ. Da sind einige Pläne bei, die ich nicht in Betracht gezogen habe. <<

Wie zum Beispiel?

>>Die Explosion von Nuklearwaffen, um einen riesigen EMP-Effekt zu verursachen und damit alle elektronischen Geräte stillzulegen. <<

Ganz zu schweigen von der riesigen Zerstörung und dem Tod der Leute. Die verfluchten Länder sind alle dazu bereit sich gegenseitig auf eine Million verschiedene Arten in die Luft zu jagen.

»Ich glaube, Menschen bezeichnen das als garantierte gegenseitige Vernichtung.«

Ja, das tun sie. Falls irgendein Land glaubt, dass sie das gegnerische Land mit einem ›akzeptablen‹ Schaden auf der eigenen Seite ausreichend verkrüppeln können, wird die Entscheidung zu einer Chefsache. Das allerschlimmste Szenario ist, dass diese Technologie in die Hände des IS fällt.

»Aufgrund ihrer Bereitschaft diese Lösung umzusetzen?«

Teilweise. Zum Teil liegt es daran, dass sie über keine Infrastruktur verfügen, die zerstört werden könnte, daher würden sie keinen Schaden davontragen. Du kannst nicht unter Cyberangriffen leiden, wenn du überhaupt keine Computer hast. Ein weiterer Grund ist, dass die IS im Gegensatz zu China, Russland oder der USA unter der Führung einer Gottheit stehen, die ihnen sagt was sie tun müssen. Ich bin ziemlich sicher, dass die anderen Staaten sich um ihr Volk sorgen. Daher versuchen sie zwar unter Einsatz aller Mittel Vorteile für sich zu erringen, aber ihnen ist auch klar, dass die anderen Länder wirklich zu destabilisieren eine schlechte Lösung ist. Die Leute des IS scheren sich einen Dreck darum, da sie fälschlicherweise glauben, ihr heiliges Buch würde behaupten, es wäre genau das, was sie zu tun haben, um in den Himmel zu kommen.

»Wie würdest du vorgehen, um das zu ändern?«

Du meinst, wenn ich die Zeit auf meiner Seite hätte? Ich würde wahrscheinlich zum ultimativen Attentäter werden und anfangen Köpfe rollen zu lassen...

einen nach dem anderen. Diese Arschlöcher machen mich wirklich sauer.

»Bethany Anne?«, meldete sich Dan wieder.

»Entschuldige Dan, ADAM hielt meine Aufmerksamkeit gefangen. Wie unhöflich von mir«, erwiderte Bethany Anne.

»Mir war es erst gar nicht aufgefallen, bis sich deine Augen ganz kurz rot verfärbt haben«, sagte Dan neugierig. »Worum ging es da?«

»Verfickte Terroristen.« Sie zuckte die Achseln. »Ich bin noch immer nicht über meine ›Giftigkeit‹ hinaus. Aber das ist für eine andere Zeit oder auch nie wieder. Erzähl mir über diesen Einsatz.«

»Deine Gruppe bereitet sich vor in eine Lagerhalle im unteren Stadtgebiet von Shanghai einzudringen. Wir haben eine ausreichend große Gruppe unter Beobachtung und eine positive Identifikation von Kamiko Kana. Die fünf wollen sich direkt über ihnen herunterfallen lassen, das Dach runterrutschen und so schnell wie möglich von oben durch die Fenster durchbrechen.«

»Wieso gehen sie nicht einfach durch das Dach hinein?«

»Wie denn, etwa mit Sprengstoff?«, fragte Dan.

»Nein, ich würde so etwas wie einen kleinen Meteoriten einsetzen, der rein zufällig direkt dort einschlägt. Irgendeiner, der groß genug ist, um ein Loch in das Gebäude reinzuschlagen ohne gleich das ganze Ding platt zu machen, falls möglich.«

»»Der letzte Meteorit, der im Ural eingeschlagen ist, hat über dreitausend Gebäude beschädigt.««

Bethany Anne runzelte die Stirn: »Verdammt, ADAM sagt, dass der Meteorit tausende von Gebäuden beschädigen müsste, um es glaubhaft zu machen.«

»Was, wenn wir zum Vertuschen des Lärms einen wirklichen Meteoriten benutzen, der genau zu dem Zeitpunkt den Himmel durchkreuzt, an dem wir ein Loch ins Dach sprengen?«, fragte Dan mit einer hochgezogenen Augenbraue.

»Oh... die Idee gefällt mir! Oder vielleicht noch besser so etwas wie: In schneller Reihenfolge zwei Meteoriten hintereinander einschlagen lassen und dann eine Pause vor Nummer drei und bei dem dritten sprengt das Team das Loch?«, regte sie an.

»Ja, das gefällt mir auch.« Dan dachte nach. »Genau in dem Moment, wenn Nummer drei über die Stadt hinwegrauscht, sprengen sie das Dach. Wenn sie das zeitlich richtig abpassen, dann wird jeder die zusätzliche Explosion mit einem Überschallknall verwechseln.«

»Gib dein Bestes, damit die drei Feuerbälle am Himmel niemanden verletzen und ich denke, alles ist in Butter. Und jetzt, wofür brauchst du mich hier und warum glaubst du, dass ich das genießen werde?«, erkundigte sich Bethany Anne.

»Ich bin besorgt, dass diese Kamiko Kana wieder flüchten könnte. Nach den von Frank gefundenen Informationen bin ich mir sehr sicher, dass Kamiko zum aetherischen Laufen fähig ist und uns einfach wieder durch die Finger schlüpfen wird. Ich denke, du kannst dabei helfen.«

»Wie?«

»Kannst du ihre Fähigkeit ins Aetherische abzuhauen irgendwie blockieren?«, fragte Dan.

»Hmm, ein Momentchen.« Sie erhob einen Finger.

TOM, was meinst du?

Über die Fähigkeit, sie zu blockieren?

Ja, wenn ich mich im näheren Umkreis im Aetherischen aufhalte, kann ich sie dann vielleicht aufhalten, wenn sie versucht hindurch zu laufen?

Ich würde meinen, du wärst zumindest dazu in der Lage sie zu packen und zurückzuwerfen. Ich bin nicht so sicher, dass du irgendetwas aus dem Aetherischen heraus unternehmen kannst, bevor sie nicht ihre Fähigkeit aktiviert. Wenn du natürlich zu dem Zeitpunkt auf der Erde bist, dann würde ich davon ausgehen, dass wir irgendetwas hinbekommen würden.

Jaja, das werde ich sicher nicht tun. Ich werde nur mitspielen, solange das Team nichts über meine Anwesenheit weiß. Ich würde allerdings nur zu gerne die Möglichkeit bekommen ein paar Worte mit diesem Miststück zu wechseln.

»Okay«, sagte sie, »Ich denke, wir sind startklar. Ich werde etwas früher reingehen müssen, um mich im engeren Bereich aufzuhalten. Ich glaube nicht, dass ich schon fähig bin den Versuch zu machen ihre Bewegung von hier aus abzufangen.«

»Ich kann dir den exakten Zeitpunkt sagen, sobald das Team dort ist«, bot Dan an.

»Ich denke, ich werde mir lieber zuerst ein sicheres Versteck suchen. Bevor die Meteore einschlagen, gehe ich dann zu dem sicheren Ort und schlüpfe ins Aetherische. Ich weiß nicht, ob sie über die Fähigkeit verfügt aetherische Veränderungen in ihrem Umfeld wahrzunehmen.«

»Du kannst nicht direkt von hieraus dorthin laufen?«, erkundigte sich Dan.

»Wenn ich schon einmal früher dort gewesen wäre, dann höchstwahrscheinlich. Da ich noch nie da war? Nein, ich bin mir ziemlich sicher, dass ich die ganze Zeit meinen Kopf rausstrecken müsste, um mich umzuschauen wo zur Hölle ich gerade bin.«

»Okay, dann ist das der Plan«, schloss Dan.

»In Ordnung, ich werde mich fertig machen und dann einen schnellen Erkundungsrundgang unternehmen. Wann geht es los?« Bethany Anne erhob sich um zu gehen.

»In achtzehn Stunden«, sagte er.

»Das passt.« Sie nickte ihm zum Abschied zu.

KAPITEL 22

Irgendwo in Paraguay

»Na, da leck mich doch einer«, murmelte Bobcat.

»Was ist los?«, fragte Penn.

»Bethany Anne will vorwärtsmachen. Sagt, dass inoffiziell Gemunkel über internationale Sichtungen von Radaranomalien laut wird. Wir haben mit den Containern vielleicht ein paar Flüge zu viel um die Erde herum unternommen«, erwiderte Bobcat.

»Du wolltest Sicherheit, wir sind auf Nummer Sicher gegangen«, bekam er zur Antwort.

»Zur Hölle ja, natürlich wollte ich sicher gehen!«, sagte Bobcat. »Das ist die einzige Sache wo ich nie knauserig sein würde. Aber das hier ist Bethany Annes Art mir zu sagen, dass es Zeit wird entweder loszulegen oder die Klappe zu halten. Falls sie nichts von mir hört, dann bedeutet das eine Startfreigabe.« Er sah zu Penn hinüber. »Entschuldige, das geht auf das ursprüngliche Einstellungsgespräch damals in Miami zurück, darüber kannst du nichts wissen.«

»Aber ist das nicht Jeffreys Job?«

Bobcat meinte: »Schon, das ist natürlich auch sein Job, aber wenn es ums Fliegen geht, verlässt sie sich auf meine Freigabe. Falls einer von uns beiden Stopp sagt, dann wird es aufgehalten. Außerdem bezweifle ich stark, dass Jeffrey jemals irgendetwas absegnen würde mit dem ich nicht glücklich bin. Interessanterweise hat er vor gerade mal drei Stunden, um meine Meinung dazu gebeten. Für das nächste Mal werde ich mir das merken müssen und ihn dann fragen, ob die Frage eigentlich von ihm oder Bethany Anne stammt.«

Bobcat griff nach unten und betätigte die ›Rundruf‹-Taste auf seiner Konsole. »Alle mal herhören. Ich habe eben die letzte Neuigkeit von unserer führenden Chefin mitgeteilt bekommen. Leute, unsere Scheiße hier ist soeben in die Praxis-Phase übergewechselt.« Er grinste, als Schreie der Aufregung über die Kommunikationsanlage erklangen. »Mir ist gesagt worden, dass ich aufgrund meiner Sünden nicht selber hochdarf, daher sollte jeder von euch verdammt besser heil und sicher dort oben ankommen, habt ihr verstanden? Ich übergebe hiermit offiziell das Kommando für den Mond-Stützpunkt Eins an Mr. Penn.« Er ließ die Taste los und wandte sich an Michael. »Mach uns stolz, Mr. Penn«, und streckte seine Hand aus.

Michael ergriff sie. »Ich werde sie alle sicher nach dort oben bringen, Bobcat.«

»Sieh zu, dass du das machst.« Bobcat legte seine Hand nachlässig zum Salut an die Stirn, als er an ihm vorbeiging. »Ihr Jungs habt acht Stunden, nutze sie umsichtig!«, bemerkte er über seine Schulter, während er durch den Verbindungsgang verschwand.

»An alle, hier spricht Mr. Penn.« Penns Stimme schallte aus den Lautsprechern. »Wir haben acht Stunden Zeit. Ich will, dass jeder schlafen geht oder ruht. Ich will euch erst zwei Stunden vor Abflug wiedersehen. Verriegelt alles wie üblich, dies ist nichts weiter als noch ein Flug nach oben und dann ein kurzer Trip zu unserer neuen Landestelle. Nebenbei bemerkt, geht dort bitte nicht nach draußen, da der erste Schritt ein echter Hammer sein würde.«

Er hörte das Gelächter und fuhr dann fort: »Lasst uns Geschichte schreiben, Leute!«

TQB-Stützpunkt, Colorado, USA

Agent Terry DeLeon beobachtete das Wetter und wie vorhergesagt, entwickelte sich an diesem Abend eine recht starke Bewölkung. Er hielt sein Auto viereinhalb Kilometer außerhalb des Stützpunktperimeters an einer Stelle an, die von den Leuten benutzt wurde, die Wanderungen durch dieses Gebiet machten. Er folgte dem Pfad dann anderthalb Kilometer lang, bevor er einen anderen Weg in ein kleines, steiniges Tal einschlug von dem aus ein steiler, gefährlicher Abhang hoch zum Grenzgebiet des Stützpunktes führte.

Er bezweifelte stark, dass sie in diesem Bereich sehr viele Sensoren installiert hatten, daher würde er einfach so schnell hochklettern wie er konnte.

Es war schon fast Sonnenuntergang, als er es endlich bis nach oben geschafft hatte. Die letzte halbe Stunde hatte er sich wirklich Sorgen gemacht, dass es dunkel sein würde, bevor er die fünfundzwanzig Meter hohe Wand überwinden konnte.

Er hatte seine Kletterfähigkeiten schon seit einer ganzen Zeit nicht mehr gebraucht und deswegen den Schwierigkeitsgrad falsch eingeschätzt.

Sobald er oben angekommen war, kroch er unter einen Busch und lag dort fünf Minuten lang keuchend, bis er seine Atmung wieder unter Kontrolle bekommen hatte. Dann zog er sein GPS-Gerät hervor um festzustellen, in welche Richtung er weitergehen musste. Er schaltete kurz das rote Licht ein um sich zu orientieren, bevor er es wieder einsteckte und in nördliche Richtung loszog. Er erwartete, um zweiundzwanzig Uhr auf einen kleinen Fluss zu stoßen und um Mitternacht auf dem Stützpunkt zu sein.

Als er am Fluss eintraf, überprüfte er seine Position rasch mit Hilfe des GPS-Gerätes und stellte fest, dass er sich keine hundert Meter südlich von der Stelle befand, an der er ihn überqueren wollte. Er drang durch das Unterholz vor, bis er die Furt fand, über die er leicht hinüberwaten konnte. Er begann weiter nach Norden zu laufen, als er etwas hörte, dass ihm das Blut in den Adern gefrieren ließ.

»Schau mal, was uns da besuchen kommt, Samuel.« Die neckende Stimme schien von seiner Rechten herzukommen. Terry zog sofort seine Kimber Ultra Covert heraus, sah nach rechts und duckte sich.

»Ich bin mir ziemlich sicher, eine Pistole bedeutet, dass er keine Erlaubnis hat sich hier aufzuhalten, Richard.«

Die zweite Stimme erklang hinter ihm. So eine Scheiße! Er schaute über die Schulter.

»Glaubst du, dass Gabrielle es uns krummnimmt, wenn wir uns zunächst ein Schlückchen genehmigen, bevor wir ihn zurückbringen?«, fragte die erste Stimme.

Terry war verwirrt. Er konnte feststellen, dass sich die Stimmen um ihn herum bewegten, aber er konnte keine Geräusche der tatsächlichen *Bewegungen* von irgendjemandem hören.

Er war echt total im Arsch, wenn er erwischt wurde. Sein Boss würde jegliche Kenntnis über dieses ungenehmigte Eindringen kategorisch verneinen müssen.

»Warum kommt ihr nicht raus und wir reden hierüber?«, schlug Terry vor, bevor er weitere zehn Meter vorrückte und neben einem großen Baum niederkniete.

»Oh, wir reden doch schon, *Leckerchen*.« Samuel klang amüsiert.

»Oh ja«, bestätigte Richard von hinten. Terry drehte sich hektisch um, lehnte seinen Rücken an den Baum und sah abwechselnd in beide Richtungen. Diese Hurensöhne waren verflucht schnell und sie *spielten* mit ihm.

»Weißt du, Samuel, ich bin mir ziemlich sicher, dass Gabrielle es ausdrücklich erwähnt hätte, wenn wir keinen Bissen nehmen dürften, bevor wir ihn hereinbringen. Wie wäre es, wenn wir das so machen...«

Terry warf sich um und feuerte zwei Schüsse in die Richtung ab, in der er den Sprecher vermutete. Ihm brach aufgrund der nüchternen Art, in der sie darüber sprachen ihn zu essen, der kalte Schweiß aus. Das begann seine professionelle Gelassenheit zu unterminieren.

»Nun«, meldete sich die Stimme, die zu diesem Richard gehörte, »Ich wollte gerade vorschlagen, dass, falls du deine Waffe ablegst, wir verpflichtet sein würden, dich ohne einen Kratzer abzuliefern...«

Terry schaute sich so schnell er konnte nach allen Seiten um. Die Stimme hatte sich während der ganzen Unterhaltung einfach bewegt und Terry konnte einfach nicht feststellen, von wo sie herkam.

Er erstarrte, als eine Hand von oben hinunter griff

und seine Waffenhand festhielt. Er schrie, als er den Baum hochgerissen wurde und er zuerst heißen Atem an seinem Hals spürte, danach Zähne, die sich in sein Fleisch bohrten...

Sekunden später war die Nacht wieder so ruhig und ungestört wie vorher.

•••

Terry erwachte, aus irgendeinem Grund immer noch groggy... Er unterdrückte sofort jegliche Bewegung und entspannte seinen Körper. Vielleicht konnte er etwas erfahren, bevor irgendjemand mitbekam, dass er wach war.

»Einen schönen, wenn auch frühen Morgen, Agent Terry DeLeon«, meldete sich eine melodische Alt-Stimme zu Wort. »Obwohl es dir natürlich freisteht, deine Augen geschlossen zu halten, verrät dein Körper doch die Tatsache, dass du nicht mehr schläfst.«

Terry überdachte kurz seine Alternativen. Sie hatten ihn an einen Stuhl gefesselt und der Raum lag im Dämmerlicht. Scheiß drauf, er würde nicht gewinnen, wenn er weiter versuchte Schlaf vorzutäuschen.

Er öffnete seine Augen und sah, dass er sich in einem kleinen Besprechungszimmer befand. Bei dem Stuhl, an dem er festgebunden war, handelte es sich um ein handelsübliches beigefarbenes Modell, genauso wie die übrigen fünf Stück rund um diesen miserablen Tisch. Die Wände schienen ihm recht seltsam zu sein. Sie sahen zum größten Teil wie aus Felsen geschlagen aus und jemand hatte einen Fernseher und eine Tafel an ihnen angebracht. Direkt hinter einer Frau, die am Tischende saß, führte eine Tür wohl nach draußen.

»Gut«, meinte sie. »Ich muss innerhalb der nächsten Stunde für eine rasche Vorbereitung eines Einsatzes nach China reisen, daher weiß ich es zu schätzen, dass du dir ein Herz gefasst und die Augen geöffnet hast.« Terry versuchte festzustellen, ob er irgendwie die Knoten an seinen Armen lösen konnte, als er ein drohendes Knurren hinter sich vernahm. Er versuchte sich weit genug nach hinten zu winden, um zu sehen, was sich dort aufhielt, schaffte es aber nicht.

»Die Bestie...« Terry hörte ein nachdrückliches ›Wuff‹ hinter sich und die Dame berichtigte sich sofort: »Entschuldige bitte, der deutsche Schäferhund hinter dir heißt Ashur. Wenn du weiterhin versuchst dich zu befreien, wird er einen Happen von dir abbeißen. Nun, wir können dies hier auf die einfache Weise durchziehen...« Terry erstarrte, als die dunkelhaarige Schönheit sich von einer Sekunde zur anderen von einer Geschäftsführerin aus einem Vorstandszimmer in einen Hinterzimmer-Raufbold verwandelte. »...oder auf die harte Tour. Ich bevorzuge natürlich immer die harte Tour. Eigentlich, du bockiger Beutel voller Pferdescheiße, ist deine Zeit soeben abgelaufen.«

Terry beobachtete, wie sie vom Stuhl aufstand. Für eine Frau schien sie recht groß zu sein, aber als er hinuntersah, bemerkte er, dass sie keine hohen Absätze trug. Als er wieder hochblickte und ihr verändertes Gesicht wahrnahm, begann er zu schreien.

Ihre Augen waren rot, ihre Zähne spitz gewachsen und er erinnerte sich plötzlich wieder an die Vampire in dem Baum...

»Hier ist Kanal 11 mit den neuesten Nachrichten.« Der ältere Nachrichtensprecher wurde eingeblendet. Er moderierte normalerweise die sechs Uhr Nachrichten, aber dafür war es noch zu früh.

Jamil Williams arbeitete in seinem Schlafzimmer im Studentenwohnheim für Erstsemester an seinen Hausarbeiten, als die Nachrichtensendung eine Wiederholung von Der Prinz von Bel-Air unterbrachen.

Er sah zum Fernseher hinüber, weil das eine praktische Ausrede war sich nicht mit Physik befassen zu müssen. Zur Hölle, alles war eine praktische Ausrede, um sich nicht mit Physik befassen zu müssen.

»Wir haben ein Live-Video auf einem freien Feed, der von uns von einem unabhängigen Nachrichtendienst zur Verfügung gestellt wird. Wir sind nicht... ich wiederhole... *nicht* in der Lage gewesen diesen Bericht nachzuprüfen. Wir sind darüber informiert worden, dass sich viele halb-professionelle Astronomen im Internet gemeldet haben, die alle bestätigen, dass diese Container sich in der Tat zu dieser Zeit im Weltraum aufhalten.«

Jamil schob seine Bücher zur Seite und schaltete sein Laptop ein. Er interessierte sich für alles was mit dem Weltall zu tun hatte und wenn irgendetwas Cooles vorging, dann wollte er darüber Bescheid wissen.

Er hatte die Bemühungen von SpaceX verfolgt, mit einer wiederverwendbaren Rakete wieder auf der Erde zu landen. Und er hatte laut gejubelt, als es ihnen bei ihrem dritten kommerziellen Versuch gelungen war eine Rakete auf Land niedergehen zu lassen und nur fünf

Monate später noch eine auf See landen zu lassen.

Und jetzt passierte etwas völlig Neues.

Jamil rief Twitter und diverse Chaträume auf und überall drehten die Leute durch! Es gab einen Hashtag #NEUEHORIZONTE, der sich auf eine neue Firma in Paraguay bezog.

Paraguay?

Anscheinend war eine kürzlich gegründete Firma in Paraguay für die Operation verantwortlich, die als Adresse einfach nur Längen- und Breitengrade angab, die mitten im Dschungel lagen.

Das Video wechselte zu einem Gespräch zwischen einem amerikanischen Nachrichtensprecher eines nationalen Senders und einer... Jamil versuchte den klein geschriebenen Text unter ihrem Namen zu entziffern, einer Reporterin aus Costa Rica?

Was zur Hölle ging da vor? Er erhöhte die Lautstärke, während er fortfuhr die Twitter Streams zu lesen.

»Das stimmt, Ken. Die Firma hat ihren Sitz in Paraguay. Sie benutzen eine neue Art von Antrieb und bringen aktuell ihren ersten Stützpunkt auf die abgewandte Seite des Mondes.«

»Die dunkle Seite?«, fragte der Nachrichtensprecher. »Giannini, warum auf der dunklen Seite des Mondes?«

»Nun«, erwiderte sie, »es ›die dunkle Seite‹ zu nennen ist natürlich eine Fehlbezeichnung, da auch auf dieser Seite Sonnenlicht auftrifft. Aber ihre eigenen Bemühungen und Wünsche sich ins Weltall zu bewegen sind der Grund dafür. Deswegen wollen sie lieber nach ›außen‹ gerichtet sein und nicht der Erde zugewandt.«

»Aber wie können sie das bewerkstelligen?«, fragte Ken, als er das Video beobachtete. »Ich sehe an diesem

Ding dort keinerlei Raketen. Wenn ich nicht die ganzen anderen Videos gesehen hätte, die von allen Seiten im Internet hochgeladen wurden, würde ich sagen, dass ihr Leute einen riesengroßen Hoax abzieht!«

»Das ist der Grund, warum sie sich dazu entschlossen haben, alle zu informieren, während sie noch mitten in ihrer Arbeit stecken, Ken. Es ist schwierig die Beweise zu ignorieren, die von Hunderten oder Tausenden halb-professionellen Astronomen vorgelegt werden, die alle ihre Teleskope auf den in der Seite www.neuehorizonte.space genannten Punkt gerichtet halten. Das heißt im übrigen wirklich nicht ›.com‹ sondern ›.space‹, falls sich jemand uns noch gerne anschließen möchte, ist er willkommen. Wir laden alle ein unter dem Hashtag #NEUEHORIZONTE zu twittern und eure Unterstützung für jene kommerzielle Firma auszudrücken, die die Menschheit einen Schritt weiter in die Zukunft führt.«

»Das an jeden gerichtete Angebot, sich gerade jetzt anzuschließen, ist ein sehr altruistischer Vorschlag. Wieso tut die Firma das?«

»Sie sind im Augenblick nicht in der Lage, ihre Technologie zu teilen, Ken. Daher möchten sie, dass jeder zumindest schon einmal die Aufregung mit ihnen darüber teilt, was genau hier und jetzt auf der Erde passiert. Und jeden wissen zu lassen, wie viel dichter wir jetzt an den Punkt gekommen sind, die Träume von so vielen überall auf der Welt wahr werden zu lassen.«

»Also, das Unternehmen wird diese Technologie nicht lizenzieren?«

»Nein, das werden sie nicht«, erwiderte sie.

»Wieso nicht?«, fragte Ken.

»Ich habe ihre Pressesprecherin gefragt und sie hat

erklärt, dass das Unternehmen weder gegründet wurde, um mit den existierenden Firmen zu konkurrieren, noch werden sie versuchen Geschäfte und/oder Verträge für irgendetwas im Bereich zwischen der Erde bis zum Lagrangepunkt L1 abzuschließen. Dieser L1-Punkt liegt zwischen der Erde und dem Mond und bezeichnet die Stelle, an der sich die Gravitationskräfte ausgleichen. Satelliten umkreisen diese Stelle um den Treibstoffverbrauch minimal zu halten.«

»Sie wollen keine Geschäfte machen? Welche Absichten verfolgen sie? Ist dies rein wissenschaftlich?« Ob er wollte oder nicht, Ken wurde von der Geschichte in den Bann gezogen.

»Das Unternehmen, Lair Technologies, wird den Mondstützpunkt als einen Forschungs- und Entwicklungsstandort für Bauten und Leben im Weltall benutzen. Sie haben Pläne eine zusätzliche Station draußen am Lagrangepunkt L2 auf der anderen Mondseite zu errichten.«

»Also wird diese Station von der Erde aus nicht zu sehen sein?«, stellte Ken klar.

»Korrekt. Um die Schwerkraft des Mondes für einen stabilen Orbit der Station zu benutzen, wird die Station auf der anderen Seite des Mondes bleiben müssen.«

»Sie haben gesagt, dass Sie dieses Unternehmen die letzten... wie lange haben Sie sie begleitet?«

»Ich habe die letzten zwei Wochen an diesem Bericht gearbeitet, Ken.«

»Und wie sind Sie ursprünglich mit der Firma ins Gespräch gekommen?«

Giannini dachte schaudernd an die Nacht zurück, in

der sie vor Monstern hatte weglaufen müssen, weil sie gedacht hatte, sie bräuchte eine Story um vorwärtszukommen. »Ich habe hart gearbeitet und bin ihnen aufgefallen, Ken.« Sie lächelte in die Kamera.

»Faszinierend«, bemerkte Ken. »Ich sehe, wir bekommen gerade ein Video eingespielt, das offensichtlich sehr nah an den Modulen aufgenommen wurde. Woraus bestehen diese Module, Giannini?«

»Glauben Sie es oder auch nicht, Ken, aber das sind einfache internationale Transportcontainer, obwohl man sie jetzt vielleicht interplanetare Transportcontainer nennen könnte. Sie sind durch eine spezielle Beschichtung, internes Eis und andere Methoden modifiziert worden, um den Inhalt vor den schädlichen Strahlen der Sonne und Mikrometeoriten zu schützen.«

»Sie sagen, in denen ist Eis?«, fragte Ken erstaunt.

»Ja, sie verwenden verschiedene Wege, um die zum Leben notwendige Luft, Lebensmittel und Wasser zum Mond zu transportieren.«

»Da wir gerade von Luft, Lebensmittel und Wasser sprechen. Was würde passieren, wenn spätere Versorgungsschiffe nicht in der Lage wären zum Mond hochzufliegen? Wie könnten diese Astronauten dann trotzdem überleben?«

»Wieso sollten spätere Versorgungsschiffe nicht zum Mond fliegen können, Ken?«, fragte Giannini mit einem Stirnrunzeln. »Lautet Ihre Frage, ob die gleiche Firma, die dies hier gerade fertigbringt, dazu unfähig ist zusätzliche Versorgungsgüter zu liefern oder unterstellen Sie, dass vielleicht irgendein Land versuchen würde es zu unterbinden?«

»Nun, ich meine mich daran zu erinnern, dass ein Weltraumabkommen existiert, das von den USA, Russland und anderen Ländern der Welt unterzeichnet wurde.«

»Das stimmt, Ken. Jedoch ist Lair Technologies ein paraguayisches Unternehmen. Paraguay ist weder Vertragsmitglied, noch haben sie dieses Abkommen unterzeichnet. Vielleicht gerade mal die Hälfte aller Länder der Erde gehören zu den Unterzeichnern dieses Weltraumabkommens. Daher besteht auch kein Grund für eines der größeren, weiterentwickelten Länder verärgert zu sein, nicht wahr?«

Ken war einen Augenblick aus dem Gleichgewicht gebracht und die Zuschauer konnten sehen, wie er ein paar Mal wortlos den Mund öffnete und schloss, bevor er zögernd fortfuhr. »Nun, dieses kleine Unternehmen wird... Was?« Ken sah einen Moment auf eine Stelle seitlich vom Bildschirm und wandte sich dann wieder der Kamera zu. »Anscheinend ist in der unteren Ecke eines der Container eine Nachricht geschrieben. Einer der Videoproduzenten hat einen Screenshot der fraglichen Aufschrift gemacht, den wir jetzt gleich einspielen.«

Giannini behielt ihr professionelles Lächeln bei. Innerlich wünschte sie sich zu einer gewissen Person hinüber zu stampfen und ihr gegen die Kniescheibe zu treten. Sie wusste ganz genau, welche drei Leute diese Nummer abgezogen hatten.

»Hier kommt das Bild nun, wir zoomen heran und die Nachricht besagt...« Ken stockte, brachte es aber fertig ein ernstes Gesicht zu bewahren. »Sie besagt: ›Leck mich, NASA – Marcus.‹« Ken schaute sich um: »Haben wir irgendwelche Informationen darüber, wer Marcus sein könnte?« Dann wandte er sich wieder der Kamera zu. »Es hat den Anschein, als ob einer der Teammitglieder offensichtlich ein wenig über die Leute drüben bei der NASA verärgert ist, Giannini. Können Sie vielleicht irgendetwas dazu sagen?«

»Nur, dass ich sicher bin, dass es sich eigentlich um drei Individuen handelt, nicht nur um einen, Ken.« Sie lächelte weiterhin.

»Aber Sie wissen wer dieser Marcus ist, liege ich da richtig?«, bohrte Ken weiter.

»Ja, dieser Herr ist mir sehr wohlbekannt«, gab sie zu.

»Wieso glauben Sie nicht, dass nur er alleine darin verwickelt ist?«

»Weil ich die anderen beiden Individuen kenne, die den Kern von Lair Technologies bilden und sie stecken alle miteinander unter einer Decke. Das ist doch die korrekte amerikanische Redewendung, habe ich recht?«, erwiderte sie.

»Ja, obwohl Sie es mit Ihrem Akzent exotisch klingen lassen, Giannini. Glauben Sie, dass diese Aufschrift von deren Boss genehmigt worden ist?«

Giannini holte kurz Luft und meinte dann langsam, als ob sie ihre spontanen Gedanken beim Sprechen ordnen würde: »Wissen Sie, Ken, ich bin mir nicht sicher. Aber ich weiß ganz genau, dass es nie wieder vorkommen wird, falls es ein Problem sein sollte. Da ich die daran beteiligten Leute kenne, bin ich mir jedoch recht sicher, dass sie davon ausgehen, ihr Boss würde nichts gegen ihren kleinen Streich einzuwenden haben.«

In einem kleinen Gebäude in Paraguay blickte Bobcat zu William hinüber, während Marcus im Hintergrund einen wilden Tanz mit siegreich hochgereckten Armen vollführte. »Gott, das hoffe ich doch wirklich!«

William lächelte und fügte hinzu: »Kein Scheiß. Falls nicht, sitzen wir in der Hundehütte.«

Sie drehten sich beide um, als Marcus im Hintergrund inbrünstig schrie: »Du kannst meinen haarigen, weißen ARSCH küssen, NASA!« Sie beobachteten, wie er die Augen glücklich schloss und ihm eine Träne das Gesicht hinunterlief.

Dann blickten sie sich gegenseitig an. »Das ist es gottverdammt wert«, bemerkte Bobcat und das Paar tauschte einen High-Five aus, bevor sie sich wieder dem Fernseher zuwandten.

Ken fuhr fort: »Giannini, das Internet spielt wegen dieser Sache verrückt. Wir sehen gerade, dass die Server von Twitter vor Überlastung praktisch schmelzen. Allerdings schreien eine ganze Menge Leute, hauptsächlich Amerikaner, ›Schwindelei‹, weil es in einem südamerikanischen Land stattfindet. Hat die Firma irgendetwas dazu zu sagen?«

»Ken, Sie können sich wohl vorstellen, dass die Kreativität, harte Arbeit und Ressourcen von Unternehmen aus aller Welt nötig gewesen ist, um das alles zu erreichen, was Lair Technologies gerade in diesem Augenblick vor den Augen der Weltöffentlichkeit durchzieht. Es sind Amerikaner, Südamerikaner, Rumänen, Japaner, Briten, Europäer und viele andere an den Tests, Werkzeugentwicklung und Technologie beteiligt, die zusammen erst die heutige Leistung ermöglicht haben. In den nächsten paar Wochen werde ich zusätzliches Filmmaterial freigeben und darin über die laufenden Arbeiten berichten, um den Mondstützpunkt funktionsfähig zu machen.«

»Das klang jetzt gerade fast wie eine Presseerklärung«, meinte Ken.

In einem Gebäude in Colorado, schrie Cheryl Lynn begeistert den Fernseher an: »Das liegt daran, weil es von einem Pressesprecher geschrieben worden IST, Dämlack!« Cheryl Lynn krümmte sich vor Lachen und schaute dann zu Bethany Anne hinüber, die sie mit weit hochgezogenen Augenbrauen fragend anblickte. »Was denn?«, fragte Cheryl Lynn, die versuchte sich wieder zu beruhigen. »Zu dick aufgetragen?«

»Nein, zum Teufel!«, erwiderte Bethany Anne lächelnd. »Ich frage mich nur, wie du sie dazu gebracht hast, das zu sagen.«

»Ich habe eine Wette mit ihr abgeschlossen, dass ich sie veranlassen könnte sich in die Hose zu pinkeln. In dem Fall musste sie meinen Absatz irgendwie in das Interview einarbeiten.« Cheryl Lynn grinste.

»Und wenn nicht?«, erkundigte sich Bethany Anne neugierig.

»Hätte ich Darryl bitten müssen, mit ihr auszugehen«, gab Cheryl Lynn zu.

»Sie möchte eine Verabredung mit Darryl?« Bethany Anne lehnte sich vor.

»Ja... wieso? Ist das ein Problem?« Cheryl Lynn sah verwirrt aus.

»Scheiße, nicht doch!« rief Bethany Anne. »Ich wollte nur sichergehen, dass ich das richtig mitbekommen habe. Wir kriegen die beiden schon noch verkuppelt, vertrau mir.« Sie sah auf ihre Armbanduhr. »Ach, verdammt. Sei so gut und sieh‹ zu, dass irgendjemand das aufzeichnet, ja?«

Cheryl Lynn ergriff die Fernbedienung, um kurz zu überprüfen, dass die Aufnahmetaste wirklich eingerastet war. »Schon erledigt, Boss.« Sie blickte nicht vom

Geschehen auf dem Bildschirm weg, sondern winkte Bethany Anne nur zu, als diese hinter ihr vorbeiging, in Ashurs Nackenfell griff und durch das Aetherische in ihr Ankleidezimmer in Florida lief.

Dort wechselte Bethany Anne rasch ihre Kleidung, schlang sich ihr Schwert über die Schulter und zog sich das Doppelhalfter für ihre beiden Pistolen über. »Es wird Zeit sicherzugehen, dass niemand die Party verlässt, die meine Own schmeißen.« Sie griff nach unten, um erneut Ashurs Nackenfell festzuhalten und tauchte im nächsten Moment in einem Gebäude in China, genauer gesagt Shanghai wieder auf. Sie hatte es Stunden vorher ausfindig gemacht, nachdem sie dort von einem Pod abgesetzt worden war und hielt es für ihre Zwecke geeignet. Danach war sie durch das Aetherische wieder nach Colorado zurückgekehrt, um sich den Beginn der Nachrichtensendungen anzusehen. Sie würde schon Stunden vorher an Ort und Stelle sein, bevor auch nur irgendjemand erscheinen sollte. Die Wartezeit mochte vielleicht langweilig werden, aber sie würde es ganz sicher nicht zulassen, dass ein gewisser Jemand entkam, wenn sie es verhindern konnte.

Zu gleichen Zeit schoben drei Pods kleinere Brocken Felsgestein vor sich her und näherten sich schnell der Erdatmosphäre. Natürlich nicht von der Erdseite aus, an der die Show mit den mondwärts fliegenden Containern ablief.

KAPITEL 23

Mondstützpunkt Eins, Kommandomodul

»Hör mal Coach, lass uns bloß nicht vor den laufenden Kameras der landesweit ausstrahlenden Fernsehsender Scheiße bauen«, wies Penn seinen Stellvertreter, Steve Hewgley, nervös an.

Steve war ein pensionierter Luftfahrtelektroniker von der Navy. Er war Anfang Fünfzig oder wenn man ihm Glauben schenkte ›ganz, ganz am Ende der Dreißig‹. Was auch immer, Penn war es piepegal, weil er die Hölle auf Rädern war, wenn es darum ging Sachen auf der elektronischen Seite geregelt zu bekommen und ein Meister im Umgang mit der Videoausrüstung.

»Wie bitte?« fragte Coach aus dem Container Zwei nach. »Du willst nicht, dass ich das Video einfach mit fünfzehn sekündiger Verzögerung laufen lasse, damit ich dadurch einfach eine Dauerschleife einbauen kann, falls etwas schiefläuft?«

Penn sah ihn an. »Das ist großartig!«, rief er aus. »Wie schnell kannst du das hinbekommen?«

»Jetzt«, kam Coachs prompte Antwort.

»Jetzt?«, Penn war verwirrt.

»Ja, soll heißen: Ich lasse es gerade im Moment genauso laufen. In Situationen wie dieser ist das so üblich.«

»Oh, ich bin nur an ›live Live‹ gewöhnt, nicht an

›überwiegend Live‹«, entgegnete Penn.

»Ich bin an Schiffskapitäne gewöhnt, die nicht wollen, dass ein Riesen-Schlamassel bei den Sechs-Uhr-Nachrichten gezeigt wird«, konterte Coach trocken.

Penn dachte an seine eigenen Gefühle als Kommandant dieser Mission. »Schlaue Leute«, meinte er. Coach nickte bloß.

Das Team brachte ihre Container um den Mond herum zur ebensten Stelle, die sie entdeckt hatten. Sie war zwei Tage vorher bereits überprüft und die Positionen der sieben Container waren einprogrammiert worden, bevor ADAM alles nochmals überprüft hatte – zweimal.

Für die weltweite PR-Ausstrahlung gab es in jedem der sieben Module eine Videokamera und das Innere der Container sah mehr nach echten wissenschaftlichen Modulen aus, als das was das Team eingebaut hätte, wenn die Kameras nicht mit im Spiel gewesen wären. Sie glaubten, es bestünde absolut kein Grund zu viel aufzudecken, indem sie zeigten wie wenig sie von dem ganzen Kram wirklich benötigten. Das meiste davon war einfach nur eine von Williams eingebauten hübschen Fassaden.

Die Weltöffentlichkeit sah aufgeregt auf der Kante ihrer Sessel hockend zu, beobachtete den graziösen Tanz der sieben Container, als sie verlangsamten und begannen sich dann auszurichten. Über ihnen ließ Jeffrey sie von einem Pod mit auf sie gerichteter Videokamera begleiten.

Das Team hatte den Mondstützpunkt Eins in U-Form entworfen, mit einer zwei-drei-zwei Konfiguration. Bei den beiden Container an jedem Ende waren zusätzlich zu den beiden Verbindungskupplungen an den Enden noch eine spezielle Kupplung an der Containerseite eingebaut worden.

Die sieben Teammitglieder bestanden aus Coach, John Jensen (von den Guardians ausgeliehen), Adarsh Venkatesh, Kris England, der nach einer Dienstzeit bei der Polizei zu ihnen gestoßen war, Bree Breeza und ReaLea Hurt.

Dieses Team hatte sich bei den Vorbereitungen den Arsch abgearbeitet und bei Gott, Penn würde sicherstellen, dass sie es alle überlebten.

»Bree, vergewissere dich, dass wir auf dem richtigen Weg sind, um dein Modul als erstes reinzubringen.« Obwohl das Team dem Computer erlaubte, den überwiegenden Teil der Kontrolle eigenständig zu handhaben, hielten sie sich bereit, um ihn im Fall von Problemen gegebenenfalls übersteuern oder korrigieren zu können.

»Verdammt noch mal John, zieh‹ dieses Schiff etwas zurück. Ich weiß, dass der Computer total im grünen Bereich ist, aber ich habe keine Lust Bobcat zu erklären, wieso wir seinen hübschen Container angekratzt haben.«

»Penn, wir haben eine wackelige Videoverbindung bei Container Vier«, meldete ReaLea. Sie beobachtete wie der Videolink sich ein- und ausschaltete und dabei die Verzögerung in der Bewegung fühlte, da der Computer den Antrieb jedes Mal ausschaltete, wenn er den optischen Anschluss verlor.

»Verdammt.« Penn seufzte. »Irgendwelche Vorschläge, Coach?« Er wandte sich dem Monitor zu auf dem Coach zu sehen war.

»Kein Problem, wir haben Redundanzen für unsere Redundanzen eingebaut. Ich schalte auf einen anderen Kanal, damit sollte es in den Griff zu kriegen sein. Im schlimmsten Fall mache ich eben einen Mondspaziergang.« Er schaltete seinen Kanal aus.

Penn hoffte inständig, dass sie der Welt nicht ihre Anzüge zu zeigen brauchten. Diese waren wesentlich weniger massig als alles was er außerhalb von Filmen gesehen hatte und offen gesagt auch zu eng anliegend. Für ihn war das in Ordnung, aber ein paar aus dem Team verfügten über zu viele Kurven, um in manchen Ländern während der Hauptsendezeit in diesen Dingern gezeigt zu werden.

Während einer Trainingseinheit mit den Anzügen hatte das Team darüber geschertz, dass ihre Videoshow von PR zu PoRno wechseln würde, falls die Damen aussteigen müssten.

Coach hatte daraufhin angeboten, er würde sich in dem Fall für das Team opfern und in einem der Anzüge hinausgehen. Er behauptete, das würde sicherlich die Aufmerksamkeit von ihnen zu seinem Ende-Dreißig-Körper lenken. Weil... keiner in der Lage sein würde, die Augen von seiner unglaublich durchtrainierten und straffen Männerfigur abzuwenden.

Das hatte Bree dazu gebracht sich an ihrem Kaffee zu verschlucken und ihn aus der Nase zu schnauben, was schon übel genug war, aber das wilde Gelächter der anderen nur noch anheizte.

Die Container fuhren fort sich einander zu nähern und Penn behielt sie alle aufmerksam im Auge. Sie bewegten sich perfekt choreografiert, genauso wie sie es in Paraguay ausgearbeitet und am Südpol und der Wüste geübt hatten. Sie hatten sie in Wind, Regen und einmal sogar bei Sonnenschein getestet.

Penn konnte spüren wie Brees Container sich mit seinem ausrichtete und hörte das Kratzgeräusch, als die Container gegeneinander schliffen, um sich dann luftdicht zu verbinden. Eine Minute später koppelte Coachs Container links an ihm an. Dann dockte Johns Container neben dem von Coach und ReaLeas Container hinter dem von John an. Den Schluss machten Kris und Adarsh, die sich an Brees und ReaLeas Container ankoppelten.

»Halt!«, ertönte Adarsh Warnruf. »Ich habe eine Anzeige für ein Leck zwischen ReaLea und mir.«

»Ich sehe hier keine Warnungen, Adarsh«, antwortete sie. Penn sah ihre Nervosität, als sie überprüfte, ob es etwas gab womit sie ihm helfen konnte.

»Lass mich einen Moment darüber nachdenken. Eine Sekunde.« Er trat aus dem Kamerabereich hinaus und ging weg. Eine Minute später kam er wieder zurück. »Da besteht ein kleines Problem mit der Dichtung. Ich werde ein bisschen zurücksetzen und abdocken.«

Einige wenige angespannte Augenblicke später meldete er sich wieder: »Okay, ich bin wieder frei und habe keinen wesentlichen Luftverlust erlitten. Lasst mich den Container herumdrehen und die andere Seite ausprobieren.«

Coach lenkte Penns Aufmerksamkeit auf sich. »Vielleicht haben wir etwas bei der Generalüberholung übersehen?« Penn zuckte mit den Achseln und beobachtete gebannt Adarsh auf dem Bildschirm.

Sein Team hatte nicht die leiseste Ahnung, dass ein riesiger Teil der Weltbevölkerung zusah und kollektiv ihren Atem anhielt.

Die Welt konnte zusehen wie der letzte Container zurücksetzte und eine halbe Wendung machte, um die andere Verbindungskupplung nach vorne zu bringen und sich dann wieder langsam näherte. Schließlich kam Adarsh wieder online. »Ich bin angekoppelt… und alles luftdicht!«

Der Jubel und Geschrei des Teams war überall auf der Erde zu hören.

Auf dem TQB-Stützpunkt, Colorado, USA

Terry kam in einer Zelle langsam wieder zu Bewusstsein. Das Bett war nicht unbequem, aber der Terror, den er gespürt hatte, bevor er bewusstlos wurde, war sofort wieder da. Er stemmte sich taumelnd von der Liege hoch, drehte sich hektisch herum und presste seinen Rücken gegen die Felswand hinter ihm.

Die Zelle war leer.

Sein Mund war staubtrocken und das wild hämmernde Herzklopfen verhinderte, dass er irgendwelche andere Geräusche wahrnehmen konnte.

Vampire!

Das musste die Antwort sein. Er befühlte seinen Hals, fand aber nichts. Er konnte keine Wunden fühlen.

Wo auch immer er da hineingeraten war, er bezweifelte, dass er je wieder herauskommen würde.

Es war Zeit ein Ende zu machen.

Als er sich umsah, wurde ihm klar, dass seine Brille fehlte. Sie war für den Fall der Gefangennahme gedacht, ein Gegenstand, um den er unverdächtig bitten konnte. Dann konnte er auf dem Ende kauen, um somit die winzige Glaskapsel zu zerbrechen und das Gift freizusetzen.

Aber er trug seine Brille nicht länger.

Er trat vor um sich genauer umzuschauen, konnte

aber nichts sehen, wo sie seine persönlichen Sachen gelassen haben könnten.

Draußen öffnete sich eine Tür und er hastete sofort wieder zurück zur Wand, drehte sich um und starrte die Tür mit der winzigen Öffnung an.

Es klopfte und ein elegant aussehender Mann im Türrahmen erschien. Terry kalkulierte seine Chancen zu entkommen und machte sich bereit den kleinen Mann anzugreifen, als dieser ihn mit einigen wenigen, kurzen Worten stoppte.

»Hallo, wir sind das letzte Mal einander nicht richtig vorgestellt worden. Ich heiße Samuel...«

An Bord der QBS Polarus, Mittelmeer

Barb betrat die Cafeteria und sah Frank, der an einem der hinteren Tische mit jemanden redete, der anscheinend eine Mönchskutte trug.

Sie atmete tief durch und machte sich auf den Weg zu Frank. Sie ging zwischen den Tischen hindurch und lächelte einige Male Leute an, die sie freundlich grüßten.

Frank war ganz in dem Gespräch mit dem Mann versunken, der ihr den Rücken zuwandte. Trotzdem hielt er plötzlich die Hand hoch und drehte sich in seinem Stuhl um Barb anzusehen. Dadurch bemerkte auch Frank sie endlich.

»Entschuldige!« Frank erhob sich und griff hinüber, um ihr einen Stuhl anzubieten. »Ich bitte um Verzeihung, Barb. Ich möchte dir gerne Barnabas vorstellen. Barb, das ist Barnabas und Barnabas, das ist mein Gast, Barb.«

Barnabas erhob sich halb und verneigte sich. »Ist mir

ein Vergnügen.« Er setzte sich wieder hin, um seine Diskussion mit Frank weiterzuführen.

Jetzt wusste Barb nicht was sie machen sollte. Sie hatte gehofft, Frank eine wichtige Frage stellen zu können. Aber es war sehr unhöflich, jemanden, den sie nicht kannte aufzufordern, den Tisch zu verlassen und sie wusste auch nicht, ob ihr Gesprächsthema sie überhaupt irgendetwas anging.

Verdammt!

Frank fuhr mit der Unterhaltung fort: »Also, du sagst, dass Kamiko Kana von dir gelernt hat durch das Aetherische zu laufen?«

»Leider ja«, bestätigte Barnabas. »Nicht, dass ich darin laufen könnte, aber ich habe die letzten vier Jahrhunderte daran gearbeitet mehr darüber zu lernen, als...« Die beiden Männer hörten Barb aufkeuchen.

»Oh, das tut mir leid, Barb«, meinte Frank. »Ich habe Barnabas nicht erklärt, dass du keine wirklich tiefgreifenden Kenntnisse über die Unbekannte Welt hast. Ich sollte dir wahrscheinlich mehr erklären...«

»Du wirst nicht ihre Erinnerungen löschen?«, unterbrach ihn Barnabas verwundert. »Hat Michael seine Edikte geändert?«

Frank schüttelte seinen Kopf. »Nicht Michael, Bethany Anne.«

»Wirklich? Noch eine größere Änderung der Edikte. Es ist wirklich ein Wunder, dass das ganze Ding nicht zusammengebrochen ist«, äußerte Barnabas.

Frank konterte: »Hast du eigentlich wirklich irgendeine Ahnung? Du scheinst diese kleinen Kommentare nach rechts und links abzuschießen, um zu sehen was du damit aufstöberst und wie es landet. Ich schwöre,

Barnabas, manchmal bist du wie ein...«

»Vorsichtig, Frank Kurns. Wo ich herkomme...«, begann Barnabas erhitzt, spürte dann aber eine Hand auf seiner Schulter.

Stephens Stimme enthielt eine Spur Tadel. »Und wo ich herkomme Barnabas, bedroht man niemals eine Person, die unter der Schirmherrschaft eines anderen steht.«

Barnabas Schultern schienen sich zu entspannen. »Manchmal Bruder, falle ich leider immer noch in die alten Gewohnheiten zurück. «

Stephen ließ seine Hand auf Barnabas Schulter ruhen. »Dann sollten wir vielleicht gehen und mit einem Brandy über die alten Zeiten reden?«

Barnabas lächelte Frank und Barb an: »Ich bitte um Verzeihung, ich scheine mich vergessen zu haben. Wenn ihr mich jetzt entschuldigen würdet, ich werde mich mit Stephen zurückziehen.«

Frank und Barb verabschiedeten sich von ihm. Barb sah ihnen hinterher, bis die beiden Männer die halbe Cafeteria durchquert hatten und wandte sich dann an Frank. Er hob aber abwehrend seine Hand, bevor sie etwas sagen konnte und mit den Lippen lautlos ›Nicht!‹ formulierte.

Sie fuhr reflexartig ein paar Zentimeter zurück. Dann wurde ihr aber klar, dass er immer noch die beiden beobachtete, bis sie schließlich durch die Tür verschwanden. Erst danach wandte er sich ihr zu und erklärte: »Entschuldige, aber sie können sehr gut über große Entfernungen hören und ich wusste nicht, ob du über das Wetter reden oder eine Bemerkung fallen lassen würdest, die sich zum Problem entwickeln könnte.«

»Was hat er gerade mit den vier Jahrhunderten gemeint?«, fragte sie.

»Nichts über ihr Hörvermögen?«, fragte Frank im Gegenzug.

»Ich glaube, ich kann mit unwahrscheinlich gutem Hörvermögen leben, aber du bist einhundert oder mehr Jahre alt und er behauptet, er hätte irgendetwas vier Jahrhunderte studiert. Wen werde ich als Nächstes treffen, einen tausendjährigen Mann etwa?«, fragte sie sarkastisch.

»Nun, da du das gerade erwähnst«, meinte Frank trocken, während er auf die Tür deutete, »Da ist gerade einer hinausgegangen.«

»Was? Wer?« Sie drehte sich um, damit sie dahin schauen konnte, wo er hinzeigte.

»Stephen, er ist Michaels Bruder. Beide sind irgendwas um die tausend Jahre oder mehr alt. Eigentlich halte ich Michael für älter als tausend Jahre, aber er ist ziemlich zugeknöpft, was sein genaues Alter angeht. In dieser Hinsicht ist er wie eine Frau.«

»In welcher Hinsicht?«, Barb begann ihn böse anzufunkeln.

»Also, wie alt bist du?«, fragte Frank.

»Wie bitte? Das spielt für diese Unterhaltung keine Rolle, oder?«, wich Barb verdutzt aus.

»Aber sicher doch. Ich habe gerade gesagt, dass Frauen es nicht mögen ihr Alter zuzugeben. Wir wissen beide, dass ich wesentlich älter bin als du, aber trotzdem hast du es sofort abgelehnt mir dein Alter zu sagen.«

»Schön, ich… Mein…« Sie verdrehte ihre Augen. »Ich bin siebenunddreißig und ja, es ist manchmal schwierig, das zuzugeben. Du bist praktisch dreimal so alt wie ich und siehst fünf Jahre jünger aus.«

»Gute Gene?« Frank lachte, als sie ihm die Zunge hinausstreckte. »Okay, es tut mir leid«, sagte er.

»Das ist in Ordnung, ich hab es verdient. Du hast auf Fakten gestützt eine rationale Einschätzung vorgenommen und ich habe direkt bewiesen, dass du recht hast.« Sie atmete aus. »Jetzt will ich wissen wie ich helfen kann.«

»Wie bitte?«, erkundigte sich Frank verblüfft.

»Ich möchte erfahren wie ich helfen kann«, wiederholte sie. »Ich habe genug gesehen, in meinem anderen Job sind meine Fähigkeiten vergeudet. Oh, ich weiß natürlich, dass ich da hilfreich bin, aber euer Team schafft es Dinge zu erledigen. Ich möchte bei etwas mitmachen, wo man nicht davon zurückgehalten wird, das zu machen, was nötig ist. Warte mal, setzt ihr Jungs eigentlich Folter ein?« Sie schaute plötzlich nachdenklich aus. »Weil, ich bin sicher, dass ich mit dem meisten klarkomme, aber ich bin ein bisschen gegen Folter.«

Frank schaute sie verwirrt an und versuchte herauszufinden, an welchem Punkt ihr Gespräch vom Weg abgeirrt war. »Folter?«

»Ja. Ich habe eine Menge Tode von Terroristen untersucht und die Körper beziehungsweise Teile davon, sind alle verschwunden und wurde nie wiedergefunden. Die rationale Erklärung dafür ist, sie wurden sicherlich getötet und vermutlich gefoltert.«

»Nun, ich kann sagen, dass *ich* niemals irgendjemanden gefoltert habe«, meinte Frank und griff nach seinem Wasser, um daran zu nippen.

»Somit bleiben eine ganze Menge von Leuten in der Organisation übrig«, stellte sie fest.

Er setzte sein Glas ab und antwortete: »Gewiss, aber

ehrlich gesagt ist Bethany Anne die Person, die am ehesten bereit ist Folter einzusetzen. Na ja, Michael würde wahrscheinlich noch mehr dazu bereit sein, hat aber weniger Verwendung dafür.«

»Ist sie die Verantwortliche für die fehlenden Leichen?« Jetzt versuchte Barb die hübsche Frau, die sie kennengelernt hatte mit der Tatsache in Übereinstimmung zu bringen, dass sie eine folternde Psychopathin war.

»Oh, ich bin sicher, sie ist für viele von ihnen verantwortlich, aber sie hat sie nicht gefoltert und getötet, um sie dann irgendwo zu vergraben. Sie hat sie wahrscheinlich einfach ins Aetherische gestoßen«, sagte Frank nüchtern.

»Was ist dieses Aetherische?«, erkundigte Barb sich.

»Stell es dir als ein anderes Universum vor, durch das man laufen kann, wenn man über die richtigen Fähigkeiten verfügt«, erklärte ihr Frank, »Und du solltest besser aufhören Bethany Anne für eine folternde Verrückte zu halten.«

»Psychopathin«, korrigierte ihn Barb.

»Was auch immer. Sie ist nicht jemand, der herumgeht und willkürlich irgendwelche Leute foltert. Aber Bethany Anne tut was immer nötig ist, um das Ergebnis zu erreichen, das sie benötigt. Wenn die Person teuflisch genug war? Nun, sie ist nicht pingelig.«

Barb schaute sich um und lehnte sich dann näher zu Frank: »Wie kannst du gegenüber Folter nur so gleichgültig sein?«

Frank schaute sie tadelnd an. »Barb... werde gefälligst erwachsen! Du bist siebenunddreißig Jahre alt. Ich bin einhundert und ich habe mehr als die doppelte

Zeitspanne deines Lebens auf der dunklen Seite des Lebens verbracht. Wenn du nicht glaubst, dass Folter bis jetzt Millionen an Leben gerettet hat, dann wirst du mit deiner Sichtweise durch die rosarote Brille in diesem Team nicht funktionieren. Geh‹ zurück nach Washington, mach‹ deine Recherchen und lass‹ sich andere darum kümmern. Ich verstehe das, ich verstehe es wirklich. Ich werde deswegen nicht weniger von dir halten. Aber wenn du daran glaubst, dass die USA eine der mächtigsten Nationen auf der Welt geworden sind, weil wir niemals irgendetwas Schlechtes tun...?« Er beendete den Gedankengang nicht.

Sie lehnte sich zurück. »Das habe ich nicht behauptet!« Sie war wütend, teilweise weil sie wusste, dass er recht hatte, aber Folter war einfach verkehrt!

Oder nicht?

Frank seufzte. »Lass‹ uns doch einfach mal, nur so als Beispiel, folgendes vorstellen: Du triffst auf einer Szene ein, wo eine dir nahestehende Person blutig und halb tot gegen eine Wand gelehnt liegt. Zwei der Gäste von deinem Freund sind umgebracht worden und überall ist Blut. Der für diese ganze Zerstörung verantwortliche Psychopath arbeitet für einen noch größeren Psychopathen, der die Regierungen der meisten Nationen auf der Welt stürzen will. Ein Teil seines Meisterplans ist ein Virus, der Millionen von Menschen umbringen wird. Du tötest den Handlanger des genannten Psychos und jetzt musst du ihn finden. Setzt du den ersten Psychopathen einfach nur fest, der bereits Morde begangen hat, damit du ihn auf eine Polizeiwache bringen kannst? Er hat zugegeben ein Mörder zu sein, während du ihm zugehört hast. Daher musst du nicht darüber nachgrübeln, ob er schuldig ist. Er ist in seinem Leben persönlich für vermutlich weit mehr als hundert Morde verantwortlich.«

Barb sah Frank an: »Ich würde ja sagen, dass du mit deinem Beispiel absichtlich extrem übertreibst, um festzustellen, ob ich bereit bin zuzugeben, dass es Situationen gibt, die Folter rechtfertigen. Aber das tust du nicht, oder?«

»Du erinnerst dich an den tausendjährigen Mann, der vor ein paar Minuten mit Barnabas weggegangen ist?«, fragte Frank zurück.

»Ja, natürlich.«

»Er war derjenige, der zu Tode blutete. Er saß in seinem eigenen Zuhause an die Wand gelehnt und wartete darauf erschossen und getötet zu werden. Bethany Anne tötete die Handlanger und schoss auf den Vampir, der versuchte Stephen zu töten. Es gab kein Gefängnis, das Reginald hätte festsetzen können und soweit ich weiß, war es mehr als erforderlich ihn zu beseitigen. Aber, sie brauchte Informationen.«

»Was auch immer nötig ist«, hauchte Barb.

»Bethany Anne wird tun, was immer nötig ist.« Frank nickte.

»Ich kann nicht beides haben.« Barb blickte nach unten und spielte mit dem Messer auf dem Tisch. »Ich will meinen netten und sauberen Recherchejob und mich dann fühlen, als ob ich nicht für die Ergebnisse verantwortlich bin, die meine Arbeit verursacht.«

»Wenn du es dir selber eingestehst, schläfst du besser. Aber gesteh› es dir ein und entschließe dich es zu tun oder gesteh› es dir ein und entschließe dich es nicht zu tun. Aber wenn man ein Erwachsener ist, dann gesteht man es sich ein.«

Sie wandte sich mit einem dünnen Lächeln im Gesicht Frank zu: »Wo kann ich unterschreiben?«

»Bist du nicht ein bisschen impulsiv, Barb?«, meinte Frank.

»Erscheine ich dir wie eine spontane Person?«, konterte Barb und vielleicht spielte in ihrer Stimme ein wenig mehr Ärger mit, als sie es sich wünschen würde.

Frank zog sein Handy heraus und schickte eine Textnachricht. Schon nach Sekunde kam eine Antwort und Frank sah auf. »Hast du Lust mit mir für ein Treffen nach Argentinien zu reisen?«

»Wieso?«, fragte Barb. »Wer ist in Argentinien?«
»Michael.«

KAPITEL 24

Auf dem Mondstützpunkt Eins, Dunkle Seite des Mondes

Penn betrat den Besprechungscontainer und nahm sich ein Getränk. »Verdammt noch mal, ich werde echt froh sein, wenn wir den nächsten Satz Container bekommen, damit wir einen größeren Raum haben können.« Er trank einen Schluck und setzte das Glas rasch ab. »Wer hat den Punsch mit Alkohol versetzt?«

»Oh, das bin wohl ich gewesen, Sir«, meldete sich John Jensen, der neben ReaLea saß. »Ich hatte ein winziges kleines bisschen Single Malt Scotch und hielt ihn ganz sicher in der Hand, als ich irgendwie gestolpert bin und dummerweise die halbe Flasche in die verdammte Punschschüssel gegossen habe.« Sein strahlendes Lächeln, in dem auch nicht die winzigste Spur der Reue sichtbar war, sagte Penn genau wie leid es John wirklich tat.

Penn trank einen weiteren Schluck. »Schmeckt gut, aber sieh bloß zu, dass du fähig bist 24/7 zu funktionieren, weil der Boss in jedem Moment hier auftauchen kann und auch wird, verstanden?« John nickte, daher ging Penn weiter in den Raum und sprach mit jedem aus der Gruppe.

Sobald er es bis zur anderen Seite geschafft hatte, drehte er sich um. »Alle bitte mal herhören!«, rief er laut und die anderen sechs Leute verstummten. »Ich möchte euch allen für eure sehr gut erledigte Arbeit danken!« Jubelrufe erklangen und verebbten dann wieder. »Und einen Extra-Glückwunsch für ›verdammt sehr gut‹ erledigte Arbeit an Adarsh, der sichergestellt hat, dass wir ganz zum Schluss noch die halbe Welt fast haben ausflippen lassen und dann das Andockmanöver noch geschafft hat, somit das Projekt gerettet und aus einer Million Frauen im Handumdrehen Adarsh Fans gemacht hat!« Die Pfiffe und Zwischenrufe ließen den normalerweise schüchternen Adarsh lächeln und tief erröten.

Penn erhob seine Tasse. »Daher, auf dich, auf uns und auf Bethany Anne. Wir sind auf dem Mond und die Außerirdischen können ihn haben, wenn sie es schaffen ihn unseren kalten, toten Fingern zu entreißen!«

Wenn Schallwellen durch das Weltall übertragen würden, dann hätte man die kleine Gruppe sogar noch auf der Erde gehört.

Costa Rica

»Sir, wir haben ein Problem.«

Der Anführer des geheimen Einsatzkommandos wurde einfach nur Mr. Simmons genannt. »Ja?«

»Terry DeLeon ist in Washington durch die Gegend irrend aufgesammelt worden, Sir. Er war nicht recht bei Sinnen.«

»Oh? Befand sich Terry nicht im Urlaub?« Simmons versuchte rasch sich ein Bild davon zu machen, wieso sich Terry auf einmal in Washington aufhalten sollte. Es sei denn, eine Spur, die sich nach dem Bericht ergeben hatte, hätte ihn dorthin geführt. Laut ihrer letzten Kommunikation hatte er sich draußen in Colorado aufgehalten.

»Ja Sir, er war im Urlaub. Aber die Washingtoner Polizei hat ihn wegen Ruhestörung aufgesammelt. Er trug keinen Ausweis bei sich und wir haben keine Möglichkeit herauszufinden wie er dort gelandet ist, wo man ihn aufgesammelt hat. Das ist aber nicht der verstörendste Aspekt dieser Geschichte, Sir«, gab die Stimme zu.

»Spuck es schon aus, ich habe mich schon hingesetzt. In was ist Terry während seines Urlaubes hineingeraten?«

»Das wissen wir nicht. Er hat sein Gedächtnis verloren. Ich habe ihn aufgesucht, um mit ihm zu reden. Er erinnert sich nicht an seinen Urlaub oder an mich, Sir. Überhaupt an nichts.«

Simmons dachte über diese Antwort nach. Terry sollte sich auf jeden Fall an einen seiner besten Freunde erinnern.

»Sir, noch eine weitere Sache«, fuhr die Stimme fort. »Er hört nicht auf immer wieder den gleichen Satz zu murmeln.«

»Okay, was sagt er?«, fragte Simmons.

»Sir, seine Blicke huschen dauernd von rechts nach links und zurück, als ob er etwas sehen würde. Und flüstert andauernd: ›Die Vampire sind hier, die Vampire sind hier!‹«

Shanghai, China

Zehn Stunden nachdem die Welt zum ersten Mal erfahren hatte, dass ein Haufen Container zum Mond flogen, wurde Shanghai durch das Spektakel zweier Flammenbälle überrascht, die rasend schnell und leuchtend den Himmel durchkreuzten. Fünfundsechzig Sekunden später folgte ihnen ein Dritter. Der Knall von dem dritten Meteor, der die Atmosphäre passierte, wurde in einhundertfünfzig Kilometer Umkreis rund um die Stadt gespürt.

Als die ersten zwei Meteore die Atmosphäre durchkreuzten, kamen drei Pods aus dem Himmel geschossen. Sie hielten dreißig Zentimeter über der vierstöckigen Lagerhalle an, die in einem etwas heruntergekommenen und düsteren Stadtteil stand und die Kamiko Kana als vorübergehenden Stützpunkt benutzte.

Darryl und Scott sprangen aus dem ersten Pod und bewegten sich schnell, um die Sprengstoffe dort auf dem Dach anzubringen, von wo sie in den Raum darunter springen wollten. Sie hofften, dass Kamiko Kana das oberste Stockwerk benutzte, obwohl Gabrielle das stark bezweifelte. Sie erwartete eher, dass Kamiko sich im dritten Stockwerk aufhielt.

Solchen Vampiren wie ihr gefiel es nicht, sich zu weit oben aufzuhalten und sie würde auch nicht leicht erreichbar im ersten Stockwerk sein.

John und Eric waren damit beschäftigt zusätzliche Waffen aus ihrem Pod zu entladen. Der Dritte enthielt Extras, die keiner von ihnen im Moment tragen konnte.

Gabrielle schnallte sich ihren Schwertgurt um und zog dann ihr Schwert heraus. Jeder, der vier Männer hatte sein spezielles Bowiemesser bei sich, das damals für ihren ersten Einsatz in New York extra für sie angefertigt worden war.

Keiner gab einen Ton von sich, die Pläne standen fest. Wenn jetzt nur noch das Miststück lange genug stillhalten würde.

Es gibt eine Sache, die man nie bei einer Unsterblichen zulassen darf, die eine teuflische, lügende Soziopathin mit einem Gottkomplex ist. Und das ist: ihr gestatten zu leben. Michael hatte das auf die harte Tour erfahren.

Darryl und Scott waren in Rekordzeit fertig und kehrten zu den Pods zurück. Alle beobachteten den Himmel und sieben Sekunden später erleuchtete der dritte Meteorit den Nachthimmel.

Es war Zeit loszulegen.

Darryl legte den Schalter um, aber wie geplant war die Explosion einfach nur ein weiteres lautes Geräusch, das im höllisch lauten Knall des letzten Meteoriten unterging.

Nach diesem Vorbeiflug würden die Leute um Shanghai herum eine Woche lang Glasreste zusammenkehren müssen. Sie mussten diesen Meteoriten auf See einschlagen lassen. Nach bestem Wissen von ADAM war er auf einen Teil des Ozeans gezielt, in dem kein Schiffsverkehr herrschte, sodass weder Schiffe noch Boote in Gefahr geraten sollten. Der größte Teil des Felsbrockens würde in der Atmosphäre verglühen, aber sie hielten trotzdem ihre Finger gekreuzt.

Noch bevor die Flammen der Explosion erloschen, rannte John bereits auf die neu geschaffene Öffnung zu. Er hielt eine Hand vors Gesicht um etwaige Trümmer abzulenken, sprang mit den Füssen zuerst hinunter und landete in einem Trainings Dojo. Er rollte aus dem Weg, damit die anderen ihm folgen konnten.

Durch den Staub und Rauch, der den Raum verdunkelte, sah er vier Männer, die am Fenster am anderen Ende des Raums standen. Sie hatten die schwere Metalljalousie hochgekurbelt, um zu sehen was der Krach draußen zu bedeuten hatte und starrten jetzt schockiert, als der riesige Mann durch das neue Loch im Dach auftauchte.

Als Eric landete, setzten erst gerade ihre Reaktionen ein. Jeder hielt ein Schwert in der Hand mit dem er geübt hatte, erhob es und rannte auf die Eindringlinge zu.

Eric zog seine Pistole und überprüfte die Umgebung. Es war nur eine Person als Ziel übrig, daher schoss ihm Eric zuerst einmal in den Bauch. Unter dem Spielzeug, das Dan ihnen geschickt hatte, befanden sich mehrere ›Desert Eagle‹-Handfeuerwaffen, die für Kaliber .50 Action Express ausgelegt waren. Die Durchschlagskraft der 20 g schweren Hohlmantelgeschosse stoppten den Vampir umgehend und er brach auf der Stelle wie eine Marionette zusammen, der man die Fäden durchgeschnitten hatte.

Eric schwang herum um ihren Rücken zu decken, während Scott, Darryl und Gabrielle sich in schneller Folge vom Dach aus herunterfallen ließen.

Darryl sah sich verärgert um. »Ich hab‹ doch gesagt, dass er uns den Spaß versaut.«

Gabrielle ging zu den vier Männern hinüber, die sich auf dem Boden krümmten. »Watashi wa gaburieru gozen, Kamiko Kana wa doko ni aru no?« Der erste funkelte Gabrielle nur wütend an und schüttelte stumm den Kopf.

Gabrielles Arm verschwamm und ihr Schwert trennte einen Kopf von seinem Körper ab. Sie ging zum Zweiten hinüber. »Watashi wa gaburieru gozen, Kamiko Kana wa doko ni aru no?« Auch hier erhielt sie die gleiche Antwort und reagierte wie vorher. Bei dem dritten Mann geschah das Gleiche.

Der vierte Mann sprach sie an, bevor sie ihre Frage stellen konnte. »Wen repräsentierst du?«

»Ich bin im Auftrag von Queen Bethany Anne hier. Kamiko Kana hat ihren Tod besiegelt. Die Queens Own sind hier um *Gerechtigkeit* zu üben.«

»Ich werde es dir sagen, wenn du den Leuten unten das Leben schenkst, die bereit wären die Seite zu wechseln. Unter der Voraussetzung, dass du mich dann von meiner Schande erlöst!« Gabrielle nickte zustimmend. »Sie befindet sich einen Stock tiefer. Ihre persönlichen Räumlichkeiten sind auf dieser...«, er deutete mit den Augen, »Seite des Flurs.« Der Mann schloss die Augen und Gabrielle hielt ihre Seite der Vereinbarung ein.

Sie drehte sich um und reinigte ihr Schwert. »Wir brauchen noch ein Loch.«

Darryl schlug Scott auf den Rücken. »Die Dame wünscht sich eine Tür, lass‹ uns der Dame eine Tür machen!«

Gabrielle wandte sich mit einer erhobenen Augenbraue um und zeigte zur Tür, die zum Treppenhaus führte. »Treppe?«

John grinste. »Schon dabei!« Eric und er begannen mit gezogenen Waffen und einem breiten Lächeln im Gesicht zur Treppe hinüber zu joggen.

»Gott, das fühlt sich wie in alten Zeiten an«, meinte Eric.

»Außer, dass diese Wichser nicht so verrückt sind«, erwiderte John.

»Meinst du? Hast du nicht gesehen, dass sie nicht gezögert haben für diese Schlampe zu sterben?«, fragte Eric.

»Und wenn du derjenige da am Boden gewesen wärst und jemand dich danach fragen würde wo Bethany Anne ist?«, sagte John, als sie einen schnellen Blick hinunter bis zu einer Tür am Ende der Treppe warfen.

»Nun, von mir aus können sie diese Information haben, wenn sie…«

Die Tür öffnete sich und schnitt Erics Erwiderung ab.

Kamiko Kana sah durch die Jalousien auf das Chaos unter ihr. Sie sollte sich am frühen Morgen zum dritten Mal mit ihrem chinesischen Kontakt aus dem Cyber-Geheimdienst treffen. Bei ihrem ersten Treffen hatte er erklärt, dass seine Gruppe angegriffen worden war und dies eine Menge ihrer Effektivität eingeschränkt hatte. Vier Tage später gab er zu, dass sie Schwierigkeiten hatten überhaupt mit den Unternehmen zu kommunizieren. Sie würde ihm erklären, dass er entweder bis zum Abend eine Lösung finden müsste oder er würde sein Abendessen nicht mehr erleben.

Sie schaute immer noch nach draußen, als sie leise krachende Geräusche über sich hörte, die von dem Betonboden zwischen den Stockwerken weitergeleitet wurden. Sie hatte gefühlt wie das Gebäude erbebte, als der dritte Meteor über die Stadt hinweg gerast war und die Schockwelle alle Fenster hatte zersplittern lassen.

Glücklicherweise würden die Metalljalousien immer noch das Eindringen jeglichen Sonnenlichtes am Morgen verhindern.

Sie drehte sich um und ging zu ihrer Tür. Vier Wächter ihrer Leibgarde sahen am anderen Ende des Raumes aus dem Fenster hinaus, aber zwei davon hatten sich bereits umgedreht, als ob auch sie etwas gehört hätten.

»Schaut nach was im Dojo vorgeht«, sagte sie zu den beiden, die bereits auf dem Weg waren. Sie nickten und liefen zur Tür, die ins Treppenhaus führte. Der erste öffnete sie und trat hindurch. Der zweite folgte ihm in den Gang, als sein Kopf explodierte und die Leichen beider Wachen rücklings durch die Tür flogen.

●●●

Darryl rief aus: »Geht in Deckung!« Zur gleichen Zeit begannen John und Eric auf die neuen Ziele zu schießen, die ins Treppenhaus strömten.

»Gutes Timing«, meinte Eric.

●●●

Kamiko Kana machte sofort kehrt, um wieder in ihr Zimmer zurückzukehren, als von der Decke über ihrem Bett Betonbrocken, Staub und Dreck herunterfielen und es unmöglich machten weiter als eine Armeslänge zu sehen.

Das konnte nicht schon wieder passieren! Sie fletschte wütend ihre Zähne und richtete sich geistig darauf ein durch das Aetherische in ihr zweihundert Meter entferntes, unterirdisches Fluchtzimmer zu laufen.

Sie kam nie dort an; anstatt sich in ihrem geschützten Fluchtzimmer wiederzufinden, wurde sie in ein nebliges Reich gezogen.

Kamiko Kana gefror das Blut in den Adern, als eine eisige Frauenstimme zu ihr sprach: »Willkommen in meinem Reich, Schlampe!«

•••

Bethany Anne langweilte sich so langsam. Sie würde zu gerne mal einen Blick hinauswerfen, nur um zu sehen was vor sich ging, aber sie beherrschte sich.

Sie steckte gerade mitten in noch einer Diskussion mit TOM über miese amerikanische Filme, als sie ein Zucken im Aetherischen fühlte.

Daraufhin griff sie sofort nach der Präsenz, genauso als ob sie nach einer Person greifen würde und zog.

Eine japanische Frau stand im Aetherischen neben ihr. Bethany Anne bewegte sich, um noch näher zu kommen.

Mit einem Lächeln im Gesicht, wandte sie sich an Kamiko Kana. »Willkommen in meinem Reich, Schlampe!«

Kamiko Kana versuchte sich ihre Furcht nicht anmerken zu lassen, aber sie bekam keine Chance etwas zu sagen.

»Dachtest du, du könntest den Queens Own durch deine Flucht abermals entkommen? So versuchst du also deine angeblich königliche Krone zu behalten?« Bethany Anne bewegte sich im Kreis um Kamiko Kana herum, so dass diese sich ständig nach allen Seiten umschauen musste, um sie im Blickfeld zu behalten. »Du dachtest, du könntest eine Person nach der andern opfern, weil du auf einem Rachefeldzug bist? Du dachtest, du könntest versuchen Michael zu verletzen, weil deine Mutter eine hinterhältige Nutte war?«

Bethany Anne blieb endlich vor Kamiko Kana stehen, die verzweifelt versuchte ihr Gefühl der Hilflosigkeit zu überwinden. Sie hatte versucht sich zu bewegen, irgendetwas zu tun, konnte es aber nicht. Irgendeine Kraft hielt sie genau in diesem Reich zwischen ihrem Zimmer und ihrer Fluchtmöglichkeit fest. Sie sah in die roten Augen der vor ihr stehenden Frau und lernte eisige Furcht kennen.

Eine Furcht, die sich bis tief in ihr Herz grub.

»Ich habe Neuigkeiten für dich. Du hast deine Herrschaft beendet, als du noch einen Vampir kaltblütig umgebracht hast. Du hast deine Freiheit und die Chance auf ein Gerichtsverfahren verwirkt, als du meine Männer angegriffen hast.«

Bethany Anne verstummt und lehnte sich vor. »Aber du hast deinen *Tod* besiegelt, weil du mir Michael wegnehmen wolltest!« Bethany Anne riss soviel aetherische Energie wie sie nur konnte aus Kamiko Kana heraus und stieß sie dann mit aller Macht wieder zu der Stelle, von der sie hergekommen war.

Bethany Anne sprach in die Nebel: »Versuch jetzt noch einmal deine Leute im Stich zu lassen, du verdammter Feigling.«

●●●

Gabrielle wartete darauf, dass sich der Staub etwas legte und sie eine Landestelle ausfindig machen konnte. Dann sprang sie herunter und schaute sich um. Sie entdeckte Kamiko Kana, die benommen am Boden gegen die Tür ins Nebenzimmer lehnte. Es sah so aus, als ob sie mit dem Kopf dagegen geknallt und danach an der Tür hinuntergerutscht wäre.

Vielleicht war sie durch die Explosion zurückgeworfen worden?

Es spielte keine Rolle. Gabrielle ging zu ihr hinüber. »Kamiko Kana, die Queen hat deinen Tod angeordnet und die Queens Own sind verpflichtet das Urteil der Queen zu vollstrecken.« Gabrielle hielt kaum inne, als Kamiko Kana halb betäubt zu ihr hochsah. Gabrielle spuckte förmlich aus: »Ich würde ja gerne behaupten, dass dies mir kein Vergnügen macht…«

Gabrielle schwang ihr Schwert, das durch Kamiko Kanas Hals schnitt und in der Tür hinter ihr stecken blieb. Der abgeschlagene Kopf fiel zu Boden und überschlug sich zweimal, bevor er ruhig liegen blieb. Das aus dem Hals schießende Blut bedeckte die Tür bis zur halben Höhe.

»Aber dann würde ich nur lügen, dass sich die Balken biegen«, beendete Gabrielle ihren Satz.

KAPITEL 25

TQB-Stützpunkt, Colorado, USA

»Woran ich denke«, sagte Lance während einer Durchsicht der Stützpunktpläne zu Kevin und Stephanie, »ist, dass wir ein Schlupfloch und einen zweiten Standort brauchen.«

»Schlupfloch?«, fragte Stephanie.

»Ja«, sagte Kevin, während er die Karte studierte. »Das ist ein Begriff für einen Weg sich aus der Hintertür aus dem Staub zu machen, wenn es danach aussieht, dass deine Position unhaltbar ist.«

Lance schaute zu Kevin, der sich aber Lances starrendem Blick nicht bewusst war. Er wandte sich an Stephanie. »Unhaltbar bedeutet...«

Sie lächelte. »Ich bedaure, ich will ja nicht respektlos sein, aber kenne das Wort ›unhaltbar‹.«

»Oh«, war alles was Lance dazu einfiel. Kevin amüsierte sich innerlich köstlich, ließ sich aber nichts anmerken. Er hatte bereits mit Stephanie ›das Aufklärungsgespräch‹ über ihre Englischkenntnisse hinter sich. Obwohl sie gelegentlich ein paar amerikanische Redewendungen verwirrten, beherrschte sie doch die Sprache sehr gut. Kevin hatte beschlossen diesen Fehler nicht noch einmal zu begehen.

Lance sah wieder auf die Karte hinunter. *Das nächste Mal*, dachte er, *lasse ich sie nach der Bedeutung fragen, bevor ich mich wieder in die Nesseln setze.* »Woran ich denke ist, etwas Offensichtliches aufzubauen. Sagen wir mal so etwas wie einige große Objekte, die ein wenig verschmutzt sind, damit sie getarnt aussehen und als Köder nach Westen abhauen. Wir werden irgendetwas brauchen, damit wir eine kurze Strecke unterirdisch zurücklegen können und dann nach Osten verschwinden.

»Warum ostwärts?«, wollte sie wissen.

»Ja, wieso nach Osten?«, fragte auch Kevin, der von der Karte aufsah.

»Die Pods sind zu schnell, um wirklich wahrgenommen zu werden. Wir wenden uns in Richtung Denver, danach südwärts bevor wir Colorado Springs erreichen und verschwinden dann einfach in die Atmosphäre. Ich gehe dabei davon aus, dass sie für den Fall, wir wollten direkt nach oben flüchten, alles über uns abgedeckt haben.«

»Unwahrscheinlich, dass sie uns treffen würden«, meinte Kevin.

»Das ist wohl wahr, aber diese Kampfmittel würden letztendlich irgendwo herunterkommen. Sie werden nicht dämlich genug sein, um über einer Stadt zu schießen und sie werden nicht in der Lage sein den ganzen Weg nach Südosten bis fast Colorado Springs abzudecken.« Er schnaubte. »Wir müssen ja nicht gerade direkt über die Air Force Academy hinwegfliegen.«

»Okay, ich muss einen Tunnel bauen und ihn tarnen. Was dann als Nächstes?«

»Danach«, fuhr Lance fort, »müssen wir sicherstellen, dass wir genügend Platz für das gesamte Stützpunktpersonal haben sowie Möglichkeiten sie in Deckung zu bringen. Sie sollten eigentlich als Zivilisten gelten, aber wir können sie nicht ungeschützt zurücklassen. Nathan bringt uns eine Gruppe Wechselbälger, welche die Miliz des Stützpunktes bilden werden. Soweit ich weiß, haben wir auch eine Gruppe von Vampiren, die sich gerade ebenfalls unserem Team zugesellt haben. Vergewissert euch, dass eins von Bethany Annes Landezimmern eine Verbindung zu diesem geschützten Bereich hat.«

Kevin unterbrach ihn: »Sie denkt doch nicht etwa daran alle zu translozieren, oder?«

Lance wandte sich Kevin zu. »Ich kenne meine Tochter. Sie braucht mir nicht extra zu sagen, dort das Zimmer einzurichten. Wir richten uns entweder frühzeitig darauf ein oder sie wird irgendetwas wesentlich Drastischeres unternehmen, als nur zu versuchen sie in Gruppen dort hinauszubringen. Ich behaupte allerdings nicht, dass sie das wirklich tun *wird* oder dass wir diese ganzen Vorbereitungen überhaupt brauchen werden.«

Lance studierte die Karte. »Ich glaube, wir brauchen einen Fluchtweg für die Gruppe, stellt also sicher, dass der Schutzbereich über einen Weg zum Schlupfloch verfügt. Zum Schluss müssen wir einen zweiten Stützpunkt einrichten.«

»Wo?«, fragte Stephanie.

»Genau, wo?«, hakte auch Kevin nach. »Ich glaube nicht, dass wir einen anderen Stützpunkt hier in Amerika finden können, falls sie sich dazu entschließen, den Pachtvertrag hier aufzulösen.«

»Ich dachte eigentlich an Australien«, antwortete Lance trocken.

Stephanie sah zu ihm hinüber. »Nicht dein Ernst?«

Lance nickte. »Oh doch. Da draußen im Outback gibt es eine Menge Land, das wir nutzen könnten. Die Jungs vom Mondstützpunkt Eins, die unten in Paraguay trainiert haben, haben mich auf die Idee gebracht. Im Moment gehören uns ein Haufen von Unternehmen dort in Australien. Wir kaufen einfach einige genügend große Grundstücke und schicken dann nachts einen Scheißhaufen von Stützpunktkomponenten mit Containern hinüber. Bedecken sie mit Erde und fertig.«

Kevin fiel nichts dazu ein.

»Denkst du an ein Testgelände für den Weltraum?«, fragte Stephanie. Kevin sah überrascht zu ihr hinüber und dann fragend wieder zu Lance zurück.

Lance nickte erneut. »Genau das. Ich glaube, wir müssen alle so denken und leben, als ob wir schon dort draußen wären. Wir müssen das Ganze so planen, als ob wir nichts hätten und es auch nicht von der Erde heranschaffen könnten. Daher müsstet ihr beiden mit Jeffrey und Michelle hinsichtlich des Lebensmittel- und Wasserbedarfs zusammenarbeiten und mit dem Team BMW für die Elektrizität, etc.«

»Was ist mit der operativen Sicherheit?« fragte Kevin.

Lances Gesicht wurde grimmig. »In der Hinsicht bin ich hin- und hergerissen, Kevin. Auf der einen Seite verstecken wir uns in der Hoffnung nicht gefunden zu werden. Auf der anderen Seite installieren wir aber genügend, damit wir gewarnt werden und geradewegs nach oben flüchten können. In einem Satz von der Erde ins Weltall. Und auf der letzten Seite...«

Stephanie unterbrach: »Warte mal, sind das nicht drei Seiten?«

Lance sah sie nur tadelnd an, während Kevin erklärte: »Ein Vorrecht von Generälen, sie benutzen so viele Seiten wie für sie nötig halten.«

Lance fuhr fort: »Auf der dritten Seite, können wir versuchen eine andere Festung zu bauen, die wir aber nicht wirklich verteidigen können, sollte das Land gegen uns vorgehen. Daher glaube ich, Verstecken ist besser als eine offenkundige Verteidigung. Wir brauchen eine andere Gruppe, um diesen Stützpunkt zu führen.«

»Jetzt sollte es einfacher sein, Leute zu finden«, meinte Kevin.

»Vielleicht«, stimmte Lance zu, »aber nicht jeder kennt den Grund, warum wir das alles hier im Augenblick machen. Wir werden eine Menge Leute bekommen, die aus eigenen Gründen heraus versuchen werden bei uns reinzukommen, um zu spionieren, für Täuschungsmanöver und Tricks, alles Mögliche.«

Kevin grunzte: »Michael wird das nicht gefallen.«

»Ja, wir werden eine andere Lösung brauchen oder zumindest eine bessere Lösung. An einem gewissen Punkt werden diese beiden in Streit geraten und sie werden eine Zeit lang nicht miteinander sprechen wollen.«

»Beides eigensinnige Leute?«, erkundigte sich Stephanie.

»Nein, zwei verliebte Leute geraten immer in Streit. Das ist obligatorisch«, erwiderte Lance knurrig.

»Klingt nach einer Weisheit«, stimmte ihm Stephanie zu.

Kevin kicherte. »Klingt nach einer kürzlichen persönlichen Erfahrung.«

Lance nickte. »Ja. Es war hässlich.«

»Wann beginnen wir?«, kehrte Kevin zum Thema zurück.

Lance schaute auf seine Armbanduhr. »Ich möchte, dass ihr euch beide beim Mittagessen zusammensetzt und über die ganzen beweglichen Teile nachdenkt, die ihr braucht, um einen Stützpunkt zu erbauen. Stellt diese Teile in Pakete zusammen, die in Container passen und lasst uns dann noch mal alles durchgehen. Wir werden Jeffrey zu dieser Besprechung hinzuziehen. Vergesst nicht, euch mit Tom hinsichtlich der Kommunikation, Computer und anderem Kram abzusprechen. Er wird in seiner Abteilung leistungsfähige Kühlung brauchen, außerdem sind Luftreinigung und -produktion nicht gerade einfach zu lösende Probleme.«

Lance sah zu den beiden auf und grinste. »Also dann, morgen alles fertig?«

Im Dark Web

Während die Nacht über die Welt zog, stellten in jeder Zeitzone gewisse Hacker genau um sieben Minuten vor Mitternacht fest, dass ihre Computer gehackt worden waren.

Wenn sie virtuelle Computer hatten, wurden diese gelöscht. Wenn sie versteckte Server-Farmen hatten, wurde diese zerstört. Wenn sie per E-Mail kommunizierten, wurden sie zugespammt.

Das ganze Internet hallte von den Neuigkeiten wider. Einige der Gerüchte erreichten wieder andere, die im Dark Web unterwegs waren. Diejenigen, die nichts mit den verabscheuungswürdigen Taten vieler zu tun hatten, die durch die gefährlichen Tiefen surften.

Das Gemurmel wurde immer lauter. Gewisse Gruppen fanden etwas über einen einsamen Rächer heraus, der ganz alleine Terroristen mattsetzte.

Ein Name wurde zunächst nur flüsternd erwähnt... dann laut ausgesprochen. Zum Schluss wurde er wie ein Fanal von denen hochgehalten, die den Fortschritt der Gesellschaft wünschten. Leute, die für das Richtige kämpften, selbst wenn es hinter einer Maske der Anonymität war.

Private Nachrichten wurden gefunden und die gespammten E-Mails wurden verbreitet. Viele, die ihre dunklen Kollegen im Internet hassten, waren über das Auftauchen von jemandem Neuen begeistert, ein neuer einsamen Ranger.

Die Nachricht lautete immer gleich, egal in welchem Medium.

»Ich beobachte dich.

Wo immer du hingehst, werde ich dich finden.

Wo immer du dich versteckst, werde ich dich aufspüren.

Wo immer du versuchst Schaden zu verursachen, werde ich ihn beheben.

Wo immer du lebst, werde ich deine Adresse herausfinden und verbreiten.

MyNam3isADAM und du bist meine BITCH!«

Außerhalb von Denver, Colorado

Jonathan Silvers trank in der kleinen Bibliothek seiner Ranch in Colorado einen Whiskey, unverdünnt. Das Haus hatte sieben Schlafzimmer und erschien ihm häufig leer. Seine Frau war vor langer Zeit verstorben und daher hatte er sein ganzes Leben praktisch nur nach seinen Sohn Pete ausgerichtet.

Und damit fast seinen Tod verursacht.

Im Versuch seinem Sohn alles zu geben, hatte er fast dabei versagt ihm das Eine zu geben, was er in seinem Leben am meisten brauchte. Eine Möglichkeit über die Dummheit der Jugend hinauszuwachsen.

Als der Rudelführer in Colorado, hatte sich Jonathan nicht sehr viel darum gekümmert sicherzustellen, dass Pete die von Michael vor so langer Zeit etablierten Regeln befolgte. Unglücklicherweise dachte Pete, er könne die Regeln mit der gleichen Immunität brechen, die man ihm aufgrund des Namens und Stellung seines Vaters bei den meisten seiner Missetaten einräumte.

Bis er eines Nachts im Vollrausch zwei Frauen eine fast fatal ausgegangene Demonstration seiner Wechselbalg-Natur vorführte, im Versuch sie zu beeindrucken. Danach folgte eine höllische Woche voller Sorgen, die darin gipfelte, dass Jonathan das größte Risiko mit Petes Leben einging, welches er jemals eingegangen war.

Er hatte einem Vampir das Leben seines einzigen Sohnes anvertraut.

Ein Sohn, der ihn als ein verwöhntes Balg verlassen hatte und jetzt als mehr als nur ein Mann zurückkam. Mehr als selbst die Liebe eines Vaters sich auch nur vorstellen konnte. Er war jetzt ein Anführer, ein Beschützer und einer der seltensten Formen unter den Wechselbälgern – ein Pricolici.

Jetzt kehrte dieser Sohn nach Hause zurück. Er kehrte in das Haus zurück, das er als verwöhntes Balg verlassen hatte, ein Kind im Körper eines Erwachsenen. Jemand, über dem ein Todesurteil schwebte und der zu wenig Ahnung hatte, wie es in der Welt zuging, um sich dessen auch nur bewusst zu sein.

Ein Sohn, der auf dem Rollfeld eines Flugplatzes zurückgelassen worden war, um für seinen Mangel an Disziplin zu leiden, die sein Vater ihm zuhause nicht beigebracht hatte. Ein Sohn, der damals nicht das Ausmaß der Liebe begriffen hatte, die nötig war um zuzusehen wie sein einziges Kind mit einem Faustschlag zu Boden geschlagen wurde, den Jonathan am eigenen Körper spürte. Ein Sohn, der dann zum ersten Mal in seinem Leben die Konsequenzen seiner eigenen Handlungen erfuhr, ohne dass Papi auftauchte um ›alles wieder gut zu machen‹.

Ein Sohn, der Liebe eines Erwachsenen brauchte, der nicht sein alleiniger Elternteil war und die Disziplin eines Mannes, der willens war etwas in einem Jungen zu sehen. Und der bereit war jeden einzelnen Tag das zu tun, was nötig war, um den Jungen dazu zu zwingen ein bißchen erwachsener zu werden, nach ein bißchen mehr streben, ein bißchen mehr zu wollen.

Um Liebe zu finden, Liebe in Form von Respekt. Genug Liebe, um Auge in Auge einer Werwolfbestie entgegenzutreten und unerträgliche Schmerzen zu ertragen, weil er es ablehnte seine Königin, seine Leute und sich selber im Stich zu lassen.

Jonathan dachte über die Geschichte nach, die ihm schließlich über Petes erste Umwandlung erzählt worden war. Über das Geschenk, das der gleiche Vampir ihm gegeben hatte. Aufgrund seiner eigenen Leistungen und des Vertrauens gegeben, das sie in ihn hatte, völlig unabhängig von Jonathan selber. Wie Pete den Vampir, der über das Geländer kam, erwartet und ihn auf das Schiffsdeck niedergeschlagen, bevor er ihn getötet hatte. Und so der zu dem ersten Wechselbalg geworden war, der in Jahrhunderten einen Vampir im Kampf getötet hatte.

Und dann, als Pete mit seinem Team in der Türkei gekämpft hatte. An der Seite von Nathan Lowell und Ecaterina, zusammen mit Bethany Anne und Michael gegen hunderte von Nosferatu angetreten war und auch da wieder seinen Mann gestanden hatte. Er flüchtete nicht, er wankte nicht.

Schließlich dachte er an die Nacht zurück, wo Jonathan endlich die Tatsache begriffen hatte, dass selbst der Anführer aller amerikanischen Rudel die Fähigkeit von Jonathans Sohn anerkannte, ihn besser schützen zu können, als Gerry selber. Jonathan lächelte bei der Erinnerung daran und auf seinen Stolz auf den Mann, zu dem sein Sohn herangewachsen war.

Jetzt erwartete er den Besuch seines Sohnes, im Schutz der Dunkelheit der Nacht, damit die Wahrscheinlichkeit, dass sein Fahrzeug gesichtet würde, minimal blieb.

Die Türklingel erklang, dann öffnete sich die Haustür und eine tiefe Stimme, die Stimme eines Mannes rief. »Dad?«

Jonathan trank rasch den Rest seines Drinks, erhob sich und wischte sich eine Träne weg. Es war Zeit für Jonathan seinen Sohn Peter zum ersten Mal wieder in seinem Zuhause willkommen zu heißen.

E-Mails an gewisse Leute überall auf der Welt

Dies ist eine ausschließlich an dich gerichtete E-Mail. Obwohl ich dich nicht daran hindern kann und werde, diese E-Mail weiterzuleiten, wird eine Weiterverbreitung nicht der Zukunft der Erde helfen.

Wir tun dies, um die Welt vor dem zu beschützen, was ihr bevorsteht.

Wir tun dies, um eine Zukunft für uns alle zu schaffen.

Wir tun dies, um unseren Mann zu stehen.

Wir tun dies unabhängig von unseren Ländern, Nationalitäten, Rassen, Glauben oder Hautfarben. Weder Geschlecht noch Vorlieben noch Religion wird uns aufhalten.

Wir sprechen mit einer Stimme, haben nur ein Ziel und einen Fokus:

Wir werden neue Horizonte erreichen, um zu beschützen.

Wir werden neue Horizonte erreichen, um uns vorzubereiten.

Wir werden neue Horizonte erreichen, um voranzukommen.

Wenn du daran interessiert bist, dann teile #NEUEHORIZONTE auf einem deiner Konten in den sozialen Netzwerken.

Wenn du das tust, dann verfolge dieses Konto weiterhin.

Was passiert, wenn du das machst?

Dann werden wir in Kontakt treten.

Ende

Bethany Anne kehrt zurück in:
›Eine höllisch harte Wahl‹

Newsletter

Möchtest Du immer über die neuesten deutschen Veröffentlichungen von uns informiert werden, ohne davon abhängig zu sein, ob Dir unsere Ankündigungen in den sozialen Medien überhaupt angezeigt werden? Dann abonniere doch einfach unseren deutschen Newsletter, dann kommen die neuesten Infos zuverlässig direkt in Dein E-Mail-Postfach:
  https://lmbpn.com/de/newsletter/

Rezensionen und Bewertungen

Wie hat Dir das Buch gefallen? Schreib uns eine Rezension oder bewerte uns mit Sternen bei Amazon. Dafür musst Du einfach ganz bis zum Ende dieses Buches gehen, dann sollte Dich Dein Kindle nach einer Bewertung fragen.

Als Indie-Verlag, der den Ertrag weitestgehend in die Übersetzung neuer Serien steckt, haben wir von LMBPN International nicht die Möglichkeit große Werbekampagnen zu starten. Daher sind konstruktive Rezensionen und Sterne-Bewertungen bei Amazon für uns sehr wertvoll, denn damit kannst Du die Sichtbarkeit dieses Buches massiv für neue Leser, die unsere Buchreihen noch nicht kennen, erhöhen. Du ermöglichst uns damit, weitere neue Serien parallel in die deutsche Übersetzung zu nehmen.

WIE GEHT ES WEITER?

»Eine höllisch harte Wahl« jetzt weiterlesen

NEUE HORIZONTE

MICHAELS NOTIZEN

Vielen Dank, ich kann meine Wertschätzung gar nicht genug ausdrücken, dass Du mein ACHTES Buch in die Hand genommen hast und es nicht nur bis zum Ende gelesen hast, sondern JETZT auch noch diese Seite liest.

Ich schreibe dies etwa sechs Wochen und drei Tage nach meiner letzten Veröffentlichung.

Das Leben ist schon komisch. Ich hatte eigentlich vor etwas mit meinen Büchern auszuprobieren, um eine kleine ›Pause‹ zwischen Buch 7 und Buch 8 zu bekommen – das Ergebnis ist eine Kurzgeschichte. Das Ziel war, mit John Grimes etwas Besonderes zu machen (er ist ein Favorit sowohl vom weiblichen aber auch vom männlichen Fanlager) und um zu sehen ob ich eine Kurzgeschichte und meine Fans dazu nutzen kann, in neuen Bereichen Werbung für die Serie zu machen und ein paar Verkäufe für die Hauptserie zu generieren.

[Anmerkung des Übersetzerteams: die fragliche Kurzgeschichte ist in der deutschen Edition als Bonusteil des siebten Bandes veröffentlicht]

Außerdem wollte ich testen, wie es wirklich um den in Autorenkreisen sogenannten ›30-Tage-Abgrund‹ von Amazon steht. Grundsätzlich unterstützt Amazon Dein Buch für eine gewisse Weile, blendet es in Empfehlungen ein und dann kann das Buch entweder selber schwimmen oder sinkt. Damit es schwimmt, braucht man üblicherweise einen nicht unerheblichen Marketingaufwand in Form von Arbeitsstunden jeden Tag.

Stunden, wo ich dachte die könnte ich besser für andere Dinge nutzen, wenn... wenn ich vielleicht... ein Buch alle drei bis vier Wochen veröffentlichen könnte.

Also eine lange Geschichte, eine Kurzgeschichte dazwischen, dann wieder eine lange Geschichte.

Das hat eigentlich auch größtenteils geklappt, es gab allerdings zwei Herausforderungen. Die erste Herausforderung was ich selber. Ich habe die Geduld einer Stechmücke, daher habe ich nach dem Fertigstellen der Kurzgeschichte natürlich nicht gewartet, um sie nach drei bis vier Woche zu veröffentlichen, sondern habe sie eine Woche zu früh veröffentlicht.

Du glaubst gar nicht, wie ich für diesen Fehler bezahlt habe.

Letzte Woche sind die generellen Verkäufe meiner Bücher heruntergegangen. So sehr, dass ich wieder begann bei Facebook Werbung zu schalten, was ich in letzter Zeit nicht getan hatte.

Die zweite Herausforderung war, dass ich einigen angehenden Autoren Hilfe angeboten hatte. Ich war zu dem Zeitpunkt der Mentor für vier Autoren und war der Ansicht, dass ich das doch auch verdoppeln könnte und achten Autoren betreuen könnte. Das Angebot offerierte ich in einem Forum für Autoren.

Innerhalb von drei Tagen waren wir 50... dann 70.... jetzt sind in der Facebook-Gruppe über 130. Mit dabei sind einige bekanntere Autoren, die ebenfalls für Ratschläge zur Verfügung stehen, aber auch Repräsentanten von Firmen wie KOBO oder Draft2Digital, die in die Gruppe gekommen sind um dort für Fragen rund um ihr Geschäft zur Verfügung zu stehen.

Dadurch bin ich allerdings auf dem Radar von ein paar kleinlichen Autoren oder auch Trollen gelandet. Dies hat mir einige schlechte 1-Sterne-Bewertungen gebracht wie auch Versuche, den Effekt schlechter Bewertungen mit „diese Rezension war hilfreich für mich" noch zu verstärken. Zum Glück hatte ich zu der Zeit über 100 Rezensionen, so dass deren Aktionen zwar nervte wie ein Pickel am Hintern, für mich aber kein tödlicher Treffer war.

Hast das meine Verkäufe negativ beeinflusst? Wahrscheinlich ein wenig, ich rechne da so mit 8-12%. Aber am Ende des Tages müssen diese Person oder diese Leute sich selber im Spiegel betrachten. Natürlich wird die Frage aufkommen woher ich weiß dass die Rezensionen nicht legitim sind. Nun, wenn sie Buch 5 mit einem Stern bewerten und darüber schwadronieren, dass sie sich bei Amazon beschweren über etwas, worüber wir in dem Autorenforum gesprochen haben... ja, das ist ein anderer ,Autor', kein normaler Leser.

So hing ich also mit 100+ Autoren in diesem Forum und eigentlich musste dieses Buch hier veröffentlicht werden. Das ist natürlich ein Forum, daher helfen sich viele Autoren gegenseitig, also nicht nur ich alleine war die ganze Zeit am helfen. Nichtsdestotrotz bin ich eine Woche hinter meinem selbstgesteckten Plan und ohne die unglaubliche Unterstützung meiner Beta-Leser und meiner Lektorin hätte ich immer noch zwei Wochen harte Arbeit vor mir.

Ich danke Gott, dass sie da sind.

Ich habe natürlich Mist gebaut. Ich hatte ein schlechtes Händchen all meine Verpflichtungen zu koordinieren, musste mich mit persönlichen Unterstützungsanfragen herumschlagen, mich zum Schreiben zu zwingen. Dabei ist untergegangen, mir ein gutes Verhältnis zu meinen Betalesern zu bewahren und bin über eine Sache gestolpert die eigentlich gar nicht so dramatisch war, die ich aber trotzdem vergeigte. Zum Glück sind es wunderbare Leute und... nun, sie sind wunderbare Leute.

Das ist übrigens der Grund warum dieses Buch ihnen gewidmet ist.

Vielen Dank,
Michael Anderle, April 2016

P.S.: Die ganze Anerkennung, ÜBERHAUPT Schuhwissen zu haben, geht übrigens an meine Frau Judith, die immer noch daran arbeitet, mir einen minimalen Sinn für Mode beizubringen. Warum sie mich jeden Morgen nach meinem Kommentar zu ihrer Kleiderwahl fragt, verwirrt mich noch heute.

Zweiter Hinweis: der Vorschlag spezielle Hunde einzubauen kam von meiner Frau.

Dritter Hinweis: ich hatte jetzt die zweifelhafte Ehre, einen Christian-Louboutin-Laden zu besuchen und meine Frau dabei zu beobachten, wie sie zwei (2) Paare kaufte. Heilige Scheiße... ich musste danach erst mal meinen Kummer mit Rootbier ertränken. ;-)

ELENAS NOTIZEN

Und wieder ist ein Buch übersetzt und diesmal mache ich drei Kreuze (MINIMUM!!!), weil ich es endlich hinter mich gebracht habe. Nein, mit dem Buch an sich hab' ich kein Problem. Wir sind zu neuen Horizonten unterwegs und es kribbelt und knistert an allen Ecken und Enden. Mehr sag' ich mal nicht dazu und auch nicht wessen Hosen in vier Meter Höhe landen... (wegen der Leser, die ihre Bücher von hinten anfangen. Das ist Schummelei, Leute!)

Aber leider haben sich in meinem Computer hartnäckige Dämonen eingenistet, die soweit gegangen sind große GANZ GROSSE Stücke meiner Übersetzung zu fressen – und natürlich gerade die, die noch NICHT gespeichert waren. Okay, braucht ihr mir gar nix zu sagen, passiert mir nie wieder. Alles wird jetzt gnadenlos dreifach gespeichert, mindestens. Den Kreuzweg geh' ich nie wieder. Nur einfach zu schade, dass ich keinen ADAM hab – Gott, da wäre das Leben doch viel viel einfacher...

Wie dem auch sei, ich musste mit dem ganzen Hack nicht nur praktisch wieder ganz von vorne anfangen – was extrem ärgerlich war, ist und überhaupt – ganz zu schweigen von dem nachvollziehbarem Gedrängel das nächste Buch bitte etwa drei Stunden nach Veröffentlichung von Buch 7 fertig zu haben – sondern der Computer (sein Name ist Jeremy) musste im Verlauf der nächsten Wochen auch vier Mal erneut ins »Krankenhaus« eingeliefert werden. Das bedeutet, die Übersetzung von Buch 8 ist praktisch ausschließlich auf einem Netbook geschrieben worden und Leute, es ist echt nervig mit einem 10"-Monitor zu arbeiten... Schneeblindheit ist nix dagegen... Aber gut, das haben wir jetzt hoffentlich alles ganz ganz weit hinter uns gelassen und ich arbeite auch schon fleißig an Buch 9.

Und alles, was ich eigentlich geplant hatte zu schreiben, sag ich euch dann, wenn wir uns in Paris wiedersehen! Beziehungsweise danach. ;-)

Bis dann und ich wünsche euch wie immer viel Vergnügen mit dem achten Teil
Hinter den Bergen, Februar 2019

M. Elena Martínez Cabañas

SOZIALE MEDIEN

Möchtest Du mehr?
Abonnier unseren Newsletter, dann bist Du bei neuen Büchern, die veröffentlicht werden, immer auf dem Laufenden:
https://lmbpn.com/de/newsletter/

Tritt der Facebook-Gruppe & der Fanseite hier bei:
https://www.facebook.com/groups/ZeitalterderExpansion/
(Facebook-Gruppe)
https://www.facebook.com/DasKurtherianischeGambit/
https://www.facebook.com/LMBPNde/
(Facebook-Fanseiten)

Die E-Mail-Liste verschickt sporadische E-Mails bei neuen Veröffentlichungen, die Facebook-Gruppe ist für Veröffentlichungen und ›hinter den Kulissen‹-Informationen über das Schreiben der nächsten Geschichten. Sich über die Geschichten zu unterhalten ist sehr erwünscht.

Da ich nicht zusichern kann, dass alles was ich durch mein deutsches Team auf Facebook schreiben lasse, auch bei Dir ankommt, brauche ich die E-Mail-Liste, um alle Fans zu benachrichtigen wenn ein größeres Update erfolgt oder neue Bücher veröffentlicht werden.

Ich hoffe Dir gefallen unsere Buchserien, ich freue mich immer über konstruktive Rezensionen, denn die sorgen für die weitere Sichtbarkeit unserer Bücher und ist für unabhängige Verlage wie unseren die beste Werbung!

Jens Schulze für das Team von LMBPN International

DEUTSCHE BÜCHER VON LMBPN INTERNATIONAL

Kurtherianisches™-Gambit-Universum:

Das kurtherianische™ Gambit
(Michael Anderle – Paranormal Science Fiction)

Erster Zyklus:
Mutter der Nacht (01) · Queen Bitch – Das königliche Biest (02) · Verlorene Liebe (03) · Scheiß drauf! (04) · Niemals aufgegeben (05) · Zu Staub zertreten (06) · Knien oder Sterben (07)

Zweiter Zyklus:
Neue Horizonte (08) · Eine höllisch harte Wahl (09) · Entfesselt die Hunde des Krieges (10) · Nackte Verzweiflung (11) · Unerwünschte Besucher (12) · Eiskalte Überraschung (13) · Mit harten Bandagen (14)

Dritter Zyklus:
Schritt über den Abgrund (15) · Bis zum bitteren Ende (16) · Ewige Feindschaft (17) · Das Recht des Stärkeren (18) · Volle Kraft voraus (19) · Hexenjagd (20) · Die Rückkehr der Matriarchin (21)

Das kurtherianische™ Endspiel:
Die Piraten von High Tortuga (22) · Zwingende Beweise (23) Durch Feuer und Flamme (24) Im Krieg und beim Blutbad ist alles erlaubt (25) Das Geheimnis der Ooken (26)

Kurzgeschichten:
Frank Kurns – Geschichten aus der Unbekannten Welt

In Vorbereitung:
…die restlichen Bücher des Kutherianischen™ Endspiels

**Das zweite Dunkle Zeitalter
(Michael Anderle & Ell Leigh Clarke
– Paranormal Science Fiction)**
Der Dunkle Messias (01) · Die dunkelste Nacht (02)
Dunkelheit vor der Dämmerung (03)
Dämmerung naht (04)

**Die Chroniken der Gerechtigkeit
(Natalie Grey & Michael Anderle
– Paranormal Science Fiction)**
Der Rächer (01) · Der Wächter (02) · Der Hüter (03)
Der Paladin (04) · Der Justiziar (05)
In Vorbereitung sind die restlichen Bücher bis Band 7.

**Richterin, Geschworene & Vollstreckerin
(Craig Martelle & Michael Anderle
– Juristische Space Opera Science Fiction)**
Du wurdest verurteilt (01) · Zerstöre die Korrupten (02)
Der diplomatische Serienkiller (03)
Dein Leben ist verwirkt (04)
Interstellarer Sklavenhandel (05) · Geschwistermord (06)
In Vorbereitung sind die restlichen Bücher bis Band 15+.

**Aufstieg der Magie
(CM Raymond, LE Barbant &
Michael Anderle – Fantasy)**
Unterdrückung (01) · Wiedererwachen (02)
Rebellion (03) · Revolution (04)
Die Passage der Ungesetzlichen (05) · Dunkelheit erwacht (06)
Die Götter der Tiefe (07) · Wiedergeboren (08)
Die solyrianische Verschwörung (09)

Geschichten einer mutigen Druidin
(Candy Crum & Michael Anderle – Fantasy)
Die Druidin von Arcadia (01)
Die Verschwörung von Arcadia (02)
In Vorbereitung sind die restlichen Bücher bis Band 8

Oriceran-Universum:

Die Leira-Chroniken
(Martha Carr & Michael Anderle – Urban Fantasy)
Das Erwecken der Magie (01) · Das Entfesseln der Magie (02)
Der Schutz der Magie (03) · Herrschaft der Magie (04)
Der Handel mit Magie (05) · Der Diebstahl der Magie (06)
In Vorbereitung sind die restlichen Bücher der Serie

Der unglaubliche Mr. Brownstone
(Michael Anderle – Urban Fantasy)
Von der Hölle gefürchtet (01) · Vom Himmel verschmäht (02)
Auge um Auge (03) · Zahn um Zahn (04)
Die Witwenmacherin (05) · Wenn Engel weinen (06)
Bekämpfe Feuer mit Feuer (07) · Lang lebe der König (08)
Alison Brownstone (09) · Nur eine schlechte Entscheidung (10)
Fataler Fehler (11) · Karma ist ein Miststück (12)
Vax Humana (13) · Ein epischer Ring (14)
Spontane Gerechtigkeit (15) · Im Schatten des Rings (16)
Die Reiter versammeln sich (17)
In Vorbereitung sind die restlichen Bücher der Serie

Der Kopfgreldjäger-Zwerg
(Martha Carr & Michael Anderle – Urban Fantasy)
Los, zwerg dich selbst (01) · Ist mir doch zwergegal (02)
In Vorbereitung sind die restlichen Bücher der zwölfteiligen Serie

Fallakten einer Vorstadt-Hexe
(Martha Carr & Michael Anderle – Cozy Urban Fantasy)

Mom, die Geheimagentin (01) · Die Mom-Identität (02)
Ein-Mom-Armee (03)
In Vorbereitung sind die restlichen Bücher der achtteiligen Serie

Die Kacy-Chroniken
(A.L. Knorr & Martha Carr – Urban Fantasy)
Abkömmling (01) · Aufsteigerin (02)
Kombattantin (03) · Tranzendent (04)

Die Schule der grundlegenden Magie
(Martha Carr & Michael Anderle – Urban Fantasy)
Dunkel ist ihre Natur (01) · (02) · (03) · (04) · (05) · (06) · (07)
In Vorbereitung sind die restlichen Bücher der Serie

Die Schule der grundlegendsten Magie: Raine Campbell
(Martha Carr & Michael Anderle – Urban Fantasy)
Mündel des FBI (01) · (02) · (03) · (04) ·
(05) · (06) · (07) · (08) · (09)

›Das Haus der 14‹-Universum:

Unzähmbare Liv Beaufont
(Sarah Noffke & Michael Anderle – Urban Fantasy)
Die rebellische Schwester (01) · (02) · (03) · (04) · (05) · (06)
(07) · (08) · (09) · (10) · (11) · (12)

Die einzigartige S. Beaufont
(Sarah Noffke & Michael Anderle – Urban Fantasy)
Die außergewöhnliche Drachenreiterin (01)
(02) · (03) · (04) · (05) · (06) · (07) · (08) · (09)
(10) · (11) · (12) · (13) · (14) · (15) · (16) · (17) · (18)
(19) · (20) · (21) · (22) · (23) · (24)

Die undurchschaubare Paris Beaufont

(Sarah Noffke & Michael Anderle – Urban Fantasy)
Die unerklärliche Gute Fee (01)
In Vorbereitung sind die restlichen Bücher bis Band 9

Eine Beaufont-Geschichte
(Sarah Noffke & Michael Anderle – Urban Fantasy)
Der geheimnisvolle Plato (01)
Der fantastische Lunis (02)
In Vorbereitung sind die restlichen Bücher bis Band 3

Sonstige Serien

Die Chroniken des Komplettisten
(Dakota Krout – LitRPG/GameLit)
Ritualist (01) · Regizid (02) · Rexus (03)
Rückbau (04) · Rücksichtslos (05) · Inferno (06)
Die Serie wird aktiv vom Autor weitergeschrieben.

Der Hexenmeister der Wolfsmenschen
(James Hunter & Dakota Krout – LitRPG/GameLit)
Bibliomant (01)
Die Serie wird aktiv vom Autor weitergeschrieben.

Der totale Mörderhobo
(Dakota Krout – LitRPG/GameLit)
Etwas (01) · Irgendwas (02)
In Vorbereitung sind die restlichen Bücher der Trilogie

Die Chroniken von KieraFreya
(Michael Anderle – LitRPG/GameLit)
Newbie (01) · Anfängerin (02) · Kriegerin (03) · Heldin (04)
Halbgöttin (05)
In Vorbereitung sind die restlichen Bücher bis Band 6

Die guten Jungs
(Eric Ugland – LitRPG/GameLit)
Noch einmal mit Gefühl (01)
Heute Erbe, morgen Schachfigur (02) · Dungeonschinder (03)
Und täglich droht die Nebenquest (04)
Hochadel für Einsteiger (05)
Eine Belagerung kommt selten allein (06)
Ein Halali für den Herzog (07)
Wer stirbt, braucht festes Schuhwerk (08)
Vier Enthauptungen und ein Todesfall (09)
Nacht der Unholde (10)
Die Serie wird aktiv vom Autor weitergeschrieben.

Die bösen Jungs
(Eric Ugland – LitRPG/GameLit)
Schurken & Halunken (01) · Der Dieb im ersten Stock (02)
Die Freischaufler (03) · Krieg der Aufschneider (04)
Seeungeheuer und andere Kalamitäten (05)
Unterm Arsch der Welt, und dann links (06)
Zurück auf Eins (07) · Spaß in der Nacht (08)
Die Serie wird aktiv vom Autor weitergeschrieben.

Die Reiche
(C.M. Carney – LitRPG/GameLit)
Der König des Hügelgrabs (01) · (02) · (03) · (04)
(05) · (06)
In Vorbereitung sind die restlichen Bücher bis Band 8

Aufstieg des Großmeisters
(Bradford Bates & Michael Anderle – LitRPG/GameLit)
Heiler auf Abwegen (01)
Ein Wispern aus der Tiefe (02)
In Vorbereitung sind die restlichen Bücher bis Band 15

Stahldrache
(Kevin McLaughlin & Michael Anderle – Urban Fantasy)

Drachenhaut (01) · (02) · (03) · (04) · (05) · (06) · (07) · (08) · (09) · (10) · (11) · (12) · (13) · (14) · (15)

So wird man eine knallharte Hexe
(Michael Anderle – Urban Fantasy)

Magie & Marketing (01) · (02) · (03) · (04) · (05) · (06) · (07) · (08) · (09)

Animus
(Joshua & Michael Anderle – Science Fiction)

Novize (01) · (02) · (03) · (04) · (05) · (06) · (07) · (08) · (09) · (10)

In Vorbereitung sind die restlichen Bücher bis Band 12

Opus X
(Michael Anderle – Science Fiction)

Der Obsidian-Detective (01) · (02) · (03) · (04) · (05) · (06) · (07) · (08)

In Vorbereitung sind die restlichen Bücher bis Band 12

Chroniken einer urbanen Druidin
(Auburn Tempest & Michael Anderle – Urban Fantasy)

Ein vergoldeter Käfig (01) · Ein heiliger Hain (02)
Ein Familieneid (03) · Die Rache einer Hexe (04)
Ein gebrochener Schwur (05) · Ein verfluchter Druide (06)
Eines Unsterblichen Schmerz (07)
Eines Schamanen Macht (08)
Ein schicksalhaftes Bündnis (09)
Eines Drachen Wagnis (10) · Eines Gottes Fehler (11)
Des Schicksals Offenbarung (12)

In Vorbereitung sind die restlichen Bücher bis Band 15

Die magischen Abenteuer von Lily Singer
(Lydia Sherrer – Urban Fantasy)
Liebe, Lügen & Hokuspokus: Anfänge (01)
Enthüllungen (02)
In Vorbereitung sind die restlichen Bücher bis Band 12

Die Para-Militärische Anwerberin
(Renée Jaggér & Michael Anderle – Urban Fantasy)
Einberufen (01) · (02) · (03) · (04) · (05)
In Vorbereitung sind die restlichen Bücher bis Band 12

Entfesselte Goth-Drow
(Martha Carr & Michael Anderle – Urban Fantasy)
Eigensinnig und ziemlich ungewöhnlich (01)
(02) · (03) · (04) · (05) · (06) · (07) · (08)
In Vorbereitung sind die restlichen Bücher bis Band 18

Kriegerin der Moore
(Martha Carr & Michael Anderle – Urban Fantasy)
Ertrag es oder ab nach Hause (01) · (02) · (03) · (04) · (05)
In Vorbereitung sind die restlichen Bücher bis Band 12

Der große Aufstand
(David Beers & Michael Anderle – Science Fiction)
Des Kriegsherrn Geburt (01) · Des Kriegsherrn Aufstieg (02)
Des Kriegsherrn Eroberungen (03)
In Vorbereitung sind die restlichen Bücher bis Band 9

Die Geburt von Heavy Metal
(Michael Anderle – Science Fiction)
Er war nicht vorbereitet (01) · (02) · (03) · (04) · (05) · (06)
In Vorbereitung sind die restlichen Bücher bis Band 9

Skharr TodEsser
(Michael Anderle – Sword & Sorcery Fantasy)

Das todbringende Verlies (01) · (02) · (03)
In Vorbereitung sind die restlichen Bücher bis Band 8

Pain und Agony
(Michael Anderle – Buddy-Comedy-Action)
Gerechtigkeit vor Recht (01)
Entführer und andere Schädlinge (02)
Waffen und die richtige Einstellung (03)
In Vorbereitung sind die restlichen Bücher der Serie

Beschützt durch die Verdammten
(Michael Todd – Dämonen-Action)
Zerrissener Geist (01) · Ausknipsen ist mein Geschäft (02)
In Vorbereitung sind die restlichen Bücher bis Band 8

Weihnachts-Kringle
(Michael Anderle –
Action-Adventure-Weihnachtsgeschichten)
Weihnachts-Kringle: Stille Nacht (01)
Der Weihnachts-Kringle kommt in die Stadt (02)
Weihnachts-Kringle: Winterwunderland (03)
Ob die Serie weitergeht, sehen wir jedes Jahr vor Weihnachten